七等生全集［8］

重回沙河

七等生 著

七等生繪畫作品 — 脆弱的願望

約1988年家在通霄　七等生、妻子、女兒小書、小兒保羅

七等生繪畫作品 ——
綠葉（1989年 粉彩）

七等生
冷眼看繽紛世界
熱心度灰色人生

《七等生全集》總序

七等生

黎明前，詹生駕車來到進城的那條道路上停下，無數的日月他駛過平原田疇和爬山越嶺，經歷許多的鄉村街巷，意欲想回到城市，探望年紀老邁的母親，以及分離許久的妻子兒女，但他不能確信除了他自個孑然獨身之外還有什麼親人，或許他盼望重見老友。他停下車是因爲前面有車擋住，灰灰濛濛的霧氣中，他沒有看到城門，蜿蜒的山路上停靠著一排長龍似的各形各色車子，不知綿延有多少距離。他下車向前走到前面去，一部大卡車的車窗裡，一個斜頭坐睡的人朝車外露出一張錫白的面孔，當詹生走近時，半睡半醒的他緩慢地微開眼皮，裂出眼瞳的一條黑線和一點晶亮的白光，沒有說話，司空見慣似地有種幽深隱埋的表情，眼皮又合上像他先前的休息和等待般的樣子。詹生再走前幾步，注視另一部車子的景象，有一男一女睡著很熟，他沒有叫醒他們，感悟不會探問到任何什麼事，只好往回到他自己的車旁。他想他們和他們的車子都是在等候天亮預備進城，但這景象的意味是他所料不及的，好像回到了久遠的古代。在這黎明的時刻，他是最後到達的一個。他無法可想將來進城是否要有手續，他不能明白將來會遇到什麼事，爲何前面那些人只顧睡覺，沒有聚集談論事情，也沒有任何跡象好教他能夠了解狀況。或許根本就沒有情況會發生，只是詹生個人的一種疑慮而已。一個熟悉的聲音在他耳膜響起：「你總以爲這個世界的人誤解你，其實是你對這個世界充滿了誤會。」他回想起許久以前他是如何離城的，那時刻他年輕，現在他年老了；十年前，二十年前，三十年前……他有些記不清楚，無法可想他是什麼原因出城的。那時似乎是在一個人潮擁擠的車站，他搭上火車，然後火車移動後就迅速消失了城市的踪影。而現在由這山區的隘口進城似乎有些離譜。他自己什麼時候像大家一樣開起汽車來也有點糊塗了。時光或時代在不知不覺中移轉了，他懷疑自己的存在和記憶，似乎個人活命的感覺是無法言傳的……

這段話頗像我寫小說的開頭，我曾經寫過「離城記」，陳述想像和眞實搞不清楚孰是孰非。我們知道在現實生活中是不能有任何含糊不清的事體，否則會有爭執和打戰。但是在思考的世界裡，語言變得十分詭譎和有趣。譬如我總是由現實出發，以免讓人搞不清狀況和分不出頭緒，而有的人的閱讀習慣很頑硬，當小說由現實轉入虛構時，他們不肯跟隨進入，以致大叫荒謬和違背語法倫常。但所幸還有一些認眞和能掌握感覺的人，他們明白沒有幻想的部分是無法釐清現實眞相的。經過了這半世紀的努力和陶冶，人們更爲認清存在的現象是一種單獨、短暫、變幻和多樣的事物，而這一切事物似乎越來越快速地往前行邁，感覺現實和想像是一體的兩面，互爲裏外和互爲眞假，經由電的傳導，知悉宇宙的事物，經由符號而獲得普遍的知識。我們吃食物，是在吸收各種的元素，我們是由元素發酵而成長和演化的不同軀體，個別由意志形成不同的容貌表情。然後由感覺產生了快樂和痛苦的意識，我們意圖在痛苦的意識中尋覓途徑去追求快樂的人生意義。

我的一生徬徨和掙扎於思考和寫作，由年輕到年老力衰，這些思想的記錄累積，似乎歸不到任何的結論，僅只約略而勉強踏出一個平庸者苟且存活的方法而已。如果人生的目的是在追求快樂的感覺，那是純粹的幻想，就像我們藉助短暫的生涯遙想永恒，想到要全靠這虛無的幻覺去體會眞實存在，不免悲從衷來，有如百姓期盼聖君帶來和平和幸福。此番生存的境遇，重憶過往種種情事，一切屈辱和承受都拋諸於腦後而不復遺留。我的存在意識不外保留一份擁有的醒敏，但這層意涵與酒醉沉迷或昏昏噩噩沒有兩樣。我一直感激於我的父母賜給我這份涵容的軀身，讓我流連在寫作和繪畫的天地裡自由自在獨來獨往。好笑的是，我在鄉下的教職退休後，意想天開地遷來台北，這個城市曾是我受學和遊蕩的所在，年邁的我依然如故，喜歡縱情聲色，想和這打扮起來的都會一同邁向二十一世紀，想到這個，有詩自我調侃一下：

粗茶淡飯人猶在
夜遊酒廊入庸塞
高麗歌女唱哭河
站看雲裳天使懷

最後，全集的出版要歸功和感激兩位特別的人士，一位是夢幻出版家沈登恩先生，一位是資深的台灣文學的文評家張恆豪先生。後者說好高興義不容辭地負起編輯的責任，前者表示有始有終地出版七等生的作品是一種對台灣的愛。呈現一個大略的全貌給二十一世紀的新興讀者，我自己也有提前告別的意味，尤其想在此刻向陪伴我度過貧賤半生的尤麗（百合）致敬和感謝，她辛勤而負責任地養育三個子女長大成人然後隱居身退，我常想起她年輕時美麗的樣子，在早年艱困的日子裡如果沒有她為伴，不會使我持續不輟進行幾近苦行般的寫作。還有少數幾位不嫌和我飲酒笑鬧的朋友，祝你們健康快樂。

二〇〇〇年七月

編輯說明

張恆豪

一、本全集包括《初見曙光》等十卷，蒐集七等生一九六二年首次在「聯合副刊」發表的〈失業、撲克、炸魷魚〉，至一九九七年「拾穗雜誌」發表的〈一紙相思〉，歷經三十五年的創作及論述作品。

二、全集的分卷，不以文類做區隔，而是以寫作年代來劃分，此一編輯構想來自作者七等生本人，自是有別於本公司過去出版的版本，是作者親編的新版本。

三、第一卷《初見曙光》，蒐有小說與散文，是七等生在一九六二年至一九六五年作品，即寫作於二十三至二十六歲。

第二卷《我愛黑眼珠》，蒐有小說、散文與論文，是七等生在一九六六年至一九六七年作品，即寫作於二十七至二十八歲。

第三卷《僵局》，蒐有小說與詩，是七等生在一九六八年至一九七一年作品，即寫作於二十九至三十二歲。

第四卷《離城記》，蒐有小說與論文，是七等生在一九七二年至一九七四年作品，即寫作於三十三至三十五歲。

第五卷《沙河悲歌》，蒐有小說、散文與論文，是七等生在一九七五年至一九七七年作品，即寫作於三十六至三十八歲。

第六卷《城之迷》，蒐有小說與散文，是七等生在一九七七年至一九七八年作品，即寫作於三十八至三十九歲。

第七卷《銀波翅膀》，蒐有散文、詩與小說，是七等生在一九七八年至一九七九年作品，即寫作於三十九至四十歲。

第八卷《重回沙河》，蒐有散文、小說、講辭與詩，是七等生在一九八一年至一九八三年作品，即寫作於四十二至四十四歲。

第九卷《譚郎的書信》，蒐有小說與詩，是七等生在一九八四年至一九八八年作品，即寫作於四十五至四十九歲。

第十卷《一紙相思》，蒐有小說、散文及序文，小說與散文，寫於一九九〇年至一九九九年，是七等生五十一至六十歲作品。

四、每卷七等生作品之後，大多附有評論者與該卷作品相關的論文，這些論文都由七等生選定，論文之後，都附有評論者簡介。

五、每卷本文之前，都蒐有相關的照片身影，提供讀者對照參考。尾卷作品之後，另附有七等生生平年表及歷來相關評論引得，以便於有興趣的讀者查閱。

《重回沙河》目次

散文：

重回沙河

一、晨河

我在清晨走向我心中永遠存在的一座橋，我懷著一種不可言喻的心情站立在那裏。從橋上俯覽南方下游的河床，河的兩岸長著高大茂密的樹林，我看到前所未有的驚人事物。我當然不止一次從這座橋走過，包括我的童年在內，記憶是清晰的，包涵著無比難言的懷想，尤其現今的事物更加使我吃驚，河床裏停滯著黑暗的污水，它使水草長得很凶惡挺拔，沙灘上散佈著臭味的垃圾，這些與我小時候在橋下涉水玩沙，沿著河水捉魚，在清澄的水潭游泳相比之下，能不使我怵目驚心嗎？我現在敢再下去與垃圾爲伍嗎？我把相機放在橋柵上，拍下了我的第一張擁有屬於自己的PENTAX的照片。我已經四十一歲。河上空際佈滿灰靄的氣氛，沒有強烈對比的陽光照射我所看見的景物，這張照片有如我心中的全部憂鬱的感懷。我懷疑這會是我開始攝影的主題？悲傷或歡樂，事實上這又有什麼不同和關係呢？我並不計較成敗如何，或將來給看到我的攝影作品的人的觀感如何，我應該只關心我想要拍什麼就拍什麼，我想這樣我的心就會自然指引我走向一條路，這條路大概就是我暫停小說創作後的第二個生命；如果要俗稱生命的話，那當然與前面的生命也是相連接的，而現在我將我心象寓於這條河的名字，和我曾在小說作品中描述的河流也是同一條的河流，它就是沙河。

二、山畔

晌午，我又攜著現有的全副裝備，包括伸縮鏡頭和腳架到工地去，我抱著要去做練習的打算，因爲對於攝影的知識和技巧，我是完全的外行，雖然我看熟了幾本關於攝影竅門的書，但覺得並沒有多大的自信。假如我向別人談起我現在做的事，他們一定大惑不解，認爲我往日對攝影竟然沒有培養起愛好，現在貿然像一個攝影家擺出獵取自然的姿勢，實在想像不出會有滿意的成績。我覺得這並不是什麼羞恥的事，沒有人能樣樣事物都通曉，而且過去我的生活環境並不許可我去從事這方面的工作，就好像有人不會彈鋼琴一樣，是完全可以了解的道理。我要在此時特別記註的是：我現在玩起照相機並沒有抱定朝向所謂偉大的攝影家或專職工作的志向；這樣的開始有如我二十年前第一次寫作時一樣，沒有所謂目標和使命感的認識，完全憑著我心靈的啓迪，包涵著生命的自由意志，不論是快樂或痛苦，像愛情一樣沒有現實的計慮，完全是無價的，也不具有比較優劣的功能。因爲我現在才學步，關於從實際的經驗中得知的知識和技法一定發展得很有限，我只重視從中去獲得認識環境，從這種工作中，像我過去的寫作，完全是爲此能夠產生思想，免於生活的空乏。我在剛鋪好的水泥屋頂的平臺上架起相機，用望遠鏡頭窺望對面的那座十分平凡的山丘，我發現有幾隻牛分成幾處被繩索牽綁在山畔下的草地，牠們在繩子長度爲半徑的圓周範圍內馴順地吃著草，烏秋和白鷺鷥卻自由地飛來飛去與牛爲伍，這種生存的對比情況觸動我憐憫和嚮往的心靈，但限於器材的有效視野，牠們在畫面上顯得很渺小，在照片中只是微細的點而已。

三、感觸

有關G．L，現在幾乎佔滿我的心。底片在照像館沖洗出來了，看那些一小幅一小幅的膠片的顯影，頗覺快慰，但印出來的黑白照片並不好，我懷疑像館並沒有洗好，所以我心想，等房子蓋好，把暗房設起來，一切都由自己親手做，或許會稱心滿意。這種希望也許是天眞和無知，但卻必須如此，一切都必須親自動手才算是完成。

有一位本鄉的青年黃昏時來找我交談，他去年底開車發生車禍後，由臺中轉回來通霄的家裏住。他告訴我他深感頭痛，因爲回來與家人在一起並不和諧愉快；他每一次來，總是談他的生活感觸，我已聽過無數次了，內容都是一樣。我這一次對他說：要善待自己。我不知道他是否了解這句話。後來我又說，生命是短暫而生活的每一刻鐘又覺得很冗長無聊；做爲一個人必須不斷地尋求工作的機會，掌握工作的時機，創發屬於自己擁有的工作，來抵銷生命和生活這兩個互爲背道和矛盾的現象，使其在思想和感受中不覺生命短促而生活充實。我很同情他的處境，他賦閒沒有專職的工作有八九年了，也沒有建立起自己的發明，早年曾幹過水手，我實在不了解他的內在思想，不過淺薄是極容易造成他目前的樣子，當一個人無所事事時，不但要對付自己，還要對付周遭的敵視，結果造成愈來愈多的纏繞不清的事，也就是沒有工作反而多事的情形。我想人要心靈寧靜就必須勤奮工作。我留他和我的家人一起晚餐，然後我表示要去洗澡，他就告辭了。

四、卑微的人

給G．L寫信。

在拍了兩張做皮包的女工的照片之後，我冒險走下沙河，污臭的氣味開始撲向我的鼻子，或許應該說，我投身撲向垃圾。我向上游幾個女孩子遊玩的地方走去，爲什麼她們不嫌這條污染的河流呢？上游比下游乾淨一些。我回想起我的童年，其實我現在何至嫌棄它呢？我仍深愛著它，雖然感到悲傷，卻懷抱著它有轉換澄清和芬芳的一天，目前我拍攝景物，都有垃圾在，正是如此。這生活環境變得如此污穢，正是我心感憂慼所在，這說明人性在生存中變得醜惡了。我不能掌握那幾個小女孩追逐的歡樂姿態，把她們攝入底片裏，正說明我沒有足夠的經驗；不能稱快我的心意，有意猶未盡之嘆，而她們的自由性質我又不容自己去隨意擺佈她們。總之，我和她們沒有適當的契機和默契就不可能拍好照片。暫時和她們告別了，希望能在另一個時候，或另一個地方，再和她們相逢。我離開，回到橋下的陰影裏，下游的地方有一隻黑牛吸引著我，還有一位穿白衣在河床墾植菜園的年老男人，近處是一羣鵝，我以黑牛爲焦點和鵝羣爲焦點各拍一張，而兩張都有那位默默工作的老人。在這傷心之河裏，極目所望的土地都是被傾倒的垃圾，但我又爲什麼要拍它們呢？我往回家的路走，在一個偏僻的小道的棚架下，我拍了兩位姊弟的一張像，他們欣然地接受，沒有懷疑我的動機，尤其那個小男孩，很聽姊姊的話，靠在她的身邊。回到家，我在庭院拍了兩張盛開的紅色百合花，這對我來講，沒有什麼特別意義，只是經驗少，做爲嘗試的步驟而已。

我想我爲自己設想的拍攝工作，是既辛苦又微不足道的，我相信往後會越來越艱辛。一個個人在表現這世界的事物方面，就是窮一生之力在數量上有億萬之多，亦祇是片面而不完整，無足說明這整體世界的意義，亦如文學然；但我並非爲此，在自感渺小之下放棄文學創作；如果是，我現在就可以放下攝影，又爲何苦心地找到這種替代的表現媒介呢？據我的覽閱所知，世界上在拍攝表現優異的人非常多，在臺灣的文藝圈裏也有幾位我敬仰的攝影工作者，他們起步很早，頗有心得和建樹，我在這樣的了解下是自嘆不如他人的，可是我並不恐懼，我知道我的工作完全是爲自己而設的，我能繼續不斷地拍攝下去就是了，其他的顧忌都是多餘的。

我發現當在進行工作時，隨時會有新的意念產生。我原先在室內找題材，看到尤莉的插花非常美，她似乎有這方面創作的天分，我早先就注意到了這點，一年多來她使屋裏的祥和氣氛增進了不少，有人看到都讚美她。我此時正好可以用伸縮的鏡頭在一段距離裡做局部的特別描寫，在這當時，牆壁上的鐘和垂吊的球燈給了我一些啓示，保羅正在看電視，打開了這盞燈，這就是我拍「時光」的由來。

有人來談工地發生的事，我的工作停頓了一下，那人離去後我也走到屋外，看到那位整日在附近露面的瘋子坐在鄰居樓房走廊邊緣，他不分晴雨，整年都守在他的兄弟古物商樓房的外面，始終穿短褲赤腳，冬夏不分，身體很健壯，當有人望他時，便露出羞赧的表情，有如含情的少女低著頭。我問他吃飯沒有，他微笑點頭，口裏的聲音很細碎，讓人聽不清楚。我回屋裏拿相機拍他，然後我握著他的手，感覺他的手心十分柔軟。據說他曾在年輕時當過刑警，有一身的武藝，結過婚，妻子和子女現在某地，那麼為何他會發瘋呢？每當我看到他都使我在心裏想著這個問題。他唯一給我的好感是溫和，並不傷害別人，也不騷擾別人，他和別的瘋子不同的是顯得特別害羞，他的壯碩的體魄應該會使一般人戒心的，但情形正好相反，與其說別人怕他不如說他怕別人，他總是守在某個角隅的位置，譬如坐在堆積古物的麻袋包裹的最陰暗的籬笆邊，從那裏像一隻藏匿的野獸窺望路過的行人，誰知道像他這樣的人的內心經歷是什麼，而那些經歷卻被現在邋遢模樣的他所封閉鎖住了。

由於拍攝他沒有遭到抗拒，使我開始一連串的大膽的狩獵工作。我走到街面上去拍小孩的遊戲。然後我坐在廊下，預先調好道路中央的焦距，等待期望的人物闖進我的鏡頭裏；但這種守株待兔的行徑沒有成功，我根本不知道自己預期著什麼，因此在一刻鐘的守望裏沒有任何收穫。之後，有一位拉破爛古物拖車的瘦小老頭經過，他戴著圓眼鏡顯得特別古怪，我迅速開始採取行動，因為他太靠近我，無法在鏡頭內完全容納他本人和那部兩輪拖車，我退後幾步重調焦距，奇怪的是他的緩慢的行進反而在我的眼前消失了。我怕他知覺，不敢超前越過他，只有跟隨在後側面拍攝了一張。底片剩下兩三張，我走回來站在街對面的電桿旁，拍古物商樓外整理廢物（對他們來說乃是有價値的東西）的一位青年。以上我所記錄的人物並不新奇，是我每天外出時都會看到的，現在我終於有了工具可以留下他們的影像，這在幾年前，甚至昨天或前一刻都未曾想及的事，可是說眞的，他們的影像在早先已經烙印在我的心靈裏許久許久了。

五、暗房

我從床上爬起來時是凌晨一時，整夜根本沒有睡眠，現實的事物煩擾著我。昨夜睡眠前我看了電視節目，播放美國第一屆電影頒獎典禮，覺得設計這次頒獎典禮的人很有才華，主持人的口才和外表令人激賞，節目的進行像詩一樣有節奏感。我起床後喝點酒，坐下來凝聽，屋內和屋外都很寂靜，人們都在沉睡中，而我卻醒著，知道現在自己醒著是一樁美妙的事。事實上我這樣想是在排除一切的苦惱。許多煩惱的事都是我自己找來的。爲了排遣憂煩和無邊的痛苦，我花了約一個多鐘頭拍了三張照片。我從伸縮鏡頭觀察從天花板垂吊下來的那盞線纏的球燈，可以看到事物的精微和組成的美妙，我遲緩地思考後拍了二張，然後我改換普通一．四鏡頭自照了一張。

今天在學校對學生授課，全身感到不舒服，充滿憂煩的頭暈，這當然是睡眠不足的現象。午間休息也顯得不安寧，學校正在興建樓房教室，搥打的聲音像要擊穿我的頭部。黃昏回鎮上，趕到照相館去看昨天交付沖洗的底片，底片的質地和與實物相反的光影總是很好看，我答應晚上八時再來看暗房的工作。

這是我第一次走進暗房，權充一名助手，洗的是我自己拍的照片。把經過放大機曝光的相紙放進顯影液裏浸動，這個簡單的過程卻很有趣，可以看到影像漸次由白淡顯明出來；但我沒有經驗，處理得毫無頭緒，不懂分辨顯像的色調程度，結果大都超過了。這是第一次無法適應暗房微弱光線的自然情形，無需自責。但我相信只要我擁有自己的暗房工作室，便能經由學習而變成老練，洗出自己滿意的照片。

我打電話給Spring，聽說他剛回家，露出疲憊的聲音，似乎充滿懊悔和哀吟，我感想著為何現今的人類會是如此空泛和無依，顯露著無比的精神苦惱呢？想到這，我不敢再打電話給G．L，他在今天應該會接到我寫給他的信。

我不能再盲目的拍攝了，我必須要有點心得之後才能再開始，顯然昨日我把自己弄累了。

六、布娃

今天我把相機帶到學校，十點半後我便依循過去散步的路徑出去拍照。我在田園小徑上站住了，一所破舊的土塊屋吸引著我，我內心突然升起要拍它的責任感，好像沒有拍它就失掉我擁有相機的意義。然後更動人的景象出現了，是一位蒼白瘦弱的男人挑肥料的形姿，我躲到一處較隱密的位置，我害怕被他發覺，而引發我內心自覺的恐懼；事實上也許是我自己的感想而已，如果我是他，和他交換生活的位置，我會因發覺被人攝影而深感羞恥。其實，這個孤獨生活在荒僻角隅的男人頗令我尊敬——是由憐憫而漸次升起的情緒。

我來到了小溪，一隻水牛愜意地浸在水潭裏，只露出牠特殊的頭部，當我舉相機對準牠，頗令牠驚奇，後來牠乾脆把頭也沉進水裏，只有呼吸的口鼻部分露出來，伸出長長的舌頭，有點小丑似的意味。我想拍從短橋上衝過的火車，但不知道火車何時會來，我信步在河床的石面上走著，以前我常見的毛蟹不見了，轉回來時在另一岸邊拍了兩張，毛蟹不多，我有點失望，而且牠們的敏感性也使牠們警戒著不肯走出洞外。當我離開小溪由原路走回來時，我又想到應該再拍兩張那個可憐的人，我大膽地站在小徑上，等候他出來，像拿著武器準備向他挑戰，絕不是預先等候迎迓從華美的寓所出來的貴人；這次他不是用肩挑肥料，而是用鐵叉托著草料，形態更爲動人，奇怪的是他竟沒有看見我。我的內心同樣產生恐懼，全身都發出戰抖，可是他卻十分專心做他的工作，毫不察覺有人離他這麼近在拍攝他。

我在路邊的垃圾堆發現一個被丟棄的布娃，狀極可憐，她躺在石頭邊，身旁有燒焦的東西，另一旁有一隻藍色拖鞋，我選擇不同角度各拍一張。回到學校前，我又在一處屋宇邊空地拍雞棚內的雞羣。

當我帶著相機要拍一個目標時，那個事物必定在我心中產生一種感覺，同時我的理性也產生著思維。但是我目前還未有經驗該怎樣把它拍得更富我所希望的，或許當我有一天親自做暗房工作之後，會由那裏得知要怎麼拍得更好。

在學校牆邊，我看見一位頭頸部分彎得很低的老婦人的背影，我捉住機會追趕她，拍了一張她轉身入巷的側影，我事後想到她的形態，有如是向命運低頭的模樣。

我意外的收到羅的信，我沒有想到他還在臺灣沒回美國，在年初我曾在臺北會見他，他在信中所說的友誼是很眞確的感想。他的愛情是世間最悲苦的，這是一個像他這樣倔強任性的人所要付出的代價。我祝他回美國後會快樂。

Spring在電話中說他把錢都賭輸了，我大吃一驚，爲什麼他要如此？他似乎很感絕望，他說他是故意的，我可以意會這個意思如何，但那一回事是否眞實，寶貴的金錢，如果是，就眞要該打了。

那位同鄉的青年黃昏的時候又來騷擾我一陣，他不應該再賦閒依靠有錢的父親，有時我覺得他無可救藥，有時也覺得他可愛，他說他是爲了年老母親需要的照顧才住在家裏的，這當然是理由也是藉口，他酷好批評，什麼事對他來說都不能滿意他。我想拍攝他日本武士峻厲的面龐，他卻謙避走掉了，這樣也好，以後要趕走他，就是把相機拿出來。

七、開始上路了

今天注定我不能拍攝，昨日一天的戶外狩獵太足夠了，雖然我不敢斷定拍得很好，但有幾張是我費了心去拍得的，現在還在咀嚼消化（思考和整理）。事實上，今天自清早五點鐘起床後，就一直爲日常的事務忙碌。

我打電話給羅，昨夜沒有連絡到他，今早他接了電話，聽他的聲音，我知道他既痛苦又無可奈何；他說他不能親眼看到H．S的最後結果，他的病已惡化，我聽到這消息就好像我幾日前心中預示的死亡。羅是太偉大了，他爲H．S的感情付出了極高的代價；他在前日的信中說他錯了，因爲他去愛是太不自量力了。這話中充滿了悔恨之情，可是他也做到仁義之心所可能做到的義務了。

到校上班後，工地的人馬上來校告知我工地的事情，他用摩托車載我到工地，事情解決之後又回到學校來。

我找時間給G．L寫信，目前他的存在佔滿我的心，但我自覺他是個更難以和諧的人，我對他的企求是無由的，我們大都深知困難所在，可是我是個很頑固執著的人，我不願放棄這份發自內心的企求，除非毫無進展和顯示不可能爲止。我渴慕他能和我在一起的快樂，我懷疑爲何我的需求總發生在複雜難解的事體上。

下班後我請求一位青年用機車帶我到工地，我在樓上裝好的板架上踱步，思想我將來在此工作居住的情形，這屋頂我計劃加蓋一間傾斜的房間做爲睡房，彷彿可以在此度過我想像中的浪漫的夜晚。我坐在板架上抽煙沉思，工人都在樓下工作，我獨自一人覺得十分的安逸。之後，我下樓和工人聊天，其中的幾個工人與我談到三十多年之前的往事，我的父親因戰爭轟炸的關係把市鎭上的家搬到黑橋對面的農莊，回憶起那時的玩伴，如果不是在此山畔蓋屋有此再訴之緣，我也幾乎忘懷了他們；時光眞是叫人吃驚，而那時熟知的人物都分散而年歲有些已近年老了。阿雄、阿溪、阿婉湴湴他們在我的不滅的記憶中都是完美而可愛的人物，夏夜在黑橋睡在草蓆上，白天在山坡牧牛和嬉戲，我是多麼幸運能有此經歷，使我在回憶中充滿了溫甜和快樂。

晚上教保羅彈鋼琴。我翻閱尤金·史密斯的攝影集，他的毅力和天賦叫我佩服，每一張都是那麼動人而富有不朽的意義，這些都是他用勇氣和生命贏來的。他的思想更叫人尊敬，看到他的影集，知道他的思想，使人想到人類在有道德力的人物之前仍有希望的前途。看到大師們的攝影作品，有如我先前閱讀天才們的文學作品一樣，並不會使我感到自卑，或以爲自己什麼也不必做了，雖然要達到他們相同的成就是不可能的，但他們在我之先的成就就是我最好的認知基礎，他們的偉大絕不會掩蓋別人的存在價值，其他人也不會因知曉他們的成就就喪失了創造力，重要的是精神的存在和傳遞，而不是重複那些類似的作品；大師們是一條指引之路，而世界是充滿時空的生機，如果沒有他們，我反而感到這世界充滿黑暗，我也會在這黑漆的地域中沉淪和消失，所以我越去接近他們（大師），我越會受到鼓舞，就像今天我躍躍欲試，而開始上路了。

八、到街上巡索

天氣佈滿了灰靄，我決定將相機裏還有的底片到街上各角落去巡索。是黃昏的時刻，光線顯得灰暗，我不知道是否能拍好，速度調到十五分之一秒，光圈大約在八・六，四・五之間。我站在一條街的走廊，先把伸縮鏡頭的焦距定在路上的某一點，等候著上鏡的人物。有一個機會我錯失了，兩個年老的婦人以日本式教養的禮儀在街邊相互彎腰鞠躬，一位是鎮上小學的女校長，瘦削身材，戴眼鏡，一位是她長年居住的女伴，較胖和圓潤，大概每天都在同一時刻站在屋外迎接著她從學校回來。女校長沒有結婚，年輕時我是她的學生，她的伴在那個時候就伴著她共同生活，我實在無法想像她們至今還這樣相敬如賓，可謂奇蹟。當我發覺時，我即刻行動靠近去，但在調焦距時那動人的場面已經完畢了，她們已脫下鞋子進到屋裏，把門關上。我想將來還有機會，我記錄下來，以便能夠記住再去守候而拍到那模範的儀式。

我預先走到一幢樓房的廊柱，做好準備，把一個選定的人物拍進來（那個人是酒家的老闆），而後我又超前去等候，拍到一位跛腳抱著洗衣盆的可憐老婦人。我轉身看到遠處高樓上站著一位青年，他正在注視我的行動，他的姿態正依靠在一座鴿舍下，形勢很特殊，我毫不客氣地朝他按下快門。在這黃昏一個鐘頭的行動中，最可記憶而留下經驗的是我躲在汽車旁邊，從車窗拍到路旁收破爛的老人和小孩做買賣的鏡頭。我一直想，我的行爲最好不要被主題人物察覺最好，在路邊拍攝是相當引人注目和猜疑的事，當有人知道他被拍進鏡頭，或許會不高興而走過來質問。我步行回家時一面想著，這一次行動都不算成功，我感覺還不能十分掌握到最爲理想的一刻按下快門，所以無法拍到合稱那個人身分特徵的表情，這一點最難，而我的經驗顯然不夠。

到今天爲止，我已正式拍了四卷底片，共一百十二張，這裏面也許只有一二張可以留下回思。

九、主題

我至感懷疑拍攝的工作是否合宜我的性情和創作的能力，是否能眞正捉住主題事物來顯露我的心象？否則我便是全然的失敗。我想能代表心象的事物應該俯拾皆是，祇是我還不能辨明和合度稱時地將它納入鏡頭裏來，被拍攝到鏡頭裏的大都已失掉了我與對象間契機交感的形象，因此，那形象便毫不感動人，這樣的照片看了令人沮喪和悔傷。

現在對我發生問題的是摘取主題事物時在我心態裏所產生的遲疑情緒，譬如今天我騎腳踏車回家的途中，看到在稻田中除草的農夫，我就下不了決心停下來拍攝；另外，我經過一處山丘，一部挖土機爬到被開闢的山路頂端，那模樣（它正伸臂轉身）在我的一瞥之時很能觸動我，但我把它放過了。相反的，我卻在工地設心安排想拍一張好照片，但事實上只是造作而已。我的結論是：我不能想拍就拍，但我拍的並不一定就是我認爲必要的，這種情形證明我的無知，相機還未能完全是我思想情感的成熟工具。有兩個女人在橋上並排行走在我前面，她們要進入市鎭，她們的步態和市鎭背景就是一幅好畫，可是我來不及換上伸縮鏡頭，因此我雖趕著且停下來幾次對照鏡頭，總無法滿意我心想的構圖，終於眼望著她們走進市區，一切成爲過去。

我現在正爲不能進入情況而沉思，我明白拍攝工作並非輕易地能夠表明我的人生態度，換句話說，它並不是輕鬆愉快的，也不是遊玩的性質，而必須精心和縝密地加以設計，還要付出很有耐性的體力，有如要拍上一張則需付出一整天的奔走和定神的工夫，因爲隨便的拍攝會帶來情緒的煩膩，對心智也是一種浪費，最後注定是徒勞和失敗。

我心所繫懷的多樣感情，可能是造成腐蝕我的精神的唯一因素，我是否要將它們完全摒除呢？想到這層問題，我的左肩胛又在發痠發痛，我的精神是否要爲它的崩塌而承擔著呢？有報社的人來信慰問我的病情，當我見到內容時十分的訝異，我在惱怒著誰在散佈這個謠言，說我在去年底病重得厲害，除了我自己，我從來不向人宣訴我有什麼病痛，除遠在美國的Diana，我不向近在臺灣的人說出我有病情，我那時給她的信說出了我的精神和肩胛的痛苦，現在則因改換工作性質有了好轉，不過我實在不希望有人爲我的健康掛慮，我應該給人的印象是完美的，而且永不挫敗；但是我應該坦白的告知自己，我實在糟糕透了，身體和精神恐怕要比別人想像的病情壞得多。我早就有心跳和頭痛的毛病，可以追溯到二十年前，我身心兩方面遭受到環境和生活的折磨所帶來的。我現在活著似乎是另一個精神在負全責支撐著，如果完全撤除這個維持虛僞的人生生活的精神，我早就從這人世間消失了。從這可以看出，短暫的人生是維靠著一種上述僞飾的精神，它的目標是免於在現世崩倒（應該說不要那麼快的死亡），那麼相對的應該還有一種精神在，那是屬於永恒的。

一〇、偽飾的面具

中午我叫保羅到像館取回洗出的第四卷照片，整體看起來令我無比的失望，其中我寄望甚深的幾張洗印出來後並不如我想像的那種格調，檢討起來是我距離對象太遠，不能將人物的特徵清晰地拍到，如果近前去拍又惟恐觸犯他人的尊嚴。如果我繼續這樣的拍下去，那是注定要氣餒和失敗了。這一次的成績打擊著我拍攝的興趣，只說明我在浪費膠片而已。總之，我在人像和街景的拍攝上完全顯示不知如何掌握時機和特徵，這點我在拍攝時已感覺出來了。其中只有向命運低頭的老太婆和收破爛的老人這兩張尚稱可以；被拋棄的布娃可謂滿意；抱洗衣盆的跛腳老婦人，如果再擇個角度，應該算是不可多得的收穫，可惜沒有拍到腳板的部分和全部右臂支撐的枴杖。

我在山坡上蓋的屋子擇定今天灌水泥屋頂，早上十時我趕到工地去，忙著煮肉，再將牲禮端到土地祠燒香拜拜，再端回屋頂上同樣地拜拜。這是我有生以來第一次親自遵從俗禮做這類特殊的行爲，我的內心沒有反抗，反而認爲應當，與一般的人採取同樣的觀念似乎覺得較易與人和諧和和融洽在一起；在這個行爲的評價上，我認爲我以前並不具有較高的觀念存在，而是眞空著沒有這類的接觸經驗，現在才有機會接近一項眞實，那是尋求內心的安寧，認識環境和人事的存在。下午二點開始，有十幾個工人，有的操作機械，有的挑沙石，有的運水泥，有的在屋頂做塡塞的工作，水電工、板模工都到齊，一起配合工作。四點多鐘時，休息吃點心，就是用我上午拜拜的牲品合煮粿條給他們吃，到六點鐘工作全部完畢，每一個工人加發一百塊錢和一包長壽牌香煙。蓋屋的工作到此是一個段落，二十天之後是拆板整修，約計再三十天可以全部完成。我期望這所新屋替代舊屋能給我新的生活情趣。

我意識到左肩胛的痠痛日漸加劇，好像天氣一改變就會發作，我深感憂慮，它會不會打擊我以後的生活和工作呢？顯然它和我本來的憂鬱性質互爲連鎖，它們聯合起來使我的精神有山崩的趨勢，我的外表可以隱瞞別人，但我的內心卻無法漠視它們的存在。

自來水一年多來總是隨水流下大量的細沙，上個月里民大會我破例提出書面建議，經過有關機關（這四個字充滿著曖昧的意義，卻在社會上應用最廣，聽起來甚不舒服）的公文的來往，鎭公所終於寄了一張答覆前來，說本鎭的水質很好，已經改善。這當然是他們的表面文章的花樣，至今水還是帶著大量沙粒，尤其今天更爲嚴重，水流在洗盆裏，沉澱一層黑黑油油的粉末；還有屋外的排水溝設計得很窄很淺，下雨時便積水和堵塞，我曾多次建議改善，但我回通霄已十年了，像這樣的生活環境實在令人心灰意冷失望極了；社會的所謂參與行動，這只是那些好玩的沒有實際生活經驗的人的表面文章和擺姿勢的照片，我突然想到在節慶遊行時有一位笑容滿掬的面具人物，手中搖著扇子，做出逍遙的樣子，這個人物所象徵的社會僞飾，令我看到就想走開。

一一、感情包袱

清早給G．L電話之後搭車去新竹。當我在候車室等候Spring時，翻看被旅客遺棄在椅上的今天報紙，副刊上刊出某作家的人生小語，自從時報副刊登出以來（不定時的），它是我最爲喜愛的篇幅，他是以從容溫和而嚴肅的哲學家態度寫出那些使人回嚼再回嚼的短小散文。我喜愛他的筆調勝於那些小語的涵義。同時我又看到一則使我振奮的新聞，在美國紐約蘇活區的藝術家謝愛德繼去年九月結束自囚之後，今年四月又開始另一個作品「打卡」，爲期一年，每一小時打卡一次，一天二十四小時。這件事在這一天整個盤繞在我的腦際和心靈裏，我極欲寫信給他，寄到楊熾宏處由他代轉。像他那樣堅苦卓絕的藝術家是不需要去鼓勵的，倒是對他的精神投以禮敬的注目，比起那些隨俗追潮的畫家，他是讓我佩服的，他的思想是中國人自覺和警惕的表現，這一點就叫生活在此造作喚愛國口號的文人羞死有餘，好像他一個人在支撐這個民族的眞正的現代精神。

我拍了一張以新竹車站建築爲主題的照片。要拍城市的街景，我一樣毫無感觸無從下手。回家的車上，我一面觀覽窗外風景，一面冷靜思考，一個人在生命的狩獵中，往往是錯落了那最好的，而只拾到次要的，其他則受到歧視，因此常有遺憾和憤怒的情緒，而對常伴的事物產生不滿。Spring見到我時說，他活著似乎沒有佔住空間，他是指在假期中沒有辦法見到我，而有自棄的作爲，結果有人找他去賭博，他就在這樣的情形下喪失了不少的時間和金錢。我說我很想摒除所有的感情包袱，他說不可能，承載雙重的感情是我眞正的命運，如果沒有這些凡俗之物，我就不可能滋生思想和創作。藝術的創作大都是受感情的支配而形成特有的風格。我認爲他說的也許是實在的。但我眞正嚮往的是自由的愛，家庭的束縛和情人的纏絆都是造成我精神苦痛的因素。那麼自由是什麼呢？是指原眞的生命欲求嗎？我想原眞的生命早已沉落淵底了。

一二、自由的靈魂

選擇從事一項藝術創作就是表達自己的本質，這情形有如去追求愛人一樣。本質是什麼？我不能說明它，只能從直接的表現上呈現它；就像對愛人的幻想，是我的本質的欲求，使幻想實現是本質的意志。這就是生命存在的全部，而生活的歷程就是去體驗這一切的細節。這就是靈魂的所在和精神的目標，其他的都是瑣末和假借的事物。藝術創作的滿足，就像是和愛人赤裸地企求諧和和快樂，這是人類最珍貴的東西，也爲了這個，使人繼續求生不輟，這一切的發生都有生命內在的理由，就像對愛人的追求是來自生命的意願，這種象徵神聖和自由的事物是每一個人最重要的權力，是任何人都不能隨意加以干涉的。

今天的忙碌使我未能用拍攝加以記錄風雨加給自然界事物所呈露的形態，借用拍攝的工具來呈現我的本質，可以說隨著時空在加增著發生，但我的思想所觸及的，卻不能將它一一表現出來，一次又一次的錯過了機會，這都是生活的限制使靈魂不能獲得自由，不自由的靈魂就不能創作所謂藝術。藝術應該是一種德操和指望，不是這樣的藝術就不值得去推崇和表示敬意。愛應在自由的心靈中成長和獲得，不是這樣的愛情就不可能永恒。

一三、廢窰

清晨五點半鐘我起床了，冒著風寒步行到鎮郊去拍攝許久以來就廢棄的磚窰。當我的鏡頭對著路徑邊山腳下的一間孤立的廢屋（昔時是一間辦公室）時，突然我的意識升起一股戰慄的感覺。這是一所建築得很有風格的小屋子，就像當時的人對教養這一類東西的品味一樣，可以表示出他們不同於一般人的身分和見識，這一點或許就是使現今的人懷念和表示敬意的理由。我從破損的窗戶望見灰暗陳舊的內室，感覺似乎有幽魂在裏面出沒。我不明白爲什麼會產生這個想像，或許它的形象就這樣顯現著，或許我曾經聽人傳述過什麼故事。我對其形象的注目恐怕也是爲了表達這點，我明白我承負的責任，那就是它現在的孤立模樣代表著一股活生的魂魄，它的存在正與現實對立著。同時的有一根高聳的煙囪和長滿雜草在頂面的燒窰，我極力想表達它們的莊嚴，尤其想在角度上找尋它屹立不搖的空間位置。這些拍攝的事情過後，我去詢問一位萬事通，我說出我的感覺和看法，他說沒有那種事，但在廢窰內曾有人自殺。我確信任何存在的魂魄都不會對表彰它的存在的藝術工作者憤怒，有如尤金·史密斯拍攝戰地枯腐的死者一樣，他的工作正好表明那些魂魄的意願。

到今天我眞的有點不能再忍耐和沉默了，我必須指出某些文學作家在作品中假借某種人物所發出的狂語，託藉神的名譽胡扯人類沒有眞正生活過的現象，他們的意思在指能做出某些行為才算是眞活，否則就是白生，有如現今以一種思想否定另一種思想，我認爲這都是今日世界的眞正邪說。凡是存在的東西都活過，不論短暫的或恒長的，也不論何種樣式和種類的，何種身分有學問或沒有學問，包括癡呆和天才在內，不論在何種境遇裏都是代表它本身的存有，如果沒有這種思想，那麼生存是不公平的；個體生命有如它的形貌和時空位置，只爲自己的存在感知負責，但不排斥除了自己以外的事物，沒有具備他種經驗並不是罪過；生活在屈辱中，或生活在光榮中，都是同等價值的，一如生活在罪過中和生活在神聖中也都是同等價值的；感知的經驗不應如語言或俗世意識區分善惡，感知的本身就是它的存在的一切，如果我們要讓生活的世界合理，就必須要承認這種存在的合理，不要讓偏執狂的理想主義者煽動和擺佈，他們本身是一種基本欲望的膨脹肥大症者，是爲他的權力欲求所設計出來的謊言，很多人都忘懷了世界的本樣原來就是一種理想，並沒有第二種理想，有的話就是人所設計出來的奴役和死亡的景象，於是無知者便受到鼓舞而附和和蠢動，無知便成了這些野心家利用的工具。切記，感知的珍貴價值就是它存在的特殊性，它形成所謂自由的定義，它的經驗是不被取代的，這就是眞活。同時我們只爲我們的短暫性付出感覺，我們不關心除了神以外的俗世世界的永恒設計，我們在冥冥中被神關注，而不是我們僭越地去說神的話，因爲除了神本身，我們根本不知道神是什麼。

一四、抉擇與報償

昨天（十七日）帶學生在中部地區遊覽，第一次用彩色底片拍攝，爲學生拍紀念照，一天的勞累的結果實在不知道成果如何，心中盤繞著得失的感覺，坦白說要得心應手眞不容易，只有不斷的練習了。把廢窰沖洗出來的底片從像館拿回來，從底片中觀察得出那天清早去拍那些照片並沒有白費，單一主題總勝於那些景物繁雜的事物，可以看出單一主題較能滿足心理的需求，但要去發現單一主題的象徵性並不隨處可見，有時拍出來的結果很可能只是單調和平凡。

從報紙上我看到法國哲學家沙特的逝世消息，在那簡短的報導中記載著一段評語，沙特認爲存在主義是說：人的本身並無價值，既無靈魂，也無意義。人類只有致力一項事情，使他的良知獲得參與，才使得他和其他動物及無生命的東西有區別。唯一值得爭取的自由，即是選擇的自由。人要爲本身的命運負責。回想我從事寫作以來的思想，關於人的命運問題也大致如此，我是從我的生活經驗做這種的思考，並非完全了解沙特的思想爲何而去附和他；我對他的印象並不深，而對如斯賓諾莎和十九世紀以前的文學作家的作品了解較深，大致他們的處世立身都能做爲我的典範，也由這一點去延伸我的思想。我十分驚訝的是沙特的照片所給我的心靈的震撼，昂利、卡堤、布列松所拍的一張沙特照片（應是中年的時期）也造成我對他的懷疑。他應是有思想的人，但由以上的兩張照片看來，使我覺得他並未把他內心的史實完全揭示出來。有的是，他的內心似乎寓居著一個惡魔，面對宇宙的存在而充滿著恐懼和哀號。晚年的這一張照片使我想起羅的父親，他們兩個的矛盾和意外感的表情非常相似，據說羅的父親十分的誠摯，我想這未必是眞確無誤的說法。我非常希望人的面貌表情是毫無意義的，但事實不然，人或萬物總從他的面貌中反映出內在的靈魂。我十分信賴藝術所表現的一切，尤其是人像中的面部神情，相信這裏面所表達的絕對不會有錯誤。選擇的自由是我贊同的，而他也要爲這個信念付出昂貴的代價。事實上在我所觀察和了解的一切事物中無不如此，無一能夠逃過自由選擇的命運的結果，沙特本身就是如此；每一個個體的選擇也許甚有區別，但結果總是公平的，最後總會露出他抉擇的報償，而這一切的神奇性都能憑著自我感覺體會出來的。

近期來關於中國文學語文的問題，霸道的人士甚爲囂張，其中有思果、黃維樑和余光中所提到的中文正確用法，關於「是」的是非，我終於看到有黃宣範的反擊，他的論文是〈是無是非〉。這是眞理自在人心的好現象。

一五、在地下道躺臥的少年

週六上午離開學校，輾轉幾次車到了高雄，我在鐵路餐廳等G．L，他來後我們一起到霞木吃中飯。我決定住國統大飯店，他約在四點鐘離去，約定老莫晚上見面。我想在六點以前到報社見老莫，但計程車不熟悉路，在市區繞來繞去，最後他以問路的方式才把我送到那裏，而G．L卻比我早到了。老莫在編星期特刊，還在工作進行中，他還表示晚上十時回臺中去。我們在一家中國菜餐廳吃飯，另有兩位報社人員，還有醫師K也來了。他們喝啤酒，我喝茅台酒。飯後老莫和那兩位人員先回報社去，我和G．L、醫師K、小吳再到一家酒吧喝酒。我們談一些生活的感覺，醫師K很能從他醫學的立場表示目前的生活觀感。十一點我們離開那裏，G．L帶我回飯店，我要留他夜談，但他堅持回家去。他回家後約半小時，我打電話過去，他的家人說他在洗澡，一會兒他打電話過來。我們在電話中談了一會兒，我一面和他說話，一面似乎在懺悔，流下了眼淚。我不了解爲何我每每想去追索眞實，別人總認爲那是虛幻的。我對G．L的拒絕感到萬分痛苦，他要我去睡，就把電話掛斷了。我走到窗邊掀開窗簾，俯視火車站廣場的夜景，電鐘的數字已跳出是凌晨一時。我又升起對生命的懷疑和悵惘。

我醒來時才發覺睡前糊塗地沒有拉上簾幕，但似乎是我在鄉下養成的早起習慣使我自然醒來，不是外面的光亮刺激我。空際是一片灰色，我起來注視那火車站大樓的電鐘，五時三十五分，既然已經醒來，我知道再也不能重回床上睡覺了。對於這新的一天，經過幾小時的睡眠，我自覺很鎮靜，是一種無欲求和略帶悲哀的和平狀況。我在小心謹慎地照護著自己，使我對生存的態度不至於慌亂無章。然後我花了很長的時間在浴室，泡在熱水裏使身體流汗，恢復更大的清醒。昨夜的烈酒使我非常口渴，我不斷地倒水喝，記起來G．L昨夜已經警告過我了。我也記得他喝了不少酒，且有自虐的傾向。我原不想在早晨先打電話給他，但到了七點多鐘時，我還是先打電話過去，問他要不要過來一起吃早飯；不出我所料，他還在睡覺，是我的電話吵醒了他，他說要我等他。快八點鐘時，我想下樓到火車站看時間表，當我經過地下道時，我發現有一個少年躺在冷冷的地板上，那是個可憐而骯髒的形體，像是死亡了的樣子沒有動顫，身邊散亂很多垃圾什物，來往的人只是對他注視一眼便匆匆走過。我折回飯店到房間拿相機，拍下我南下的第一張照片，然後走向火車站。當我轉了一圈回到我的房間，我再打電話給G．L，知道他不能早來後，我決定自己去吃早飯。我吃了兩碗稀飯後覺得身體充實一些，我坐在三樓餐廳觀察那些日本旅行團的人，我想像不出我可以如他們那樣輕鬆愉快地出外旅行，如果沒有明顯的工作職責，我不可能想到要做那種類似純觀光的旅遊。我自問我又為何而來呢？答案就是為私自的幻想和愛欲而做了獨自的行動，雖然我可能（像昨夜）見到某些人，一起喝酒談天，但我內心明白我是為何而處身在這裏的。我目前的平靜適足以說明我對G．L的失望。我所寄望於他付出的感性和行動，都被他驕矜的心理阻礙而落空了。我發現和他無法求得相似的觀感去體嚐生命之事。他計慮的比我更現實，比我更具道德感，使我驚訝他如此年輕，而身負的現實責任如此之重。所以我漸漸明白我不能從他那裏獲得和諧和快樂。他沒有和我採取同一步驟邁向未來的意願。但從他的角度看我，我的一切都顯得甚爲不合理和矛盾，所以他根本不能接受我的思想，甚至進一步要反對我的行爲。當我繼續在房間裏等候他來臨時，我發現平坦白色的頂壁上有一個細小的機件安置在中央的位置，那裏應該是一盞燈，可是並沒有燈而替換了這麼一個我想不出有何用處的銅質零件。窗外依然是灰色的，沒有耀眼的陽光，我開始注意到頂上那機件和淡淡投影所形成的象徵，我裝好放大鏡仰臥在床舖上觀察它，它就像是由外太空降臨的一個神秘怪物。室內的光線很暗，相機必須調到很慢的速度，光圈也放到最大，我雖懷疑能拍好這樣的一個曖昧題材，但嘗試用斜角移動來捕捉它，假想它是具有生命和行動的事物。到此，我這次南下只拍了這樣的兩個意外之物，只按下四次快門，而對城市風景我就沒有興趣了。

當我坐在房裏準備筆記我剛才在地下道拍的影像時，我找不到鋼筆，我想起昨夜大家匆匆離開酒吧，我把鋼筆留在桌上了。我有點懊惱，但只有儘量維持我孤獨的平靜心境，不要讓一切的損失再加深一層的傷害自己。約十時G．L終於來了，我們面對時陷入於懷疑和敵視，我們都想努力挽回和尋求另一途徑，可是卻更顯示出無望的樣子。我對他的幻想和寄望突然都消失了，由於這一情況，我對周遭的一切都十分的冷漠。然後我們又恢復了親善，一起說好去吃午飯，他帶我到一家自助餐的地方，畢竟我仍愛他，我的心有等待的意味，可是我又自覺那時間是無期的。

我帶著無限傷感和無可奈何的心情離開高雄，我疑問我是否還有意志力去尋回這份幻想。

一六、烙印

自從在高雄火車站廣場地下道拍攝了那位躺臥的髒污少年的睡姿之後，我心裏一直不能忘懷當時拍攝的恐懼印象。從看見到折回旅店取來相機的五分鐘時間，我在內心滋生著許多問題，在充滿疑問中仍然決定要拍下這個可憐的人。無疑我在懷疑我的道德問題。當我對準焦距靠近他時，我的恐懼達到最高點，我的心幾乎要跳出來，有人從我背後走過，我擔心有更大的羣衆圍觀過來，並且害怕他們因我的行爲而攻擊我。事實上並沒有發生什麼事，我按下快門後便拔腿離開，快步步上石階進入火車站。我不能釋懷的不是社會問題，而是我個人的行爲的自我批判。我不知道是否有拍攝這種情景感到自滿和快樂的人，以爲是做了一件好事，自以爲富有人道和正義感，並且向他人炫耀一番，讓人知道他那可貴的憐憫心，在文學藝術上不乏這類具有道德勇氣和懷抱使命感的人。我正爲這點而害怕而產生懼怕的幻象，因爲我還沒有認清我就是那種勇往直前的使命工作者，我是爲我不是這種性質而卻去做了這樣的事感到膽怯。我看過和認識過許多爲私自的野心而假冒爲善以做這類事爲手段的人士，他們是知識份子，我擔心我會在不知不覺中走入了這條道路，而根本不是我的本性所應允。我目前不會公佈這張照片或大作文章呼喚社會的注意，我甚至將來不會對這張照片加上無謂的贅詞，以做爲抬高自我身價的證據。我現在希望我未曾拍攝過這樣一張令我不快樂的照片，我可以毀棄底片，但它已烙印在我心中不能磨滅了。我因拍攝他而有自感犯罪的意識，好像他的襤褸是因我的優沃所造成，世界沒有公平地分一點財富和愛給他，假如我不能及時地救助他和改善他的狀況，我到底算是那類的人呢？拍他和不拍他，他都是一樣的，我不能叫醒他帶他去吃早飯，或帶他到我住的優雅房間洗澡，給他乾淨衣服穿，所有的這些，我都沒有勇氣承當；好，即使解決了眼前的問題後，我可能因私人的理由離開，他又將如何呢？我把他帶回家嗎？這樣推遠下去，我應爲他犧牲，這樣才算是「愛」。我自慚的是我沒有愛而卻做了愛人的舉動。天啊！他眞醜！在拍攝的那一刻，我更恐懼他是死亡的，我唯一減低害怕意識的是知道他在我回旅店取來相機之間翻過一次身，改變了姿態，當然很可能有人用腳把他翻轉，試探是否死亡了。我的焦距對準他那微張半閉的紅色眼睛，我在鏡頭裏看到他似乎也能意識到有人靠近著他對他拍照。想來他的睡眠是不安穩的，他睡在那裏也等於做了詭猾的唾棄自己試探別人的表示，把衛生紙、手帕、小鐵罐裝的什物，散亂在身邊和腳下。他有抗辯的意識，這是他展顯的動機，而不是因自己的醜而隱藏自己。我拍攝的行動中依然帶著厭惡的心理，像有些路過而繞彎迴避的人一樣，看了就不敢再看第二眼。如果我是他，我簡直會羞死；如果我是他，我會把自己隱藏起來，不能如意的生活，我就去死。我雖與別人也有不同之處，可是我不能忍受我像那種模樣的醜態。爲什麼他不能像一般人般修飾自己，他沒有知識嗎？他不能依靠自己嗎？他的樣子到底歸屬誰的責任呢？爲什麼他要表露這種愚蠢而使人厭惡的形貌？爲何不聰明地去做此事，從賺得中把自己打扮得光整一點，讓人覺得他亦懂得重視體面，這個世界難道不是充滿著這樣生活的人嗎？就算他的樣態也代表一種誠實，那麼這種誠實的意味歸屬於自然嗎？如果他認爲他的樣子和睡在衆人來往的地下道冰冷的地板會很舒服的話，我還有什麼可說的呢？畢竟不是這樣的，世界上到處充滿需要救助的人類，貧窮和疾病正使他們枯萎和哀號。他是不是就是這種人呢？我想按照我們的社會來說，他是我們之中的少數人，不像某些國度裏那樣佔著大多數，因此不是我們社會的一種風格和景觀，遇見時就難免感到驚心和意外。那麼他的存在就有不同的意味了，是人性的醜惡和殘酷滋生的一個特例。他誕生時他的父母是誰？有誰能無動於衷地讓自己的子弟如此流落？他的家庭狀況如何？他能長大就不是孤兒，而是中途的棄兒。還有他的心智很有問題，否則定能奮勉向上。他不能爲人接納和受教育到底是他個人問題，還是社會問題？自我離開後，他是否醒來，還有他將來的命運如何呢？總之，我無法眞正探明他存在的理由，他的過去和未來是我不知道的，我只是在某一時刻遇見了這形象，並且依照我一時的情緒產生顫慄的觀感。可是我眞的一無所知嗎？我拍下他的理由又何在呢？我又爲何不去拍陽光下明亮漂亮的物事，那麼我的選擇的意義如何？我能說我拍了他就是了，其他的問題就不是我所能關心的了，眞是這樣嗎？

晚上十時，美國之音的古典音樂開始了，我所熟悉的播音員的低沉聲音預告著今晚的節目，首先是約翰．巴哈的C調弦樂曲。我總是隨音樂的進行馳思一些纏繞著我的現實事物，而不是純粹在認眞欣賞；這兩者在時間的進展中互相跳接，我對現實的追思時續時斷，而我對音樂的關注也是如此，那一方面較能喚起我的感興，我便對那方面加以注意；這種排遣與我在生活中的行爲頗爲相似，顯示我的感情的跳躍和追索。但我相信我的感情有一始終不變的特質，非常的效忠著我自己的本性，只因現象世界應合於我性質的事物不一致，一會兒在這裏出現，一會兒在那裏浮動，致使我常要變動轉向，沒有一個固定的目標。我爲這點感到無比的痛苦。我不但捉不住一個固定的目標，也永遠得不到適合於本性的滿足。我曾經想：我既然知曉我的痛苦之所在，是否能夠獲得痛苦之解決的方法呢？

音樂的進行已有一小時了，今夜的播音似乎極有秩序，由巴哈、唐喬凡尼、海頓到莫札特，由弦樂到交響樂到鋼琴。我的隨想馳騁到一個少年時去過的小村莊，我很想找一天帶相機去拍攝，近年來偶爾坐車路過月眉村，便勾起我的回憶。我曾在某一年的暑假，單獨前來姨媽的農家和表兄弟們相處，他們都是勤勞節儉的人，而我卻不善於勞動，只喜愛繪畫；記得更年小時，母親曾帶我來此，探望獨自居住的外祖母，我們沿著一條很大的水圳進入村落，房子都極爲低小，居民的面貌也別於一般我在家鄉見過的人，他們說話的聲音帶著特殊的腔調，山坡上種植的甘蔗一望無際，有一座很大的漆成綠色的糖廠，發散出使我頭暈的氣味。我住在姨媽家天天夜晚做著惡夢，我的健康很不好，我坦白將這情形告訴姨媽，她好心地去爲我問神明，說我心志超遠，對這樣的解釋，至今我還不能想出與我的惡夢和不快樂有何關連。

不知不覺間音樂出現著長笛和提琴的對位，我的思想回到目前的現實，今天家人中有多人患了感冒，昨天我在學校清理一隻原子筆內的油污時，也因急躁的關係而用鐵絲刺破了手指和手心。現在我不敢對自己提起G．L，他才是我目前內心中困擾的中心。我寫信給Spring，坦白告訴他建房子的事可能把我拖垮了，會因這件事影響拍攝和暗房的工作。我也想到將來在新房子工作的種種問題，最主要的是安全問題，當我不住在那裏時，是否會有盜賊侵入把我的東西搗毀（當他們拿不到他們要的財物時），還有房子蓋好後，是否還有經濟能力來支付我在拍攝和暗房工作的開銷？這一筆錢用完之後，我非常清楚再也沒有另一筆支援的錢可用了。當然到時候，我會賣掉房子，做權宜之計，以便繼續我的工作，直到一分錢也沒有爲止。我不應該爲這些事擔憂才對。已到凌晨了，播音員在向聽衆道晚安，通告明天同樣的時間再來分享這兩小時的世界音樂，我也的確懶得再想再寫了。

一七、憂鬱的魂魄

我的紀錄總是無法寫得完全（我並不計較是否完美），當陳述某一件事，會把其他的事忘懷，無法做到一次把當天的重要工作全部記錄下來。現在，我才想起昨日黃昏從屋門望出，越過前院的一排扶桑花樹，看到斜對面高樓屋頂上養鴿的男人揮動著長竿紅旗，屢次地做出趕走欲尋降落的飛鴿的動作，那羣盤繞轉圈的鳥，總是頗爲驚慌地又撲翅急速地飛開而去。灰白的天空，襯著那單純飛動的影像，幾乎像是沒有色澤似的，不知爲什麼緣故，我現在只有對沒有對比的單薄景物有興趣，我取來相機，拍了三張。

今天我騎腳踏車來校上班的途中，亦想到我拍攝以來的種種自我的感覺，我拍的照片大都像是沒有拍成功的灰黑景物較多；事實上也是心靈指引我要去拍它們，像廢窰、沙河的早晨，還有某些無光黃昏皆是。我目前有一個想法（但不是我的解釋理由），在陽光對比下的景物或人物，雖然顯得動人和明顯的格調，卻不如那狀如遙遠的、灰黑的、柔和的影像更吻合著我心裏的傾訴要求，尤其是風景，彷彿看到我憂鬱的魂魄徘徊在那裏。這是無需加以解釋的，因爲所有創作的作品都代表作者的心。

一八、失去的樂土

昨天翻了我在學校裏的抽屜，發現一張開學不久寫給美國印地安那大學W的信，事隔二個月，我讀著它時深爲感慨，我很懷念他，可是覺得一切都過去了，於是不由得延續寫下去，然後將它寄出。這一個星期來，我壓抑著不打電話給G．L，想寫信都失敗了，心中時時浮起他的影像，卻不知要對他說什麼話，加上在學校工作的忙碌，致使我十分不安寧，晚上總睡不好，今天提筆，中途又放棄了，我希望他能先來信，可是我知道這對他是不可能的，如果我繼續沉默，一切又將喪失了。關於這一切，使我對自己的人格感覺低卑，爲什麼我想去愛一個人，又顯得如此的低能和無助，毫無辦法令我這幼孩般的性質獲得快慰和滿足。黃昏本來約定做鋁門窗的商家來工地量門窗，匆匆由學校騎車趕回來，那人卻在昨日到大甲喝酒至今未歸而爽約了，而可能會回音的臺中照相器材行也沒沒有消息，我的情緒變得低落了。到了六點鐘，天快暗下來了，我攜帶相機走到沙河，看到河床傾倒著一堆一堆滿滿的垃圾和磚石，實在很難過，這種破壞自然的情景加上我的失意生涯不覺傷心起來。每天騎車從橋上經過，俯視著這童年快樂的土地，現在成爲污穢和廢物的堆積之所，有時焚燒垃圾的火煙漫起，微風吹來撲在我的面孔，我哀嘆著而流下淚水。人類的自私、罪惡和無知，不知何時我們要遭到這一切惡行的懲罰。水流是污黑的，岸邊茂密的樹林依然引動我的心緒，我開始在這樣留戀、懷恨、尋求構圖美的發洩的複雜交揉爭戰的心情拍攝這同樣沒有陽光的灰暗景色，而天空越黑暗下來，越能爲這拍照的工作感動。灰色天空，濃厚的高大樹林，幽黑的水流，就像是我此時的心靈一樣的哀怨。沒有人會說，這樣的景物有著什麼感動人的成分，但對我而言，這像是代表我生命遭遇的史實，它們實在不必要什麼奇偉和艷麗才能構成優美，也不需要奇形怪狀才能代表象徵；我所面對的眞實就是我的思想所在，無需隱瞞我生存的種種悲哀。然後黑暗整個包圍過來，我的腳步踐踏泥濘往回走，從那昔日的牛車路瞧見市鎭燈光的明亮。看到這個景象，我奇異著，我的心靈和所有人類的心靈沒有兩樣，盼望著溫暖和快樂，這行程的回轉就是象徵著一股希望。

一九、放棄尋找

對照像館洗印出來的照片，我已失望到極點，我對自己親自洗印的要求日熾，但還需等候一段時日，因爲房子還未建好，只有在心裏空空地焦急著。

早上雨勢甚大，幾日前已在心裏醞釀的到月眉村去拍攝的計劃，今天是不能成行了；星期日的時間對我甚爲重要，今天只能望天興嘆。我坐下來彈鋼琴排度上午的時光，午睡時外面有人叫醒我，原來是在工地做水泥工的阿雄，交談一些工地的事之後，他走了。我換衣服到屋外去，正遇到隔壁的表弟，我問他有事否？他說沒有，我要他用機車載我到白沙屯去，看一處被推平的大空地。每當我坐公路汽車經過那裏，被留在空地中央的三角形山丘總引起我的疑惑，認爲是拍攝的好對象，現在我必須先去觀察，再決定時間做拍攝。路途中，有幾個磚窰的形貌也引起我的興趣，新埔一帶廣大的山坡讓人有開蔓奔馳的感受，在那裏開墾牧場是個極好的地方。

昨日清晨，我從床上起來就奔到沙河，到前日黃昏在那裏拍攝的地方，尋找相機的皮套，奇怪的是它沒有在那裏。後來我在草叢處發現一個大洞，有獸腳的足印，是不是被土撥鼠這類的動物咬進洞裏當一頓好餐了？我在那一帶來回地徘徊，到處是黑色的鵝糞。沒有想到尋找失物也有一番樂趣。我準備離開時，迎面來了一部牛車，我想他比我早到，是不是被駕車的人看到撿去了，但我和他交錯而過，他的神情冷漠，我抑住了詢問他的衝動。我一再的回想，不知道怎樣丟失和可能丟失在那裏，好像注定要遺失的，否則不可能會沒有半點跡象，實在感到奇怪極了。最後我認爲是該丟的而放棄尋找。

時報人間編輯寫來了一封限時信函，附了讀者問我的問題；自從上次來信慰問我的健康後，好像對我頗有興趣，但來信的語句很可笑。譬如形容我的寫作爲「像奧狄賽艱辛的旅程中，免不了有種種魔難。」又以葉慈詩形容我，「當年老時，步上最高的山巔，把臉在羣星之間隱藏」。又說應把「年老」改成「成熟」等語。我覺得他們像小孩一樣好玩。我現在當然不能再去應和他們的節目，那些副刊上的玩意，我本來就沒有濃厚的興趣，再看那封附信，總是多年來相同的問題，問我爲什麼叫「七等生」，我認爲不但是讀者，連我自己都沒有再去追尋的價値了，所以我合併回信說我已停筆，我的思想不合時潮，我不願陳述，也不願回答。

我最後整理的一本書《銀波翅膀》的稿樣由臺北的遠景社寄來了，這一次打算慢慢看，我對自己的事也覺心煩。

二〇、販賣神話的人

從上月二十八日到今天有五天的時間，如果我訂下拍攝的日程和目標，一定有許多值得去發現和思考的問題，可是在這本紀錄簿裏卻是空白的。我不知道要是我能依照我的想法去實行，到底會有什麼發現和問題發生，我眞的不知道，因爲在這段時間中，我做了別的事，將拍攝的事擱放一旁。我會因沒有專注在拍攝工作上而懊惱嗎？不，或許有一點。無論如何，依然有某些拍攝的題材進入我的思想裏，當我上下班騎車經過馬路時，所見到的兩旁田園的景象，女工在晨間走著田間小徑到工廠上班的畫面，我知道有一天我不會再有機會見到這些，我能及時將他們拍下來，一定有記錄的價值；還有小學生走過山路上學和回家的情形，我心裏時常想到這些，卻沒有時機拍到他們。那麼在這幾天中我做了些什麼事呢？那就是校對我的最後一本文集的稿子，整個工作到昨夜爲止，全部結束，今早將它寄到出版社去了。在情感方面，我沒有接到G．L的任何信息，但我更爲Spring的現況擔心，我感覺自從我不依照他的希望將我的書寄給他的大女兒當生日禮物之後，就產生著微妙的變化。他從我這邊拿去的錢轉借給他人，現在發生問題了，我和他都爲此事焦慮，因爲我的房子需要這筆錢才能完成，否則一切都完蛋了。這些痛苦和不安都是自己找的，我和他同樣遭到一次很好的教訓。我只得寫信安慰他，也鼓勵自己不要喪氣。

昨天下午二時，我到國民中學聽美國某大學藝術教授某先生的演講，他帶了幾個美國留學生做環島的考察和講演。事前我不免有些許的猜測，他遲到來時我有點意外，到最後講演完畢是令我感到厭惡。教室擁擠著本地的教師和一部分國中學生，我端坐著品評他的講演內容，他不時用右手去掏褲子的後袋，卻什麼也沒有拿出來。他十分技巧化地從介紹自己的來歷開始到如何愛國爲止，內容是一派宣傳味道。老王賣瓜，我是越聽越生反感的，雖然佩服他一生的生動活躍，卻對他的觀念和思想感到疑問，他說中國的事物都是好而優秀有前途的，外國都是野蠻可鄙而沒有前途的。我不認爲文化的發生和創造文明，在國與國或民族或民族之間有什麼優劣可比，民族學和國家的地域觀念，這些神話實在聽厭了，這些東西如果有政治因素在操縱就不是什麼眞理。他說他的學生在臺灣看到的畫展，都說是西洋畫不是國畫而產生不齒，那麼爲何他們要跟隨一個中國籍的教授學水墨畫呢？他們將來的表現不是也要爲別人譏笑他們畫的是中國畫而不是美國畫嗎？這種內心不誠實和不是眞的認知的問題，我是聽不入耳的。如果今天在臺灣的人都要保持國粹的話，我們就不必再談科技和引進新的經濟學，也不需要購買西洋武器了。這些與現代生活脫節，擾亂心智的問題，實在不談也罷。一個長年居住在國外反而回來向我們販賣愛國情操，不是很可笑嗎？我認爲他的生活和處理現實問題並不那麼中國化，他沒有穿棉袍（長袍）馬褂來，已經證明了這一點。鄉親的觀念只是一種常情，但今天在知識和認知上是探討人類生活的共同眞理，東西方的二分法已經不合時代了。他在美國教學是一回事，另當別論，但他的思想如那麼偏頗的話，他在表現上的可取之處便都讓人懷疑了。他談中國的哲學、歷史、佛學和禪宗，以爲我們都一無所知似的，我認爲他並沒有多少實質的認識，只不過跨大其辭來炫惑而已。如果他眞的是中國的哲學家，他應該去除別人會以爲是沽名釣譽的作法，畢竟他自承是個文化尖兵，是一個宣傳的工具，而不是什麼自然渾成的哲人。愛國是高貴的情操，但假愛國之名圖私利有之，從眞理的追求上愛國才是誠實可行的辦法。人類的前途不是單單中國人的前途，應有新的規程和目標；人類是一體的，不是分歧的；人類與萬物也是一體的，也不是分歧的。我從這位教授的身上和言談間似乎沒有發現什麼可愛可取之處，我也沒有發現他的學生有什麼靈慧之處。

二一、看照片要像讀書一樣

母親從臺北木柵回到通霄來。

昨夜我欲想打電話給G．L和Spring，但電話亭圍滿了也想打電話的人，終於打消了。我對自己到電話亭來打電話的事，感到很厭煩，關於這一點，我在給Spring的信中已提及，我對G．L是愈來愈失望了，他爲何沉默，我不能十分明瞭，他說過他對不是恆久的事不抱希望，由這句話，可以料想他的感情如何。工地的事拖了這麼久，我的精神十分痛苦，至今還不知道何時可以完工，因此我決定在完工前都不遠離。原定今天和尤莉到臺北看兩部電影——《現代啓示錄》和《克拉瑪對克拉瑪》——沒有買到火車票（漲價前都賣光了），又知道要去訂做門窗的事，我的興趣全都消散了。我應該學會凡事不影響到心緒，讓應該要做的事（不論玩或工作）照時去做，就是有重要的事來亦不加理會。但我的性質是一個事情沒有做完，是無心再進行第二個事情，這種情形可能因早些年寫作培養起來的。事實上也不盡然，我眞的無所知曉我自己的本質，因爲什麼事能引起我的興趣，我便會傾向和迷醉那件事。而我又有不屈不撓的責任心。所以我的心中存在著許許多多未完成的事，使我一刻也不能放鬆，我的心思大都在盤算如何做好它們，這和我寫作的思考也很相仿。

已近一個星期沒有拍照了，但我的腦中不時地在思考這一類的問題：這幾天晚上，我常打開名家的攝影集來看，發現看照片要像讀書一樣，每一個細節都需看到，這樣一張照片要看很長的時間，我更相信看得越久越會有心得，一次看很多是沒有效果的。我照樣喜愛聽晚上十時的古典音樂，我不知道G．L是不是也在聽，我曾在信中告訴過他有這個節目。

現在我洗完澡坐下來，想想從中午開始我所經歷的事，實在難以相信自己在一個週末下午會有那麼驚人的衝力。首先我在學校吃中飯，隨即老何和校長圍過來下戰書下象棋；我先和老何對奕，第一盤他輸了，他堅持再下一盤，結果他贏了。然後我和校長對下，他先贏一盤，但第二盤我扳回來。四盤之下，我感覺疲乏和頭暈，我告辭了，時間是二時四十分，我將腳踏車推出小徑，突然想到應該到工地去看看，於是踏車前往。在工地我看到我的房子原封未動，還是原來拆掉板模的那個樣子。我與工人談，才知道頗有內情，問題是他們做工卻沒有拿到錢，他們在抱怨。我對他們說：當你們做完他們的工轉來做我的工時，便不會有拿不到錢的情形。他們用疑問的眼光看我，他們不知道我，他們長年做工所經歷到的都像他們剛才在抱怨的情形。我試著跟他們談一些條件，當他們來做我的工時，我將單獨親自給他們優惠的工資和招待點心。我趕到鎮上，在賣豬肉的攤位找到建屋的負責人，我將一些問題請教他，希望以後有關我的部分的建築由我自己來負責，錢我直接付給工人；我對他說我交給他的錢做到目前的部分應該足夠，前幾日已大概會過帳，本來約定今天再交給他兩萬元，我只給他六千元申請電路的費用。他答應可以，我請他和我一同到工地，再與工人談這個新關係，在工地我對工人說，依照我擬定的做，大家講好新價錢，他們全都答應了。我和他回到鎮上，約定分頭去找另兩班早先來砌磚的工人，要他們不要約束現在接他們工作的工人，並且放棄他們從中扣去的一小部分的錢。我回到家後便去找表弟，要他用機車載我到圳頭里找阿雄，他是先前砌磚的工頭，我在他們工作的地方會見了他，就蹲在那裏商議起來，他是三十多年前我家由鎮上遷往鄉下躲避戰爭的轟炸租用他父親的農舍而一起牧過牛羊的朋友，他對我向他說明的都接受了。我達成了任務回到鎮上，再去做鋁門窗的商家，約定明天早上八點半到工地去安裝。回到家門，母親和家中大小都已吃過飯，我坐下來喝點酒，解除一身的疲勞，我是眞的疲累了。我現在想起來，蓋房子這件事，演變到今天會有這麼複雜，其中牽涉到分工的問題，和當初的負責人沒有盡責規劃妥當，每一班人之間並沒有多大的連續，他們是零散地在四處包工而做，因此一所房子要蓋起來，其間就會有脫節的現象，屋主就需要到處去找他們商量時間，而往往工人並不如約前來，而有些屋主在付工錢時，也不一定依數照給，這之間就變得恩恩怨怨了。我這外行人，第一次蓋房子，錢交給負責人，他周轉去了，而工人向他拿錢拿不到，他們便怠工了。而他們並不知道我，他們是認錢做主人的，所以現在我明白了，才有這整個下午的行動。不過將來情形如何，是否會好一點，也很難料。他們是爲生活而工作的人，大都很善良，其中會有大聲吵嚷的情形，都是爲利益的問題而發生的，是一點一分都要計較的，今日的社會雖很繁榮，可是我對他們同情極了。我想對他們表示慷慨，是基於上述的心理；我也很窮，可是我眞的不能和他們一樣去斤斤計較。想到在城市蓋大廈的工人，他們的心就更爲悲悽了，他們並沒有享受到那大廈的氣派和舒適，只爲了謀生而工作，他們大都是鄉下去的，租居暫住，妻小依然留在家鄉，那種離鄉背井的生活是有目共睹的。這種社會的畸形，就是這個社會的眞正問題。

二二、深沉的痛苦

準時八時半，做鋁門窗的準備好等候我，到工地後即開始做他們的工作，我在屋子的空間走來走去，告訴水泥工關於昨天黃昏我和阿雄談妥的事，要他們也履行他們答應我的。這些工人的態度都很曖昧，當他們口中哼哈說好，並不一定就是好，他們隨時會見風轉舵。我帶錢去，先給他們一部分錢，要他們相信我。接近中午時，鋁門框架已經做好，一位做鐵門的人來了，我要他量量做拉門的尺寸。這位做鐵門的青年和做板模工的兩個人買了東邊的地，也準備蓋房子，但水電的事不能解決，於是我帶他們到鎮上找負責人，結果他一口答應要給他們協助。他們原本想請我吃什飯，在一家餐店叫了水餃和牛肉吃，我想他們是想酬謝我，所以到這家餐店來，要是爲人所知，我覺得不妥，因此我堅持付錢，變成請了他們兩個人。下午我突然想買一部機車，做爲將來山上和鎭上之間的交通用途，我去看了一部三陽的車子，並且試騎到工地去。水泥工又來向我斤斤計較，原本說好的事又有了變動，他們這種態度使我不高興，可是我極力抑制自己不發脾氣，他們要什麼條件我全部答應，但我告訴他們工作必須要做好。回到鎭上我去找負責人，請他打電話爲我叫磚。晚上去臺北的尤莉回來了，我和她一起去看機車，並且買成了，決定這幾天車子都存放在店家，等母親回臺北木柵後再牽回來。

我會陷入於這種忙亂，疲勞和食不知味，實在始料不及，但是無論如何，不能洩氣，必須做到完工爲止。現在錢已經不夠了，我盼望Spring方面一切順利，以便早些把錢寄來。母親年老有病，我很感憂患。又是一個不能成眠的夜晚，我躺在床上時，屋外的機車聲充盈在我的腦體內，承受著那響亮的馬達聲的折磨，我只得重新起床坐在沙發裏，把耳機套在雙耳上，打開收音機聆聽音樂。我的眼睛必須看著什麼能觸引我思想的東西以排除我在白天操煩的事務的印象，想到那些工人的貪婪令我憤怒極了。這使我聯想到歷史記載中的那些嚴酷的主人，以刻薄對待僕人或低階層的工人的情形，他們實在是太懂得人性了，而我也知道人性留存在卑賤的人的是什麼東西，但我卻硬不起心腸，因爲根本不能夠駕馭他們，反爲他們所控制。我的積極態度，到頭來只是顯示忙亂而已，並不得到更好的結果，反觀他人處事的沉靜和若無其事的態度，他們一樣會獲得結果，而且不會更差。我知道我該學習和磨練之處仍多，卻對現時的境遇感到無比的難過，極想痛哭一場。

打開尤金．史密斯的影集，我拿到它是順手的，想看一些風景照片來解愁，相反的，尤金的影集中的照片大都是以人爲主題，黑色的部分特別多，到底是實景拍到的，還是暗房的處理，我頗表懷疑。此刻我怕看到人類的疼痛，尤金的每一主題又都是那解不開的深沉的痛苦表情，翻到咕嗞之死時，突然升起要自慰的念頭；一會兒，這個我青年時習慣的慾念就消褪了。然後不知不覺又翻到我認爲印象最爲深刻的第二次世界大戰拍到的士兵死亡的照片，細看他，那是一個漸漸腐蝕的景象，臉部的肌肉已消陷，暴出牙齒和顴骨，手指也露出了骨節，但他睡在土地上卻很配合，這一點就是所有恐怖的中心。

二三、伎倆

早上我利用一點時間到彰化銀行苑裡分行領錢出來，我趕到工地時他們還是未做我的部分，他們應該懂得如何做，反而問我這外行人要怎麼做，表面上是尊重我的意思。實質上是要推卻責任。中午時我想，我不應該焦急，因爲催促是毫無效果的。這一切都是人性的問題，但願這一次的苦難能快過去，使我能在精神上休息下來。Spring回信來，眞令人沉痛，但他仍寄了錢來；他是被那些家裏的朋友所設計欺騙，那些遊戲人生的人是心狠手辣的，我相信我的心和他一樣的痛苦，爲何會輕率地借給他們那麼多的錢，我眞爲他不能從他們的人品上去做判斷感到惋惜；這一次打擊會不會影響到他的健康，我想是不能避免。我對現今的人的無信義心深惡痛絕，撒賴、欺騙、怠慢都是這種人的伎倆。

我越來越明白報紙的宣傳和欺瞞羣衆的作法的可恥現象，譬如那些所謂五十年代的作家，自吹法螺，又享盡一切現有的權益，幾乎使六十年代的一輩嚐盡了生長的苦痛。他們是附屬於政治權勢的一批人，那有什麼可貴表現呢？情勢如此，他們把持了地位，佔盡了權益，現在他們想抹滅六十年代辛勤表現的功績，以爲七十年代的青年是他們培養的，看著吧，拿出成績就知道了。

臺灣的文學創作，將來會爲文學史歌頌的是六十年代才是。

前日我在聯副看到R君的作品〈青春〉，寫的是在某鎮生活的一段心態，我讀來頗覺親切，因爲他矯揉的行文是我所熟識的，他的回憶的本質也是實在的，能夠將它構成一篇文章也是可愛和可貴的。畢竟少有人能夠這樣道出自己生活過的年輕面貌，我當時和他是常在一起的朋友，顯然我的個性不會像他那樣巧飾著自己，而我相信他的聰明爲他自己所規劃的表現太偏頗而又太貧乏了，他眞正缺少的就是天眞的幻想，時常在現實中和朋友們爭勝而已。一個人缺少以幻想來補償現實，必然不能擴大心胸和視野，而現實絕不可能完整，因此他的所作所爲傷害到朋友時是深痛的，這一點以他即興的熱情來補償也無濟於事。幾個月前，我和Spring在臺北的一處廣場遇到他，我們正要去吃什飯，他也是來應別人的約，我們交換了一句難得相碰的話後，就無限感懷地又分開了。假如我知道人性的話，我和他永遠也不會再做什麼知心的交往了；事實上他爲生活的賣力是十分可佩的，也比我生活得好和愜意，可是我如果一心想遠離人們，也包括要遠離像他這樣的人。

我不知道現在自己的面貌模樣如何，在長期的失眠和心煩疲累之下，我很難想像自己是什麼樣子，好像我許久沒有照鏡子了，竟對自己陌生起來。

二四、夜景

一個星期來相機一直存放在櫃子裏，好似不曾有過拍照的事，把它忘忽了。晚飯之後，我想把相機拿出來，先在門口處對著夜空，試試光圈和焦距對夜景的處理，而在夜色中，因光線的不足，速度的決定就是一項重要的技巧，必須從經驗中去辨別，去計算合適的時間。我帶著腳架出去了，還沒有決定要拍攝什麼題材，夜色中的事物和白晝有極不同的面貌和內涵，幾乎任何事物都有詭譎的意味，暗藏著使人產生相像的濃厚成分。我不想去拍熱鬧的市街的夜景，心裏知道沒有把握，我出來是爲了試驗有關時間和光圈的調整問題，最好選擇一個僻靜之處，可以慢慢思考和操作。我走到一條市街的路尾，那裏堆積著很多原木，旁邊的小空地是一家汽車修理廠，一輛小轎車的後面被千斤頂高高地架起，地面擺放一盞燈光，清楚地照亮那後輪被拆下來後露出的板葉和車軸；我再觀察附近的環境，左邊有一部廢棄的車體，撞壞的模樣很可憐而醜陋，右邊前方停放著一部裝貨的大卡車，有說話聲在卡車的那一邊的走廊上，不知在修理著什麼物件。我擺好架子，安上相機，開始做決定拍攝的準備，鏡頭裏呈現出主題外的木麻黃樹的遠景和灰黑的天空。我希望在那部待修的小轎車底下有人仰躺著工作的情形。一會兒，兩個青年帶工具來了，蹲在那裏，或站著，我更希望能拍到好的面部表情，但我又怕失掉機會；由於我希望能有一張很濃厚的黑色部分的照片，我決定把光圈加大；而且我也不希望打擾他們，使他們過來干涉起見，我必須快點按下快門；我終於在其中的一位走過來時，按下快門。他來問我做什麼，是測量什麼嗎？我心理明白他不懂見識，但我還是照實說：拍夜景。後來我又以同樣角度拍了兩張。我把方向轉到最先注意到的原木，鏡頭裏一片漆黑，光線當然不足夠；我把速度調到Ａ，按下快門，數著一、二、三，實際時間可能只有兩秒多鐘。這四張花了約五十分鐘拍到的照片的成敗，正好可以給我一次經驗，做為下次拍夜景的依據。我轉回來，在家隔壁的走廊重新架好，想拍對面空地堆積的廢鐵管和廢腳踏車，有一塊房屋的廣告招牌立在背後，我記得在白天，也曾以此為題材拍了幾張照片。當我企圖獵取從面前的道路經過的騎車者時，意料之外的是：在按下快門和自動收回快門之間，對象已經跑掉了，讓我驚奇了一下。我在那裏等著，始終沒有滿意的人物闖進鏡頭裏來，我想慢速要拍動感的照片一定失敗，我只好拉下自動拍照的機關，自己跑去依靠在鐵管上，但距離很遠，我聽不到咔嚓的聲音。我的頭也一時不知要朝那個方向，可能不穩定，料想注定也是失敗的。我收拾好進屋去，今夜的工作就告了一段落。

二五、唐吉訶德的迷幻理想

H死了，他是文藝界熟知的人物，新聞報導著他的死訊。我認識H是F的介紹，時間約在六、七年之前，F主持的藝廊結束後轉到他的辦公室做事，有一天晚上，我和F和H夫婦，在西門町的一家餐館吃火鍋交談。那時世界發生以色列突擊隊搶救非洲恩德比機場人質的事，對於那次的突擊成功，似乎鼓舞著所有反暴力行動的人士；昨日在英國倫敦，伊朗大使館亦有英國突擊隊制服暴徒解救人質大快人心的事，惟惜上週美國卻未能成功地到達伊朗德黑蘭解救大使館的五十名人員。談恩德比機場的事，我不斷地注視著H，像軍人出身的他便有種希望自己是其中的指揮官的願望。的確那是一件很令人興奮的事。我想不幸的戲劇也從那時開始罷，F的性情極其容易和才智特殊的人墮入情感的糾纏，而才智型的人的情感顯見都是脆弱的，當他不得志時，尤其想依賴額外情感的慰藉，他們的愛戀雖然講究知性，然而情感和現實生活有違背之處時，悲劇的發生是不可避免的。隨即在某一晚，我和F單獨在良士餐廳吃晚飯，她所告訴我的他和H之間的眞實情形，使我大吃一驚，竟然被稱爲正人君子的H和他的髮妻離婚了，她遠赴美國，而H決定將他晚年的感情依託在F的身上。不久我就聽到其他人士批評F種種行爲使家人氣憤的事。然後是H的妻在美國去世的消息又一次驚動我的思維（我的這份想像偏重於道德意識和命運的支配的關連）；又是F舉家遷居美國的消息；直到今年二月，她突然給我電話，在話中哭訴著自己的命運，她是回來看H的病。我記得和F最後一次晤面所談到的過去和現在的種種情感留下的悲痛情況，我認爲她已在發瘋的邊緣，我驚奇而有些不耐地聽她重複過去說過無數次地所懷抱的情感觀念，我知道她在欺瞞著自己，譬如她以爲慈懷和愛是她的本質。她對我說H快要死了，她已照顧他近兩個月了，可說盡到了情義的職務（這點我不反對），她想在H去世前離開，因爲去目睹他的死亡是不可想像的事，也是她應該逃脫自己發瘋的唯一辦法。我沒有再和F連絡。F最後來一次信，說幾日內就走，我寄了一本書給她，她到底走了沒有，我不清楚，而昨日的報紙說H死了。我深深的明白他們的悲劇是這個時代所給予的——一個任性的女子和一個不得志的理想主義者的會合和分開，H是不折不扣的此時代的唐吉訶德，他的現實世界是悲痛的，而他的精神充滿著迷幻式的正直理想。

午後學生領路帶我到每個鄉村家庭去訪問，走之前，我喝茶時嗆了一下，遇到這種情形，我常有不幸事發生的預感，終於在山道的途中的坡道上，機車失去控制而滑到坡下，右腿受到嚴重的壓傷，訪問的工作被迫中途停止。回家時，母親身體不好躺在床上，我裝著沒事，問候她，並爲她按摩腳部，使她減輕頭部的暈眩。

二六、腿傷

盼望G．L的信來，但沒有。

情緒十分低落，腿傷的疼痛不良於行。早晨七點鐘就騎腳踏車出門，到工地負責人家吩咐他送建材到工地，再到水電行找漢貴，鐵門關著，從洞口望進室內，他的機車在裏面，但叫不開，似乎聲音傳不到更裏面的內室，我想昨日媽祖生，他必定喝多了酒還在睡覺。轉到西藥房買白金膏貼布，再到雜貨店買香煙，然後到機車行，轉換昨天寄存在那裏的機車直奔學校。到學校後，我為自己清潔傷處，換上新的貼布。整個早上都感覺憂悶和不樂，這樣的情態如再延長，我的精神會完全崩潰。我心裏盤算著房子建好後必須徹底的調節生活的秩序，並盼望精神能夠好轉。

二七、安瑟・亞當斯的攝影

母親表示今早回臺北木柵，但身體還是不好，又決定不走了。氣象報導今明兩天有雷雨，是梅雨季的序幕式，梅雨期間到六月中旬。工地負責人不但沒有把石棉板和木條運到工地，全家人都不見了，今早去依然鎖緊著鐵門，我決定自己去辦。我和水電行漢貴接頭後，他答應去改換水電表的位置。我全身和精神瀰漫在低落的沉悶情緒中，但我告訴自己，這是目前未決的事使我焦慮造成的，我應學習急事緩辦的態度，凡事要冷靜、看透。

安瑟・亞當斯影集中，有一張人像蘭德博士，使我看出對半光影（半面亮，半面暗）的價值，並不一定適合於任何人像，而只能對有奇異眼神的人可用。蘭德博士有一對怨憤的眼睛，使人對光面的那一隻有深陷的黑影和另一隻隱藏在幽暗中鯵鯵地注視具有廣深意味的印象，其實這是一張不甚特殊的人像，卻在我不斷審視中瞧見他的靈魂。我甚至認為安瑟・亞當斯是最會利用光影效果的魔術家，他的意念都是經由黑線和空白之間所形成的繪畫效果呈現出來的，不說他在景觀的攝影中的優異表現，就是以不足道的平凡體裁亦能窺出他的惡作劇的幽默；例如那張墓石雕刻所露出的腳底和壓坐的臀部，使人以為是炭筆的素描，又像是鄉下赤裸的小孩污泥沾染在肢體上凹陷的地方，或者令人想到有無數爬滿的螞蟻，更可驚的是讓人連想到死後肉體的廢置。所以他的攝影並非寫實，而是充滿了詩的意象，其中有諷刺的意味，當然最不可少的是莊嚴形式。他有幾張是關於宗教的畫像，十字架墓碑，教堂的照片，其中一張是白色十字架和教堂，一條繩結所投下的影子，就像是一個被吊死的人。他的照片中物像的線，成爲他最有說服力的語言，而大片的投影則強調其隱藏著存在的生命史實。他常能站在最適當的角度，把對象的稀有面貌化成他心中的意念。他的人像毫不遮掩地顯露不能長久的生命的某一種結論，由短暫的肉體轉化爲永恆的精神，我們幾乎可以嗅到他所拍照的老婦人留存於她和空際中彌漫的情感氣息。他對華美的崇高建築的莊嚴敬意，同樣可以用在簡陋原始似的土塊建築裏，兩者分不出它們存在的上下價值。他本人坐在巨魔般的樹頭的模樣，十足是個精神病院裏逃出的瘋子，他的眼神銳利地注視著，讓人察覺他正以某種思想角度在評斷這個世界。我還認爲不能僅以某種形態批判到他本人的情感世界，因爲做爲攝影的藝術家，他的悲憫之心和他的原始情欲的喜好，都能訴諸於審美的功能，如果將印地安村人的那一張哭泣的婦人，與Margaret Bourke-White和貓的清新喜悅對比來看，更能證實這一點。最後說到他的經典之作，還是那些他苦心發現並將它表現出來的景觀的自然事物，在那裏無法讓人否定詩的純粹。

二八、受創

這三天來，我的情緒變化極大，我的受創也極深，我滿懷心的疼痛，卻還要面對著現實世界過日子，我極想一走了之，把一切的親情都扯斷。週六上午十時四十四分，我陪年老多病的母親搭火車回臺北木柵，在火車上一路平安無事，我大部分的時間在看安瑟·亞當斯的攝影集，她憑窗眺望沿途的風景，偶爾她和我交談幾句，都是吩咐和關懷的話。這些話的內容和形式，我越來越感困惑，不知是慈恩或是阻擾我思想行為的暗影。到臺北下車走過天橋，我的右腿傷痛不便於行，只能緩慢地拖著，而她的腳步也同樣地緩慢，正好可以配合。走出站外，下著雨，我上身穿著雨衣，她撐著傘，她告訴我要走陸橋到重慶南路搭公車，這與我心裏的盤算不能謀合，依我們兩人不良於行的現況，馬上坐計程車才方便和合理；她年老了，我多花錢雇車給她坐是應該的，她反對的理由我心裏非常清楚，車資貴想為我省錢。當我們坐上計程車後，車子從重慶南路駛下，她竟做出非常奇怪的舉動，回頭從後窗望著公車的站牌，並且看我一眼，表示可在此下車換乘，我不肯，她才作罷。到木柵二姊家，是標會日，鄰居朋友很多，但約一個鐘頭後，人們都走了，恢復了平靜。晚飯前我洗了澡，飯後和甥兒下象棋，本想出去看電影，太晚了便作罷，到樓上休息。可是我沒有睡著，再起來看電視，妹夫回來後，我們又下樓想吃點東西。我走進客廳便看到母親對妹妹以忿忿的表情加以威脅著，我聽出內容後，我忍不住發脾氣了；這是我多年來第一次感到無法再忍受她的觀念，連帶午後坐計程車的事，使我大聲地責問她的不對。她平時不接受子女的孝敬和安排，深深使我們感到無福可享，何況就我記憶中起，她過分奉承別人的態度，成爲我們後輩無法伸展出對付現世的智慧。我們都知道她一生的勞苦，可是今天我們都已成長，快半百的人生了，她依然固執己見，阻撓我們的所作所爲；老實說，我們要爲她安排使她安享晚年的日子，都已束手無策了。最後是使得我大發怒吼的聲音，天啊，我希望天地之神體察和審判我。

週日上午我從木柵去市內，和遠景社的沈先生會談出版我的書的事，然後在十時半去看了一場電影《克拉瑪對克拉瑪》，午後一時三十五分的火車回通霄。時報副刊的信已在家等候我，這是同樣性質的第三封，我有點不耐煩，於是草擬一封給讀者的信文。

今天我把昨夜的信文抄好，定名爲〈再見書簡〉。S十一點鐘來校看我，我們一起吃了午飯，兩點半他搭車走了，我回學校，下班時到工地把錢交給水泥工人。回鎭上影印信文並寄出。回家後想坐下來好好冷靜休息，湯君的聲音出現在門外，他進來後給我一張紙條，是雷驤、張照堂、阮義忠三位先生在海水浴場碰到他，他們走時要他傳達給我到臺中晤面。時間已經五點三刻，我不但疲乏而且滿身污汗，必須洗澡，想來他們並非專程來訪，只是路過，也就打消了赴約的念頭。當我進浴室洗澡時，沈君的限時信到了，要我草擬書本封底的介紹文，我即刻寫並寄出。現在已經晚上十時過了，我最好躺下來休息了。

二九、攝與被攝合一

奇怪而令我高興得很，我前幾日注意到的安瑟．亞當斯照片中的人像蘭德博士，現在才讓我發現他有一篇文字在攝影集的前面。他對藝術的認識頗令我佩服；他的一些話眞可讓我將來在從事攝影時的提醒作用：

——引誘所有藝術家誤入歧途的是濫情感傷。

——最抽象的觀念莫過於任何媒體都不可能抽象。

這使我明白他爲什麼有兩隻懷恨的眼睛。他讚譽亞當斯把司空見慣化作陌生新奇最能產生巨大無比的美感力量。

要命，我的左肩胛，痠痛得我不能聚精會神讀書，我趕快起來，找到一塊藥膏貼布將那地方按上；每當我想坐下來寫點東西或看書，痠痛就不邀而至，像魔鬼來擾亂我的意志。

我還把坐在大橡樹盤根上的愛德華．威斯頓在過去誤爲安瑟．亞當斯。但這無關緊要，他們兩個人的成就相當，安瑟．亞當斯拍愛德華．威斯頓，愛德華．威斯頓就是安瑟．亞當斯，到底誰是誰，也就沒有關係了。

三〇、藝術的創作與自白

藝術不會因為在題材上沒有迎合現實口味而失掉它存在的價值，也不會因為沒有符合表面的道德形態而失掉它的獨立光彩。藝術的獨創和自由精神重於一切俗世的企求。由於藝術的存在，使我們在知識上從俗世的僞善和面貌中區分出來，使我們體悟到生活和生命的存在對立；因此也使我們有機會以良知去尋求生活和生命的諧和一致。藝術家的工作和生活常被指爲偏激或異端，但我認爲一般人在意識上的朝秦暮楚，隨波逐流，何嘗不是一種愚盲和偏見呢？

三一、幻影

精神是隨肉體相伴而生的，也隨肉體的敗亡而逍逝，這是極平常的事；但有一種靈魂是在人死後留存的，它稱爲精靈，是由肉體的感覺中抽離出來的，它的形成和存在是經由人的精神表現留存在天地之間，也各俱善惡的形貌讓人瞧見和感覺得到。有的人會在親友死亡後，瞧見幽魂彌留在屋子裏；有的人會繼續去做死去的人所願望的事；更常見的事是：每個知識人都會感悟某些前人曾表現的事蹟，而在人格上效法它。精神不是單一的事物，幽靈的存在是具有複雜的素質所組成的，在白晝間明朗透徹的空際，事實上瀰擠著層層質素，這些看不到的微妙存有，不是固定在那裏，而是不斷地交混變化，造成各式各樣的形勢。這種形勢無形中在操縱和影響我們的心緒，在我們的呼吸中進進出出，有時給我們極爲突然的激勵和靈感，有時使我們鬱悶痛苦。

昨日下午二時，我到工地去，但馬上又回家來，想修剪庭外的樹籬，卻自覺體力不足和右腿不適而作罷。約在四點左右，我到了海水浴場，這是今年第一次入海沐浴，不覺做出讚美和感謝的叫喚。游泳時，影響到腿傷的疼痛，只做短短的試游，我泡在水裏，一會兒便走上岸來。晚上我提早睡眠，但整夜都意識到右腿的傷痛，起來察看才發現比前日更爲腫大。早晨我幾乎決定不去學校上班，我十分擔心它的腫傷不能消退，打擊著我工作的情緒。在這腿傷的期間，我意外地發現有一位騎腳踏車的女郎，每天早晨在我赴校上班的途中，與我對面交會而過，她很消瘦，形貌完全不像這鄉村的女人，她的衣著和那騎車的姿容有特殊誘人的風格，最奇異的是我始終無法正確地辨識她和形容她，她好像是空氣中的光線集聚而成的幻影，她的存在很奇異，我分不清楚她是魔鬼，或是天使。

三一、問題叢生

昨日黃昏下班到工地去，與那些工作的人盤桓到日落散工爲止。在這時，幾天不見的工地負責人出現了，穿著白衫和紅花長裙，傾斜著肩膀，臉上掛著裝作出來的笑容，出落著病態的美。據說他爲債所逼，逃避了幾天，我吩咐的工作，他沒有爲我辦，也沒有說是什麼理由，最後還是我自己去籌設。我問候他近日情形如何，他簡單地回說病了。我現在明白他是愛面子的人，不願坦率說出他目前遭到的窘狀。目前他似乎不願再管事了，各建戶自行去完成最後的部分階段。他來是吩咐他們的股東晚上在他家開會。我慶幸不是他們的股東，我是買了他的地，另外付錢請他代辦。今天下午我到工地詢問某些人他們開會的情形，得知的結果是帳目不清楚，還要複算。目前又有水泥的問題。他們的水泥沒來，正在用我的，我不知道往後會發生什麼問題。水塔也來做了，但磚不足夠，工人一塊一塊地在洗磚，十分辛苦。本來一切都是很簡單的事情，因他們的股東中有一部分人沒錢，負責人爲了掩飾這一部分，帳便混淆不清了，事情因而愈變愈複雜，而沒錢去推展工程，問題便叢生不已。工人是最現實的，有錢才做工作。

這一個星期來，每天早晨起床，右腿的疼痛幾不能行走，走路不方便十分影響我到校授課的情緒。早晨尤莉用蛋白為我塗敷，而我過去用藥膏貼布效果不明顯，下午三點半，我到苑裡看醫生，打針吃藥看是否能好轉。

晚上尤莉告訴我，玉招從臺北打電話來，說母親已進三軍總醫院。我聽後心裏十分難過，憶起上週六陪她北上，週日我要回通霄向她告別時她猶躺在床上，我從她的眼神看出她的困惑和恐懼，除了吩咐姊姊陪她進醫院外，我因職務在身不得不速回通霄，但我內心卻帶著無比的憂愁，我想不出有什麼辦法來安慰她，我知道她的境況對我而言，比什麼都更令我難以安寧。母親啊！妳的一生太不幸了，而妳的不幸也是我們子女的不幸。

三三、真實與想像之間

昨夜我出去打電話到木柵，二姊不在家，留兩個孩子在家，我詢問誰到醫院看護母親，欣諭說是小姨（玉招），我心裏又怒又鬱，但對小孩不便發作出來。我站在電信局走廊猶疑著，在一種矛盾重重的心情之下撥電話給G．L，聽到他朗快的聲音，出乎我意料之外，他的第一句話就是：「你還記得我啊！」像是又高興又責罵的意味。我已有很長的時間（三、四星期）沒有聽到他的聲音，過去他總是以低悲的聲調對我說話，可以說突然間溫慰著我剛才不快的情緒。他告訴我私人的新的電話號碼，要我重撥試試，我照做了，他就轉到自己的房間和我說話。我問他接到我的信嗎？他說接到了；我再問他為何不給我寫信，他說寫了，可是沒有寄；為何呢？我追問他，他說晚上寫的信，第二天早晨看了之後便改變主意了。我問他歡迎我去嗎？他說那是我的事，不必看他高興不高興。聽到G．L的聲音，那是一個極度吸引我進入的世界，但恐怕一旦我不顧一切走進去，它會像我心中懷疑的而改換了式樣。我總不能依憑我的聽覺的感受去行動，我過去試過幾次了，G．L的眞實面貌和我的想像之間有極大的差異，他在那裏，我在這裏，還是保持這種距離罷。

三四、探病

週六午睡起來已快三點，我突然想要給G．L打電話，他在抱怨，以爲我已經在高雄，這是不可能的，我想說到臺北看母親，他說他有事到臺北見哥哥，我叫他趕快行動，在臺北見面，他又說要考慮，我把臺北木柵二姐家的電話號碼給他。我即時趕到車站，正好有一部計程車要北上。在中壢暫停時，我買了兩張貼布敷在右腿腫傷的地方，它實在給我極大的不舒服。到桃園，我打電話到高雄，終於知道G．L已出門往北來了。我改乘火車，買了一份中國論壇的雜誌看，其中的報導眞是胡扯拉雜，無事當有事看，臺灣的政治性雜誌如此低級，可以揣度臺灣知識界存在的虛僞和幼稚的情形。到臺北先到三軍總醫院，母親好好地躺在病房裏，我聽她詳述檢查的經過，一切都很令人安慰。姪女淑瓊坐在旁邊陪祖母也令我感動，對老人家而言，我看到我們都盡了應負的義務。到了晚上八點鐘，我才回到木柵吃晚飯。約九時二十分時，G．L的電話來了，我心裏很高興，急速地趕到希爾頓飯店的咖啡間見他。他穿著單薄的上衣、牛仔褲，依然是老樣子。臺北眞的是個大城市，他顯得有點拘束。他說冷，要出去買件夾克，出去後，又沒有決定買，我們走到對街的中國飯店，他想打電話給哥哥，我們走進大廳，我坐在角落的椅子等他，然後我們就在那裏交談。十一點鐘時，我陪他到板橋，然後我回木柵。我躺在床上始終睡不安穩，右腿的痠痛侵擾我的精神，也覺得寒冷而不夠溫暖。翌日早晨，我一面等候二姊辦些事要一同到三軍總醫院去，一面躺在沙發看報等G．L的電話。到九點半，他的電話來了，我叫他到三軍總醫院來，於是我告訴二姊我要先走。到三軍總醫院，他隨即也到了，他說哥哥那邊沒有衣服，我們又商討要去買。我請他在醫院的對面小餐館等我，我要上樓去看母親。母親很安好，一會兒有她的朋友的子女前來看望她，我告訴她，月娥隨時就要帶東西來，我有事要離開，並且中午時分回通霄。我和G．L一面散步一面交談，事實上我們覺得很無聊，我提議去看一場電影。我們看的是一部描寫人的害羞心態的影片，有些地方眞叫人大笑不止。這部外國電影令人稱道的部分是：那位本來存心要欺騙的郎中在兜售給主角治害羞症的寶貝之後，反而轉變過來處處去幫助他追求安娜的心願。我和G．L決定坐下午兩點的火車南下，我先買了車票，然後和他去吃中飯。他現在不覺得冷了。在南下的火車裏，我們交談頗爲愉快。自強號火車在彰化停，我下車轉車回家，他則繼續南下，我到家已六點鐘了。

許久未有音信的Sagio留下一張字條在家裡，不巧他來我不在家，我回到家是六點半，他走時是三點半，相差三個鐘頭，家裏除了兩個小孩，沒有人招待他，實在十分抱歉。他的字條這樣寫著：

All is allright　　Sagio　三點半

他沒留下地址。他應該是個單純的人，但他的行爲卻叫人有撲朔迷離之感，這到底是他的缺點還是優點，我始終搞不清楚。

三五、暗房器材

我的腦中佔滿了G．L的影子，眞該死。昨日黃昏下班回到家，馬上帶著樂譜要出去影印，準備寄給G．L。在路上，有一個人呼叫我，告訴我國際照像館老闆娘請我去，我說我正要去呢。我到那裏，才知道有一部分暗房器材已經來了，我連忙道歉和稱謝，因爲我幾乎有兩個星期沒有來，自腿傷和忙碌之後，我沒有拍攝，所以沒有帶底片來沖。事情就是這樣奇怪，我焦急期待時，事情總是延遲無法進行，等我放鬆，甚至忘懷了，它卻在不知不覺來臨了。我把影印好的樂譜先攜到郵局投遞給G．L，然後回家拿錢和騎機車來搬運器材。我坐在地板上拆開紙箱，對那些器材先做一番的認識。放大機沒有說明書，不知道如何安裝。我把沖過的底片拿一卷來練習做沖底片的裝捲工作：沖片罐內的槽構架有兩個，起先我不知道怎麼做，經過不斷摸索，終於明瞭而順利地學會了。剩下的時間我便重新思索暗房裝設的問題。

三六、縱容與宿命

昨日上午學生考試，我利用監考時間把一部分考卷批改完畢，中午休息片刻後，到工友家裏把配給米綁在機車後座準備載回家，途中我轉到工地去看，一切如舊，我內心嘆息著，不知何時何日才能完工。回到家，我開始以僅有的書本知識拼裝放大機，經過一段時間的摸索，居然可以使用了。

一個疲憊萬分的軀體，躺下來卻不能成眠是很痛苦的事；我近日來又故態復萌，事實上並不是近日，而是長期以來，只是有時不太去覺得，也懶得去思想它罷了。整夜翻來覆去，右腿痠痛，睡了幾小時已經天亮了，雖然知道不足，醒來後就沒法再入眠了。每天早晨起身總覺得到處都是病，腰痠、頭暈、有些感冒。

近代的文明，它的成效從互助合作上可以看得出來，每一個人基本生存的條件，就是具備一樣工作的技能服務別人，他的工作所得便能購買到他在生活中所需要的物品。話雖這麼說，這個人類世界的紛擾，卻發生在人的內部情緒裏，人們在他心裏所嫉憤的是職業項目的貴賤，而沒有想從道德意識上去安頓自己。到處都是如此，自認自己所做的工作低卑的人脾氣越壞，譬如那清理水溝的，大清早一面拖著那隻長竿，一面大罵。每天我醒來便聽到屋外這種令人心痛的聲音。但願這種聲音不要被惡棍聽到。近代社會的畸形發展和諸種不幸的導因，是國家太重視經濟的表面成效，而縱容商人的貪婪；商人因此把自己打扮成傲視一切的貴人，政府的官員都必須尊重他們幾分，甚至最好找機會連成一氣，形成官商勾結的現象。相反的，必須用勞力以日計酬的工人就顯得十分低微，而抬不起頭來了。商人的整潔外表和禮貌贏得仰觀的好印象，而工人的襤褸和粗魯的談吐就顯得下流；實質上，商人是狡獪的而工人大都直率誠實。外表上的表現正是從內裏的需要反映出來，商人爲了要獲利越多，便僞裝得更爲妥切，以贏得充足的信心；而工人本身的宿命觀常直接發洩在工作中，他們正是笨得越暴躁就越貧窮。現代的政治必須做到協調這兩者的利益的平等，雖然人類依性質而扮演不同工作角色，但在生活利益上應該平均分配，也就是要抑制商人的剝削和驕奢的作風，提高工人的效益，使他們亦能重視他們的表現，自我教育而能和其他階級同具知識水準，而不使他們落入窮困產生自卑。公務人員的公正和操守是整個社會安定的關鍵，公務人員一旦奉承多金的商人而刁難勞動階級，社會便形成仇恨的對立現象，一切的不幸便因此而發生了。

三七、長葉樹

早晨六時，我打電話到臺北木柵，正好是母親接聽，我直接問她身體檢查的結果如何？她說沒有病，我要她今後小心調養，多休息，少管閒事，少做煩勞的工作。我又打給G．L，他還在沉迷睡鄉；昨天也如此，今後就少去吵醒他了。我問他樂譜的事，他說沒有時間彈它。我再問他想不想我，他說有時候。他的回答都很誠實，但卻給我一種心涼的感受。想來一切都白費了。

近來，在我的思想中，常泛起到底留住屋子還是將它賣掉的念頭，最後總有一個結論響在心頭裏，那就是與其賣掉房子去追尋愛情，寧可孤獨留守好爲讀書安享平靜。但這房子到造好爲止，恐怕會把我弄得身無分文。最好想個辦法在房子造好後，猶有一點錢派用場，爲暗房工作可能需要的費用，另外是購買簡單的家具。

昨日黃昏，我從建材商那邊回來後，心裏突然感到異常窒悶，喝下幾口酒後，我帶著相機外出，目的是拍某人家屋側的一棵長葉樹。這個人家原是一所私人醫院，醫生本人已經中風去世，當我還是小孩的時候，這個人家是我景仰的對象之一，醫生的太太十分的漂亮和具有教養，他們的幾個小孩在學校的成績非常優異，而且長得很健康和漂亮，差不多和我相同的年紀，可是我無法和他們結為朋友，這其中有許多複雜難言的理由。最重要的原因恐怕是我家太窮了。那時我看這醫院的房子是頗為莊嚴的，但現在卻不以為然了，醫生的太太雖然年紀很大了，卻留著她特有的形貌的風韻，那位在學生時代是體育健將和學業優良的大兒子，因為受家庭嚴酷的壓力，逼他學醫而折傷了他想學體育的心願，現在卻變成了一個癡呆無所事事使人惋惜的人，那棵長葉樹，據說常有奇異的鳥禽飛來棲息。現在我目睹那座房子，它顯得十分的灰暗。我從那裏轉走回來，路過郵局，心想這日式的建築不久就要拆掉改建，還是給它留一張相罷。

一個醜女最好不要裝出探察男人心跡的表情，我在照像館就遇到這樣的一個女人。我到那裏訂購另一部分暗房用的材料，包括放大紙和藥品。我又轉去找水電匠。我很不願在街上行走露面，除非有必要的事外出來辦，否則我寧可留在自己的屋子裏。我還去找工地負責人，他不在。

我打完電話回來後，突然想起用米酒和麻絡治療腿疼。上班前，我先轉到工地去做記號給水電匠，使他能為我的暗房設一個水龍頭。中午我再喝米酒配麻絡，然後躺在休息室，醒來後精神似乎好一些。

三八、寂寞似可耕的田畝

週六中午，我請水電匠漢貴和四位水泥匠在一家餐館吃中飯。晚上湯君來了，他總是訴苦，有關他車禍後頭部和面部的病痛，他說他對人生頗感絕望，他和他的父親之間的不諒解似乎越演越烈。他喜歡談幽魂的事，已經有許多次，他重複談到某個過世的朋友，他很堅信自己的感覺和經驗，他一直強調他的車禍是因夜間看到魂影而不是他的技術的問題。他很難容忍有人批評他的作爲，我無法和他做這方面的談論。他有很優厚的財富，卻不能爲自己建立美好和諧的人生，很久以來就已引起親戚的非議。當一個人不能爲自己找到合理的生活，只能歸咎於自我，其他還有什麼可說的呢？有時我對他的想法甚不了解，最早我認爲他很善良，但漸漸地我從他的生活方面去考量，看到他在各種各樣場合的言行，覺得他的智力和性格頗有問題。他的行爲的發展是基於報復的意識，這可能要追究到他童年兄弟姊妹間的事。目前他只會花錢買昂貴的東西，卻不能好好保存和利用，甚至懶得爲自己的住處打掃和整理，任其蓋滿塵埃，如其如此，一個人那能有平靜和舒服之感呢？當他說到某人的背後話時，語句十分慳吝，這樣正適反映著他自己的人格傾向。因此，說到他的寂寞，實在是很寂寞，可是他並沒有智慧來應用這份寂寞。一個人的寂寞正可以養成一個人的作爲，有如寂寞是一個可耕的田畝，在那裏人可以種植自己意願的花樹。我想，一個現代的文明人所處的寂寞感，並非需要引得有人來同情，或藉著與他人相處排遣而使寂寞消失；寂寞猶如天地般永遠存在著，像空氣永遠充塞在人與人之間，任何時候任何地方都長伴著；因此，不能以此苦嘆而要以它做爲自己的良田，應該耕耘使其結果，而無需抱怨人生的無情。

今年提早在五月就有颱風向臺灣撲來，我爲了不想再和他交談，我也不能浪費時間去聽他的那些無聊的話，我請他在客廳坐，表示要去洗澡，但我從浴室出來，他已走了，我再花幾十分鐘的時間教小書彈鋼琴。外面開始下雨和颳風。我躺下來休息一會兒，自認不能這麼容易睡去，便起來看電視長片。我先是抱著觀望態度，以爲不會是什麼好片子，不料從第一句自述的語態就吸引著我了。這個故事名叫《永不說再見》，是說一個孤兒憑著自己的善良心性而贏得他的生活和愛，沒有傳奇的意味，處處都流露可以感到的實在性。整個劇中的人物都能表露人性中善良的一面，只有一個極小的衝突，而每個人都能堅持知恩報德的人生觀。我一面看一面檢討著自己所作所爲，使我看到我自己沒有做好的某些部分。中間我突然憶起大哥玉明來，他的短命再一次令我流下淚來。

今早我以爲會下雨（昨夜在睡前，風雨還是不斷），醒來仍躺在床上沒有起來（週日，總感覺得累，有一個奇怪的夢騷擾著我，是關於我的名譽在文藝圈中發生排斥我的情形，我頗覺困惑不解）。約八時，起來吃早飯。不久，學校校工來了（昨日我曾約他，如沒有下雨，希望他前來幫我做修剪庭前樹籬的工作），我遂和他一起在屋外工作，到十時便完畢了。然後我休息一會兒，再騎車到工地去看工人做工。下午四時，做鐵門的人來了，我答應他明天先給他一萬元。我又到工地去，直到他們散工。回到鎮上，我到照像館看預購的鏡頭，它並不合我的意，我需要和相機同牌的廣角鏡頭；我表示自己親自到臺中去選購。之後，我騎車到山丘上看日落，拍了一張晚霞的風景。

三九、生命與自然的互證

把失眠的焦慮和痛苦轉爲安慰和愉快就必須在意識上確信清醒是一件好事，並且在這段寂靜的時刻好好地利用來做沉思，把生活中不能徹底想透的事重新檢討一次。我甚至想，寂寞和孤獨像失眠一樣，沒有什麼好恐懼的，因爲這種情況和時機正好塡補自己在生活行爲上的缺憾，正好是看清自己和世象的最好時刻和機會，這種現象正好告訴自己需要有一番的冷靜和思考，計劃著把自己的風格和態度建立起來。再不然，聽音樂可算是一次清滌的作業，把每一個音都聽進去，它將可以爲我驅逐頭痛的病魔。不要計較夜已深了，或憂慮明天的例常工作，不要羨慕沉睡者的香甜夢鄉，應該要認爲還有未做完的工作，那麼這受到鼓舞的精神就會支持你做到你願望的一切，做完了它，你便會有所報償可得。

我一直以爲自己從未有過好的戀愛，盼望能有一次這樣的機會來滿足自己的生命。現在我有點懷疑自己的觀念是否對於人生追求的事物認識不清，不知道自己的目標是什麼，也不懂得獲得的方法，只是憑著情緒在盲撞而已。生命的滿足如果一味藉求外象，那便形成虛幻無疑，欲望便會逐日增加，永難塡補和滿足；如果轉換內求，就會將困擾的事看得清楚，一旦諸事的觀念能夠來自內在的照明，所有隨緣而來的便都是額外的賞賜，那麼我便能掌握和珍惜它，而不是受它的不定性的擺佈，它來時或它去時，都不會產生迷惑和悵惘。懂得領受才能懂得施捨，沒有受過領受教育的，不知道施捨的深義，因爲輕易的施捨終必懊悔。懂得欣賞才能引發創造，這個道理的法則是來自我們的生命被有意的給予；我們創造人生是應然的，合乎宇宙自然律的因果。但是要一切都順應自然，這說法就不對了；所謂自然，並不是一切都老早擺放在那裏等待著我們，它的存在還需經由我們的經歷來顯現，它的面貌，是我們做了之後，才發現它展現在我們的眼前。所以沒有什麼事是自然發展的，無論什麼事都是透過親臨才顯露出眞相。昨日黃昏我騎車到鎭郊的一處山丘，在日色晦暗中，田園上暗綠的樹木像和我約好似的呈現搖曳的形姿，在我注目時便告訴我它是什麼，彷彿我瞧見自己心旌的悸動和危傾，如我不親自登臨，我就喪失了知曉它在我心中的啓示，如我不能自問於我，便無視於它的形貌，我不知它時便同樣不知是我，我和它是同時存在和互證。

爲什麼我突然變得憂心忡忡，感覺到一種莫名的不安？就在我閱讀中，從背後的窗戶吹進了冷風，並聽到呼呼的叫聲，室內的光線遽然間陰暗下來，我回頭去看，原本清朗的天際變成烏雲密佈，它低傾有如就在我的眉際。我已無心再讀書，丢下書本，走出室外，沿著走廊到教室裏來，學生都出去了，我獨自坐著，抽著煙，想著我的心境剛才受到擺佈的恐懼。這時，我班上的一位女學生，走進教室倚靠著平均臺望著我；她平時都是沉默寡言，顯得楚楚可憐的模樣，這時和我隔著無數的桌椅相對相望。我叫她過來，要她坐在我桌前的一張課桌上，問起她的身世；她說她十一歲（去年）父親死了，現在和媽媽還有一位弟弟住在一起，媽媽白天到工廠做工。我不能再問下去，叫她到外面去玩。教室到處都是亂飛的蒼蠅，飛來停在我的手臂上，我注視著它，然後揮揮它，一會兒它又飛過來。

四〇、人生的不堪

昨日下班到工地看水泥匠工作的情形，這變成我的例行事務，油漆工來時，我與他議價。回到鎮上到負責人家，他看起來清瘦和憔悴，據說前幾日到豐原去看病。他說他知道我會來，微笑著，他的笑容有一種嘲諷的意味，拿出帳簿核算爲我代工的價款，我坐了半點鐘，他還未算完，我說晚飯後再來。回到家，才知道表兄（原住楓樹里，已搬到豐原）來訪，尤莉留他吃飯。飯間我們談了一些故舊的事。他走後，我再前往負責人家，因爲鋼筋和水泥還未結算，還是無法一次了結我和他的帳款，但有些差額可以看出來，我答應再付他二萬元。之後我們交談一些自從動工以來，他們股東之間發生的齟齬，從他的話中似乎一再強調著他忍受和負責的品德。回到家已十點半了，我一時無法沉靜，坐在沙發細想整個過程中體嚐的事。今早我醒來，感覺負責人並不如他自己說得那樣完美，正如所有的人一樣，人格的瑕疵處處可見。雨下得很大，我在十點半又趕到工地去巡視，機車陷在泥濘裏，負責人和另一個人蹲在走廊交談，他們並沒有下來幫忙，我自己費了很大的力氣才從污泥中把車拉出來。當我牽著車子上坡道時，抬頭與他們的眼光交視，發現他們陰沉的面貌十分難看。我把車子停放在路旁，到屋內去看工人，然後走出來請教他們建坪的算法，那個人的回答口氣很粗暴，我並不太理會，我告訴負責人請他在家等我，我回家去拿土地權狀。當我到達代書門前，拿出權狀請他辦理申請建地房屋的番號以便再申請接電的事時，他原蹲在門檻，站起來口氣很惡劣地批評，說我們爲何不整批一起辦，我可以感覺他的牢騷的理由何在，但卻不能原諒他的不禮貌的態度，我們付錢給他辦事，他不應該如此對顧客投出輕蔑的眼光，他告訴我要把照片一起拿來。我到隔壁喚負責人（當初他把一切申請的事委託代書是因爲鄰居），將二萬元交給他，然後回到家裏來。我坐在沙發裏想到這一切人生生活的煩瑣，一面喝米酒，一面配吃麻糬，過去我在小說中很少直接記錄類似這樣的事，現在卻在我的日記裏填滿了它們。我心胸中不斷地呼出著：不堪啊，不堪，這就是人生。午後，我又冒著極大的雨勢到校上班。

今晚我看了安瑟．亞當斯的三禎照片：大Tetons和蛇河，沙門後的婦人，遊民營的三孩童。我先是感覺身體很困頓，眼皮沉重，我自問我疲乏了嗎？可能是，一整天的奔走和勞累的結果。突然我在影集中看見大野獸張嘴的形貌，也許是模糊的視覺造成的幻象，我再注意看，發現每一座山巇都活躍著爬行的原始大爬蟲，朝著同一方向大聲吼叫著，非常的奇異，由光影所形成的這種景象裏，也有人類參行其中，尾端淡白的地方則像是躺臥著一個人，他的頭安枕著，似乎已經沉靜了。山下就是蜿蜒的蛇河，乳白色的河流在灰白的部分和波紋之處，使人不得不和眞蛇聯想。山巇上是一簇回望的逃行雲塊，但有鬆散的跡象，三角洲的地方像是野營的佳地。沙門後的婦人，像極了友人Sagio親族裏的人，尤其最酷似他的嬸母，但年歲有差別，我想像那位頗有手腕的女人的年老容貌，鼻子眞是惟妙惟肖，也頗像Sagio本人，我的焦點旁落在兩頰的垂肉，因緊閉著嘴所聚成的沉重。這婦人眼神充滿了冷靜，和凝思的堅定，卻略帶愁悶；粗大而彎曲的手按在窗檻上，左手壓著右手臂，有一枚戒指套在無名指，上身的外套裏面是一件白點的襯衫。這是一張傳統形式的人像，卻表現得更甚於傳統的範疇，因爲寫眞比繪畫更能看見人像中含隱的眞實精神，不容僞造地表露出身世和融入其中的生活背景。可貴的是：照相師何時何地能遇到且在瞬間保留了它呢？另一張則更能說明安瑟的憐憫心懷，從三個不同年齡，不同性別，都棲身於遊民營在一起的孩童的眼神中，我看見了這點。他們像是多麼無知和茫然驚恐。一個時辰的醒悟已經過去了，我的眼皮又覺得沉重，極想去睡。

四一、人像

昨日工地那邊的工作告了一段落，到黃昏時，地面的水泥已經完成，工人在今天移到另一間去工作。但整個事體還是遙遙無期，不知什麼時候電力公司才能來鋪設電桿，所以我心裏打算延到下星期再請人來裝鋁門，並通知照像館來拍照，然後依序申請番號，請領使用執照。晚上十點鐘，我準備休息了，突然有人來，是負責人他們股東的人，要借看我從負責人那邊拿回來的沙石清單，我馬上拿給他，我穿好衣服也到負責人家去看看他們算帳的情形。我坐在那裏和他的先生（豬肉商）以及他的母親談建築房屋的事，從他們口中知道現今地方政府中的稅務人員索取賄賂的事非常的普遍，幾乎已到厚顏無恥的地步。我聽到時很表感慨，但這是自久以來的社會情形，也不必大驚小怪了。然後談到在海岸釣魚的事。我原本想知道他們到底花了多少錢蓋房子，做個比較，後來覺得甚為無聊便走了。

今天接到Spring的信，他說想南下。晚上我出去打電話，全鎮街的四部公共長途電話亭都圍滿了想打電話的人，我繞走了一圈又回到電信局，輪到我打時，電話又發生故障，只得進局裏填單，通話之後，我告訴他在臺中見面。

安瑟・亞當斯影集中有一張史提格里茲在〈美國之地〉的照片，他眞像是個木偶人物，另一張是歐奇芙和嚮導兩人的半身側照，背景是厚厚的翻捲的雲，他們都戴著寬邊的墨西哥帽，一個低頭沉思像在默禱，另一個縮肩轉臉過來投出微笑。這兩張照片是我隨意翻看到的，並沒有特別的感想，因爲心中的感受實在很難用文字描述出來，可是看了它們卻能驅散心中煩雜的事物。我已許久不看小說了，現在有影集在身邊，隨時可以看一兩張，就更加把小說的事抛置腦後。四十多歲的今天，猶未能好好建立起自己的工作基礎，也沒有堅定不移的目標，心裏一直盼望能有工作的環境和工作的心境，可是看來，我的心境是越來越糟了，一旦有自己的房子，恐怕什麼事也不能下手做了。

四二、狗

昨天黃昏下班回到家，有香港的陳濟民先生吩咐臺大校園團契文字部的羅若蘋先生寄來的三本書。陳先生曾在校園團契的雜誌上評論我寫的〈耶穌的藝術〉。到現在我看了〈新約綜覽〉的第一二章，以後我將陸續讀《清醒的心》這本大著，並記下我的感想。這兩天除了例行的工作外，依然是為工地蓋房子的事奔忙，已經接洽做鋁門的和照像館在週一下午三點到工地為完工裝設門窗和拍照。

下午約六時，我攜帶相機騎腳踏車想到海水浴場去拍照，卻為駐防的衛兵阻擋，他說五點半就不准再到海邊來。這種戒嚴不知何時才能解除，從我小時起到現在已經三十多年了，我們像是這海島上的囚徒，沒有消遣和創作活動的自由。我順著鐵道走，拍了一張車站倉庫為主題的風景。我又騎車到山上，俯覽鎮上的景色，但沒有觸動我拍攝的欲望。然後我看到山坡繁盛多層的樹林，天空很清朗，而坡道處顯得幽暗，有一隻狗守在一處石階上，構成很怪異的對比，好像天空和地面是不能相諧的兩個不同境域和象徵。我拍了一張。突然又出現一隻大狗，走上石階嗅嗅原先蹲在那裏的狗的皮毛，我站在同樣的角度補拍一張。後來我沿公路行走，到一處煤球工地，草茅的屋頂和堆積如山的煤屑引動我拍了最後一張底片。這一卷底片從五月六日拍了夜景起，到今天黃昏爲止，已有二十五天的時間，算是我拍得最久的一卷底片。

我現在心裏這樣想著：如果沒有暗房工作的經驗，那麼萬萬不能在拍攝上有增進。所以我打算先試試暗房沖洗的工作，之後再擬定一個拍攝的計劃。我認爲這件事非常的重要，起碼我這樣想完全依照我的感覺和對這整個事情所欲求的需要。

四三、火車窗外掠影

我到臺中購買暗房用的另一部分用具和藥品，在那裏會見Spring，並與他同車北上。在火車廂內，爲了試試廣角鏡頭的效能，向窗外的風景做了一些拍攝。這是一個午後有雷雨的天氣，但沿路的地區雖有飛馳的烏雲，可是並不密集，也沒有下雨的顯示。我的目的是含混的，一方面要了解鏡頭的廣涵度，做了對雲和地面景物的合成拍攝，一方面是有點冒險地在火車的速度中，想知道近景移動在底片上到底留下何樣影像。

每一次拍攝都有意未能足的感覺，一方面是景物本身並不是十分翕合我內心的需要，一方面是還不了解怎樣掌握拍攝的技巧。我希望這些問題在做過暗房工作之後，能夠找到解釋的答案。因爲我沒有任何人的指導，所能做出的大都是一知半解的信心；我試著去請教人（如照像館），他們的回答也無法讓我明瞭這個工作的訣竅。我記得早年寫作的時候，情形也是如此，可是到後來，我對自己的作品卻有非旁人能夠插足進來的信心和靈感。但我能有多少時間去尋索到有如寫作的成績呢？我已經四十多歲了，還要靠自己的摸索，是不是太遲了呢？我還有許多日常生活的工作，我並不能放棄所有一切專志於攝影；我知道我在寫作的工作上，還有未完的感覺，我可能隨時重拾我的筆進行一次長時的努力，完成我內心需求的意念；也很可能拍攝的事會和寫作結合起來，我現在所記的日記可不就是這麼一回事嗎？

四四、藝術與家庭的選擇

我已經把顯影液和定影液泡好，把餐室佈置好成爲暗房，昨夜是我生平第一次試做暗房的印洗工作，選擇自己拍攝的底片印洗了幾張，大概稍微領略了這個工作的步驟。整個過程都令我感到興奮，連在旁邊觀看的小書亦覺得很有趣。二個小時匆匆過去，我很高興我拍攝的第一張底片「沙河的早晨」經由我自己把它洗印出來了。與照像館洗的照片相比較，我洗得較爲優雅。不過我只是用小張的印像紙，關於放較大的照片，還需準備得更爲周詳。我心裏正有迫不及待的熱望，恨不得整天整夜都能爲此而工作。事後我由這一次的洗印經驗想到拍攝的問題來，如果要令洗印的照片叫自己滿意，並且不要浪費時間在所有底片上，那麼愼重地選擇題材和精確地拍攝是十分重要的；那就是當要拍照某一物象時，這一物象所能顯出的格調應該已在腦中確定了；如果在暗房另有新的發現，那是額外的收穫，但在拍攝時心中的理想還是最爲主要，列爲創作的第一優先，而其他是次要的。

從來在我的生活裏就沒有像今年以來這段時間這麼匆忙過，雖然造成心身俱疲的現象，但精神是好的。我想房子造好，一切就緒之後，大概可以減輕一半的生活煩思和忙亂的情形，那時應該可以全力以赴，我現在正盼望那一刻的時候到來。如果我能從學習攝影和做暗房工作中獲得某些珍貴的樂趣，那麼我應該感謝Spring從頭至尾的贊助。但我心裏矛盾得很，我又怕他過分地煩擾我（事實上他根本沒有），因爲相隔幾百里路，安排見面很難獲得心安。如果我爲要徹底做個藝術家而放棄家庭，目前這事我決不可能做考慮。

四五、獨泳

我非常的喪氣，聽工地負責人說請電的事快則一個月，慢則二個月，我已經付出了全力的耐心，折磨了有四個月了，簡直是要我的命，煩瑣和缺乏信實的社會，帶給人一種普遍的無可奈何的生活感覺，這一切我想都是由低能和無效率所造成的，這是目前的社會面貌，導因於社會制度的不健全，社會變得愈來愈醜惡和缺少美善，普遍沒有自律的美德。

約在午後四點半，我到了海邊，整個海岸看來分成兩個部分：南邊是電廠的工地，防波堤像是城堡的護牆，裏面是人類工業的創造物，自成一個組織的體系，從外貌就可以看出它的功能來；北邊是原來自然的海岸，卻因爲南面築堤的結果，影響到它本來的形貌，與去年比較大相迥異，有一條新挖的流溝把綿長的沙丘切斷了，日漸受海水的入浸，越來越寬蔓，張潮時沙岸斜成東北到西南的角度，與原本南北成線的穩定性有極不習慣的感覺。天氣不很好，海水浴場除了撈魚苗的漁夫外，沒有遊客，救生員早已撤走了。我走進海水裏，覺得很寒冷，但我潛入水裏划動手腳，就感覺溫暖了。兩個星期前我曾來過，今天算是第二次入水。浮在水面的自如感，頓時把生活中的煩擾拋棄了。我上岸再對周遭觀察一周，越看越不同往昔，而距離我童年對這海岸的印象更爲遙遠，我心裏突然升起一股憤怒和恐懼，害怕將來一切的美景都會消失。去年我曾秘密地在木麻黃樹林獨自裸露的地方，現今已被無情的推土機鏟掉了。我游罷走回來時，遇到一對相伴而來的青年男女，他們愉快的樣子令人羨慕，因爲風大寒冷，我不想久留，推著腳踏車離開了。在浴場的沖洗室裏，我重新享受去年那種沖淋的快樂和潔淨。

四六、洗印

昨天上午，我在鎮上奔走申請門牌號碼、申請地籍圖和謄本等事，然後回到學校，郵差已經來過，桌上留有一封G・L的來信，我實在感到意外。我在心裏上近日因爲瑣煩的事太多，儘量避免想到情感的事，他的來信雖寫著問候我的意思（關心我的腿傷），事實上恐怕還有另外的意思，這是自不待言的。我在下午匆促地給他寫一封信，說明我的心聲；我說時間非常寶貴，我沒有和他賭氣的意思。我想去見他，但家中母親身體欠安，小書有些發燒，我的工作又繁多，實在沒有心情遠行。昨夜我將前夜沖洗出來的第一卷底片試印，花了將近三個半小時，成績可觀，我試著放大17cm×23cm的照片，有一張車站近旁的風景，應用部分加強曝光的技巧，效果特殊，使我倍增信心。這一次的洗印工作檢討起來，曝光還是不足，有些照片色調太灰淺，色度不夠，是一項遺憾，這也是暗房經驗不足的現象，沒有注意暗房和正常光度之間的差距，在暗房中所看的照片色調應該要感覺較黑，這樣在正常的光度下才算適宜。

這些日子來，在忙亂和心煩中生活著，我儘量將自己投入於過勞的工作中，讓它交混著。爲了抑制房子緩慢的進程所帶來的不耐情緒，只好將剩下的時間關注在攝影和暗房洗印的事上，使之內心的煩躁將之消滅。家庭給我的憂慮又在其中增加我的不安，心裏盼望這段紛雜和痛苦的日子趕快過去。當我冷靜沉思，這亦是一種考驗我的機會，爲了處理這些與自身有關的事務免於自亂而喪失理性，只好儘量以旁觀的另一身分觀察自己和周遭的一切。

剛接到Spring的信，他要參加野生動物園的遊覽，原定十四日那天的約會取消，他希望我能在二十一日北上，這個建議本身也是我所希望的。

四七、心中的愛人

週六匆匆趕到高雄想見G．L，不巧他已先有約會，我一個人單獨在旅店的餐廳吃晚飯，約在八時他來了，似乎喝了不少的酒。每當我和他對面交談，我發覺他那變幻不定的情緒總在許多問題中作梗，我更感覺他有許多的心理問題，比我所能想像得更爲複雜，使我和他永遠沒有和諧的可能。我在他的眼中看來可能亦是如此。他哀嘆，我也哀嘆。他離去時依然是昂首闊步，他沒有轉回頭來看我。我想睡時，他打電話過來，他的聲音變得十分蠱惑我，使我急速地向地獄下沉。只有相隔著某種距離才能聽到他較爲柔美的語聲，彷彿一個悲傷的婦人的飲泣般令人心碎。

第二天他沒有過來與我共進早餐，我就用這段時間做了一次街道的巡禮，約在一個多小時的散步中，我略有收穫。街景上沒有什麼可取之處，但我卻跟蹤了一個奇形怪狀的男人，他到處向路人乞討，步跡十分快速而移動不定，要找一個角度拍攝他實在很不容易，又不能讓他發覺。他的面貌眞是奇醜無比，我在第一眼見他時眞的嚇了一跳，因爲我在跟隨時心裏也充滿了戒備。我只獵到兩個鏡頭。我回到旅店，又在房間的窗戶發現到一個極好的景物，我用廣角鏡頭拍攝這難得而自然的構圖。G．L在十一時才來，穿著牛仔褲短袖洋衫。他告訴我一些高雄的消息，我根本沒有多大興趣。我問起老莫，他說老莫的妻子和兩個兒子也在週六從臺中來，他陪他們去玩了。我表示不要讓老莫知道我來。他拿報上的詩給我看，我認爲糟透了。他談到最近他們在圓桌圍繞著一個女神的事，她使一些詩人作家瘋狂到了極點，常常通宵達旦地喝酒和交談。我對他的這些描述感到乏味極了。我們去吃什飯，再回到房間裏來，我們的不諧和又上升了。他表示他心中的愛人是老莫。我早有懷疑，現在他親口說出來了；我也認爲像他的個性，必定會欣賞老莫那樣洒脫的傢伙。我們都坦白地說出了這些話之後，我搭三點二十分的汽車離開高雄。在汽車上我的座位是最後一排中間的位置，冷氣吹不到，使我感到一路的悶熱和難過，好不容易支撐到臺中，轉火車回到通霄。

四八、等於一部社會學

昨夜試洗前液沖晒出來的底片，這一次我依照上回的經驗，將底片多曝光一點時間，在暗房的微弱燈光下顯得有點過黑，等全部完畢，打開平常的燈光，以及在今晨白日的光線下，一點兒也不會有過黑的情形。這一次我大膽地嘗試區域的曝光方法，使照片的色調趨於統一，使不十分明顯的部分也能明晰地顯露出來；最爲讓我滿意的是那張在高雄旅店後窗看出去的街景。整卷底片只有兩三張在拍攝的題材上令我滿意，其他的都可廢棄，將來在放大時也只有這幾張可用。這是將來當我在暗房方面的工作漸趨熟練時的事，現在只是我心裏的腹案，因爲目前眞正的暗房還未設立，也沒有心情去經營眞正的作品。

房子還未眞正完成，使用證明書已經辦出來了，但接電的事還是遙遙無期，待做的工作十分瑣碎而令人心煩，我每天幾乎去兩次，巡視工人工作的情形。今天只有一個工人在貼廚房的瓷磚，其他兩位在另外的屋子（不屬於我的）工作；在我看來，一切進行的十分緩慢又零散。油漆內部牆壁已經完成，外部還要等候砌磚做牆之後。爲了令他們安心工作，我幾乎預先籌款付工資給他們。蓋這房子以來，從我經驗和看到聽到的，等於是一部社會學的最好例證，猜疑和自私，以及雇主和雇工之間互相牽制的手法，都可以清楚地看到，我想這是一個極好的小說題材。

G．L來了一封信，我頗感意外的是他破例先給我寫信，而且只有兩天的時間，事實上只有一天的時間，信是週一寫的，我和他在週日下午分手。目前我已沒有心情再去理睬我和他之間的事了；我認爲和他見面反而比不見面來的更糟糕。我回信給他表示我的感想，我知道錯誤在於我們之間想法上的距離，並且我在他的面前顯得耐心不足。我愈認眞去想時愈覺得他是個不錯的人，我急於要求他認可很難讓他一時就接受，才會造成不歡而散的境地。我既然有這樣想法，應該在將來的機會裏對他好好說明，以便重新建立我和他的情誼。

四點半下班，我趕去工地，我試著用鋤頭闢一闢前廊的空地；天氣悶熱極了，我在工作中流下很多汗，手心也結了硬繭；我想，有些部分的工作，我應該留著自己來做，譬如前後兩個地方闢成爲花園。

四九、虛幻的精神

昨日鎭上舉辦民族精神自強活動，學校停課一天，我在八時半準時到海水浴場參加，全鎭各公家單位及學校機關的人員都來了，人數很多，但這種活動最能看出人性的散漫，帶著羞澀意味，擺出服從和抗拒之間的樣態，面目顯出觀望的表情，三兩聚成一堆私竊交談，不知道今天生活的主題是什麼，也不思索今天來此的意義爲何，彷彿他們樂於省卻一天的例行工作而任人擺佈，只要表面不很辛苦，又有一些小禮物的話。我在那裏看出虛幻的精神，這種活動本身沒有人能好好地帶動和設計出使人喜悅和興奮的形式，花費那麼一筆錢做這件事，看來是爲了向上級報告一項規定的成果，天知道這到底是什麼成果，只要把錢花出去，拍幾張圍起來唱歌的照片做爲實據，這樣就能混過去了。

昨夜我到工地負責人家算帳後，回來馬上著手準備放大照片的洗印工作。我挑出較爲滿意的底片放大爲17cm×23cm的照片，有幾張洗出之後頗令我驚喜，但我還是覺得未有眞正的控制功夫，因爲只有一種紙張，還未有何者爲佳的經驗。目前大部分是風景照，人物照方面沒有任何心得，我想這條路恐怕還要有頗長時間的實驗，並且非全神貫注不可，因爲不經心的話對我來說不止是玩玩的意味而已，而完全是一種奢侈的浪費。現在在家做暗房工作十分不便，只是權充的性質，因此在佈置和收拾方面浪費我很多時間，也令我搬來搬去感到煩累。到了晚上十二時，我已萬分疲倦，找了一些米粉和倒一杯米酒坐下來休息，家人都已在隔室內裏息多時了。

今晨第一個要做的事就是將照片從水盒裏掏出來，擺放在桌面上放平晾乾，沒有過光機只有如此。看了昨夜的洗印成績，心裏並不覺得討厭，但這些烏雲滿佈的風景照卻引起我對自己的疑問，這事會成爲我將來必須尋找它的內涵的一項理由。我拍的照片和洗印的作品是否有異於別人，我還不能太有自信和確切地去做比較，上次會見G．L，他說我起步得太晚。我並不爲此感到恐慌。

有一些小刊物寄來給我，我見到那些過去有過交往的文友，發表了一些互相標榜的文章，從他們的標題和內容看來，我覺得我沒有和他們聚成一伍唱和實在是幸事，他們的語句非常執拗於所謂理想和眞理，但背地裏的僞詐是很明顯的。文學是他們意識伸張的工具，爲了一項爭鬪而存在，所以充滿了強辭奪理的偏見，並且會導引不良的影響。據我所知，他們的理性正是他們沒有理性之處。我已經離他們很遠了，但我也討厭另外得勢的一方。

我在上班時順便轉到工地去，帶了一小瓶沙拉油去塗抹昨日完成的廚臺的紅色鋼磚，據水泥匠說，這樣可以保持它鮮明的色澤。

五〇、雲

有關十三日又逢星期五是最不吉祥的日子，西方人有黑色星期五之稱，過去我亦常注意這類事，今天我倒懷著好奇特別關注自己的行爲，到底我在這樣的日子會逢到什麼結果。

清早時，我又站在旗山橋上注視沙河，陽光已投出，與多月前晨霧的情形不同，在廣角鏡頭中，視野寬潤了，尤其使我高興的是橋北的景色，它的繁富內容和橋南的憂鬱情調有極大的分別。上午，我在課間的時候攝取天上的飛雲，因爲南風颳得很大，雲朵像列隊逃奔般從南方向北移動，數量很多，是少有的現象。下午下班後，我爲了追取山巒上變幻的雲彩，驅車往大坪頂山區而去，晚上沖洗出來後，卻有點失望：追獵雖充滿了熱情，結果還是平平凡凡。不過我應該有所覺悟，關於拍攝，不可能每次行動都能獲得滿足的結果，其中大部分恐怕都會像今天一樣：努力多而成果少。

五一、偏袒的意識

日子完全在忙碌中匆匆度過。週六下午水泥匠的工作部分完成了，週日我把屋子內的垃圾清理出去，下午再去整理後院的塡平工作。黃昏到理髮店理髮，目的是想刮個臉，這種心理我想是多月來看到工地上的雜亂而反映到內心裡，極欲把自己和生活環境都理得齊整和乾淨而來的。晚上我把雲的底片試洗出來，沙河的那幾張比雲朵的那幾張較使我喜愛。太疲乏了，實在無法確實做好暗房的工作；雖然如此，躺下來卻不能平靜地睡去。這幾日來，我總是躺下又重新起床，走到廚房倒一杯米酒，找幾條麻糬配著吃，沉默地坐著聽音樂，想想發生在我身上的各種事物。

近日讀到幾篇有關蕭紅的評論文章，其中有一位美國漢學家葛浩文，使我驚異的是他們居然異口同聲地以爲蕭紅的命運要歸咎於和她同居相戀的幾個男人，把這些男人罵得很可鄙，竟然使用新聞性的武斷俗語「始亂終棄」的字眼。喜愛某一位作家寫的作品是應該的，但把作家周圍的有關係的人都視爲惡棍壞人，這種說法無法叫人贊同；當他們說到病弱的蕭紅時，連這位才女的家人也都視爲這位命運乖戾的作家的迫害者，要是她有眼見到如此評論的文章，她的內心必定十分難過不安。她會不會受到家人的喜愛，必有一部分基於她自身的理由，她的愛人又移情別戀也必有兩方的因素在，這些多重的緣由只從蕭紅身上除掉，而統統加罪在其他人的身上是沒什麼道理的。歷史從來不會承認這種因偏袒意識而留下的證據。

五二、律己與待人

我現在正遭受自身痛苦的折磨，這種痛苦的本質是我自詡的完美所帶來的。我一向自認能從善，日久成爲一種自律的法則，不但持著這法則待人，也拿它來衡量別人；如果別人的行爲不合這個標準，便認爲他是不良善，蓄意要來牴觸和反叛我；我成了要執行和擁有這法則的人，把自己高高地架起，要比別人站在更高的位置，視所有的人都在這法則的批判之下，而且凡這世間的事也在這法則中分出好壞。現在我正蒙受這份自傲本身崩潰的慘敗教訓，因爲我根本就沒有那份清明來擁有它，只要我本身稍有越分，我便會感到自尊的無法站立；就是我無意犯錯，而是本能和無知所促成，一經外界的反擊，我就完全無法承當，並且納悶，不快樂到了極點。我應該明白，我能從善且自成法則只適用於對待我自己，其功用在實行而提升自己的品格；當我寬待世人時，我卻不能要求他人也有同樣的一套法則寬待我，把我施於他人的行爲索取同等的回報；因爲我寬待給某人時，某人走了，另一個人並不知道我做了什麼事，如果我懷著要他以我寬待某人的作風來對待我，於他就有相當的困難，因爲他並不認知我。如果我爲此而對整個世界生氣，就是在與世界爲敵而自我戕害了。我必須要切記：我寬厚待人是我個人的職責，別人嚴酷的要求我是完全合理公平的，我必須謙卑接受。

五三、愛好騷擾的鄰居

這兩天來有一件事打擊著我，那就是工地房子的隔鄰與我紛爭界線的問題。前一陣子他來爭論後院泥土的事，認為堆積在分界上的泥土是我的廁所坑挖出來的，要我請人替他清除，當時他一口咬定，頗令我不高興，我很生氣地回答他那不一定。事實上廁所坑的周圍已有很高的積土，而每一戶都有坑和積土，在我察看下，我的多，他們的少，因此我便表示這不能確定是我的，因為同樣的一個坑，我的積土已經比他們的多了，還要我請人替他清除是何道理？並且泥土是相連接的，如果要清理的話，只要各自清理自己屬內的積土就是了，要我去承認他屬內的積土是我的，不但不合道理，也不能令人接受。而這次我在走廊相接處砌四寸牆，我吩咐工人依照踏階和地面接壤砌起，並留洞通風，當時建時他沒有來表示異議，在做好之後，他卻來表示我侵佔了他兩寸地，這一表示眞像一記猛雷打擊著我。我想這是工人沒有把線拉直所造成，如果他想要，我可以補償給他，就像原先共壁貼補他的費用一樣。有許多人都表示他是故意來找麻煩，因為有上次那泥土的事我沒有理他的緣故。我回來後一直為這事苦惱，我從來沒有存心想佔別人的便宜，我想到底打掉重新做呢？還是據理力爭？因為相接之處做牆，每人應拿出一半的土地，還要分擔費用，而他不能說不要做，不想分擔費用，還要爭回那二寸地。關於這個鄰居的脾性，我是始料不及的，當初我是付錢交給負責人買地和起建的，他要怎麼做自有他的道理，我一點也不加追問，只盼望蓋好就可。不料，不久就發生工人怠工的事，詢問起來才知道工人沒有拿到應拿的錢。眞正的原因是他們合組的八間屋的錢不夠，我的錢負責人拿去周轉也還是不夠，當外殼完成之後，他們便拆散分別自行去負責，我看負責人十分頭痛並生了病，也表示不再麻煩他。有關水泥的部分，我已一次付款給負責人代買，在最初大家混合用時，我的部分他都有登帳，但到這時，工人爲了工作的方便，接續做我的部分時，他們便聯合抵制，偷偷叫工人不能爲我做，告訴工人說我是和他們分開的，不能給我用水泥。我聽工人這樣說當然甚不高興，但也就忍下來，反正他們的做好後，總會輪到來做我的，而我根本不必害怕沒有水泥用。不久他們的水泥用完了，負責人爲我運來一百包水泥，他們居然毫無照會我，乘我不在時要工人拿我的水泥去用。我後來知道這樣的事，便表示要借可以，但我要用時能及時還我，如果他們能保證不會延誤我就可以用。其中有一位便向我借了二十包，保證及時還我，而另外的人就緘口躲開，和我的隔鄰的那個人要求我給他用他已經做的部分，我也答應沒有爲難他。事後還有幾次的歸還和再借的事，我都表示很樂意借給他們用。不料，那泥土的事發生了，然後就是把電源切掉等惡作劇都發生了。我先前給他們方便，他們做好了，現在反來爲難我，使我發生種種的困難。爲了這些騷擾，使我非常後悔輕率地把錢交託給人蓋這個房子。負責人看來也很苦惱，因爲他們合組的事也爲帳目關係鬧得意見紛紛，互相猜忌，互相詆毀，各自顯露自私的面目，而我這個靠近去遭殃的人便得處處像自取其辱一般感到非常的煩苦。我心裏想：既然是鄰居，這樣的態度是十分可悲的。起先他們不瞭解我，互不相識，以爲我沒有錢要蓋房子而在背後議論我，事後知道了，但看我的房子蓋得和他們不一樣，便有一種不同類不相聚的排斥心理。他們和工人最後爲工錢的事交惡便可看出他們的心胸，問題不在有錢沒錢，而在生活的教養。我遇到這樣愛好騷擾的鄰居，與我鎮上的居住情形相若，當我童年時，父親逝世不久，家裏十分貧困，前後鄰居的惡眼惡相，以及沒有公共道德的情形給我極深的印象。我對這些生活環境的事特別敏感，反倒養成孤僻不想與人交混的習性。打聽起來鄰居交惡是極普遍的事，這在人世間似乎不可避免：「愛你的鄰居，愛人如己。」聖經中耶穌是爲此現象而說，因爲世上所有鄰居並不互愛，而是互相吵架，國與國之間亦如此。爲這事在我的思想中產生許多的泛念，因爲爭吵常使我非常的痛苦，並且爲自己的無知和愚蠢自責，雖然我也痛恨別人爲何要這樣待我，但我認爲我受的痛苦比別人深重。昨日給G．L寫信；今天給Spring寫信，表示週六不北上。

五四、一塊錢的啓示

昨日黃昏我照例到工地去，現在什麼工作都膠著了，只爲了等電，但我已習慣要去看一下，畢竟那是我的房子，生平第一間親自看著它建立起來。我騎車上坡時，便看到三個人站在我的房子走廊，不知在私議著什麼，當我到達停車走過去，他們便散走了。我見到做門的木匠在那裏，問他我訂做的兩扇門可做好沒有，他說還要幾天。我到處走動，到坡頂的另一個工地，請裏面的一個水泥工有空到我的房子爲那被我敲掉的牆洞補平。剛才在私議的人中的一個過來向我要電費，他說五十六元，我從褲袋掏出六十元給他，他找不開零錢，給我一個五元的硬幣，我身上沒有一元回找他，他口口聲聲說不必了，我於是向工作中的工人借了一塊錢遞給他，他接受後便走了。就是這個傢伙在這次的工程中因爲心地偏狹而掀起了種種事端。有幾個在工地做過工的水泥匠在他走後，也表示這個人毫無人情味。我寧可向工人借一塊錢而不願欠他留做口實也是基於這個理由。後來我看到負責人駕車來了，前天我曾告訴他隔鄰的人找麻煩的事情，請他去跟那人說一說，問他的意思如何，他答應我要化解它，我走過去問他辦了沒有，他說沒遇到那人，還沒有。我看他有點要迴避我的樣子，我心裏也想這事無需他去說什麼，因爲我心裏已想通了這件事。我走開，準備到別處去拍攝，突然我由衷地感到不滿，認爲他並沒有善盡責任，我又轉回去對他說話，我說我蓋這房子是他邀約的，介紹費是他賺的，我也信任他把錢交給他，卻沒有料想到紛爭這麼多，我表示我不願被騷擾的立場，因爲我除了善意對人外，沒有虧欠別人什麼，而竟然這樣倒楣遇到這樣的鄰居，我請他轉告那人大家要尊重，且互相諒解爲鄰。他應該明白我是在對他本人抗議這整個工程的事體，他在聽我說時把臉轉開；我對他的爲人抱著多層的懷疑，一切的導因恐怕也是由他的協調不好而來的，他隱藏了許多沒有公開的內情，而造成他們合組公司的人的猜疑，連帶我也受了遭殃。經過這一吐爲快的表明後，我回到家也較爲舒暢，晚上我做了沖洗照片的準備，已經多天怠忽了，希望能藉工作排除心裏頭的煩念。我試著用10吋×13吋的相紙，結果並沒有達到預期的效果。我工作到深夜十二時，感到疲乏已極，躺臥下來卻不能成眠，似乎有一陣接著一陣的不耐和煩苦襲來……

早上我閱讀英國C．S路易士的書《清醒的心》，這是近日來我唯一能找到的知音。我心裏很感激香港的陳濟民先生。我的閱讀是一段一段的，他的語錄固然給了我一種醒敏的知覺，使我能從自身的體驗去驗證他的思想，我把看後的感想也一樣逐條地記錄在書頁上。顯然我認爲他偏重於要說服別人，這是對基督教的信仰而言。而我想，要是看了這本書就能完全信賴他的話成爲基督教徒，可能是荒謬的；他所指的路可能是正確的，可是我不能保證就能在這條路上遇到神，並與神交語；要會見神，察覺祂的存在，還是要依靠自己的努力，不過他的提醒作用是十分有益的。

五五、對話

懨懨的心，焦躁的心，紛擾的心，痛苦的心，找不到什麼方法可以去除這些縈繞著我的心情，讀書和工作，以及自省都不能排除它對我的侵蝕。我把這危難的感覺視爲是我的沉落，啊！但我找不到獲救的途徑，也不知道該皈依什麼，使痛苦轉變爲舒適。而我一直自責自己的無知也不是辦法，顯然地，命運要叫我嚐這生活的苦楚，任何逃避的想法都不是解決之道，因爲它像有一條繩索套牢著我的頸項，我走遠去，只不過是繩子暫時放長，一旦我自感疲倦，又會再度被拉回來。爲何我會這樣無奈，這樣煩厭，這一些自擾是不是外力的干涉而折損了自尊呢？是不是我的責任心太重，或完全沒有責任心呢？是沒有責任心而致引起責任感的作祟呢？所以所有的災禍都來臨了，把我壓得喘不過氣來。神啊！我一直沒有勇氣呼求祢，我受到了俗世的綁縛而不敢承認祢；我心中有祢的存在，知道祢創造我，但我不是教徒，我不敢公開表明祢的存在，信任祢，只能默默地孤獨地在一隅表明我的心跡。眞的，此時我需要祢的指引，使我脫離苦痛獲得舒坦的喘息，不要再像這些日子來那樣的煩重和苦悶。當我攬鏡自照，我看到一張削瘦和憂苦的面孔，折磨刻在我的臉面上，意志充滿在眼眶裏，它像夢又像怒火，它注視著卻見不到目的物。我聽到課堂上小學生的批評，他們疑問我，說：「老師，你在想什麼？」由這一點，我知道我不能逃形，我的模樣已經顯露出我的心事，當我在教室踱步徘徊，他們的眼睛沒有離開我，他們愛我，卻不明白我是爲什麼。神啊！讓我免除罷，難道是祢要我如此的嗎？如果是，我應該謙卑接受；難道祢有所付託要我面對嗎？要我先嚐這等苦難，如果是，我也承當。

我們渴望的是未曾經驗的事物；回憶不能使眞實重現，它倒是使我們企盼未來。辯證法下的天堂，猶如飢餓下渴望的食物。

得失是意識中想像的擺盪，猶如鐘擺左右搖晃，可憐的人類就在這進程中患得患失。

這不能歸咎所有佈下的羅網和策略，凡是一切都是自願的；你既然都知道，還要投身其內，自有你自身的不可違逆的理由。

的確，有些作家爲人稱道是因爲他們稟性中的機智，憑這一點在生活中免受損失；除了這一點外，他們沒有敦厚的本質，而大多數人所具有的缺點都需以厚道來補足，靠學習來的機智反而弄巧成拙。

對我而言，心平氣和，一絲不苟地面對自己的失敗，正是我應虛心學習的，因爲我越來越發覺我有不計其數的錯誤。

「在所有暴政當中，最具壓制性的，可能是那種誠心誠意要爲他的受害者謀福利的暴政。」我頗具同感。

「那些恨惡揚善的人有時倒比那些對良善一無所知卻又自命良善的人更接近良善。」當想要越用力去緊捉鰻魚時，鰻魚越能從掌中滑落。

「只要我的牙痛一停，我就能寫出另一篇有關痛苦的文章。但是，牙痛一旦停止，你對痛苦又有什麼認識呢？」經驗是不被記錄的，所記錄的又都不是經驗，那麼他說的是些什麼東西呢？關於性（本能的慾望），不是說得太武斷，便是說得不夠眞確和清楚；事實上，誰又能看清它是什麼，而能把它制定成法則呢？

「人人具有同等的價值，以上的說法是偷懶的說法。如果按照字面的意思來看『價值』這兩個字，換句話說，如果我們所意味的是，人人都同樣有用、美麗、良善，同樣令人愉快，這說法就毫無意義。如果它意味著人人靈魂不朽，所以具有同等價值，那麼，我認爲這種說法含有一樁危險的錯誤。每個人的靈魂都具有無止境的價值，以上的說法並不合乎基督教教義。神爲人死，並非因爲祂在人身上發現某種價值。每一條人類靈魂的價值由它自己決定；若與神斷絕關係，它的價值就等於零。正如使徒保羅所說的，爲値得的人死，這種犧牲的行爲算不上是神聖的，頂多只算是英雄式的行徑；但是，神爲罪人死。祂愛我們並非因爲我們可愛，而是因爲祂就是愛。祂也許一視同仁地愛所有人——祂的確愛所有人以至於死——但我自己卻不能確定這個表達的意義是什麼。如果有平等這件事存在，它是存在於神的愛裏，而非存在於我們身上。」我平日的觀念常被批評爲與人相左，在這裏卻獲得相近的鼓勵。

當人類發展成爲有階級（階級氣質）之分時，的確是按著正義實現的（正義實現時，在各種相異中，製造了和諧）；但在近代思潮中又把它剷除掉，是爲什麼呢？裏面似乎充滿了一層又一層的隱情。我想，沒有純粹的正義（謹愼地將榮譽、權力、自由等等分配給階級固定之社會的各階層人士），我的意思是沒有約限正義的職分，嚴守正義的紀律，這種理想的實行正好讓另一個異端藉以口實而推倒。

這些話說得無比的中肯：「救溺雖是一種値得人爲它犧牲的責任，但卻不値得爲它而活……把自己毫無保留地獻身給國家或某一政黨、某一階級的應時性主張，等於是把萬物中最爲屬於神的東西─自己，給予該撒。」

五六、禱告

神啊！挽救我吧，我就要崩倒碎裂了。每當我要躺下來休息，紛擾的思念就襲擊我，使我不能安寧；我也不能沉靜地坐下來讀書，因爲心裏積壓的事情都沒有獲得解決，它們佔滿我的心思，使我不能輕鬆。神啊！幫助我鎮靜，祢知道我所思所爲沒有違反祢的戒律，我也沒有必要改變而去從俗，可是我孤單無援，求祢從內心給我力量來安度我所面臨的人事，給我在晚上休息的睡眠，使我在白日能有充足的體力。請給我精神和思想的指示，使我去應付人事而不畏懼；請給我耐心，使我的心不感焦慮和煩躁。神啊！我是祢創造的短暫生命，我所面臨的一切都是祢安排來考驗我的，要我有自知的意志去完成任務，祢磨難我是爲要我能變得堅強；不過我要求祢適時的提點我，這樣使我不致反駁祢，而能達成祢交託的使命。

這樣說，去閱讀聖經或讀有關宗教的書籍，根本也無能增進信仰的心靈。誰被神檢選，權力在神不在人。

嘲諷無神論者實在並不正當。

宗教本身不能從生活中分開來對待。

「聖經是文學」，我記得我也說過這類的話，但漸漸使我入迷的顯然是另一層事件——要是說這與神和宗教有關，我不會否認我是注意到這層事情。

但是，聖經到底是讓人朗讀的，還是讓人思想的？我想都不是。

我現在明白了：神的存在與否不是個爭論的問題，雙方面的辯論都很無稽。問題在於我們從什麼角度認識神，而我想有的人讚美神，有的人詛咒神都是抱其極端，顯得十分過分；雖然表面上讚美神比起詛咒神要能受惠一些，可是關鍵並不在這裏，而在於覺悟神創造了我們，是給我們何種使命。如果認識到這一點，那麼我們便不再憂心於俗世的裁判，很自然地，神與我之間的關係更密切起來。但我深深以爲困難亦在此，就連耶穌也有迷失和把持不定的時候。

如果要對人談神，老是說神是極其自然，極其圓滿，如哲學上唯一不二的說法，說宇宙是一，利用一些不關痛癢的代表做爲對神了解的形象，那就太愚笨了；除了幾個做學問的學生非要從這一門徑去思考外，芸芸衆生根本無法對神觀覽到全部，也無從表示出全心的敬仰，因此甚少從上面的說法獲得啓迪。眞的，神是萬能的，一個人無需告訴另一個人去相信神；要相信神，勸說的對象倒是自己；至於別人，神自有安排。

關於三位一體的存在的確說得很清楚。但是關於神是否命令我們做善做惡，我想我們沒有智能辨別。我們到底依照什麼準則來分別善惡呢？我記得聖經裏也有這樣的提示：那善的反爲惡，惡的反爲善。

爲什麼當我在危難困苦的時候會想到神，並祈求祂的救佑，而在我充滿了信心處在快樂的成就裏，我的腦中和心裏根本不會出現神，並對祂讚美呢？由這一現象證明我只是個投機主義者嗎？還是這種心理狀況根本就沒有什麼可挑剔的，這是最合乎人的天性。而人是神的受造物。

到今天我還最怕啓口的是讚美神的良善，因爲我以爲用俗間的用詞來形容神幾乎有點不倫不類，由那些語詞所描摹的神，恐怕只是人一廂情願造作的東西。

「罪」這個字我也想說出我的個人意見。我們習慣聽到這個字，不論在新聞或教徒口中，可是我疑問著它的原義是指個人對自己負責，還是對一般律法？

我活著的確是戰戰兢兢，有時我怕打一隻干擾我讀書或吃飯的蒼蠅，我會在心裏自問我應該嗎？

該怎樣去體會神愛世人呢？簡單地說：神愛我嗎？在什麼時候我體會到這件事實呢？尋找者是神而不是人；人並非尋找者而是被尋找者；如果眞如是說，這事就被澄清了。

無論我們所爲何事，似乎都在神的算計之中；沒有什麼是神的旨意之外，亦無所謂那我所不願遇見的事。神不在我的思維之中存在，但當我醒敏覺悟，我便從自身遇見祂。

辨認基督不可用他說的（路易士）這套笨方法，這道理像是騙子騙騙子。基督的存在，在我看來不是當然就是不當然，沒有擬似物的替代，祂不會在外表的裝扮上讓人分辨，當時（耶穌活著時）人們所產生的疑問也是因爲那與人相似的外表，但是今天我們便不能回到那時代去辨識祂，而只能憑著我們的信與不信。

耶穌基督的十二門徒，在祂和他們一起時，並未使他們全然深信祂，直到祂被釘十字架，死而復活後，門徒才驚醒相信。是的，祂在我們面前，我們也不會認識祂是誰，需在事後才知道祂的身分。

似乎從祂做人的弱點比祂具有的強處更能體悟到祂的神性。所以這句話就十分讓我折服和相信：「神以其偉大的謙卑，選擇道成肉身在一個感性細膩的人身上，這個人在拉撒路的墓前哭了，在客西馬尼園汗如血點。」

我相信時間愈長愈能辨識到祂的存在形象，可是我並不想爲了相信這件事實就貶抑與基督教對立或無關的事物，我也不願武斷地說什麼是多神論或一神論這類的話，這些事的爭論在我看來都是搬弄是非的意氣之爭而已，與眞正的宗教信仰毫無關係。

五七、哀告

我累了，這兩天，眞疲乏極了。疲倦就想躺下歇息，但我的精神始終很好，在工地我親手做整理的工作。現在的工人已經變質了，他們自覺在此時代中身價百倍，可是從他們的工作態度中，我看出他們實在可憐，沒有一件事能做得標準完好，而且還時時顯露極壞的心思想對付僱用他們的人。這一切都是由他們自卑的心理發展出來的，我沒有看出任何工人能自覺他們的工作是神聖的，而從工作的品質上去求精進，成天只在計較是否會爲雇主多做少賺，只是希望能想法少做而多賺，就是雇主對他們好，也不知感激，做完了工作掉頭便走，根本沒有檢討是否有什麼地方缺失的，在發現時回來修補，尤其在工程上他們詳知什麼地方該怎樣做，而雇主並不知道，他們在此情形中便不肯誠實地依照規格去做，他們也在雇主沒有看到的部分進行欺瞞。這一次我以我的能力和做人的品性厚待爲我工作的所有人，給他們優厚的工資，當然希望獲得他們好的工作成績，卻反而看到他們敷衍和草率的結果，眞的到了很失望的地步。事後我請他們來做某些部分的修補，他們卻藉故在他地有工作而不肯前來，或口頭答應了到時卻沒有來，在這樣的情形下，我自己只好想法親自動手了。他們的奴隸性根深而柢固，深埋在他們的心底裏，卑賤就是他們的眞實人性；他們馴服於嚴酷和狡猾有經驗駕馭他們的雇主，一旦包下工作，眞是又驚又怕，把工作自動做得很好，害怕會被這樣的雇主刁扣工資。而如我前述，如遇到一個寬厚的雇主，那好像是他們反過來報復的機會，不但討價還價而且不把工作做好。我眞爲他們傷心和悲憐，他們永遠無法做個誠實的工人，只爲活命而工作的奴隸，無法從工作的態度中將自己提升爲主人，從自己的手藝和勞力中取得自尊和滿足。他們注定是那種卑夷的面貌，從這種形態中可以看出他們的心術和低賤。所以有經驗的人就知道如何操縱和支配這些無價值的人。有時我想他們經年累月到處爲人蓋起一幢又一幢的房子，眞爲他們的貢獻而起敬，可是一看到他們蓋的房子毛病和簡陋之處如許之多時，頗爲他們的勞力惋惜，疑問他們爲何是這等的人類，因爲人間沒有美和善就根本沒有價值，他們的心血何其無辜啊！從這裏推演，他們不但無知，而且像是懷恨人生的，有時聽到他們談到家庭生活的狀況，簡直令人落淚。可是關於人生，他們沒有改善的知識，只有跟隨潮流的外表在活命而已，而無法從心理去改善自身，進而求得人類存活的平等。這次我雖吃了不少苦頭，卻很眞確地獲得了種種經歷，發現這一階層中的自私和卑賤的人性；我甚至有悲觀的看法，覺得人類是永遠不會從內心裏獲得存活的意識，人類的勞苦在這樣的情形下是頗不値得的，而一個工作的人如果不把工作視爲神經而虔誠的去付出努力，人類永遠都是在互相欺瞞，而且注定某一些人要壓制和奴役某一些人，而某些人永遠是奴隸。人類沒有心理上的自由和平等，在這樣狀態下，大多數人類就會被加以利用和操縱。這是現今我所見到的情形，發現人類還沒有力量經由自己的改善而獲得平等的存活意識，大多數人都像罪犯被投下到這一個地球的監獄裏來服刑。因此，我心裏充滿著對他們的同情，對他們的不滿，對他們的痛恨，對他們的詛咒，對他們的黑暗的心而向上帝哀告。

我越來越不能在書中接受道德、責任、規則、罪惡和良善的語詞，因爲我根本看不到它們所界定的範圍有多廣多大，意思又如何；它們被人談起時就像被吹起的氣球，開始時很輕易地膨脹，但不知道它的容量有多大，卻在令人擔心中突然爆裂，只剩下遭人輕視的破碎的薄片，那吹嘴還完整，卻無體積了。

我越來越不喜歡路易士的比喻說法，它有很強烈的要挾意味，他太堅定他的立論之正確性。

把神和瘋子視爲對比或比鄰的兩種形象是人的觀念的一項嚴重錯誤，以爲這樣藉此說明便可以辨識清楚，適足以造成更大的誣蔑，就像逼人做選擇一樣的不當，在這樣重大的時刻，不要引誘人去做思想的擺盪。

我看到這裏時，不知不覺淚水溼眶，有關聖經裏記載耶穌在客西馬尼園中孤獨無助的情形，給我極深之印象，所以有人提到這一節，我便沉浸在同樣疑惑的生命之中。他說：「在客西馬尼園中，自由被要求受到捆綁，永不懈怠的控制力被要求繳械，生命被要求處死。」

關於主再來的時刻這一節而言，我們沒有什麼可以駁辯的地方，因爲這是整個基督教的希望所在。我們一路上跟隨著走下來，到此地的關口，可能要人明白地做個選擇，信的人那就是了，也可能成全了他；而不信的人會掉頭走開，因爲他腦中這樣想著：我絕不會那麼幸運地在我活的日子裏面臨主的重臨，我根本看不到。基督教的訓言部分像昏噩生活中的調劑品，如把它當做主食會使人受不了，也不會爲了盼望那最後的一道菜而整夜端坐在餐桌守望。我們能批判有上述觀念的人可憐或無救嗎？我覺得基督教聖經的傳示太深奧了，如想要像詩一樣讀它也要有充沛的想像力，這些都不是常人能夠做到，而且窮極一生也領略不完。

爲什麼有那麼多的人敢於承認他們與神交接的事實？在佈道會上，我聽到宣講的人連續地列舉與神交接的經驗，當我聽到這樣的事時，渾身覺得難受和憎厭，他們的模樣和姿態是在表演；能被我接受的是：它該是秘密的，是謙卑的態度，而不可能像發佈公告般意氣昂揚的大聲宣講出來，肯定就是那樣別無其他形式。而它們的形式太劃一，顯然是互相抄襲。

我自己倒不能確信和武斷的說，有聖靈傳示給我某些信息，要我完成許多的篇章；我已經不甚明確的記得自己寫作的經驗，它們的完成好像不是我這個平凡的人所能做到的，倒像是另一個全憑靈感的人所爲。

五八、調校的理由

昨日我提出調校的申請表，我在這個國校服務已有九年，包括過去我在北縣的服務已有十六七年的時間，對我來說已付出了百般的毅力和忍耐精神。我不能說我有什麼特殊貢獻，我一直是爲生活而做這一件事，所以反覺得十分可恥。但我對臺灣的小學教育感到遺憾，如果教育行政機關不能排除那些虛套和冠冕堂皇的行事，不能對實質教育給予誠懇的規劃，我認爲所謂下一代的前途，將不可能比過去的好多少。現在的教師有兩類，不是意志頹唐就是盲目的熱心，學校的主管都爲了浮表的政策性主張而鞭策教師們，這種教育效果可想而知，一切都採取消極性的反應來從事每日的教學。在我的內心裏，只要我一天服職教務，我將儘量依憑良知來對待年幼的學童，過去我是這種教育的受害者，我不忍心再讓他們遭受相同的無益的教育。事實上，我不可能爲我個人抱持的理念去對抗整個環境所形成的勢力，我所能做到的只有和學童誠摯地相處在課堂上，避免過重的不當壓力施在他們成長的心靈上，讓他們眞確地認識我，就像我了解他們一樣，其他例行的課業應該是次要的。現代的教育是十分艱難的工作，因爲社會的環境日趨複雜，學童的心智並不單單唯靠學校這種形式化的場所而獲得成長，他們的畸形狀態亦難以在學校獲得正確的矯正，所以慈愛地對待他們，使他們對我不生畏懼是我工作的重點，和他們像兄弟般親愛在一起度過緣分的時日是我職責的目標。除了這，我還有什麼奢求的理想呢？當我發現他們的需要亦是我的需要時，我便依照這個準則去從事我教職的工作，這樣較能尋求到良心的平靜。我甚至從這個途徑去尋求我個人的修養。我還記得早年剛進入教育界時十分波折的心態，也造成我有中斷幾年的時間，當然是爲了謀生而重回到教師的工作，但目前我似乎已能透徹這個工作的性質，進而建立教者的風格，但我並不是顯著的表現特殊，反而是顯著地表現平凡和無爲。我調校是爲了可以臨近我在山上的屋子，所以不是調到市區而是更遠離市區，這點頗叫別人疑問；也許我住進新屋之後有較佳的心情，這對我的教職工作也有所助益。對自我的改善是人生中最重要的課題，對世界才能推己及人；我現在並不幻想要做大事，表現出我有超凡的能力，我認爲這世界並沒有什麼非做不可的大事，卻有許多必定要做的小事，人的生命就是要不斷地服事所謂的瑣末，並從那裏認識使命。

「老婦人說：『吃了蘋果之後，接連又發生了許多事情。就拿其中的一件來說吧：蘋果的滋味，在男人和女人的心中挑起了一股強烈的欲望，他們覺得蘋果吃得還不夠多……』」這件事由一位老婦人道出，的確是有趣極了，否則她不會說得津津有味。她是個經驗老到的婦人，她說的是一件好事情。

我不相信路易士這說法是正確的，把人生儘可能說成罪惡的墮落。我們追求愛是爲了幸福著想，想以此顯現神的榮光和賜福，否則我們不會窮其一生追求愛。坦白說，我對性愛的歡喜，是因爲它能給我帶來奮發的意志，有如飲甘泉般帶給我新的力量。

他把問題說得這樣醜惡實在可恥。人類的行爲是試想從種種不幸中提升。我並不以爲自大超乎神，實在是神給予人一種追求的精神，我們不懈怠地尋找快樂也是爲了神。

所有逝去的人生都是失敗的，基於此，未來的人生則充滿希望。我們每一個人幾乎都在生活的怠惓中重新出發，我不說未來的不會沒有一位獲得成功的希望。

它看來像是如此，而事實並不然。如果人的內在沒有靈氣存在，使它嚮往永生，這世界早就完蛋了。

到底什麼是墮落的罪，和非常邪惡的東西呢？誰又是向我們誘惑的墮落著呢？這些語義說得如此明確，其實它什麼也不是；我們絕不可能遠離神轉向自己，神的照臨，我們並不從習慣的意識和感覺獲得，不論我們一生是否有幸覺悟，神在我們的內心依然是存在的。

依我看，宗教的本質在於覺悟神與我們同在的事實。所謂比天然的目標更高超的目標，這說法是毫無意義的；層次是一種知識性的了解，假使人那麼明確知道他在追求什麼，那麼問題本身已不可能存在，我們又何能產生迷惑呢？

「愛不是一種感覺，而是堅定不渝地期望被愛者最後能臻至良善的境地。」

「在愛、美德、知識追求和藝術欣賞中，我們從事著這種超越自我的工作。超越自我，極其明顯地，可以被解釋爲自我的擴張，或自我暫時的消失。這是一道古老的矛盾：『喪失生命的，將要得著生命。』」

五九、鏡子

昨夜的夢景使我的意識徘徊不去，我見著她把我砍得滿身是血。這是我有生第一次夢見紅色出現在夢中。

昨日我幾乎一整天都在工地猛烈的陽光下工作，在前院花園中用磚塊鋪排一條走道。前天黃昏，我由工地趕回，帶著相機出去捕捉天空中變幻的雲彩。我身體肌肉的疼痛使我感知我在勞力工作中的快樂和慰藉。

人活著要忘記自己談何容易。意識自己的存在並非全部就是驕傲，讓驕傲支配自己之後，馬上就會出現卑微；問題是驕傲能佔滿多久，它不會永遠如此，除非它永不遇到挫折。人要改良自己是可能的，當不義和虛無出現時，失望和悔恨隨之而至，這種情形使我們嚮往另一個境界，像暴風雨之後，我們靜立在風平浪靜之前，這時驕傲便逃之夭夭，它不再是寓居我們心中的魔鬼了。

有時在藝術的創作上顯現驕傲的心倒是有益的；去除人世的爭鬪總是好的，留一點驕傲和自滿的心思在獨自的天地裏，以便感覺著我們在人世的短暫逗留有些事可做而不覺無聊。

我不明白與生俱來的光芒是什麼，還有那面鏡子是如何生成的，要不是靠艱苦地不斷敲擊兩個石英，使之閃現火花，再引燃火種，或不是靠連續的擦拭使粗糙變成光滑，那有光芒和鏡子呢？

我們需從詩中檢視心的虔誠，從體悟中求得安慰的力量。

「不要叫我遇見試探」，這句話的解釋，過去我幾乎是一知半解的常與「不要試探主」不易分清，現在路易士的解釋，實在使我一清耳目。

這種必會輕視棄絕「局外人」的作爲，我在生活的環境裏到處均能見到，甚至從年少時，我在校園中就遇到，集結成群可說是人類最喜愛的活動，因爲凡集結的人都明白它的好處；我相信人的靈魂就是從這裏墮落的。凡看到布里茲涅夫的臉的人，都會說他是個惡魔，而像他那種惡魔面相的人不止是他一個人，甚至有些人醜惡得需要裝上一副微笑親善的假面具。

我不認爲他說的得當，當他把驕傲比喻爲搔癢時，我有點以爲他只是在搬弄語彙而已，再看他依驕傲的意思而弄出「自視甚高」和「自以爲是」這樣的說明，可說並不高明。這些解釋眞是沒有什麼必要。我相信沒有人會看不懂「忘掉寶貴的自我」這句話所蘊涵的深意，而眞的不能體會這與眞快樂有什麼關連的人，事實上他們也不需要知道。

六〇、要一個新世界

日子對我而言是一項重責和考驗，這使我無一日感覺輕鬆愉快。我為那山區的房子所付出的代價太大了，我不知道是否能在未來獲得安適的報償。要想搬進居住還需要一段時間，我幾乎每天都為裝設工作的拖延感到氣餒。我不能確知現在社會上無信實作為的原因何在，也不能明白我所遭遇的任何一事如此之為難不順利的癥結所由何來？我是依照信實的原則做事的人，因此我也希望社會的所有人都如此。事實並不如此。所以我在凡事上所遭遇到的挫折和打擊就變得十分深重。我自來就因社會的腐化而深覺痛恨，目前並沒有因工業化或科學倡行的時代而具有配合的道德水準，社會變得愈來愈醜惡，充滿了貪婪和詐欺，信守原則做事的人無疑極其容易受到它的傷害。沒有效力，永遠如此，從這我深切體會到這可悲的腐蝕性的民族，由這樣的人民所組成的國家，永遠是次等而不是優秀的。

到底有多少人能有這種見地，我也懷疑人的內心到底具有多大的眞知能夠肯定或否定，我省視著自己，發現我是在這兩頭之間擺盪的人。有一天，我終於相信宇宙是有一位造物主，我也贊同稱呼祂為上帝或神；但是，除了相信祂的存在外，我並沒有增加多少對祂的認識，可以說我一無所知。我相信我最大的痛苦是這種無知，或一知半解的情形，以致無法尋求一條法則來適於我的生存。我肯定有神在似乎與我沒有多大關係。即使我知道我的不幸是由於無知而來，我也沒法獲得改善，除非神有一天照臨我，使我猛然覺悟，而見到那法則。

這裏突然跳出「欲望」，來和母愛、愛國心或藝術做比較，我就不知道欲望的意思所指為何了。我認為欲望是生存的化身，是生存的整個連續不斷的課題，在它的分野下就是那些可以排比的個性和操守了。近世的人，由於誤用欲望，這兩個字說出來時總是非常刺耳。

「『自從我們離開要道之後，』約翰說：『我們一直都在為愚人跑腿。』」這句話眞幽默透頂，印證於我們的人生，可謂千眞萬確。

要怎樣去愛耶穌呢？就是片刻我都找不到我有，更何況要求以持續地，這從何做起呢？是否有人能教我愛耶穌的方法，以及保證愛祂之後就能免犯太多錯誤的理由。路易士的荒謬是他不對成人說，而是對一個女孩子。

能對時間產生感覺是一件好事，任何人都能在這種感觸中修善了自己。

現在的手套並沒有特別為那一隻手而造。

當我試圖對自己做探尋的思索時，我的目的不是為了找出一個是「善」或「惡」的答案，我只是為探求眞相，因此我並不恐懼我的本質不能符合俗世「善」的說法，同理的，我進一步要由認識本質的體察中，消除掉我自身因受教育而習染的俗世的「惡」的諸般觀念。要使自己清純，唯有如此；如果我想由囂嚷的人生轉變為平靜，也唯有如此。

最壞的莫過於以基督教徒自己來看基督教，就像可憐的中國人以自己是中國人而大呼身配爲中國人的驕傲一樣。我對這些偏頗的想法，實在感到無比的厭煩，今日世界的混亂就是導源於自我爲是的主義，把自我主義視爲眞理，視他人的爲邪說異教。試想，一個回教徒詆毀耶穌，或基督教徒排斥默罕默德，這樣的作法算是公正嗎？不論何種經典的教義，如果被他配屬的教徒用來自說自話而不能擴及推之於非教徒，我雖然不至於就卑視那部經典，但我會視那些教徒爲僞君子。這個人類世界看來是非再經過一次統理不可，把所有的教門和派系都棄置，恢復所有人的天賦的權益，且樹立完全合用的觀念。

我懷念過去，但不認爲過去的才算合理或甜美，我抱著對未來的積極希望；眞的，想到過去（尤其是童年），流淚歸流淚，但我還是不希望它重現，我現在所要的是那可預期或不可預期的新世界。

爲什麼不說這個世界是死屍的陳列所呢？而且也同樣流傳著一種謠言，說有一天，這些死屍當中有幾具將得著復活。路易士是個勇氣十足而盡責的護教兵士，他所說的卻都是陳腐老套話。自然的生命絕不是雕刻像可比，它乃是精神的寄居體，是活的，而雕刻像絕對是死的。

既然自然的生命體是活的，而且可以得救，爲什麼還要比喻爲是死的雕刻像呢？得救與否一定是在現世，即使再玄奧的宗教亦不可否認這一點，所以活的自然生命體是不可加以鄙視和怠慢的，也不可說它比起精神來是次等的，它和精神結成一體，同樣珍貴，要說精神的存在便不能否決自然生命體的存在。

基督教的功能再怎樣超凡也不能使死物復活，只能使精神明顯地表徵在自然的生命體上。所以我們不能再誤解宗教上的說辭，只能透過那些說辭去了解某些可能的涵義，否則就是無知的迷信了。

固然得救與否與知識和鑑賞力沒有直接的關係，但我很厭惡動不動就將清潔婦、清道夫、農人和勞工拿出來象徵工作的純潔和偉大，來鄙薄較高知識無非就是罪惡的唯一來源。在作品或宣傳上設定上述形象的人，他們的目的無非就是想利用他們，以此衆多的力量打倒另外一些堅持自由知識的人，好滿足他們擴張的野心。野心家在各項知識和能力的鑑賞的私人之間總是自感形穢，因此他們以後的言行無非是爲了報復那份羞恥。

六一、客西馬尼園的故事

我每天都到那個做鐵門的工廠去，那位頭家每次都對我說明天一定去做，但到今天已經拖了二十個明天了；今天早上我又去找他，他說下午，下午我到工地去看，他並沒有來做，我又折回來到工廠找他，他又說明天。

像這樣的情形，我不知要怎麼辦。檢討起來，我蓋那所房子，幾乎每一樣工作都遭到類似讓我頗感失望的情形，我不知道別人是否也遭到同樣的情形，還是只發生在我身上呢？這是我個人的運氣問題嗎？也許是，我給人的印象恐怕就是極其容易欺騙的對象。我對現實世界沒有一套對付的辦法和提防的戒心，因此這種打擊對我而言，可能就是造成我厭惡現實人生的來源。要是我處處都表現出退讓、忍受和講求禮貌和規則，那麼就更令別人輕視了。據說欺瞞和拖賴是現今現實世界的強者。眞的。我是這個生活環境軟弱的失敗者，這個生活環境沒有信實和公平的交易，而我堅持這項原則的話，則更使我愈感挫折。

我自己一個人在無可奈何的情形下回到新房子的工地，借了一擔簸箕和一隻鋤頭做挑土塡平花園的工作。回鎭上的途中，我拍了幾張雲彩亂飛的風景照，我注意到田園的稻作已經成熟了，黃褐色的農作物看起來十分豐美。我環視我所能看到的大地上的事物，也對那黃昏轉褐的太陽注視一眼。據所有談到這事的人說，現今的稻米價錢偏低，沒有人像過去一樣重視它了，連原本的農夫也感到厭煩了。所謂生活的精神面貌已經改觀了。但依我個人的考察和感覺，這個生活社會並沒有眞正由貧窮進到富裕，也許在人們的手頭上有許多錢，可是沒有人能保證和確信他會保有這些錢的價值，昂貴的物價使貨幣的價值顯得薄弱，而且有極大多數的貨物讓人感覺與它的定價並不相稱，使人有受騙而覺得很氣憤。到處都充滿熱中賺錢的話題，聽到某些人賺了幾百幾千萬是一項莫大的痛苦。從城市的表面上看，好像是一夕之間的奇蹟，而令人難以相信這是經濟的富裕所造成的繁華，如果是，那麼它也會在轉瞬之間變爲蕭條。我認爲這個社會並沒有眞正享受富足的福分，這個社會倒是從平實的過去突然進到目前的奢侈，有錢的人非常有錢，而眞正的貧窮被奢華的外表暫時遮蓋著，因爲對貧窮的羞恥感彌漫在新的一代的思想裏，他們像頗具野心的強盜，他們不擇手段的搶奪是爲了個人的排場和出鋒頭，而不是爲了在生活上建立眞實而恆久的風格，我們可以想像將來這個社會轉到他們手中時的混亂，和悲慘的下場。

我嚮往能有勇氣跪下，且能與神交往；當這一刻時我不認爲我是懷著沮喪不情願的心去做；我可以相信，神接納他和接納我是不相同的；正如今天我嘵舌多言是因爲我對一切都不能確定和下判斷，我不知道神是否寓居我的心體中，並懂得祂交給我的使命；如果有天，我完全清楚了，也許我便沉默了。

不要想像那些迷幻的境界，只要做好知覺現在我在做什麼就夠了。如果宗教上要我們去設想那些屬天屬地的事，那麼我們就不知道要如何來生活了；做任何一件事，都會感覺著重重阻撓，尤其壞的，便是感染罪惡的色彩。

就是在生死關頭是眞是假，依然並無眞確認識；但有一點是決定信仰的關鍵，那就是你能認爲它對你有益。

這說法誠然不錯，不過信賴權威有一個不可避免的弊害，使人類導致對知識的過分依賴，並依此爭奪最多的權利。在信仰上只聽長者的話更難能夠進入宗教的核心，就像被慫恿進一所不設門的屋子，只能在屋外兜著不斷行走。

我們所抗拒的就是我們原身的聖潔，而無法抗拒的倒是那些誘惑的外物——魔鬼比上帝對我們更具有魅力。

這是路易士一廂情願的說法，並毫無根據；這個世界就是有一半的人是聖潔的（他說假若有十分之一），十年之後依然不會改善多少。聖潔極不容易在人體心中扎根，反而容易流失；人誕生時是聖潔的，一到年老死亡時已變成污穢腐敗的殘軀了。

我們信心不足是因爲我們不耐久候。

在我的思想願望裏極欲擺脫種種的苦海的折磨，可是在我的生活經驗裏，這苦難卻愈來愈擴大，這使得我的心也愈來愈有所盼望。

我生於這個時代是沒有信仰的，我是指我個人根本不知要信仰什麼；我接受哲學、歷史和藝術的薰陶是因爲我本無知；如果我是個無知無識的人，只接受某些生活經驗，受到習俗的威嚇要我去信仰傳統的某些道德，並遵從某些形式的崇拜，從這表面上看，我好像有種信仰的形態，實質上我仍然不具有信仰上的心靈。從以上的兩者來看，人生都是受苦受難的。但要是有天，我能去除內心的許多纏絆而來的恐懼，我學習知識和生活相配合，即使我的外表像個放縱不羈的人，我會坦承我的心靈具有十足的信仰。

客西馬尼園的事，就像每一個人寄留在這個世界的任何一隅，終究會見到所面臨的結果來到了眼前，那時，天空和地上都是昏黑可怖，凡遭遇的人都是孤獨無助的，而掛在臉上的愁苦是眞的愁苦，因爲除了他以外，沒有人能僭越地去解釋那是何種境況，是什麼原因所造的。這一幕在聖經中比任何的事件更具體而重要，如果少了客西馬尼園的事，我相信聖經是部無聊透頂的書。

事情本來就是這個樣子，要談良知，心靈的信和愛是不可少的，這就是我爲何那麼排斥人云亦云的那些成規的理由。

六二、理想的戀人

那位醫生的兒子來了，他來心中總帶著忿忿不平的事，對著我滔滔不絕地傾訴出來，臉上掛著頗爲眞確的表情，像一個舞臺的演員在室內走來走去；坐下，站起來，又坐下；稍平靜下來便點燃香煙，不時從胸腔裏用力地咳嗽一下，像煙毒深重的樣子。他的額頭自車禍後留下的疤痕增加了他肅殺的新貌；他談到一樁滅門的悲劇之不可避免的前因後果；他甚至寫信給日本的兄弟表示了他憤慨的決心，主要是想對付那位言行不端莊的姊夫，還有那位頑固到底的年高的父親。他說他留在家裏是爲了母親（據說她的記憶力已經喪失，變成一位沒有人理睬的老婦人），不過，家產的爭執是最大的因素。我懷疑一個能說出口的人是否還會有剩餘的力氣再做出他想做的事；我勸他何不一走了之，免除那些目前不易解決的家庭紛爭；他聽後更不高興，他表示這些事不是他一走就可以消平下來的；他曾經出走，回來，再出去，現在再回來；這一次他是爲母親的年老體衰無人照顧留下來的。聽他說也頗有道理，而且使人感動，但對於他的品行的考察，就讓人懷疑他是否盡心行孝了。

Spring來，我帶他到工地看房子，我對他表示這房子所帶給我的至今猶未完盡的折磨，也令我對它充滿期望。他說這件事本來就不簡單，要有耐心。我心裏眞想出遠門去做一次寬舒的旅行，以洗盡內心經久積壓的沉悶。理不完的雜務是造成一個人鬱鬱不樂的成因，應該想法忘掉和排除它。但我想玩樂並非是最好的辦法，而是把它們清理和解決。

最近我常常反省內視，這要拜讀書之賜。一個人常由其內在導引出許多的不良情緒，外界的事物是媒介，在接觸時便顯現出內心的那份眞實面目，而這個面目並不和善，有時我在夜晚靜思，發現自己內心有爭論不休的現象。我們的內在蘊藏著許多不平靜躍動的因子，就是這種因子決定了我們在生活世界的命運，要安撫它、控制它或舒放它，都必須徹底了解這些因子的性質。

我把用具重拾一遍，佈置了暗房，這件工作我已停了幾個星期，雖然沒有新的底片沖印，我由舊片中選了幾張來放大，當做一種練習。做這件工作頗能安頓我的煩擾不休的精神，使我能自感充實和滿足。

當第一次見到祂時，我們必定充滿了震驚的感覺，假使我們不迴避，目不轉睛地注視那團色彩，經過一段時間，我們便會喪失機能暴露在白茫茫中一無所見，直到奇蹟出現，我們的視覺能再歸於一定的焦距，看見祂清晰地豎立在我們的面前。

香膏就是破碎的心，這是何等見識的解釋，除了這個說明外，有什麼能解開聖經中這一件事的謎語呢？香膏是從耶穌的頭頂灑灌下來的，這應該代表用世俗的方法把耶穌的身體神聖化了。

我也認爲基督的社會不會來臨，就現狀而言，根本還距離很遠。但我認爲基督的社會不可能漸次的推進而實行起來，它要來，它會遽然地出現，不是靠人的努力，而是依照神的工做成的，如果是這樣，那麼它的來臨距現在不遠了，也許它就在眼前。

說每一個人都是基督身體的「一部分」，我能贊同，但如附加說明是一個「器官」，則我不很欣賞這種意思。在神學的知識裏慣用這種赤裸而又需血淋淋割開的語詞，簡直要使人產生噁心的感覺；我覺得不能直接闡明的事物，只好少說爲妙，就像聖經一樣，簡明而直接，因爲這些事明白的人一經提示，就領悟過來了，對不明白的人，說了一大堆比喻，反而叫他產生誤解；爲了附和現世的觀念和思想，將神學納入這個範疇來討好人們，簡直愚不可及。

俗世的每一個人都有一個妻子，或一個丈夫，但不要否認幽深神秘的心中也有一位理想和仰慕的戀人；當企慕理想的戀人愈勤，認爲愛他勝於愛妻子（丈夫）時，男女才能平等和諧的相處；要是依俗世的膚淺看法，只能愛妻子（丈夫）而不能瞻仰理想的戀人，就等於只渴慾肉體而摧折原貞的自由意志，那麼雖能在日子裏表面的履行夫妻的義務，但根本上是連一點愛意都沒有。愛女人（丈夫）而且相信他個人的世界必定有一個理想形象的存在，是完全依照心理的本質衍生而來的，和愛妻子（丈夫）並不牴觸，也不矛盾，因爲短暫的人生是永恆生命的分支和過程，生活的意識的源頭是宗教虔誠的情操。

菲吉特太太的事並不是一個特別的例子，這件事說出來倒是給每一個家庭多少都有點啓示。

〔「我想到幾個月前去世的菲吉特太太。她的家人在她去世之後，倒顯得生氣蓬勃，這的確很令人吃驚。她的丈夫開始能夠笑了，再也不會成日拉長著臉。她家的么兒，我從前認爲他是個滿懷忿懣、容易動怒的小傢伙，現在可變得溫和多了。長子呢？……開始重整花園了。那個過去老讓人覺得過分纖弱的女孩子，現在倒學起騎馬來了，整個晚上也不停地練舞，偶爾也打打網球。即使那條過去若沒有人牽著就不准出門的狗，現在也成爲他們那條路上燈桿俱樂部的著名會員。菲吉特太太經常說她是爲家人而活的。這話並不假，左右鄰舍都知道的確如此……牧師說菲吉特太太現在已經安息了，希望她果眞安息了。」）

「事實上，人需要心性良善，才會悔改。這裏有個陷阱。只有壞人才需要悔改。你愈敗壞，便愈需要悔改，卻也愈無法悔改。能夠徹底悔改的人可能是個完全人——而他可能並不需要悔改。」

像以上這樣的陳述說有個陷阱，要人在同樣意思的下文中去辨別眞僞，我不知道其用意爲何，只讓人覺得他的口舌滾轉得很靈活快速，一般人也許頗喜歡賞識其中藏匿的智慧；在我年輕的時代，對這種陳述句總是一知半解，大半覺得好玩，但無從受惠；現在對這種模稜兩可的狡猾和聰明卻一點也不欣賞，問題在於「悔改」、「壞人」、「好人」到底憑著什麼程度和標準而說的。的確是個陷阱。

就從愉悅感來說罷，一般所說的禱告，可能是一種傾出體能的方式；我們從環境和個體自身都會產生壓迫感，造成身心的窒悶，極需想法將之放舒；因此禱告應該就有多種的方式，除了語言的部分外，勞力工作和從事藝術活動，或運動等都是一種禱告；像我根本不是基督教徒，也不是其他教派的信徒，我的方式就是工作，從工作中把自己釋放出來，成爲一個自由人。

我喜歡與神的交通方式是隱密而私人的，唯有在這樣的方式下，我才能獻出我的赤誠。我有多次的機會在公衆中表達我是怎樣的一個人，結果那個表達自我的並不是我本人，是一個僞裝的騙子。

我們太輕易說出「懺悔」這兩個字，尤其在別人面前，或在日記中，這種情形表示我們不夠深切了解懺悔對自我的約限；換句話說，太容易做懺悔舉動的人，事後是依然如故的。

我曾祈求神靈啓示給我，那理想的戀人是否能爲我尋獲。我也曾表示過除了現在的妻子外，我也曾愛著其他的女人。

關於「羞恥」這一件事，如果它的確是隻苦杯，那麼它是我慣常活在人世的滋心養料，從這裏產生我能不斷賣力工作的泉源。

容納我們，以及我們知感到空間的自然宇宙就是一所教堂；顯然地在進人造的教堂時，要卸下肉體的包袱，甚至委曲求全地說，要在那屋內學習謙卑的功課等說法，是十分虛僞的，這等於說，凡做錯了什麼都有庇護所，可供改造和新生，那麼這不就是更加放縱教堂外人世的錯誤嗎？耶穌基督是在曠野拯救衆人的，大自然才是我們最虔誠禮拜的教堂。

如果禱告不是屬於私人的秘密，那麼把意涵延伸就根本不可能也無意義；就像鐘聲的敲聲傳播了衆人，但似乎更爲某些特別的個人。

我們所架構出來的每一個與祂有關的概念，祂必定在慈愛裏將它搗碎，這句話到底指出什麼涵義呢？當我們在禱告時，祂在我們頭上或身側監視著，我們能意識到祂存在的形象，就好像我們在禱告詞語裏，一定有綱則約制著我們，我們虔誠稚弱地跪著，認可著所有祂指令我們的一切；甚至禱告完畢，在我們站起來時，祂的存在還留在我們的腦中，我們馬上要做出的行事也小心地不可踰越綱則。一般人一定認爲這樣的想法是正確，是理該合乎教徒遵守奉行。我想這是不必要的，祂反而要我們忘記祂，祂愛我們的唯一顯示就是給我們自由。

這樣說基督教就是神秘主義的宗教，甚至它就是在人類所有宗教的範疇裏最爲深奧難懂的神秘主義。在我們的觀念裏，順服是爲了獲得某些好處和利益，不過從客西馬尼園的例子中，顯然是要我們覺悟：我們是什麼也得不到的，還要我們像耶穌把祂自己完全地獻出來。

六三、感覺祂在

昨夜經尤莉的表示，我才知道她曾看過我的日記本，她說我與她的感情只維繫在表面的關係上，她知道我生活在此環境的痛苦，又與她不能從內心裡相愛，她說她明白了，也不計較了。我說我們都疲倦了，談它也無益，最好是我離開通霄，或離開臺灣。我不知道她是否了解我說這話的意思，她一向對我的失望是因爲我還另有所愛，現在她表示對我絕望。我與她的感情目前是保持平和狀態，一種家庭生活的不可分離的需要，除了這個，我的心是灰灰冷冷的。整個生活造成這種平淡關係，原因是由長遠而來的，不能輕率地說這是誰的錯。最早在我心性還很單純之時，她對我的冷淡是我心中的一項打擊，我還記得當時的每一個細節，以及我在失業時所過的疼痛生活，這一切都在我的作品中可茲佐證。這些事都已過去，只留下一顆冷冷和怨煩的心。總之，這一切都使我檢討出我錯誤的人生，現在雖欲加改變，但這是何其困難的情勢啊！眞的，對這短暫的人生而言，我竟然有無可奈何之嘆。我希望一切相安無事，空談愛不愛誠然無知，我相信今天大家還能相守，這比口頭上的熱情眞實多了，何必計較內心是否相屬不相屬；何況，我也不知道她的內心的眞實，爲什麼她有權來追索我內心的眞實呢？

滿懷著興奮的心情沖洗底片，結果是滿盤的失敗，整條底片光溜溜的，似乎是倒錯了藥水，不然就是全部曝光了，一時不能確定是那一種錯誤。

我一面抽煙一面思想神與我們有關的事，這樣會算是褻瀆嗎？我一面聽流行音樂一面閱讀聖經，這樣也算是不純淨嗎？我經常在做愛之後，繼續讀書或寫作，這樣不構成荒謬嗎？我想像不出有什麼理由，神會不喜歡我的這種行爲；不要以爲我膽大妄爲，紛擾常常是我集中思考力的溫床。

我以爲一個自願低下頭來，或跪著禱告的人，一定有他個別的禱告辭，並且有他禱告的個別性質。我的禱告從來少有要求應許某種願望，除了爲理想的愛而外，大部分我爲求獲得心理的轉換而禱告。

在我最初的幾次祖先的祀拜儀式中，我依照母親曾教我的，在舉香祈求中說出，求祖先的神靈保佑我們這些子孫有興隆的發展。後來我改了方式，希望他們的魂靈回來愉快地與我們共餐。我是重視內心和諧的人，反而厭煩外在的烜赫；我雖算是家族主義的人，但我並不以爲有錢有勢好讓別人看得起是一件人生努力的首要工作，尤其要藉靠神靈來達成這個目標，簡直像要他們搬金塊給我同樣的荒謬和不可能。

神與人同在不限定在我們敬拜或讚美祂的時候，我深深的明白，一旦我相信祂的崇高存在，祂就不會隨意任由我們的意識把祂擺開；每當我去與女友約會時，我總感覺祂與我同在，使我的本能意志獲得心安理得的鎮定，要不然，我就會十分恐懼我是這個倫理與秩序的社會的一名罪犯。

父親之不同於祖父，幾乎就像貓之不同於狗一樣，這類比喻妥當嗎？（家庭的組合是一種不同類事物的組合，其中的成員不容許人同一的標準衡量他們。）

三倍的謙卑還不夠，更多也不是，有的人無需，有的謙卑也無用，根本沒有這條法則保證可以過天使般的日子。

談到儀式（包括一般各式各樣的），我常聽到許多人圍著爭論一些細節的問題，爲合乎禮統或不合禮統而擺出忿忿不平的衛道態度。在我看來，儀式與主持儀式的人的關係特別重要，它們成爲不可分割的一體；如果有一位老練如藝術家一樣的主持人領導者儀式的進行，那麼這個儀式多一節少一節，或變換樣式，看起來也一定合度，甚至讓人感覺非常配合當時的需要，否則，我們所參與的必定是形式呆板而缺少虔誠的儀式。

有時，所謂自我的道德意識，它是不是也是一個無中生有，把自己判得過分嚴酷的魔鬼法官？自我譴責恐怕就是這樣的一個角色。

目前我正陷入這樣的煩思之中，尋找著不良的事物來試探著自己，內心充滿著私隱的企圖，可是其結果不但發現他人是自私的、虛僞的，我自己同樣也是如此，而且恐怕猶有過之。思索與邪惡有關的事竟然也能嚐到某種快感，這應該是指復仇的行爲，可是對我而言，絕不能稱做是某種快感，而是落入全然無助的悲哀。

今日的社會都有僞基督徒的作風，他們所扮演的就是瘋狂的道德角色。

昨夜我在賭牌的過程中，腦裡不斷出現神與我同在的意識，最後祂在我的拙劣牌技中退走了，祂大概認爲把運氣給予這樣不求上進的人是不値得的，結果我節節敗陣，直到囊空如洗。我從那窒悶炎熱有如地獄的房屋走出，我感覺在這淸涼的夜空下受到解放了，於是我做出手舞足蹈的動作，並且深深地呼吸新鮮的空氣。

六四、為我而發生的

當我通過臺北火車站的剪票口走向候車的月台位置時，我走去的方向正是一年前此時我和黛安娜在此告別的地方，她把我拉到堆積行李的角落，並要我吻她。我拿出手記簿翻出她家的地址，極想打個電話過去詢問她今年是否已從美國回來度假。我沒有她的信息已有半年，前半年我幾乎每兩星期給她一封長信，她也照我們的約定回信給我，然後在年底時我因精神狀態的危機而中斷了。我此時想像她可愛的臉和碩壯的身體，但我覺得已經過去了，實在沒有必要打這個多餘的電話，她回來不回來似乎與我已不會有任何的關係了。

昨日早晨我搭七時十二分的快車北上，在十時前趕到遠景社，蓋完印章結清版稅我就走了。下午和Spring去看電影《一九四一》，這部片子的胡鬧實在精彩極了，是很值得觀賞的好電影。晚上我到木柵，見到小女兒小書，她在那裡還很習慣，我覺得頗放心；早晨我要走時，她還在睡覺，我叫醒她，並給她零用錢，她繼續睡覺，我就走了。

一路從臺北回來，火車廂內熱氣和猛烈轉動的電扇使人十分難受。我把窗戶的紗窗放下，集中精神拍攝沿路的風景。我不覺得在這樣的早晨會比某次黃昏（由臺中回來）的光影更佳，太過直射的陽光使景物顯得白撲撲的，不過我沒有選擇的餘地，一切都還在嘗試的階段，我並不害怕這種嘗試的失敗。

省視我過去諸行爲與動機，沒有一件不是合乎神的意志，就以寫作和愛情而言，這兩件事是交錯地進行在我過往的生活裡，痛苦與快樂也密切地纏伴成一股生命的激情，假如說，這不能代表眞正的我，那麼我又是什麼東西呢？我相信這些發生在我身上的事件，是爲我而發生的，不是爲我，又該爲誰呢？我應該感謝神的美意，雖然有些部分已經結束了，但它們永遠留在在我的記憶中不會抹滅，現在的我就是由那些經歷而成長的。

路易士說基督教政治學的實際問題在於如何能儘量不犯罪地與不信的老百姓一同生活，受不信的統治者領導。這一點我有同感並表贊同。但他旋又說不信的統治者永遠無法全然智慧、全然良善，他有時會非常邪惡、非常愚蠢。這樣說不啻就變成十分感情用事，從古至今，人類世界有許多不信的仁君，也有信的暴君，這怎麼說呢？我不認爲信與不信的差別會這麼大，我們也無須把統治者視得這樣重要，因此我們也無需對他過分嚴厲的批判。

康德做個哲學家是我所敬仰的，但我信不信奉康德哲學是另一回事。我們是滿不在乎的受造物，這說法也許是實在的，但他又說：「我們本可享受無止境的喜樂，卻沈溺在酒精、性慾和野心中，就好像無知的小孩因爲不能想像海濱度假是副什麼樣子，便只想繼續在貧民窟裡玩泥巴。」這樣說的話，無非對今日人類的處境缺少普遍的了解和憐憫。

六五、晨夢

我剛剛在疲乏的晨睡中做了一個夢。我走進屋子裡（像是回家），看到桌上有一卷郵件，打開看，類似一件繳稅的通知。我趕到一家戲院，舞台有一位女郎在舞蹈，她是個誘惑人的尤物，我坐在一個前排的位置，一位紳士走來靠近我旁邊坐下，傾身過來注視我手中翻看的文件，我指著文件中的某一項告訴我，這裡面記載著我與那美麗女郎的關係。當那位身旁的人在迷茫和疑問的時候，我起身走開，轉到戲院邊側的位置去，我在尋找合適的座位，但沒有找到，許多位置已被人佔去準備吃餐點。我移到後排中央坐下來，卻為前排的人頭擋住視線，於是我退走了。我來到一處荒郊的所在，也擠進那裡不知為何設置的一排椅子，就彷彿在戲院裡看表演一樣。我身旁的一個人伸臂過來繞著我的肩背，我感覺那隻手臂就像是什麼重物，那個人有意使勁地壓迫我，使我漸感難受，於是我的身子被壓得愈來愈低斜，直到承受不了掙脫走開，重換了一個新位置。不久座位上的人紛紛走了，我也跟著離開，但有一陌生人跟蹤著我。我在鄉野道路上戰戰兢兢地邁向城市想要趕回原先的那家戲院去，道路是曲曲折折的，經過一處又一處的村落，我設法擺脫那位跟蹤的人。突然我從一座樓房的廊下走過，抬頭看到樓上熱鬧的聚會，在窗口出現了老趙，他俯視著我，從他那驕傲又邪惡的臉目，我頓時覺悟，他原來就是不折不扣的壞人，是某個集團中的一份子。我更加驚慌地逃走，在臨近城市的時候，在路上遇到一個年輕人，他傳話給我說：「不是今晚，就是明天。」聽到這句話，我由驚轉喜，而且已經到了城市，我腦中浮現戲院的影子，想著今晚還能作樂……然後醒來。

自從臺北回來，照樣忙於工地房子的諸種事務，外線的電桿豎好了，鄰居已經搬進去住了，我通知五金行裝好玻璃後運鋁門窗來安裝，並告訴油漆工前來粉刷未完的部份。我計劃在頂樓架設棚子或加蓋屋頂防熱，這一切在心裡都有腹案，卻礙於人事而無法順利進行。我更擔心經濟力不夠，打算做到此為止，住進去後再慢慢設法加添設備，但水和電沒有完全設好妥當，根本也難以使用。我現在心裡多麼盼望能放開一切出去旅行一趟。

我發現我有往苦難走去的意願，目的是要考驗自己，也似乎隱埋著某些僥倖收穫的心理，譬如以賭牌來說，情形就是如此，每隔著一段日子，總會轉到這個墮落的陷阱去一次。我想這是我個人最大的羞恥和軟弱，如果我要去賭牌，我應該從內心去調理自己的意圖，使之視為純粹的賭博，而不是懷著偽假的態度，認為輸贏毫無所謂。

我把這一次從臺北拍回來的底片沖洗出來，重新換了藥品，結果很成功，並改用新的瓶子裝回藥品。我洗印時儘量讓它曝光充足，結果與職業照像館洗出來的明亮度一樣，我不認為這有什麼不好，起碼證明我也有這一份能力，不要企圖以做不到這一層，而以別的成就來掩蓋這一層次的了解。我以為做一個藝術家，最起碼的條件是誠實地對自己的所作所為擺出完全負責的態度，投機取巧雖能一時迷騙別人，卻很可能是從事此類工作的途徑中的敗行，永遠留在自己的內心不可告人的污點。

就是不進教堂的非基督教徒，天堂與地獄亦是他們交談的主要話題，只不過不提這兩個語詞而已。

有人說，不要談玄學，要談實際現實的事物，那麼這種人根本就不明白眞實感覺的事物本身就是玄學，也是實際現實的事物，它一面歸於思想，一面歸於具體的實物，猶如靈魂與肉體所結合成的「人」。

人生到底是貧乏還是富饒呢？是貧乏而幻生富饒；是富饒而自感貧乏。那些貧苦的人每一時刻都活在對天堂的企慕中，而富裕奢侈的人則在地獄的深淵中掙扎。

我坐在屋內沉思，世界在外面運轉。這樣說來我是個不參與世界前進的局外人。其實不然，因爲世界的進化是靠精神力的匯聚，而我們人微薄的體力根本沒有在另外的地方有站立的使力點。

少有狗和貓聚會遊玩共餐在一起的例子，我每天所見的都是狗追貓在屋前路上所掀起的驚擾。從本性而言，要保持和平的心胸都不易，談何進一步擴展它呢？像這種類似理想的境況，猶如某些主義所宣傳的共有，雖然稍涉知識的人都抱著獻身的嚮往，其實這種夢幻所造成的反而是滅人自滅的勾當。還是早日認清自己的身分，各守在被天賦劃分的位置，而不要對自己未知的本性做危險的試探。

通常我們既找不到眞理，也遇不到眞正的朋友。實際上世上的每一個人都十分相像，就因爲如此，我們常感厭煩和失望。

我以爲深遠的意義總是與短暫的形象相呼應的。

依照基督教倫理觀的邏輯所發展的思想和言行都沒有錯，而且都成爲一項典則；我相信天堂也是由這些磚石砌建完成的，可是人與人之間總在那裡爭論計較，到底誰應該搬運第一塊石頭。

當我們思想時，最大且最高的要先想，但當我們要去實踐它時，最小且最低層的要先做。

男人以某種神秘的，不容揶揄的方式渴望著他所愛的女人，這項了解不可否認的使女人負起神聖的責任成全他。如果女人不能給予男人快樂，那麼什麼才是男人所需要的快樂呢？

貞潔被舉得那樣崇高就像它被視爲如此鄙狹，卻很少有人將貞潔做全面人生的看法，而卻專指性行爲的一端。現在的人應該不難了解兩性間的追求都是他們生命意志最具體的象徵，同樣的我們要有全面釐定的新看法，不要再被迂腐的約定阻擾我們生活的自由目的。

脫衣舞應該也是表演藝術的一種，當然它的特別形式本身就具有特別的內涵；如果我們去看它，目的像是去看一塊羊排或一小塊醃肉的話，這行業是應該徹底禁止的。我以爲能跳脫衣舞的女郎一定十分稀少，她必須具備以她的肉體自身來詮釋人生的戲劇能力，就從這一點看，脫衣舞要比其他的藝術形式更高貴。

雖然我們沒有必要效法崔思坦和伊索德，但受制於人世環境的結果，我們仍然無力逃開這悲劇的命運。

六六、墾丁之旅

我來墾丁已經是第二天，上午就像一般旅遊者一樣僱用一部車子到恆春所屬的各處勝景遊覽，最後到了鵝鑾鼻看見那座漂亮的燈塔。所謂一個旅客的心願，無非只是想達成一個目的，當與人談起自己的旅遊經歷時，可以坦然地表示自己的確到過某地，睹見那地方的標誌，而不至於在俗世做人的價值上落後別人；要是大家聚集一起談論，當別人說得津津有味時，自己卻無那類似的經歷，而顯得寂寞無歡，心頭感到無上自卑。事實上我不是一個想在以上那種場合中湊趣的人物；我很少有主動旅遊的興趣，更不喜歡在旅途和一大堆人走在一起趕往某個勝地去觀賞。坦白說我不知道如何觀賞景物，分辨不出看到某些景物到底心裡有何喜悅，我常在睹見人們嚮往的景物時覺得茫然，根本體會不出我從景物中獲得什麼滋養，要是我的心頭盤繞著未解的事體，那實在說，我只是眼見而心不見。我也曾聽到某些人所說的各種旅遊的厭言，這可以證明人間根本沒有在同一時空趨向同一目的的意志和興趣；但也有某些人凡從遊歷中回來，便讚不絕口地說到他所見的一切都屬新奇和偉大，我們不難明瞭他的表現只是想自抬身價而已。我來墾丁原是想尋找拍攝的題材，可是所見的景物並不吻合我內心的要求；我應該多花時間和精神去尋覓，但一時也難能遇見，因此姑且像普通遊客到處走馬看花，膚表地掠過舉著照相機亂拍起來；雖然心中並不暢快，但一切已經做了，就像流水帳似的任其存在，也任其浪費了。

前天我從通霄來到高雄見G．L，明天我又要由此地（墾丁）回高雄見他。

六七、旅行之外

墾丁之旅的拍攝照片幾經思慮之後今天寄給Ｇ．Ｌ；我在上月二十八日回來時已經對他告別了。關於我到高雄的目的，我在回來的前一晚告知了老莫，他可能早就看出我幾次來高雄的動機，因此在面對面時並未表示出他個人的任何意見。老莫和Ｇ．Ｌ的關係是很難界定的，外表上他們是十分講義氣的朋友，並且有事業上的合作；Ｇ．Ｌ曾對我直陳，他心目中的人就是老莫，這就是一切。墾丁之旅的每一時刻都是悲傷而荒謬，那位瘦姑娘要陪我去是我始料不及的，我無法表示拒絕，因爲我內心充滿矛盾和好奇。第一天我們都能相敬而和諧，但到第二天，我便看出她的不寧靜了，我心裡對這位埋藏苦悶的姑娘深表憐憫。她最好的自制就是離開我去參加別一群人的玩樂，我保持冷靜，認爲沒有她的存在。據她說，她和那群青年瘋狂了一夜，回高雄的那天早上，她病了，又遭遇到風雨在路上受阻，她顯得十分不耐煩，甚至對計程車司機發脾氣，我和她在一條街道匆匆地道別。

墾丁之旅所拍的照片，在拍攝的當時幾乎都是敷衍而失望的，回來處理之後，卻有幾張可以保存。關於拍攝，我應該選定一個地方長久住下來，細心的觀察和等待，做有系統和有主題旨趣的拍照。我想要將臺灣的風景拍成可觀的創作，還需一番的努力，使之將我的內在心象藉景物顯達出來。從另一方面說，墾丁之旅是個有價值的經驗，如果我能有時間把它寫成一部小說。

六八、內心的兩難

早晨我騎摩托車行抵學校（我在幾日前才調來坪頂國民小學）之前，在一個右轉彎的路口，和另一部迎面而來的摩托車相撞，騎車的年輕女郎和後座的老婦人都倒在地面，經路人的扶持坐在一家商店門廊的長椅上，我走過去慰問她們是否受傷。她們受了點擦傷，車子也輕微的損壞；我的車的擋風玻璃左下角破了，腳踏的橫桿彎曲，我的左手食指腫傷，其他毫無損傷。對於這件事，我覺得奇怪，對方是個女人，她騎的車太偏向我應行的車道，我們的速度都很慢，可是我不了解爲什麼在未撞上之前都互相看見，而她竟沒有把方向轉開，僵直地衝撞過來，而我在右道的邊上已沒有再躲避的餘地，所以在那一瞬間，我倒眞的吃了一驚。當然她不是故意，她一定沒有料想到我在這彎道上的突然出現，當她看到我時可能忘掉了一個騎車者該有的反應，所以她坐在長椅上一直低傾著頭部，對我的詢問保持著羞於啓口的沉默。我是個陌生人，要不是對方錯了，恐怕難逃路邊圍過來的本地人的嚴厲指責。後來店東過來對我說，對方是學校某一位教師的女兒，要我直接跟她父親說就好了。有什麼好說的呢？我根本沒有想要得到什麼補償；但是當我在學校遇到那位教師並且先向他道歉時，他似乎有些生氣的樣子，表示誰對誰錯根本也沒有人看到。接著有一位教師跑來問我，說他剛才經過那家商店，有人告訴他，說我撞倒了人，沒有表示什麼就騎車逃跑了。看來這事情是越來越不妙了，但我並不在意別人的傳說，我心裡只記掛著那女郎低頭沉默不語的姿態。

早會時，我向學校建議某些課務變更的問題，雖有其他教師的附議，卻未被學校採納；我心裡也明白，這樣的事大都是依照舊例，很少變動的，也就是他們所說的每一個學校都有它的單行法規。我再站起來駁斥這種單行法規的不當和落伍，並且不合實際需要。但事情過後，我心裡並不關心是否能改革，我本身就是這種不合理的單行法的受害者，我卻準備忍受它，事實上在這種環境也只有如此，我的責任似乎只是指出其不當而已，如果要我付諸行動，那就是革命了。

我在認眞地讀《齊瓦哥醫生》這部吸引我啓示我的小說，過去我讀《戰爭與和平》和《卡拉馬助夫兄弟》也同樣的愼重，不可少的就是寫下筆記。這部小說無疑非是一位優秀和觀察入微的詩人所能寫成的，我十分欣賞和讚嘆他在景物的描寫上詩意地闡明了一切人們所生活的感受情形，因此避去了刺眼或煽情的憤懣之詞，而所有的情感都很含蓄和眞確，使人的內心雖感受到淒涼和無情，卻也通通把它們容忍了。我很久以來就想寫一部較長的小說，卻找不到適可表達的語言，我知道依循我過去的成就方式來完成這樣的小說是浪費筆墨的，所以我只能等待和再學習，壟掘我內心的容量，發現我欣然喜悅的語言，到那時才是我重又動筆的時候。在這樣的一段長時中，我的生活顯得沉悶無歡，心中充滿複雜的煩憂，另外又盼望企求某些特別的愛戴，像是一個小孩子在開始要學習時，要求承諾對他額外的獎賞和鼓勵。我心裡需要的就是這麼一點特別的哄騙來滿足，否則我根本什麼也不情願去做。我疑問這個世界是否有人明白我的稟性而能對我懷著愛意？眞的，我不知道。這就是我現在（恐怕是長久以來）所遭遇到的我自己的兩難人性，它造成我的心靈淫晦和不安。

六九、海洋的幻畫

一夜之間突然感覺氣候的轉換，今天是農曆八月初一，昨日晚間天氣報告中亦談到此日雁南飛天氣轉涼的事，這個訊息對我是好的，因爲今年的夏季似乎對我折磨甚爲淩冽，在計劃和希望中沒有獲得多少的收益，倒是覺得它不懷好意，前幾日在海水浴場游泳時感覺右臂扭傷了，看來今年再也無法下水游泳了。學校開學後的幾日以來，氣候非常炎熱和窒悶，今天我到學校情形已有轉變，我散步到操場，走近圍牆旁邊，看到附近的相思樹林的柔美姿態有說不出的喜悅。這附近原都是丘陵地的田園，風景雖然不算優美，但比起市鎮或我原先服務的學校，卻令人心曠神怡很多；早晨我一路騎車從市鎮往山裡來，故意放慢車速欣賞在晨光中淡藍的群山；這條路約有九公里長，坡道和彎曲增加騎車的樂趣，黃昏返回時俯視山下的海岸，那裡永遠展佈著奇幻的圖畫。

七〇、生活的代價

是什麼造成我的精神和肉體的倦怠感呢？是身體上肩部的痠痛，還是我本身自覺的呆僵生活呢？或則是這兩者聯合的折磨呢？似乎任何一點都是原因，沒有任何一點不是。昨天我就感到萬分的不耐，厭煩這個生活環境，甚至厭惡自己。這一切都趨向於要發一場大病，但我心理上又害怕病倒，因此夾在這要病和怕病的精神折磨中間。或許生一場病也好，致命的或是能復健的都好；如果不能從病中改善自己，重新創造自己的未來生命，那麼就讓它致命罷。

這幾日我總是在教課之餘的時間讀《齊瓦哥醫生》這本小說，如果我不讀它，便覺得一日生活的無聊和困頓。這本小說實在出乎我意料的優美，是我曾看過的小說中最能啓示我的一部；作者的冷靜，開啓我一向對小說藝術的固執看法。要寫這樣的一部小說談何容易啊！它比《戰爭與和平》細嫩、眞實而富詩意，每一段生活的細節都是眞實的象徵，景物和地理氣候都與人的生活感受互相映照，好像一張一張連綴起來的圖畫，而每一張都是佳構，如果不是一位訓練有素的優秀詩人，那能如此完美地描述那些時空的遞變呢？不論俄國是何種樣政權，能有這樣偉大的作家實在令人欽敬，如沒有那種忍受孤獨寂寞的性格，根本不能產生曠世的藝術作品。

我想到，如果我急躁和不安，那麼根本就不能再寫出任何的作品了。回憶我以前的寫作，我是具備藝術的高貴品性，所以我能寫出一些好作品來；但現在我被某種生活的騷擾驅散了這種氣質，變得俗不可耐，而且充滿了內在的憂慮。爲什麼我會陷入於這種絕境呢？因爲我空費心機於日漸繁富的生活，以致成爲一個自我嘲諷的虛僞者。現在我從這惡夢中醒來，感到滿身的倦怠。我盼待精神的復原，想找回我原眞的面目。這幾年來生活的代價就是矛盾和痛苦。現在我十分明白，一旦我違背自己，想虛僞的改換自己，欺瞞自己時，我就不是一個純粹的藝術創作者。現在我是被這社會遺忘了，是我有意無意地做到這一點，這樣做還需我付出對自己的誠摯，因爲沉默是必要的，不必硬撐著自己過去的形象來蒙騙別人；如果我不再寫作，就此讓人遺忘那才是一件好事呢。實在，我並不憂慮被人看低或被人遺忘，最重要的是我應找出一條可以讓我心平氣和的生活之路，從這樣的途徑去體會人生，那麼藝術的創造就是次要而附帶來的喜悅；更確切的說，創作的藝術是依附在眞誠的生活而存在的，並且需以生命的需要去愛，這樣我的創作生命才能再度復甦。

七一、沒有大不幸也沒有真幸福

一整天在學校的辛勞所盼待的就是回家，但當回到家倒坐在沙發裡，心神卻像馳往某一個地方，不能有安穩的休息狀態，覺得滿心的空無，打開收音機，卻聽不進任何音符，心中充滿憂悶，毫無喜悅的滿足和沉靜。啊，我這充滿污濁混亂的心靈呀，好似從什麼時候開始便這樣的不安，白晝清醒的時候充滿了騷擾，夜晚睡眠時疑亂的夢，非眞實的夢境佔滿著那黑暗的意識層。這一切的緣由都來自何處呢？我到底在那裡做錯了呢？它們都是時代使然嗎？許多人都同樣遭遇到類同的問題嗎？我所目睹的世界實在充滿著不合理、不應該的痛苦。我自身的智慧不足夠來處理現實的諸種切身問題，所以感覺虛弱和落塵；這社會沒有新的道德，以致使人處處覺得有違逆的不安。我自忖，我難道沒有能力來掃清我滿懷的陰霾嗎？我想到友人Sagio這個人來了，設若他的情形與我類同，但他所擺出的姿態卻全然迥異；他看來像不負責任的，別人總以爲他非常的糟糕，但我以爲他這樣的模樣正是對付現實的最好辦法，當什麼事都不去想要解決時，一切便都自行解決了，只需將自己持穩懸浮，便也不必爲佔住一個固定位置而要付出各種的代價。一切都不想到要爲自己，便什麼也傷害不到自己了。假使我與這情形相反，那麼我所擔負的苦頭就不想而喻了。我以為在這混亂的世態裡所持有的某些道德內涵是十分可笑的，這就是我感覺任何事都無法贏得一個合理合情的結果的眞正原因了。我們活在一個沒有大不幸也沒有眞幸福的世界，這樣的環境無疑是不能長足智慧，也獲不到滿意的快樂，反而消蝕人的天賦智能，走進無可奈何和矛盾騷擾的境地，因此無法形成人應有的精神面貌，所以什麼事看起來都缺少了什麼，看起來不眞實，又不能說明它不代表著什麼，似乎到處都是空空洞洞的廢物，醜惡可怕而毫無美感。

七二、魔鬼新娘

清晨（約五點鐘左右）我掛著相機出去，我想外出的動機是從客廳打開的門縫看到東方剛破曉的凝塊雲層，它的黑藍色似乎與剛過不久的颱風有關。但是當我走到屋外的馬路，卻覺得失望了；我始終覺得這左近的風景不能和天空的雲彩配合。我折回來，腳步已經往回走了，但我又想既然出來了，何不去散步亦可。我走到沙河上的橋，看看雨水過後的河底。每次看到這不幸和被屈辱的河總是令我噓嘆不已，它現在的樣子，就像是一個被整得很悽慘的人，形態都曲扭而醜陋了。我內心充滿了灰心，就如我目前的生活一樣。過橋是一個新社區，我當然無意想到那裡去散步；因爲所謂的社區，實在只是個乏善可陳的居住地而已；所謂的新，只不過是住家的聚集成立不久，卻看不出有較合理的氣象。我左彎沿河邊的道路慢慢邁步，遠遠可以見到路的那一頭有幾個體操的人影。這一條河岸道路的清靜恐怕就是我目前只能選擇來散步的理由了。四周是晨曦的迷濛景象，不過天明得很快，瞬息中就會感覺晨景的過去，好在天上的雲塊很厚，面積亦廣，太陽光的洩露不全然普照著大地。我拍了一張較廣闊的風景，遠山和雲彩以及稻田和田間排列的木麻黃樹都包含在鏡視內。當我繼續前行時，我發現路邊的草所沾的露水很重，這使我轉移注視木麻黃外射的針葉同樣沾滿白露的景致了。是很美，深藍中灑著細粒的水珠，好像黑髮上鋪著一層白紗。我突然想到一位久遠似乎懷著憂怨和我告別的愛人，她當時一直盼望著能和我一同走向結婚的禮堂。我由路旁的斜坡下去，希望能取得較好的角度來拍攝，但是那些草和泥土都太滑了，似乎在對我懲罰。

七三、兩種靈魂

一切都沒關係，我有些發燒和疼痛，不單是肉體的，也包括心靈，但再壞也沒關係。我剛看完了《百戰狂獅》這部電影；約三十年前，我也看過這部影片，至今印象深刻。我曾在某一篇序文或自序裡談到它，但我記不得了；現在我又突然想起來，在《削瘦的靈魂》中我記述過它。是不是，我不敢確定，我的神志近來相當昏沉。其實無所謂在那裡提到它，只要是它就對了。現在我想多加一些有關它的感想。這裡有兩位人物代表兩種靈魂，阿克曼代表著自由世界應有的個人尊嚴；狄索代表著集體世界的良知。這是非常諷刺的事實，也是這部戰爭影片中最重要的內涵，使人難以想像在代表自由的世界裡，竟然普遍侮慢個人尊嚴，結黨和充滿勢利而搞得烏煙瘴氣，因此而有阿克曼以挽救危機；另一方面在納粹主義的天地裡，野蠻和民族的自傲是他們侵略野心的特徵，所以有狄索的冷靜思辨，他的死充滿濃厚的悲劇意味。在一個無常而瘋狂的人類世界裡，有這兩種典型的人，頗令人對他們尊敬，也使我們活著充滿希望和慰藉。看到這部電影使我回憶起少年時求學的種種遭遇，情形頗相似於阿克曼。所以無論我處在那裡，不論有人如何宣傳這是一個怎樣美好的生活天地，都不會感動著我，因爲我不會對天堂太感好奇，也不會對地獄產生深惡的痛恨，像狄索一樣，我對一切都持著幾分的懷疑。我現在在家裡養傷，昨日的遠足使我的雙腿痠痛，但關於遠足這一點我非常滿意，在回程中，我和小學生爬上山嶺，站在那裡回望後面山丘的地帶，山坡上處處開著白灰灰的芒草花。記得某一年我應約赴雷君家，他們客廳的一隻陶罐就插著許多這種屬於原野草地漫生四處的植物。昨日的天氣是秋末最悶熱的一天，到晚上過了午夜，我聽到外面颳起了強風，今天的天氣與昨日已大異其趣了。我眞正的傷痛是在內心裡，所以我待在家裡亦無關宏旨，根本無法在短暫時候恢復我清醒的神志。

我想爲黃君寫序文，但毫無靈感，我對這事的感想太雜亂了，使我打從內心裡產生抗拒去寫它。我知道想再寫作就必須放棄現在的教職工作，可是我頗爲恐懼。我從許多方面來寬慰自己，有一方面是認爲寫作並沒有什麼神聖之處，既然人只要維持活命，做什麼工作獲得酬勞都沒有分別，何況教書是我目前唯一能做的事，改行別業都不可能。但另一方面我又覺得教職使我產生極大的煩心，受到它的束縛太大了，這項自由職業似乎並沒有任何的自由教育的理想精神，在學校中所見之處，都非常使我痛心。我雖盡到一份我的職責去教學，其餘的我甚覺難過，這是使我常想丟職的最大理由；一個工作如果沒有工作的快樂在，這個工作便做來毫無意義了。於是我極欲想在寫作上尋求安慰。但是我現在能寫嗎？我寫什麼？我怎樣寫？知道什麼也寫不出來，因爲現在我的心裡沒有任何屬於我的風格。

七四、要為有高尚品質的人寫作

清楚地注意空間事實和心理事實，文學與藝術的產生大都是由被動的因素驅迫爲必須的表現。一切都是爲了生存。但是文學與藝術在生存的領域裡原來並不是主要的行爲，它的存在是經由困境由巧思的心轉移和昇華，文明就是由此逆境所產生，目的是改善原有的生活，所以在文明的世界生活沒有藝術和文學的創作，似乎是令人難以忍受的寂寞，創造和發明成爲人生存的要義。安詳的回憶更重要於焦急地想要執行創造。我已經有過一段頗長時間的創作，現在的停頓並不意味著退萎，而是在一種溢滿的情懷裡，內心暫時不再容納更多，此時的享有是種恩德，憂慮則是不當的貪得情緒。有些人雜亂的無所不包，幻想自己是超人或大天才，其實是壞了品質，更降低原有的人格。創作總會再來臨，就像窮困和飢餓時，會想法尋食。不要受那些根本不了解你的人的呼聲或評語急迫地再去創作；當他們還未完全或部份的懂得你的內涵時，他們無權要求你，他們沒有那種可愛處值得你再去爲他們創造新的東西；因爲他們的無知猶如是一種惡意，只想看你辛勞而並不享有你的賜給。作家要爲有高尚品質的人寫作，不是爲盲目自甘墮落的人拋置時光和精力，尤其要提防那些自命有知識或生活優渥的人，他們有時表現的比貧漢在內在裡更卑劣。還有那些享譽名聲的同道，其中有些早已昏庸和變質，他們的人格大都已由主人的身分淪為某種現實意識所利用的奴婢。遠離和避開這些人，不要讓他們的虛名以為已凌駕在你的前面或頭上，保持你的清譽和純粹不二的意志，就是所有的人都反對你，也不必為此感到畏懼。如果你生而為創造，那麼你的孤獨和寂寞是有益的，沒有比保持此種境域更適於你的創作，你創作的美都會由此一一顯現出來。

我現在比以前更相信創作的命運是與生俱來的，根本沒有那種換個環境的假設的說法，只能相信只有一種時空的事實，而能不能創作都全憑這一個機會。索忍尼辛說他離開俄國就斷了創作的根，這話似是而非，他該寫出的都已經完成了，如果他早十年離開，他依然能在別的生活世界回思和記錄有關俄國問題的小說。拜倫離開英國成熟於義大利。巴斯特納特無論在美國在中國在任何地方，他依然能創造美出來，即使不是那本《齊瓦哥醫生》亦會是另一本，必定同樣的美好。如是癟三，就是受更高教育亦是癟三無疑。所以沒有自嘆命運的必要。為了此一認知，我今後是否有創作都無需操心了。什麼時候會做什麼事，都應本乎自然，強求的不會來，現存的世界之物都是最原始最高的因所衍生，我們都是祂的進展中的過程，順乎自然就是相信上帝的存在，一切都在祂的意志之中。一個保持孤獨的人，並不是我與別人有什麼特殊情事的不和諧，孤獨是一種自然天性，並不是意味遭人排斥。孤獨的眞義是不與他人爭奪而退讓的意態；不是懦弱，而是容忍和謙卑。如果創造也是天性，那麼孤獨就是和它謀合的行徑，當我們目睹那些熾熱於爭權奪利的人的性質時更確信如此。

七五、昨日非我

一個人心中沒有愛也沒有創作就等於死了。現在除了關注我自身外，我幾乎已毫無他顧，外界的事物不但引不起我的興趣，我也不去計較在生活中的得失。我的心充滿憂鬱而無以排遣，我所需要的第一件事就是能去愛，去發洩欲望，但是對這一點我自感失敗而痛苦。偶爾我會興起創作的欲意，但事事在做了開頭之後便廢棄了，這是我過往未曾有過的事。我甚至懷疑我曾做過什麼有關創作的事，好像一無印象；書櫃裡擺著我寫的十幾本書，但它們好像和我毫無關係。過去我是怎樣去寫它們的，現在為何如此力不從心呢？為何？我真正對這事的感想如何呢？那位寫了如許之多作品的人走開了，現在的我是留下來回憶和懺悔的，因為這些作品是那個人生活和思想的紀錄，現在的我就是在為此而檢省。除了這點之外，看看我的日常生活的樣態罷。我連飲食都缺乏興致，只吃下僅夠維生的分量，每天我機械一般地準時去上班，責任心使我不至於對工作太感厭煩。有時我覺得我會軟弱而倒下，但只到危機的邊緣，沒有完全地崩潰。我常感由內心湧起的遍佈全身的疼痛和虛弱，只要有一天這種感覺沒有，那麼時候就到了。我看別人都活得頗有生趣，熱心於爭奪，為微小的利益而奔走，我羨慕他們，但也奇怪他們，為什麼我會那麼麻木和僵化，對現實顯得一派漠不關心的樣子。

今日我數度回家，第一次回來拿相機，第二次回來吃午飯，家裡沒有預備我的份，以爲我在學校吃便當，我只好自己做蛋炒飯吃，然後休息一會兒再出去，第三次回來是下午三點半，我沒有再出去，先看報紙，吃了一根香蕉，抽煙時感覺很虛弱，於是我打開收音機聽古典音樂，躺在沙發睡著了。

幾日之中僅有少許靈思的閃現，當我在路上馳騁觀覽風景時才觸引我創造的遐思，但它們很快就沉落心底沒有持續浮現。

七六、當雲塊潰散時

今日發薪，學校的教師們喜悅於手中大堆的鈔票，加上獎金，有些人領到近三萬元，從他們喋喋不休的話中可以想像他們心中的喜慰。不過從他們掩飾的表情上也可以意料他們歡喜之後的落寞，只要過了今夜，明日的情緒又會漸趨低落，許多瑣事的爭執依然照樣會發生。

學生在自習時，我習慣於依靠在教室敞開的窗戶，觀看圍牆外高大崇天的木麻黃樹，它們整株的黑藍色澤，似乎沉定堅毅得很，非常的正直，樹梢的那片天空，從遠山處佈起多種形象的白雲，雲塊的移動極易觸動我的想像。有一個形象的頭部，在逐漸的變換中出現生命存活時的各類表情。當雲塊潰散時有點使人悚動，我想到生命體的敗亡，尤其它們被抽離成薄薄像絲帶的條子，並且漸漸漂流和消失。我不知道我死後將會轉換爲何種方式的存在；生命的因質是不會滅亡的，但卻不知要經過何種程序再形成何種樣態。我還能想起昨夜睡眠前，意識裡盤繞著明日來臨的諸事物，我會躍起而爲工作騎車到學校的情形，這事的流程何其迅捷，而現在一切都已完成過去了。生命是難以掌握的，無法使它停止在一個定點上。

經過草坪，我散步到短牆的邊沿，注視南方一處凸立於斷崖的一簇朝天的樹林；我曾在許多不同的時辰觀察過它們，視線要越過多層的相思樹林的頂端，它們就這樣暴露於光耀的空際。我的心產生一種仰慕之情，這個我每日可看可思的自然，包括東方長綿的山巒，它們永遠在那裡，隨氣候和時辰改變著多種的色貌；我由衷地滋生寄望，希望有一天，經由它們的啓示解答我存在於內心而無法顯現的問題。

七七、持久而中庸的哲學

在回R君的信裡，我這樣寫著：因諸事纏身，未克前往。我這樣說的確是實情，這個月的忙碌，凡是公務員都是清楚的：中央民意代表的選舉和戶口普查，後者所要付出的工作時間，至今還不能預計。雖是這樣說，還有一個不願應邀的理由，就是我個人對他的失望；他過去對我的不友善態度致使我內心感到寒慄，使我決心遠離像他那樣的人。當我突然接獲他的信函時，他那慣有的矯揉作態的語句，勾起我無數沮喪的回憶；他可以說是我前半生活的最大誹謗者，他一直在背後以惡意批評我，阻撓別人想投給我的友誼，我並沒有察覺，直到我直接受到他的傷害，以及有人向我表白這些事情，我才恍然了解他為人的用心和本性的獪黠。在我創作的歷程中，遭到同道的橫阻無數，我無意與任何人為敵，但當我明瞭這些事體時，我已離開了，我慶幸沒有和他當面衝突，現在他們頂多在背後閒言閒語，但我相信他們有一天也會感到厭煩的。目前他們的成功和名望倒一點都引不起我的妒意，我常看見他們的作品，知道他們的本質，坦白說趣味是不相同的，實在引不起我太大的興趣。我認為這是天意，使我退讓到這鄉下來，希望他們漸漸地淡忘有我的存在。我甚至認為被人忘懷是件幸運的事，真正的生活是尋求平靜，不是為名利自我騷擾。

自回通霄，當一名鄉下的小學教師之後，這十年來充滿了內心反抗的掙扎，尤其在今年裡，我感到心智上無比的頓挫和憂悶的絕望的打擊；但從自省中又漸漸回復平靜，只要我不奢求自己，就不會對外界感到那麼大的不滿。每天兩次騎車的奔馳，好像流風和自然風景在淘洗我一樣，深深體會平凡和孤獨的快樂，就像我在身心的需欲上所常保持的僅僅足夠而不過分的昂奮和滿足，幾近軟弱而不是壯盛，和平而不是欲要戰鬥，退讓而不是積極的進取。這是一種持久而中庸的哲學，可免除各種危險的禍害和一種氣盛的自毀。

七八、決定去

我每天注視著山巒，那東方的高大山脈使我對它嚮往；我不能了解為什麼我常想到那山頂上去跑一趟；我每天上班騎車馳往山區的學校看到它時，總感想著要找一個時間越過那山巔，到山那邊的鄉鎮去。我聽說有一條山路可以去，也記得幾年前和一個爬山的朋友到達那山腳下，在一處有山澗流潺潺的地方，赤裸地沐浴和躺著歌唱。那條路在那時正在開闢，但那時還是沒有足夠的時間和願望想翻越過去。入冬以來那座山巒瀰漫著霧氣，使它顯得神秘和遙遠，我的心卻急切地要奔投到那裡。星期日（二十一日）我到新屋來歇息，決定是否花一個上午來給朋友寫信或騎車去接近那座山；最後我還是決定去冒險，如果我不去，也無心靜下來寫信。天氣很冷，風也很大，但我上路了。騎了一段，這是我每天上班必經之路，覺得雙手寒凍。我在一家路旁商店買了一副手套，並問詢去三義的路，商家告訴我這路難走，他審視我的眼光似乎在譏笑我的怪異和無知。但我並沒有接受他的勸告，毅然尋著山路而去。很快柏油馬路沒有了，連接著的是舊牛車路，已經長高了雜草，路面崎嶇不平，不適於騎車，我只得半騎半推地往前行進。下了一段陡坡，我還記得路旁有一座土地祠，周遭是一片舊時沿襲下來的景致，與市鎮的現代化相比較顯得僻落孤寂。一條具有規劃但鋪著圓石的道路傾斜著伸展入山，摩托車極困難地顛仆在路面上，我疑問著這幾年來爲何沒有把這條路修築完好，以利山的兩邊的來往。我望著山壁，尋找我和朋友曾來探尋的所在，但已分辨不出是何處了，這是自然的掩飾和隱密之性使然。山路蜿蜒，突然我到達了一座跨過山澗的橋樑，對它倒塌了一個半邊感到驚異，附近的泥土塌陷得很厲害，顯然是急衝的水所沖潰的，這種斷裂傾倒的跡象令人惋惜。我停下來觀察，注視這座橋，它名叫「芎蕉坑橋」；這名字似乎很熟聽，原來它就在眼前。之後我繼續往上爬，路面更壞，更難行走，我有退回去的念頭，但這是一條只有勇氣往前，沒有勇氣退後之路。要是我想告訴別人說我騎一部三陽八十的機車爬過坪頂山巔，一定會遭人笑話，可是我現在就在這途中，其尷尬可想而知了。不知經過了多少時間（我沒有戴錶），我覺得身體很溼熱，而且戴手套已不方便控制機車的油門，我置身於寒霧之中，額頭卻冒出熱汗。最後我終於到達這條路的最高點，我停車走到崖邊眺望，在這個俯覽的視野裡，我能清楚地見到大安溪方面的鐵砧山，一大片由田野構成的平原；有一條山脈在中央，顯得很細小，有如一隻仆伏在地面的野獸的脊背，海岸的市鎮由於太過遙遠而瞧不出什麼特徵了；我想尋索幾處心中預想的目標，都無能辨識出來，沒有望遠鏡，一切都只有混淆一片，或細小到幾近於無。站在這高原，只能享受它的壯觀，卻無法認出村落的所在，也看不到人們的走動。我總以爲這裡必定有什麼可以滿足我的事物，如果我想來拍攝，事實上沿路我沒有看到可供攝取的景物，像現在我站在高處眺望，也只能憑肉眼和心情欣賞它，要是訴諸於描寫（或拍攝），依我的見解是太平板無趣了。藝術和事實之間，其差異頗爲迥異，就像現在我所感悟的一般，它們是絕對兩種不同的眞實面目，都爲它們各自的理由而存在，而我們也以兩種不同的心地來接受它。凡是可供做爲藝術題材的東西，並不一定就在當時使我們覺得它完美，而是在選擇它時使我們聯想，知道它是某種事物的象徵，它的形象是經過藝術家認可確立的一種語言。而一個了不起的自然景觀，它是自然的原本存在，只供給臨場的注視，而不可能將它取爲必要的藝術象徵。許多壯麗的風景，在被拍攝後雖然可看到它的美麗，但與親睹眞實相比就微不足道了。相反的，藝術的題材本身，根本不是任何人都能在面臨時就賦予它應有的意義，只有藝術家能夠。投注自然界，藝術家和一般人各有關心；一般人被動地爲自然景觀吸引，藝術家則不然，他主動地發現。我想起我平時不能欣賞一般人談到的某些美景的經驗，我曾疑問我自己的麻木不仁，事實上我關注著另一種存在的意義——全面的人生的闡述或企圖揭顯某種存在的情感。藝術家本質上是理性而有秩序地詮釋人生，而一般人則被引誘去暴露情感。這樣說來，一般人是幸福的，而藝術家無疑要受痛苦和緊張的折磨，他必須付出心力來解釋一切存在的事物。他的報酬是工作的使命感。我約在那高處停留十幾分鐘，最後頗爲失望地掉頭走開，發動馬達由隘口進入山的那一方向而去。我轉由一條暢通的道路繞了一大圈回家，我也因這一次的冒險行程而受了風寒病倒了。

七九、有一種人

對歲月流逝的傷感是極自然的事，任何情況都會造成這種哀吟的情緒，可是我想有一種人是不必要如此多情和脆弱，尤其當他沉墮在歲月的無奈之時，更無需去懷想而加深這份沉痛。現在的我就要這樣提醒著自己，免於爲這氾濫的橫流把自己淹沒。

八〇、大意外

時報副刊在大前天（十日）登出我寫的〈再見書簡〉，這是我約在半年多前寫給讀者的覆函，我會寫出這篇書函導因於時報編輯一再地來信表示關懷並轉達讀者的問題，當時我寄出後許久都未見刊出，也未獲得他們有什麼表示，我以為他們大概以內容不當而作罷了，沒想到會在這時突然以大標題宣告出來，並同時刊出黃克全的論文〈精神與自然〉討論我在小說中的男女關係。我萌生退意原是我個人的事，現在成為招搖而甚覺不安。讀者的猜疑和誤解是必然的，葉先生的來信中已顯示這個問題來，甚至懷拙的同學亦對他做出譏諷的姿態，我觀察尤莉，她的深沉表情也反應出來，我更覺得在我工作的學校無法自持安寧。整個事體實在太出人意表，我的內心充滿著沉痛。

我始終在猶疑是否決定搬到新屋去住，雖然我心裡已打算購買一些家具，並等待有些錢時就去履行這個想法，但仍然憂慮著可能帶來的不良影響。無疑家人都會反對我這樣做，但我心裡實在需要單獨生活。我想整個問題所在是我和尤莉間的猜疑和難以和樂的生活，我一直不能釋懷過去和她之間的爭吵，只有分開生活是唯一的途徑。我想她也有同樣的想法，目前維持家庭的完整是越來越無法堅持了，我和她的心都已冰冷死亡。她不只一次對我這樣明白表示，我同樣提不起精神來製造家庭的快樂，我們過的是沉痛的生活，唯一存在的是我們並未放棄和孩子生活的責任，並且都以照顧之心來教育孩子，給他們生活的溫飽。

母親的狀況是我憂慮的另一個因素，她的舊生活態度不太能和現實的觀念同趨步調，我不知道如何來照顧她，她並不需要特別的看待但事實上卻又不然。大前天她遠赴台南看病，昨夜我打電話到高雄，她已於前天到達朝森家；朝森的妻子這期間正等待臨盆生產，但願她老人家在那裡能夠幫忙（事實上她早有意要去幫忙）而不要釀成某種不好的情緒；她的嘮叨習慣總是使人無法接受，她少插手做事就減少麻煩，但她是天生不整天忙著工作不行的人，這常常是我們想做什麼事的阻擾因素之一。

今天我在學校聽同事們議論一件車禍的事，一位年老的婦人在黃昏步行回家的途中為一個騎機車的青年撞死。他們都是坪頂的居民，所以這消息是眞確的。老婦人有幾個兒子，都已成家立業，其中的一位曾是坪頂學校的教師，現在據說在基隆已當了校長，但因為兄弟分家有意氣之爭，這老婦人反而得不到適當的照顧，每天步行數里路下山到鎮上幫工，以自己的勞力養活自己，情況十分可憐。有一位同事說她的丈夫有時駕車路過看到她，便順道載了這老婦人回家；據說她也常在路上舉手請求駕車的人停車載她一程。那位騎機車的青年，是個夜校的學生，時常開快車在路上疾駛，往往要和同路程的開車人比快，他的行為曾受到警告，但他似乎並不在乎這些勸告，依然故我。老婦人和這位青年在前天這樣寒冷和黑暗的路上相遇了，據說兩個人都想閃避，但瞬間造成了這次車禍，老婦人手腳都折斷當場死亡，那摔倒的青年也重傷躺在醫院還未脫離險境。肇事者雙方的親人在這兩天進行和解談判，死者的一方要求對方賠償三十二萬元，據說目前協議付給二十五萬元。議論紛紛的同事們對那青年平時騎車的行徑雖表示憤怒，卻十分同情他是個倒楣者，因爲死者已矣，所謂賠償金卻由那些自私而不孝的兒子們得去，這一點非常令人表示不滿。那使老婦人在夜中行走並得不到奉養的是那些爭產而不和的兒子們，他們竟然在最後還由死去的母親身上賺來大筆的金錢，頗使人覺得那無知而不願受教的青年的懲罰未免過分的嚴重。他的腦震盪還未清醒，將來可能殘廢，眞正的苦主卻是這青年的無辜的家長。同事的言語和表情中不齒的是索求過酷，二十五萬元的確是一筆不少的鉅款。我想那老婦人和兒子間的是一件非外人所能了解的家庭問題，她的死使他們懸延不易解決的事不再存在了，不幸的是招引出一個倒楣的人，而像這種車禍的和解往往依照肇事者的輕重來判別是非，總之聽到這種事的不快感覺就好像我們和他們同樣遭到一場嚴厲的警惕。

八一、法國友人

收到由馬來西亞寄來的法國青年夫婦斐嵐泰和愛眉的賀卡，去年他們也有同樣的卡片寄來，前年初夏他們曾到舍下來訪問，聽他說是一位神父引介我的作品給他研究和翻譯，他們來台灣學中文並撰寫論文。這次他們的來信中提到《銀波翅膀》這本集子中的兩篇文章：〈雲雀升起〉和〈隱形人〉；我感到詫異的是他們回法國轉到馬來西亞時，此書並未出版，大概在該地書店最近買到的，我想。遠景社的沈先生覆函來了，提到拙作翻譯外文的事，並說〈沙河悲歌〉印行第四版，要我北上蓋章，我回信決定本星期六搭車前去。我同時回給那對樸實可愛的法國夫婦一封信，並附上一張楊熾宏爲我拍的照片給他們留念。我想除非他們能繼續且成功地翻譯我的作品，否則再見面的機會大概沒有了。

中午，參加同事兒子婚禮的宴會，地點是一所極偏僻的家園，但卻整理得樸實有規模，來客大都是他們邱姓親戚；這邱姓家族的成員依我的觀察，都是很有成就的，無論是財富和事業，就是他們的人品外表亦很好看。

從上星期五晚上感到喉嚨不適開始，至今有六天了，演變成咳嗽和肺部的窒悶。

八二、讀者

不能創作，就享受生活罷，不要把自己逼向絕境。

近日來清晨的氣溫很低很冷。我搭早車到台北，約十時抵達遠景社，在那裡我遇見張恆豪和羊子喬，他們在社裡負責編輯《諾貝爾文學獎全集》。他們問我寫《再見書簡》的事，顯然他們讀到那篇文章有些疑惑。張恆豪問我是否今後想寫有關我二十年來創作的感想和闡述我的人生觀，我說我曾想過這件事，但我不能有過分的自信。我明白現在生活情緒的低潮和灰心的狀況，做任何事對我而言都十分困難。近年來我對自己破壞得十分碎散，我因懷疑而把自己丟失了。

有讀者寫信（由時報轉來）呼喚我起來，稱讚我，要我振作。有一位讀者自稱是與我同軌道的人，他說：「這封短簡並不是要打擾您，而是做爲一個讀者的我自認需要表現對您的敬意——對您的虛懷容忍與堅持的自信自許。」他又說：「我珍惜任何認眞思考追索的生命與文字，期待您的思索和得自先知的智慧在未來爲讀者分離出種種更眞實更持恆的靈魂。」由這樣的信，可以想像某些人對我的創作的印象，但他們的意見卻令我顫怖。

尤莉又在爲我的情感的事鬧情緒，她詢問我高雄女友的事，我說是朋友，不是愛人。尤莉要我帶她到家裡來，我說不可能。我不得不坦直的說，在高雄根本沒有所謂愛人，有的只是我個人的幻想。幻想是不實在的，因為在現實裡根本沒有那樣的人會自認她是我的愛人。這是實情，也就沒有再解釋的必要了。

八三、來去自由

我內心充滿了自我的爭辯，到底何去何從，沒有任何肯定的結論。在意識裡我已灌輸了要和某種使命和願望斷去關係，像一個退休的教師一樣從此我不再在講台上向學生授課，變成一種無所事事的狀態，在靜坐下來時便會不斷地回憶往事，如果促使此時會有這種喪失身分的感覺，是遭到逼迫或許久以來厭苦的心所形成，我想憂悽的情緒是不能免除的。因爲一個嚴肅的問題會這樣質問著：「我既然有了工作，我又活在此時此地做什麼？」沒有替代的任務，這種行屍般的度日是非常的不能習慣於往常那種被鞭策的日子，人在那種奴隸的狀態下好像活得很有意義似的，心裡時常盼望假日的解放，那種享受放假的感覺是興高采烈的，然後又會帶著沉重散漫的表情去做例行的工作。如今卻完全地停頓下來，所有以前的那種痛恨和偶發的激奮都消失了，像失掉知覺一樣麻痺著，任何外在發生的事物均引不起心田的激盪，雖然意識非常地清明，卻像不存在似地沒有參與的感動，只有漠然的旁觀。這就是我宣佈隱退的狀況。

意外地，近日來，或應該說自九月調到坪頂小學任職以來，我有比以前更熱心於教學的傾向，我樂於去講課，不感覺身體有明顯的疲乏，我更關懷每天和我面對相望聽我講授的小學生。

我注視他們每一個人的面孔，幾乎每一個人的特徵都不一樣，我保持溫和幽默的態度使他們不會有畏懼的心理。就我所知，小學生在上課時懷著恐怕的心情是不對的，這說明教師威嚇學生是無法達成恆久的教育目的，我現在想起來，那些曾用殘暴的手法教過我的老師們，沒有一個是我能懷念和感激的。現在除了教職的工作，我已認清我沒有其他更重要的事非要去做不可。許多創作意念在我的腦幕出現，每一個形象都很精彩，我探尋它們，辨別它們，品味它們，計劃去寫作它們，它們似乎非常完整地盤旋在我寬敞的胸中，我從抽屜拿出紙張，握著筆，開始要把它們統統記錄下來，可是這一行動使它們像嚇跑似地逃得毫無蹤影，而我意會它們的自由性，也就放任而不願細加研究，放棄了筆和紙，站起來去散步，心裡這樣告慰著自已說：「讓它們自由來，也任它們自由地去，不束縛它們不是很欣悅嗎？」這種情形像馴獸師在大原野中巧遇他曾在籠中馴服過的獅子，這一次他們互相對看一眼，都十分了解對方的底細，因此彼此互爲敬禮，然後各走各的路。靈感對我已失了誘惑的能力，我現在不重視它，是它們一向使我太勞累了。顯然我再花十年寫十本書已不會增加我的樂趣，過去我曾寫出來的，那已經夠了，我不能貪多。我現在要成爲一個完全的思想者，以思想爲快樂，尤其是自由自在的思想。

八四、整夜無眠

今夜有美妙的音樂，但是我疲倦了。提琴清澈的旋律曾使我停頓看書，我正在看的書是齊克果的《誘惑者日記》，正進行在一個神奇想像的階段，他要西風去作弄一對訂婚的青年男女，而能讓他在最後的時候獲益；這當然是一段純粹的想像和戲劇。愛的意義是什麼？齊克果闡述得十分徹底而高尚，是一種愛情的理想境界，簡單地說是自由，沒有生理的負擔，也沒有心理的義務。如果依我的思想來說明，愛也是如此，而沒有比這再好的了。但人類遭遇的卻是濁亂，幾無情調可言，充滿狡詐和橫蠻。其所遭遇的狼狽情形，足可以狼狽代表人性被扭曲時內外形成的矛盾形貌。愛情就是如此，不是想到最高尚的就會淪爲最下賤的。

我傷風感冒所遭致的咳嗽和肺部的不適已有十多天了，服用了幾種藥，並在前天到苑裡看醫生打針，都毫無起色。我突然想到要吃枇杷膏，叫懷拙去藥房買一瓶回來，吃了一口，便覺得喉部舒服很多，我再服一次，然後去睡覺。整夜無眠，好像清醒的幽靈小心地看守著我。

八五、經驗是無價的

這幾天的生活並沒有大變動，但我的心像是試圖要感覺著什麼。首先我要記下我在病痛中欲想戒掉的抽煙念頭，這是一次極好的戒煙機會。其次是我重又寫信給G．L，我的思維裡常有他的影像。他在我心裡的地位是什麼呢？我也不清楚；不是朋友又不是愛人這種關係應有明確的意義顯示在心裡，像我現在自由浮動的心態，是什麼也不是，也是什麼都是，只要端看情勢怎樣隨時間和環境而變動。我自己頗爲反省，爲何一個不明確的目標能夠讓我說明那麼多的話語，到底都是寫了些什麼？裡面到底代表多少我的眞情，或只是些塗寫的廢話？我可以眞確的感到文筆中的期盼和寄望。我不知道G．L看了我的信是否覺得有意趣，信是他要求的，他應該懂得如何從信文中去辨識我的本質。放寒假已經有幾天了，我是很能適應放假的自由日子，但目前還很難好好利用我的時間來從事我要計劃的工作（一切工作只留存在心裡並不具體），我需要一間自己專用的屋子，已經有了，但還需要一些傢俱和佈置才能安定下來。什麼時候能達成呢？我不能肯定，但心裡是時常記掛著這件事；也許有足夠的錢，便馬上可以動手做到。所以我利用這些浮盪不穩的時間來看書或做任意的消遣。譬如昨夜和大前夜，我便欣然接受戴先生的邀請，到他的山居的寓所飲酒和打牌。打牌對我並不怎麼有興趣，我更關注那些圍繞在牌桌周遭的事物。唯一有刺激性的是騎車奔馳於黑漆無人而又寒冷的山路的運動。奔跑這麼長的路由市鎮到山區去打牌，莫不叫人以爲是瘋狂的行爲，殊不知我實在是爲了打牌的藉口來承受奔流於野外的幽黑刺激的快感；如果沒有這個藉口是不可能有策促力叫我單獨動身去做這荒謬的行爲。什麼事都有它意外來臨而叫人懷念的心得，我第一次在黑暗的夜裡蒙受驚懼的感觸就是這樣來的。約在二十多年前，我還在北師讀書的時候，那年的寒假我沒有回家鄉，留在學校的結果使我想做環島的單騎旅行，這也是瘋狂的念頭，卻是爲了脫逃和忘懷當時做學生的屈辱，因此就沒有絲毫考慮這趟旅行的危險的處境。當夜晚來臨，我在黑漆的山路上，當時的驚慌和無助是我永不能磨滅的經歷，似乎像我這樣的人才會有這種絕然的遭逢。現在我有這樣的機會我視它爲一種無上快樂的享受，因爲它充滿了回憶的滋味，這種類似的經驗是無價的，而如果有另一個藉口，正可以免去洩漏我內心的秘密。

八六、兩朵必然綻放的花

我眞的戒除了抽煙嗎？在這件事體上我寧願做個不堅定者，因爲當有人對我遞煙過來時，我不能悍然拒絕；生活是不能事事講求絕對，看重對自己的信守並不一定就能養成高潔情操，因爲看透自己又能順應偶然的需要才是明智。

清早我騎車出去吃豆漿，然後轉到新屋，回來途中在一家鐵櫃行停留，但對他們的製品並不覺滿意。我在心裡頭盤算如何來佈置一間可以專屬讀書寫作的屋子，並且可以過類似單身的生活，但尤莉的疑問眼光再度使我遲疑起來。我並不是沒有自信，卻擔慮著後果。家族的人幾乎沒有能在我所做的事上說出一句贊同的話，受到支持是很重要的，我卻從來未受到任何鼓勵，我很覺可悲的就是這一點，這也是我長時以來形成孤立的性格的因素。

屋前的街道日漸演變成熱鬧的市場，販賣衣服的、杯盤的、錄音帶的、各種日用貨品的，一攤接一攤擺得很擁擠，我坐在屋內讀書，不能免除會受到他們由擴音器播放出來的音樂和喚聲的騷擾。過去我甚感頭痛，心裡產生對這情形的厭惡；後來我突然明白了，接受它，以欣賞的態度來聆聽那一片嘈雜，發現由那些聲響裡聽出形成這個民族的性格的緣由。這些民俗是有很饒趣的內涵存在的，昨天我聽了許多首在街道上播放的民謠歌曲，是我童年時就慣聽的，現在聽來更覺悅耳動人；雖然如此，我卻不喜歡現代生活還容許嘈雜的存在。聽到那些歌謠，我不由得想念起我的長兄，他影響我對音樂的愛好，如果他還在，不知對此時刻才解禁的這些歌曲要說出什麼話來？在光復初期一股湧奔而出的情感化成了這些哀婉的曲調，臺灣人是永遠也忘不了的，可惜自由的表達曾被掩蓋，被僞作的某些情緒替代。在臺灣四十年代的民歌和六十年代的文學創作是眞正代表自由精神和願望的時期，充滿著哀痛的感覺和人道理想，這是兩朵必然綻放的花，屬於生活的人民和使命感的知識份子。我凝神靜聽，現在那些叫賣聲急迫地喚叫著，粗粗的憂鬱聲音，用著半僞矯而詼諧的形式由貪婪的心裡迸發出來，它能勾引人前去圍觀，就是連我坐在屋內都想出去，然後掏出衣袋內所有的錢給他們，即使我並不需要那些粗俗的貨色。這大概就是形成路邊攤叫賣生活的特色，它是一種來自憐憫別人的脆弱心理的利用，反之，對這可憐不體面的生活形式，亦會無情而冷酷地給予鄙視。

八七、靠自己罷

在我生活的周遭每個人都在為過年而忙碌，除了小孩，他們放寒假在家裡等過年而已。我卻在為自己能否新闢一個單獨住所而費心思。這鎮街購買的熱潮逐日高升，從那些販賣東西的人的喚叫聲可以領略他們的技巧，他們很會憑依時節來利用購買者的心理弱點。早晨的時光，我會在市場兜轉一圈，觀看人們，觀看東西，所有的人看來都十分有趣，但所有的東西都引不起我的購買慾，我只買了三個十元的書夾。我心血來潮似地（一定有積極的內在因素）乘著天氣的晴朗騎車到大甲，在一家家具行買了一套沙發和一座櫥櫃，運回新屋擺放，然後我又帶吸塵器把室內清除一番。似乎可以居住了，但還覺得欠缺幾樣基本的設備；住屋的佈置必須要有安定感，才能安適地住下。我搬運幾樣我私人的東西過去陳列。關於新屋要做的事還很多，譬如前面的院子要種花和樹。當我又用機車把暗房的器材運過去時，幾乎和一輛迎面衝過來的汽車相撞，互相擦身而過；我驚嚇著，聽到踏腳的橫桿發出摩擦的尖銳聲音，它彎曲了，好像有它才救了我的命；回來後我用鐵鎚打回去，可以想見當時相牴觸時那剎那間的速度和衝力有多大；我慶幸我的腳沒有受傷，我更慶幸保住身體沒有任何傷損，除了精神受到了驚嚇。我打長途電話到臺北遠景社，沈先生不在，一個星期了沒有任何消息，我正在期待版稅（沙河悲歌三版）寄來。洪範書店的葉先生也沒有回信，不知他們是否能接受我推介的黃克全的論文集。今年的運氣根本不好，沒有一樣事做得稱心滿意，但曆書上說屬兔的會好，而來年會不好，難道會更糟糕嗎？這樣的事可信嗎？我想還是靠自己罷。

八八、看《契訶夫傳》

在春節的南下旅行中，我在車上看《契訶夫傳》。在他三十歲時，他的二哥尼古拉因肺病而去世，他寫了〈寂寞的故事〉，準備動身到庫頁島去。書上記載，在他早期的寫作生涯裡，他所表現的是自由而沒有固定原則的思想態度；他受托爾斯泰的影響，卻終於擺脫掉托氏的理論和宗教觀。我想契訶夫之成爲作家，完全是他在當時具備有作家的行誼，就像任何一種行業，獲得該行業的環境和人事的扶持。

八九、一切大致完成

我把六張組合的海灘風景照片貼在新屋的牆壁上，一切的佈置大致完成，自起建以來至今約有一年的時光，它耗費我所能籌來的金錢，同時我也付出無法計數的勞力和精神，我盼望它能給我安適的感覺，使我能從今天開始有新的生活。所有的憂慮和不安應該從今天開始消失，在這個新屋裡我必須重建我的信念，並且在生活上有獨立和自由的感覺；雖然我的家人還住在市鎮，我們沒有脫離關係，基本的生活還是互相照應，但我住在山區裡希望能重拾我的寫作，能夠不致紛擾地讀書；我時常感覺我的時間已不多，而想做的事卻不斷地湧起，因此我期望能在這屋子裡完成一些我過去未曾達成的事。晚飯之後，黑暗開始包繞著我，我有點敏感，心裡懷有恐懼的想法，但我明瞭這是最初而有的現象。所有在這山畔的新屋裡的能聽到的聲音和看到的形象，我都想了解和辨識，包括寂靜也要爲我所接受，以建立我的安全之感。當一個人習慣於家庭生活而突然變換爲孤獨，就像一條溪水的魚游向大海所體驗的，生命之河有如自然賦予的軀體，而海洋就是它嚮往的精神世界，將充滿未知而浩瀚的創見；我的獨處願望就有這種意味存在，因爲例行的家庭生活已經使我變得怠惰，思想趨於僵化，除了做不完的瑣碎工作外，就是無聊的呆坐，因此也容易受外來的引誘而浪費時間，唯有獨處才能集中精神，重新創發。生命的存在經由沉思觀照而獲得，在這樣的思想裡，所有生活細節的重憶會變得有意義，並從中撿起和加以組織成爲一種創見的形式，這是創作生命之所由來的途徑；如果沒有經由凝神思考的作用來體驗生活，生活就是盲目的，是一種沒有精神存在的肉體生命而已。精神是生命存活唯一可留存的結晶，沒有精神的話，生到死之間就沒有距離可言，也使生命個體的存活成了浪費，猶如記憶喪失的癡人，不能意識和證明自己的存在。一年來的擔苦所換得的就是我想樹立起來的新希望，這也是我未來的生活之路，不到今天我全然不敢肯定，在這建屋的過程中，我處處顯露的焦慮和折磨都在今天呈現它的可貴代價。這本日記就是我的思想和心懷以及生活的記錄，由於新的里程的開始，所有過去的已告一段落；當新的事物來臨的時候，應該向過往的一切告別，這個筆記就到此結束。

老婦人

一

詹氏清晨起來走進廚房對她的女兒說：「我今天要南下去走走。」素娥正在為兩個上學的孩子準備早餐和飯包，回轉身來看矮小而老態龍鍾的母親一眼，停頓了半晌，最後無可奈何地說：「妳要去就去罷。」詹氏低著頭沉默地回到自己的房間，開始為自己的長途旅行打點一些衣物。她現在擁有的和穿著的衣服大都是灰暗的色調，顯不出任何光彩，最好的也不過是內衣的灰白。她把它們塞進一個手提的塑膠袋子裡，順手把鏡臺上的一個藥包紙袋也塞在衣物的褶縫裡，她似乎對這趟旅行稍有些寄望而顯出半隱半顯的興奮和急亂，把身穿的袍子背後的拉鍊卡住了，於是她又快步到廚房來請素娥幫忙。素娥口中模模糊糊在嘮叨著什麼，分不清到底是在斥責她的兩個孩子或想勸阻母親的離去。她不是不情願為母親拉好拉鍊，她的心情也許不好，工作繁重又瑣碎；她的丈夫是一名公家公司的職員，她自己每天上午在單身宿舍有一份洗衣的工作，把這份薪資積蓄買了一些股票，可是股票一直在下跌。素娥把母親衣服的拉鍊扣好，詹氏轉身面對她說：

「妳不高興嗎？」

「不，母親。」素娥深爲難過地說：「妳昨天才到醫院看醫生，今天就要走……」

詹氏接著說：「我去拿藥是給旅途做準備，我知道自己的身體，妳說我不去可以嗎？阿彬娶了那樣的妻子，什麼也不懂，肚子那麼大了，生產的時候怎麼辦？」

素娥有點生氣地說：「他們自己不會想辦法？」

詹氏又說：「阿彬是一個脫線的人，我是去幫淑華，現代的女孩子那裡懂得那麼多。」

素娥憤憤地說道：「淑華有她自己的母親。」

詹氏說：「我這個祖母會輸給她那個母親？」

素娥說：「當然輸，妳還不知道？」

詹氏倔強地說道：「不輸。」

素娥說：「到時就知道了。」

詹氏說：「妳要想想，妳的兩個孩子誕生時，都是我幫的忙。」

素娥辯解道：「我知道，但不是爲這個。」

素娥心中只是不忍她的老母年老還要去做那些像傭婦的事，但她不能當面對母親說妳年老了，當年是當年，現在是現在。

兩個母女爭論到都眼溼了才罷手。自從素娥結婚以來，十幾年間，詹氏一直寄居在這個宿舍裡，大小事都爲這一隻手殘廢的女兒分擔做。年輕時在鄉村艱苦生活的歲月影像又浮現到詹氏的心頭來，她必須在夜間去排隊挑水，以致剛會爬行的素娥無知地向油燈前進，想到那些不堪回首的往事，她的淚水奪眶而出，像兩條白銀珠劃過那兩面蠟黃的臉頰。

詹氏最後說：「不祇是爲淑華，還有許多事，要走許多地方。」

二

她手攜鼓脹的塑膠袋走出了宿舍區，沿著一條狹窄的道路慢慢行走。這個地方叫溝子口，是屬於臺北市邊郊木柵的轄域。她從一條斜巷走進菜市場，在擁擠的人群中去找她的另一位女兒。詹氏幾乎每星期有幾天的早晨會自動來幫忙擺地攤賣衣服的素霞。這位女兒住在萬華，丈夫早先是三輪車夫，現在雖然也是計程車司機，但年紀大了，已經勤勉不起來，詹氏曾告訴素霞，如果來這裡擺地攤，她便可以就近過來照顧生意。起先沒有一定的位置，後來和管理市場的人熟識了，向他買了一個固定的攤位。詹氏手提著包袱穿行於密集的人叢很困難，她擠不過去時便展著笑容請年輕的婦女讓她走過去。她在那些移動的人體間看到素霞那張不精明不似生意人的平凡面孔，詹氏靠近過去問她：「早晨生意怎樣？」

素霞說：「妳趕得上火車嗎？」

詹氏答道：「不急，我來吩咐妳一句話。」

素霞說：「妳昨天已經告訴過我了。」

詹氏說：「昨天我只說要走，並沒有告訴妳什麼。」

素霞說：「是什麼，母親？」

詹氏說：「我這次南下，什麼時候回轉來，不一定，妳一個人要謹慎些。」

素霞說：「這我知道，你自己身體要保重，不要掛心我。」

詹氏又說：「妳都這樣說，做生意一人不比兩人強。」

素霞說：「我知道。」

於是兩個人沉默地站著，一面盯著來往的人，一面想說出什麼又沒說出口，最後詹氏移動了腳步，輕輕地說：「我走了。」素霞迸出口說：「母親，要小心啊。」詹氏神色黯然地點點頭，看那苦命的女兒一眼，擠進人群裡離開了。

她在路口被川流不息的來往車輛阻住了，一部公共汽車剛停在對面的站牌，她有些焦急，舉手向司機招呼，但司機沒有看見她，她急忙快步走向對面去，繞過車身後面，但車子開動了，她急奔著，一面拍打車身，但車門朝著她關上，而且很迅速地開走了。詹氏嘴巴嘀咕著，只好立在站牌等候下一班車。之後有幾個人陸續走過來站著等候。詹氏有點心跳和身熱，由於剛才的舉動感到有些昏暈。突然一部計程車駛靠到站牌來，從窗口探出一張年輕的面孔，他嘴上留著短鬚，頭上蓄著長髮，很有禮貌地朝著詹氏用閩南話說：

「阿婆，妳要去那裡？」

「臺北火車站。」詹氏回答他說。

後面的車門打開了，走出另一位青年，拉著詹氏上車說：「我們同路，我們載妳去。」

詹氏被夾在後座的兩位衣裝整齊的男人中間，她既昏亂又興奮地說：

「你們眞好，謝謝你們。」

「不用謝了。」

前面的司機沉默不語，專心地開著車子，很快地經過考試院門前，在世界新聞專科學校轉彎，到景美的路口，車子向左駛向新店的方向。詹氏身邊兩旁的男人伸手摸她頸項的衣領，並且說：「阿婆妳的衣服很漂亮。」她在車子的飛駛中被要脅不可張聲和蠢動，最後她被推出車外，棄在一條陌生而無住家的郊外道路上。

詹氏想向第一個遇到的路人述說被搶的經過，但那人看她神色慌亂，說話結巴，且有一對央求的眼睛而避開了。所以她走到有人住的地方就什麼也不想說了。她搭上一部公共汽車後，默默坐著，眼神無光而憂鬱，她感到疲乏和虛弱，想到自己年老了，慶幸只喪失了一條金項鍊。那條項鍊並非她早就有的私蓄物，是去年做生意的姪女要到日本旅遊請詹氏過去照顧家而回來時贈予她的。這老婦人和幾個姊妹生長於山區的農村，她的姊姊在前年去世了，那些在城市裡忙碌於做生意的女孩們常在有事時就叫她去幫忙，也把她當媽媽看待，而且常給她一些錢的酬勞，詹氏很樂意於這樣的來往，但有時卻會引起自己子女的不歡意。她一路上非常捨不得失去那條項鍊，這是她一生中唯一的，到了晚年才有，而卻無福分擁有。所以她心中專注地傷心那失去的東西，而忘掉去憎恨把它搶走的人。

她現在坐在公共汽車內像小女孩子一樣爲她的寵物傷心。她已經有七十多歲了，誕生於民國之前，可是這件事並不重要。她從來沒有享受過什麼了不起的生活樂趣，就是對自己的生日，也從來不表示什麼，因爲她的丈夫在她還年輕時就走了；她的子女似乎也忘忽了這件事，因爲她的一生和孩子們都在貧窮中度過；而大多數窮苦人對彼此間的生日是十分淡漠的，或許他們心中都有數。她的眼珠迷濛模糊了，怪不好意思地把臉轉向窗外。路上行走的人抬頭看到那部公車的窗子有一張流淚的老婦面孔都感覺奇怪，他們也許想追問她爲何，但車子快速地擦過了他們。

她在重慶南路下車，前面就是火車站。她走在斑馬線上，一部由開封街單行道開來的轎車把她撞了一下，她驚嚇地跌坐在地面上，終於忍不住號哭了一聲。車子並沒有把這老婦人撞傷，只是在燈號變換時煞車的頃間把她碰到。有幾個行人過來攙扶她起來，問她有沒有受傷，她說不要緊，就繼續移步前行。那位在車內的男士不斷地搖頭，好像在嘆息這老婦人的老邁和無奈何，而他身旁的美嬌娘卻對跌倒又爬起來的老婦瞪眼，顯露一股非常鄙視的嫌惡的樣相。

三

她乘火車抵達白沙屯就病了，這老婦回到她青春時代生活的家，在暗黑的房裡歇息著，沉默地躺著，在驚嚇和疲勞之後，她的衰老的身體僵硬無法動顫。有一度，她昏睡很久，醒來時抑不住呻吟了幾聲。沒有人知道她在想什麼，也許什麼也不想，就像她七十多年的生命只知道活著。對她來說，活著比想什麼要強些，活著的意義勝於一切，而她應該知道爲什麼活著，以及活著要做什麼。吉村是她的次子，由於沒有受很高的教育，在鄉鎮的火車運送公司當辦事員，早出晚歸，有時住在那裡的宿舍裡，兩三天才回來一次，當詹氏在那天午後下火車時，勉強拖著步伐挨到街尾低矮的舊屋的門口，菊妹看到把她扶進屋內，倒水給她喝，她服了一包藥，躺在床上，很快昏迷了過去。直到吃晚飯的時刻，回家的吉村才把她叫醒。她說她吃不下飯，繼續躺著，吉村吩咐菊妹煮些稀飯，她依然不肯起來吃。吉村問她：「媽，妳病了嗎？」她說：「是的，好像要死了。」詹氏不肯她的兒子去請醫生來，她說：「我知道我是什麼病。」晚上，這老婦人要他們都去休息，不要理會她，而她整夜都醒著。

翌日早晨，吉村要上班，三個小孩要上學的時刻，詹氏沉沉地睡著，等屋內清靜下來後，她才起身。她走進廚房，看到菊妹在水槽洗衣服又轉身走回來，菊妹問她要不要吃早飯，她說她會自己動手做。但是菊妹回到廚房即爲詹氏準備碗筷，打開煤氣爐爲她煎了一個荷包蛋，稀飯還是溫著，要詹氏過來吃。詹氏感激她的媳婦，她不常回來，似乎她和他們疏遠了。

但這老婦人和兒子媳婦之間彼此都了解著，什麼事情只要自己能做，她都不想麻煩他們，在過去的歲月，那時她和他們住在一起的時候，詹氏對任何的家務事都要嘮叨，吉村和菊妹卻希望她少管事，曾經爲一些瑣事爭吵過，事後大家突然都轉爲沉默了，雖然各自內心都很關懷對方，但不知道要怎樣表示出來。詹氏回到白沙屯後，頭一二天，吉村都按照時間來看望母親身體恢復的狀況，知道沒有什麼妨礙，他就像往常待在辦事處不想回來。有一天他回來時，詹氏問他：「是不是我回來住在家裡，你就不每天回來？」吉村喉頭像阻塞著硬物，吞吞吐吐地說：「母親，妳知道，妳知道，我要怎麼樣說呢……」他心中十分慚愧和難過，在這當兒，他有時會很容易發脾氣。他有個外號叫「難言的吉村」。詹氏深有感觸地說道：「我當然知道，生活就要順當和平安，我們還有什麼奢求？」她表示說，過幾天她要隨進香團到北港去。吉村對母親心中想做的事，都不加反對，雖然他想問她身體是否夠好，但他連這一點也從喉頭吞進肚子裡了。

這時是農曆的三月。這幾天，詹氏忙著去廟裡報名和繳費，由於這個活動，她看起來健朗了許多，顯得又有生氣。她在村子裡各處走動探訪，遇到了一位老朋友，她的名字叫細屘，大約和詹氏相同的年紀，但她的耳朵有些聾了，兩個人坐著交談，就像兩隻老貓在伸頸狂喚一樣。她們談論過去的事，細屘曾經受盡高大的丈夫的折磨，現在她清閒無擾了，有時住兒子家，有時住女兒家。由於能夠在家鄉相遇，她們決定相攜隨媽祖一起到北港進香去。

這兩個老婦人在車隊行進的旅途中互相照顧，喋喋不休說著爽朗的話，以排遣無聊和一陣一陣自然由衰老的身內襲上來的倦乏。抵達北港的那天夜晚，她們被安排在旅社的通鋪房間內，和一大堆人在一起，大多數人都只休息一會兒，便興奮地結伴到處去瀏覽，或購買當地的特產，整個北港這個小地方的街道，白天和夜晚都是人潮，她們兩個老婦人卻坐在榻榻米席上，厚厚的背部靠在房內的一面牆壁，討論著她們死時要如何處理的事情。詹氏想將自己的骨灰寄存家鄉福音寺的齋堂；細屘卻說她隨子孫的意思怎樣就怎樣，反正死時什麼都不知道了，也無法起來反對。

四

這詹氏老婦在忙過媽祖生之後，在往南途中又在臺中下車，她盼望去看一眼她的孫女阿惠。

當她的長子逝世時，阿惠還年小，跟隨改嫁的母親而去，和繼父住在市區公園的附近，開一家包子舖，而詹氏便攜另一男孩阿彬北上居住在素娥家，這事轉眼已近二十年。這老祖母在公寓大樓的電梯門口遇到了她的孫女阿惠，兩個人不但驚喜而且不由得互相擁抱了起來。這孫女環抱著的是厚而垂重的軀體，而這祖母摟著的是脊椎畸型發育的瘦而薄的身體，詹氏紅著眼眶心酸著這年幼時可愛漂亮的孫女的變樣。阿惠要打電話給舖子的母親知道，老祖母阻止道：

「不用了，他們正在忙生意，妳告訴她，她便要放下手中的工作回來，我到屋內坐一會兒就好。」

阿惠自己彎著腰牽著祖母的手走回六樓那窄小的公寓房屋內，她倒了一杯水給詹氏喝，互相詢問了一些近日來的生活事務，幾年前當發覺生長的異變時，詹氏曾南來探視過。可是這聰明伶俐，臉孔長得異常清秀的阿惠卻有一股冷靜的氣質，反而安慰老祖母不要看了她就難過，表示高中畢業就要當修女去。

「我還告訴阿媽一個好消息，我哥哥前天由高雄來電話，說嫂嫂已經在醫院產下一個男孩。」

詹氏聽到這件事，馬上由沙發椅站起來衝向門口，然後又轉身回來拿她隨身的那只放衣物的塑膠袋。「我就是要前往高雄去，那麼快就生了，連我都不知道，電話打到臺北一定沒有找到我，白沙屯又不好連絡，現在有沒有火車班？」

阿惠陪詹氏從電梯走下來，又乘計程車到火車站，買了特快的車票，等了十幾分鐘，臨走時老祖母小聲且帶著央求勸告的語調說：「我的乖阿惠，妳不要去當修女。」阿惠解釋說道：「我從小就信天主了。」這兩位祖母孫女就這樣相會不到一個鐘頭又匆匆告別了。

她到達高雄已經是當日的黃昏，趕到阿彬家，他們正高興的在吃晚飯。阿彬看到祖母到來，離開餐桌迎接她，詹氏第一口就責怪他沒有早通知她。當她看到淑華的母親在場時，馬上轉換笑臉，說慶幸有她來幫忙。整個屋子因爲一個小生命的誕生明顯地可以看出疲憊生活的代價。阿彬是個高大英俊的青年，由於有父系方面的稟賦，在一家建設公司當企劃經理，所住的高級公寓室內都經由自己的品好設計，既舒適又美觀；他稍嫌沉默，卻頗富理性。淑華瘦小美麗，是個現代女性。現在詹氏來了，馬上爲這個新家庭和小生命而忙碌起來，淑華也剛由醫院回來，有許多的事情必須仰賴這位充滿主見的祖母。

第二天，淑華的母親走了，把任務交給詹氏。阿彬有祖母在場，他便放心了，因爲從小他就是詹氏把他帶大的。他可以正常到公司去上班，晚上回來抱抱自己的兒子，顯得頗爲安慰和滿足。白天裡家中只有詹氏和坐月子的淑華，她能起來走動，爲嬰孩餵牛乳。詹氏負責早晨的採買，洗衣服和煮飯。當她忙碌的時候，便忘掉自己年老了，也忘懷自己有病。而這兩位第一次要相處在同一個屋子的女人，相差約有五十歲。這老婦人常在做事時，無意識地在看到什麼不順眼之處便會嘮叨幾句，而她說過後便忘了，那年輕的淑華卻聽來有意，心裡總覺得難受。幾天過去了，歡喜之氣還能掩蓋著一切。但當詹氏推開櫥櫃，看到裡面存放著一大包新買的尿布，便責問淑華爲何浪費錢買了這麼多，她說：「只要幾條換洗就夠了，我帶了那麼多孩子和孫子從來就沒有這樣浪費，穿破的成人內衣褲是最好的嬰孩尿布，我看妳都不懂得節儉。」淑華一時忍不住，回說：「難道我買給我的兒子用也不可以？」當阿彬回家時，詹氏在準備晚飯，一面要爲淑華煮些雞酒，淑華從浴室出來，走進廚房想自己動手，詹氏於是說：

「既然不要我幫忙，我在此做什麼？」

淑華不客氣地答說：「本來我就不想勞煩妳老人家。」

「我現在就走。」

淑華不語。阿彬抱著嬰兒走過來看發生什麼事，詹氏眼眶溼潤地說：

「這裡沒有我要做的事，我要回臺北去。」

阿彬勸阻他的老祖母不要走，但詹氏看淑華並不願意道歉，因此堅持要去搭夜車回臺北去。最後阿彬無可奈何，只得讓這老婦人離去了。

五

詹氏在黎明前回到了臺北，市內的公車還未行駛，她一個人坐在冷靜的候車室等候。她的背部躺靠著就睡著了，還做了一個打寒戰的夢，醒來聽到市區轟隆嘈雜的汽車行駛的聲音，和耀目的陽光。她走地下道，又爬上天橋，在重慶南路等公車。在公車內，她不由得回想到離開臺北時被搶去了一條金項鍊。如今她像光著脖子回來一樣，怪不好意思，也頗傷心。到溝子口下車，詹氏步進市場，看到素霞站在攤位的後面。素霞抬眼從人群隙間看到母親時驚嚇了一跳，詹氏臉上裝著一層皮肉的微笑，但她的表相還是無法完全掩飾內心的憂患。

「媽，妳怎麼這樣憔悴？」

「那裡，南部熱，吃不下飯。」

「妳先回去休息好了。」

「回去再出來麻煩，我要在這裡幫你一下忙。」

「不用，妳不在我還是一個人。」

「兩個人總比一個人強。」

「妳還是回去休息。」

素霞強推著母親走，詹氏只得離去。她走進宿舍區，和許多早晨上班的人交錯而過，有人向這老婦人打招呼說：「阿婆早，」她也堆著笑臉說：「早。」她走進公寓樓房，素娥剛剛忙完晨間的工作，回轉身看見母親不支的跌進門來，她一個快步把詹氏扶住，而且發出一聲痛惜的哀嘆的叫聲：「媽媽，妳怎麼了？」

幻象

一

他午眠剛起，走出屋外，即見到那俊美高瘦的孩子。孩子赤腳，穿著白衣和短褲，背著書包，頭上戴著橘黃色的學童帽。這孩子的眉目清秀引起他的注意。他站在空地上等著那孩子走近；這條山野的道路是這孩子上下學必經之地，他嘴巴還咿唷哼著不知名的調子。現在他清楚地看到那孩子赤裸的手臂和雙腿佈滿著滴流血水的瘡瘡，他想詢問那孩子時，那孩子已經從他面前走過去了。原來他驚訝地僵住在那裡，他又快步地追上那孩子。

他把孩子帶進屋裡，用肥皂水洗淨他的髒污。當他蹲著檢查孩子的手腳時，他又發現這孩子的右手食指被切斷了一截。他顫抖地捉住食指外的三根指頭，直望著那斷指已封合的光滑皮肉。那孩子在臉上呈現難爲情的憨笑。他抬頭探詢那孩子時簡直難以相信這是事實，他想探測這孩子的內部，卻遭到那不可思議的面具的掩飾。這孩子肢體的傷記使他一面爲他洗滌時，一面咬著牙感到無比深遠的憎惡。他請求孩子說出受難的經過，這孩子似乎在翻開久遠的記憶。

「我的叔叔……削甘蔗時，忽然……」

他發覺這孩子無法說出完整的句子來表達他自己的遭遇，但他覺得他所吐露的已經足夠了。他沒有再問他那時怎樣？那時的一切都可憑著想像去了解這孩子在那事故發生的前後的心靈巨變。

他請這孩子坐在椅子，爲他倒茶和要他吃些餅乾，這孩子似乎有點受寵若驚，對他來說他從來沒有比接受這樣的招待更感奇異，因此他無法體嚐任何的舒服和快樂。他和孩子面對面僅隔著一張小木桌，於是他說：

「你一定想知道我是誰，是不是？我和你坦誠相見，所以我不會隱瞞我自己，我老柯現在是完全成爲這鄉村的一份子，在這片土地上的所有一切，我都要表示親善和關懷。我一個人居住於此，因爲我喜愛這一帶的山巒。我做過許多高尙的行業，早年我是個教師，後來成爲作家，但是漸漸我才覺得這些令人起敬的名銜是使人生厭的，在城市的生活是一種僞飾，由於心靈的晦暗而逐漸敗壞了身體。的確人人都那樣指責城市生活的蒼白色彩，但是沒有多少人有勇氣從墮落的日子離開。不論如何，我看這裡是個自然美麗的地方，可是我唯一不懂的是：爲何你生長在這優美的園地裡卻還會受到蚊蟲的侵害而毫無保護，而且無知地去抓癢那些沒有治療的瘡口而任其發炎腐爛。我很想去見你的父母，也想見一見你那位叔父。假如你願意帶我去你家，我現在就跟你一起走。」

「在白天裡你見不到他們。」

「難道他們願意在晚上嗎？」

「晚上也不行。」

「我不明白這是什麼意思。」

「白天他們要去做工，晚上他們就要休息了。」

「這也是你沒有接受到照護的原因嗎？」

孩子搖搖頭，表示不贊同他的說法。

「這是奇怪得很的事，」他又說：「當我第一眼見到你，我充滿了欣喜之情，你那俊美自然的樣子，完全合乎我理想的意想。你知道所謂自然天成之樣相是比一切維護和教養的美麗要高超完整，直到我親眼眞眞確確地發現你的破爛皮肉，這眞實使我不忍卒睹。……而此刻，我有一種憐憫和責任心。當我在城市那豐衣足食，一切美好的環境裡著書立說時，我們常常一面在餐廳吃著好食物，一面談論人道理想。有時我們爭得面紅耳赤，說得心胸激昂，彷彿這世界眞的非假借我們的雙手來改造不可。然後在深夜喝完咖啡後，我們在走廊下互道晚安，並且心胸空虛地回到家睡覺。翌日，我們又在一起，談起社會工作，想爲社會做些有意義的事情，要爲社會服務，好像除了我們去推動社會外，這社會是不會動的；我們要想法去關懷大多數人，可是我們又不甚知道什麼叫做大多數，這種區別意識顯然是有另一部份叫做少數人。這些理想從年輕一直懷在心胸裡到了晚年，找不到落實之處。我回憶著那些生活過的日子，表面上是一種人類理想的代言，實質上是個人滿腔的貪婪和情慾。事情的確是奇怪的，在我的所有見識和經歷中，凡是可以談得出來的東西，都不會是眞的；那些觀念的溝通，理想的面目都是一些假相，可是不幸的在我們的年代裡，總是把它認眞看待，我離開城市之後，他們指責我逃避現實，卻不明白我現在所見到的才眞的是事實。我從來沒有無代價地爲他人做過事，可是現在我對你所做的，是眞正的神聖服務。以前我們會說去愛大多數人，去擁抱群衆，這是多麼明顯的空言和泛論，因爲再想一想就不難知道，所謂群衆是一種沒有形體的存在，如果眞要給它一種形相的話，那麼它是一種沒有靈魂的禽獸，可以加以煽動和利用，那麼它就是一股無可形容的破壞力量，因此去愛它是不可能的。眞正的愛是有明確的對象，必須找到一個，然後再找到另一個，一個一個逐一的去施給。孩子，你懂得我說的這些話嗎？我是在面前你時告訴了我自己，我知道你根本沒有知識來了解這些話的意思。」

那孩子在搖搖頭中起身站立，看到面對的人是如此激情之時，即默默地走出屋外；對於剛才受到的治療和款待，一點也沒有想要對他表示感謝。

自此以後，他每天在午後的時刻，都在門口附近徘徊等候那孩子，但他沒有等到，再看不到那孩子向他出現。他想那孩子必定改換了上下學的路線，繞過這一帶的山崗，行走在他不知悉的途徑。可是對他來說，現在他的孤獨生活不能沒有那孩子，這是他來山野的第一次接觸，他不能爲他所做的事釋懷。他常常自言自語地說，他爲那孩子所做的雖不算是了不起的善事，起碼那不是壞事。因此在有一天，他決定要去熟悉這一帶山野的環境，而配備了一些自身需要的用具裝置出發了。他攜帶一本本子，在裡面畫著他走過的路徑，把這一帶的地理勾勒出一個簡略明白的地圖；在這一張自製的地圖裡，塡滿著他所見到的可記錄下來的事物。他過去的繪畫基礎使他輕易地做成這件工作，而他另外的一頁一頁的紀錄，就像畫家的速寫一樣，充滿了活潑的線條和有意義的文字。當他來到一處分岔路口，看見一間低矮的神祠座落在那三角的空地上；這種小廟只有三面的牆壁，敞露的進門處掛著一條長連的紅布，遠遠望去有著卑謙和神秘的形貌。他來到這座小廟，巡視著裡面簡陋的佈置，供奉的是名叫黃琳公的神位，而不是一般的土地神。他向鄰近的一家雜貨店的女店東購買一包餅乾和束香銀紙，回到廟裡點香供拜。之後，他向那雜貨店的女店東請教有關黃琳公的事蹟。那女人說：「我所知道的也是由老輩的人說出來的，據說這位黃琳公當時是一名逃避追捕的人犯，當他奔逃到此，就是這岔路口時，已到束手就擒之境，突然大地升起雲霧，掩護著他躲過後面捕捉的人而保全了性命，後來他就落居於此地，對一切人行善事，死後爲人立祠供拜。」

「他爲何而逃？」

「不知道爲何。」

「何時代的人？」

「不明白何時代。」

「只有那傳聞？」

「只是傳聞而已。」

女店東問他道：

「你從何處來？」

「從城市來。」

「是落居還是過客？」

「是落居也是過客。」

「在那裡？」

「前山處。」

「爲何到這荒僻的地方來？」

「我也是有所逃避。」

「那麼你逃避什麼？」

他嚴肅地望著那漂亮的女人，不知要怎樣回答這種追問根由的發問。他靜默地倚立片刻，爲要結束這一意想不到的交談而終於咧嘴說道，且用「逃避我自己」來打斷那眼睛發亮的女人的了解。

二

他以熱切的腳步趕往社區運動會的處所，這是一個極好機會可以在同一時間裡認識這鄉村裡的大部份人，尤其是他關心的兒童。他常覺得這世界的希望必須寄託在兒童身上；去認知兒童就像預先看到那未來之世界。人類世界的生活品質是可以培植的，只要教育兒童朝往那目標。在城市裡，他已經失望於那些機伶的小面孔，在那裡的教育完全脫離了自然道德律，並且喪失人是宇宙精神的一種代表形象；因為過分的知識化使人只有一個機械般反應的頭腦，在腦中只堆積儲存死的知識，而沒有創造的原始衝動；人只依照一定的程式在生活，沒有殊異的個性表達宇宙多樣的意態；只有同一的性質，同一的觀念，就像蜂蟻只有同一的意志，生命只有單一的使命。這種制定好的方式不是高尚的，人在這種刻板和束縛裡只能過物質的禽獸生活，唯一的存在思想就是隱藏於內心的狡詐和互害，且慾望於同一時空的腐朽。但是在這鄉野裡，他並不充滿希望，這貼近自然外表所孕育的依然是他不了解的某些人類，他充滿迷惘，還看不到自然顯現的內涵。而他那昔日的思想態度還未完全自他內身脫掉和淨化，即使那真面貌出現在眼前，他仍然會無所見識。

他站在無數人群的後面觀看，他看到了那位高瘦俊美的孩子，正和一組兒童競奔在操場上。這是一個極小的運動場，周圍恐怕不滿二百公尺，面向這座操場的是相接的兩排平房教室，走廊排著椅子供人坐息，他看到許多人穿梭廊下椅子的背後，尤其是婦女和幼童在那一帶緩緩移動。就在那一列教室的中央前面，有一座升旗的水泥臺，用粗長的竹竿架構一座布棚，上面端坐著十數位這地區的士紳。他現在只希望是個參觀者而還不急於去參與，節目一項一項在那場地上變換，也有成年人的賽跑和趣味競賽。而他極為願望的是找一個機會去面晤那男孩。他步上那一條走廊，想到另一頭的休息區去，因為那剛退出運動場的孩子就在那裡。他行走時眼睛一直朝向前方注視那孩子的動靜。他的面貌和行姿在前後的鄉人之間是特殊而陌生的，臺上的人發現了他，有人奔下來迎接他上臺，他懇摯地解釋說要先去看那孩子之後再過來和大家相識。他加快了些腳步。突然他的背後被猛撞了一下，像是惡意地被打在腰背上。他站住轉過身來，看到的是一位矮小醜貌的男人，用他面上不均衡比例的奇怪眼睛盯著他，這一意外的現象不覺使他內心戰慄起來。他可以斷定對方是一個祖魯和無禮的白癡。原來是更後面的擁擠群衆前擁時逼迫著他，使他無法自制衝撞在前面人的身上，雖然如此，他亦了解這一情況，但由於這位醜男人給他的深刻印象，使他自然萌起一股嫌惡的盛怒，彷彿早年有人惡戲推他投向醜女的懷抱。那自尊的作祟頓時使他眼前發黑，彷若喪失視覺的機能，他向後顛了幾步，靠在一面牆壁上。當他很快恢復鎮靜後，頗爲自己的舉動感到慚愧，而眼前的那位驚嚇他的矮子已經不見了。

他找到那孩子，接近他即看到那依然留在肢體上的黑疤痕跡。孩子並不知道要怎樣理會他，他的降臨又一次頗讓那孩子感到難爲情，就像一位剛長成的少女很難接受一個成年人的愛情一樣。他想追問孩子一些理由，但放棄了，改問他是否要到他那邊玩玩。

「什麼時候？」

「你放假日時就來。」

「我不能在假日去。」

「什麼原因？」

「我要隨父親和叔叔到磚場做工。」

「你的父親今天來了嗎？」

「沒有，只有我叔叔來了。」

那孩子指向左近的一個賣冰攤，有一位男人正舉著冰棒要走過來，他看清楚就是剛才推撞他的那位醜態的傢伙，他非常疑惑而不可思議地說：

「那一位？在那裡？」

「是他嗎？」

「就是他。」

那孩子拋開他，奔向前去接住那人給他的冰棒。

他迅速離開那裡，無心於延展其他意圖。回到寓所，他癱瘓般地倒臥在床上。他病了，他的意識變得十分混淆和零亂。他在這樣的臥睡中暈旋在無可攀牢的流程裡，並且斷斷續續地嘔吐出一些酸苦的惡水。他感到無比的孤獨和傷心，不知是爲自己或爲誰哭泣著，他知道他不能自拔時亦無人會前來救助他。似乎不想再暫時處理自己，使自己安頓得舒適一些，他任其自暴自棄地沉淪下去。

數日之後，他清醒過來，變得軟弱無力，他似乎嗅到一股發自於自身的腐敗氣味。除了這種自覺外，一切都非常的靜謐，像置身於眞空的世界。他斜側著頭部，抬眼望出，看到那個敞開的門口投進一片陽光，他無法辨識這是朝陽或夕日所投進來的光亮。他憂鬱的眼神注視著它，等候著它對他的啓示作用。在這片散佈進屋內的光線裡，忽然有一個形影緩慢有序地逐漸伸展進來，並且漸漸地可辨別出人頭、肩膀和身子，最後隨著這影像進來了一個人。他跛著一隻腫脹的腳，面部帶著蒼黃和痛苦的表情站立在門內，把視線投注在角隅的床上躺著的那個虛敗的人。他們四個眼睛交接注視著，彷若時間也停住了。在這寂靜的屋子裡唯一清晰可聞的是他們在停止不動時所發出來的微弱的鼻息。當進來的孩子要移動身體時，那躺在床上的人才發出一道叫聲，說：

「道動。」

他爬起來，用極大的意志力支撐著自己軟弱的身體。那孩子走過來攙扶著他，使他因活動而恢復一些體力。他吩咐那男孩去準備一些水，他要親手洗滌孩子爲磚角鑿傷已經腐爛的傷洞，他一面工作一面咬著牙齒詢問那孩子：

「爲什麼這時候才來？」

「他們說可以用草藥。」

「他們爲什麼還不做？」

「一天拖著一天。」

「你的腳恐怕要鋸掉了。」

之後，有一天，他在山野隨處散步，那落日雖漸趨轉紅變大，卻依然還能照遍這一帶連綿起伏的山丘，他看到對面的山腰之處，有三個人走在小徑上，排成一列行進。最前面的是一個高大的人，那男孩在中間，兩個人的形姿非常相似，就像前面的是後面的長大，後面的是前面的縮小，最後面走著的就是那位矮小的叔叔。他們似乎是從鄰鄉的磚場歇工步行回家的途中，而大地是夕暮的光色，使站在站崗上的他看到他們曲曲折折地走在小路上，一會兒在亮處，一會兒在暗處。

他們的腳步如此齊整，一個緊隨著一個，永遠保持著相等的距離，像一條無形的繩索繫在他們赤裸的腳踝。他突然想到此時是前去拜訪他們家庭的時機，因此對他們揮著手，但他們走在遠遠的下方，並沒有察覺和見到。於是他快步地要走下山崗，穿過谷地和樹林，前去會迎他們。當他來到樹林的岔路口，他停下來思索，他知道其中的一條可通達到他們的所在，可是他又改變主意由另一條走開了。

憧憬船

一

他和她抵達桃園這個熱鬧的小市鎮，並沒有找落腳歇息過夜的地方，只在一家餐廳吃了一頓便宜的晚飯，那是一盤蛋炒飯和一碗青菜豆腐湯。他想，身上必須預留臨時可以離開的費用。他沒有告訴她下一站去那裡，或將要怎樣度過未來時光。這是夏季的夜色，炎熱而窒悶。街道上都是來來往往的行人和車輛。他和她不斷地從一條街走到另一條街，在走廊上，從一家店舖經過另一家店舖。這樣他們似乎毫無目的遊盪在這市鎮的四處。當他們無意中要穿過煙花巷時，站在每一綠燈戶門口的女人，看到他身旁有女伴，還故意向他嘻笑地招呼。她知道她們是做什麼事的；她感到很羞赧而低下頭來。

「爲什麼你帶我到這地方來？」

「我怎麼會知道。」

他解釋他並不熟悉這個市鎮，他又說她們的存在很自然。他們只是路過而已。

「你以前逛過像這樣的地方嗎？」

「是有過。」

「是那些地方的地方？」

「在我們南部。」

「你在自己的家鄉做那種的事？」

「只是去看看而已。」

「有那麼好看嗎？」

「並沒有什麼好看。」

「我猜想你做過那種的事。」

「我不必爲這個說謊。」

「不過我可以原諒你。」

「做那種事，事後總會懊悔。」

「難道沒有一點樂趣才去的嗎？」

他搖搖頭。

「爲什麼一個男人會去做沒有樂趣的事？」

「沒有人會想到它是不是有樂趣。」

「那麼想到什麼？」

「我不知道那種情緒叫什麼。」

「但是你做過，你知道那種感覺。」

「洩恨。」

「是洩恨嗎？」

「好像是。」

「向無辜的女人洩恨？」

「女人當了妓女就不是女人。」

「那她們是什麼？」

「假如女人在當妓女的那一刻還是女人的話，就沒有什麼分別了。」

「我仍以爲她們是女人。」

「妳要這樣以爲也無不可，可是我不以爲。」

「你到底把她們看成什麼？」

「她們那時只是工具。」

「有許多不幸的少女被迫，那麼妳把她們也一同視爲工具？」

「誰知道誰是不幸的，但只要知道就不一樣了。」

他們已經走到較爲光明的街道來，他們雖然迷失了方向，可是依然還在這市鎮的街道。市面上的商家逐漸在陸續地關門，以便結束一天的買賣。街道上人較少的時候，便會隨處感覺到幽暗和寂寥；某一處牆壁或樹木不爲燈光照到的地方，或窄巷都是黑漆的，似藏有大馬路所沒有的懼怖。他似乎在藉長時的散步來緩和神經。她完全不知道他想做些什麼，當他們打從高雄乘坐火車來時，他只簡單地說到北部來玩，順道找找朋友。她是戲院的服務員，做領票的工作，她向戲院的老闆請假。每一家電影戲院總是雇用很多的女孩子來做賣票，收票，領票的工作，這些女孩子大部份都是未婚的少女，而且工作的時間不會很長，當她們有另外更好的工作機會時，便會辭去這種沒有保障性的臨時工作。她的朋友都叫她音音，她和那些做同樣工作的姐妹在工作完畢之後，總是相聚在某一個的家裡，做些好吃的東西來吃，討論交男友的事。她們很喜歡跳舞，並且在舞會的場所認識自己喜歡的男朋友。音音就是在這樣的時機和宏良在一起，他們只相識兩星期就顯得非常相知。他們有相似的身世背景，父母都因爲他們被學校退學而不再理會他們，而音音只好自己找事謀生，而宏良退役後還沒有找到職業。她實在走得很疲累，想起當領票員還滿輕鬆，但薪水不多。她很想上夜間大學讀書，然後找一個完全是白天的工作，她覺得很可惜只唸到高二就因參加聖誕節的派對被學校查了出來。她走不動了，落在他的後面，覺得他今夜十分怪異，不但甚少說話，還似乎在盤算什麼神秘的事。

「喂，怎麼搞的？」她說。

他停下來，臉色陰沉和蒼白地回頭看她。她走向前去問他該怎麼度過今夜。

他說：「我們先歇一歇。喝飲料。」

他們又走過一條街才找到一家冰果店。他們手牽著手走進去，選擇一張靠牆的桌子坐下，她的背面向著門口，兩個人面對面坐著，而他的眼睛可以由她的肩膀越過看到對面一家燈光明燦的金飾店。他問她想喝什麼，她望著他沉毅的面孔，感覺比在吃飯的時候更爲嚴肅。他最後叫了一瓶黑松汽水，兩個人喝。

「你說我們來找一個朋友。」

「我只是想是否能在市街上碰到。」

「你不知他住那裡？」

「我沒有來過，現在我想他並不在此，不似他自己吹牛說的是個頂呱呱的人物。」

「那麼我們離開此地還是找個旅舍住下？」

「在離開之前，我要送妳一件禮物。」

「什麼禮物？」

「當然是相當貴重的東西。」

他拉著她走出冰果店，朝對面的金飾店走去。這條街現在只剩下兩三家賣吃的店還開著，金飾店的鐵門也拉下了一半，三三兩兩的行人顯不出什麼熱鬧。不久，當他和她從那家金飾店奔出來時，他從身上掏出一隻暗藏的手槍，朝那位追趕出來的老闆放了一槍。

二

兩天之後，他和她出現在高雄過港旗津的海水浴場沙灘。他們已經在太陽下晒了一個下午，現在乘著黃昏，在廣漠的沙地上沿著水邊散步。他的體格碩壯，皮膚黝黑，像是極好的足球運動員。他們的手臂互相摟著對方的腰背，像兩個情深的愛侶。但她的心情顯見沉重，而他的精神看似虛無。他非常冷默地在聽著她說話，可是當他說話時又會轉爲激動而憤怒。她知道他不是對她一個人發怒。他們走到這沙灘的中段，這沙灘似乎永遠走不到盡頭，突然雙雙坐下來，腳擺在水邊，雙手依然還互摟著對方。坐下來之後，他們的頭抬起來正好注視到海面上開航經過的一艘大船。

「看那船多美啊！」

「這船看起來令人羨慕。」

「我不知道我們是否能游到它那裡？」

「這要試試看，我想能。」

但他搖著頭說：

「等到我們游到那裡，那船已不在那裡了。」

「我沒有想到這一點，我只注意到它和我們這裡的距離，照這距離講並不遠。」

「當然不遠，而且可以輕易地游過去。」

「那船移動得並不快。」

「它太大了，使這海面看起來狹短。」

「它似乎一直停在那裡。」

「它離我們很遠，只是看起來很近罷了。」

「你想它在等候我們嗎？」

他把頭轉過來看她一眼，她也看他，他們看起來卻很可憐。

「我也這樣想。」他回答說。

那女的眼眶溼潤著，但沒有哭出來。她眨眨眼，讓淚珠落下來。現在他們又向前方瞪著那艘有紅白黑色澤的郵輪。

「如果我們能夠搭乘這艘船去旅行的話……」

「我也在這樣想。」

「你想我們會有機會搭船去旅行嗎？」

「我不知道啊，音音。」

「你最好答應我。」

「好，我想會有。」

「這很好，我跟你是有代價的了。」

「不過……」

「不要說了，你已經答應過就好了。」

他們沉默下來，什麼話也沒說。他們注意到那船確實已經向前移動，它在那個海面上漸漸由北偏向南邊。

「我看它不會等我們。」

「假如它能等我們，我們就會游過去。」

「我眞有點恨它。」

「要不是它那麼美，我們也不會對它期待。」

他把頭轉開去，又轉回來注視那船一眼，突然閉著眼睛思索。她沉靜下來，於是問他：

「喂，明天我們該去那裡？」

「什麼？」他醒來，問她說什麼。

「明天啊，」

「什麼明天？」

「明天我們到那裡？」

「我也不知道。」

「那怎麼行呢？」

「妳不明白嗎？我們只有現在。」

「我知道。但我們總該有個計劃。」

「什麼計劃？」

「對我們的未來。」

「我們根本不能有什麼計劃。」

「難道我們不要活下去？」

「我們現在只是行屍走肉而已，沒有任何精神要質。」

「我一直感覺難過，沒有快樂。」

「我們甚至連難過的權利也沒有。」

「你說我們已經喪失了應有的一切？」

「不錯，我們什麼也沒有了。」

「那我們連話也不必說了。」

那艘船似乎變小漸遠而去，雖然它還在海面上，但十分偏向南方了。

「我想離開你，宏良。」

「我不應該再留妳了，妳是無辜的。」

「我早想要走，我應該走。」

「不過我們也許該在一起片刻，或一小時，或一夜。」

「這沒有什麼用處，我只是想要走。」

「我現在只有妳，音音。」

「我們什麼希望也沒有，我還是走開的好。」

「隨便妳了，妳害怕。」

「不全是為了害怕，我很想回到戲院去，只有三天的時間，老闆不會太責罵我，他會讓我繼續有工作做……不，我想我是幹不下去的。」

「妳可以重新找事做。」

「那你呢？」

「我任我隨便。」

「我沒有你，我不知道去那裡？」

「妳或許應該試試看離開我一下，妳去搭渡船回市區去轉一圈，去找妳的那班姐妹，如果妳決定不回來，就這樣分開算了，如果還想回來，我會在路邊攤喝酒等你。」

「不要，這太恐怖了，我還是要依靠你。」

「那麼妳就不要走。」

那艘船已經消失了；事實上是夜色把它吞沒的，它應該還留在海面上；雖然可能距離很遠很小，但它還是存在。

我的小天使

他說：我抵達高雄時已是午後時分，我的行囊是一架照像機和一套內衣褲，還有一些金錢。高雄對我來說是個陌生的城市，我可以追溯二十年前在畢業旅行時曾在那裡參觀了一整天，時光卻已經把它擴展和裝飾得像一座無邊的大城，過往的印象已被擦拭消失。我的首要工作不是來認識和記憶它的格調，三月的陰霾天氣，我下車站在車站的廊下，感覺它灰灰而零亂，沒有一處值得讓人嚮往的方向；這是我路過而必須在旅程中轉船的地方，我無需去計較它給我的美醜觀感。我走進車站對面的一家大飯店，詢問櫃臺的服務員，問她是否可以買到一張飛往蘭嶼島的機票，她回問我要什麼時候起飛的票，她的問法使我誤以為可以隨買隨走那樣方便；我毫不猶疑而且急切地答說現在，然後她轉變的表情在未答覆我之前已經告訴我她以為我是個旅行的門外漢。她回頭注視壁上的掛鐘，我也隨她的動作才確實知道現在是下午四時過一刻，她似乎不想多費口舌而用搖頭來表示沒有。我想進一步了解飛往蘭嶼的飛機情形，她的臉上幾乎沒有一絲笑容，她不說今天最後一班的飛機是什麼時間開走而只堅持說現在沒有飛機了。隨後她就叫我自己到旅行社去而不想再理會我了，但是我又必須問她旅行社在那裡？她對我的無知頗表驚訝，我沒有想到她會對一個本國人這樣缺乏耐心。她乾脆說要我親自到機場跑一趟就清楚了。如果她能清楚地告訴我，我何必再花時間和車費到機場去呢？如果這裡就能夠訂購到機票我為何要回到街道上去尋找旅行社呢？最後她說除非我想買明天起飛的票，我說好，買最早的一班，她說最早的一班是明晨八時起飛，七點鐘飯店門口有專車開往機場，如果今晚住在飯店的話，我說不。

我沿著街道的騎樓漫無目標的行走著，由於剛才和那位飯店女服務員的周折，我堅不住下那樣大派的飯店，但想到還是要在這城市滯留一夜，頓時感到滿身的孤獨。這裡沒有我的朋友，今夜將如何排遣和棲身呢？我依照行人的指示走到有名的愛河河邊，坐在公園的樹下石凳歇息。我從旅行袋裡找出一本手記簿，這本小簿子已經用了幾年，原本是潔白光整的，現在卻有些變黃和磨損。我帶著無聊和僥倖的心情，一頁一頁地翻看著；頁次上只記載幾個人名和地址，只限於生活在北部偶有往來的朋友，還有幾行讀書時隨手抄下的句子：**只有世界的靈魂才是不滅的；個人的靈魂是不能不滅**。這句話使我覺得我的存在顯然微不足道而自憐起來，毫沒有當時的體會那樣的崇高。當我突然想到此地有一位表兄弟之時，我合了簿子丟回袋子裡，即刻走出公園，招攬來一部計程車，前往鳳山的一處宿舍區。我在那裡兜轉了一個多鐘頭，經過多次的探問才走到那位表親的門前，可是那門戶緊鎖著，我問隔壁人家，才知道他們全家到港口去赴宴，什麼時候回來不知道。

這城市在夜晚比在白天更使人覺得空虛無依，極容易領會到商店的燈光之外就是黑暗的曠野的感覺。而幾處熱鬧的夜市卻令人不舒服。我已經累了，必須有一個安頓休息之處；我也餓了，需要食物，我經過一家麵包店，緊鄰是一家小餐飲室，我站在廊下觀望著，敞露的門口可以清楚地看到裡面窄小空間的擺設，有一位女郎坐在櫃臺的高凳上，埋首品嚐一盤玉米湯，旁邊的細竹籃放著洋芋片和雞翅膀。有一道樓梯通往樓上，我一面走一面俯覽這個淒涼景象。樓上的陳設簡陋而俗氣，中央走道的兩排座位模仿火車的車廂，只是靠背的木板顯得過高。我知道要在這樣的地方並不適宜吃餐飯，這些地方顯然是佈置給入夜後的年輕情侶。但我既然上來就只好選擇一處坐下，尾隨的女侍正在等候我的吩咐，我依照他們能供應的食物要了一份漢堡和牛尾湯。除了我之外，整個樓上還有兩位面對面說話和抽煙的青年。音樂傾訴著一首名叫「Feeling」的流行歌。我撥開窗帷望出，街道上是來來往往的人潮，走廊下也有飲食小攤。我一面吃一面想：這不是一頓豐富的晚餐，卻能給過路的人療飢和駐腳，我從遙遠的北方來到這南部的城市，好在並沒有人看出我的孤單，就是那兩位青年也無暇忖度我，爲何像我這樣中年人怎麼不在安全和溫暖的家庭，而我的心靈似乎與這世界格格不入，到底我在吃飽之後又要投往何處，因爲這裡只能供我暫時的歇息片刻。不久，樓梯開始響著頻頻的腳步，一對一對的少年男女上樓來選擇他們今夜要敘情的位置，我意識此時正是我應該讓出退走的時候。我下樓俯視櫃臺時，原先那位女郎還在從容地吃著最後的一片洋芋，我付帳時她舉頭望我，她的眼神似乎在詢問我爲何要如此匆促。我突然地感悟著，也許等她吃完，她可能和我攜手離開同往。但我邁出腳步，沒有回頭，因爲我相信這世界沒有同往一處的目的，不是時間不同，就是地點不同，我還是坦懷磊落地獨去。

當夜我投宿在一家中等規模的飯店，要我再折回火車站前的那家大飯店實在是不可能，唯一的理由是價錢太貴；而要我住進設備老舊和衛生不良的便宜旅館的話，我寧可睡在公園的石凳或車站候車室的木椅，因爲那種旅社可能半夜還太吵鬧。我沐浴後就睡下，無心觀賞飯店提供的閉路電視節目。不幸的是我在睡眠中被門鈴吵醒，我滿心疑惑地起床去開門，原來是這一樓的服務生，她像有秘密事要告訴我似的走進來。她是個乾瘦卻很聰敏而有禮貌的蒼白婦人。我回坐在床沿，她則站著對我說話。

「你那麼早就睡覺嗎？」

「我沒有什麼事。」我說。

「你沒有看電視嗎？」

「我不喜歡那些耍寶的節目。」

「我介紹一位非常好看的小姐給你。」

她討好地望著我微笑，極小心怕觸犯我。

「我叫她來陪你。」她又說。

「可是……」我心裡很躊躇猶豫。

「她是適合你要的小姐，我可以看得出來，隨便的人她也不接受。」

「我並不需要。」

「先生，我知道你的品味，我叫她來給你看看，如果不滿意，叫她走沒關係。」

「妳還是介紹給別人罷。」

「你相信我，我了解你。」

「我沒有多餘的錢。」

「你太客氣了，這是機會，不是頂好的小姐，我絕不介紹給你。」

「什麼價錢？」

「當然要貴一些。」

她比出一根手指頭。

「一千塊？」我驚詫的說。

「不是很便宜嗎？」

「算了，別叫她來。」

「你是藝術家，要錯過這個機會嗎？」

「妳叫她來，我可不保證要。」

她退出去，我回到床上，我已經沒有睡意，室內只有低低的床燈，很幽暗。我在等候著，並且產生遐思和心跳。然後無聲地走進來一位體態高健的女郎，她穿著質軟的深色長衣裙，棕色般的皮膚，面容靜默像個很執拗有個性的鄉下人，而不是那種虛華的在城市長大的使人厭膩的女人。我們對視片刻，我沒有即刻請她走，也沒有表示要她留下。她低傾著頭，移到鏡臺旁邊，細細地解開衣裳的鈕釦，然後露出其實比藝術品更動人的身體，這樣豐實的形姿很難叫人抗拒。當我伸出手表示我的友善和愛慕時，她移動雙腿像韻律般走過來。她躺在我的身邊，沒有絲毫羞澀和躲藏，欣然接納我的擁抱和撫摸。我們鼻尖相觸地面對面親吻，我抑制著自己的衝動，希望能永恆地維持這種美好辰景。我在她的耳邊輕語著：「妳從那裡來，這樣眞實完美，妳怎麼知道我的需要，我感到快樂，妳也快樂嗎？」我可以感覺她隱伏的感動漸漸湧升上來；我又對她說：「我們相遇了就不要再分開。」她似乎認眞地在傾聽著我的話語，那對在幽光中顯得特別明亮的黑色眸珠一直在注視著我，在幾乎相貼的近距離索尋我的特徵，沉默凝聽的表情也像在回憶什麼熟悉的聲音。突然我感覺到她那意想迸發的情感被什麼潛藏的意識壓抑而回退了，她那習慣於陽光的純樸容貌瞬息之間像花朵般萎縮變樣，好像一個誠摯的少女變幻爲世故的婦人，一股強烈而帶譴責的意識佔有她而向我投視過來，剛才悅意的迎合轉爲一種厭惡般的拒絕。我的快樂已經過去，像雲煙和流水快速消失；我靜靜地躺著，認爲任何妓女對於多情的嫖客都有一個最後嘲笑的反擊回報，我甚至認爲我多佔有她的時間而使她不高興。但我無法多想，在她起身走進盥洗室之前，最後注視一眼她的背影。我起來從皮包裡拿出一張千元鈔票，把它放在鏡臺她脫放衣裳的地方，使她能在穿回衣服時看到。我消沉地蜷身閉眼而睡，那鳴響的心弦很快止息沉靜了。

翌日早晨，我由於內心的遲疑而錯過了應往蘭嶼的飛機，我根本沒有趕去機場，坐在床沿想著昨夜的事，手中握著那女子沒有帶走的那張鈔票。我不知道她離開時是什麼情形，只是不解爲何她沒有要那對她而言才是重要的東西。她不是爲此而出賣肉體嗎？她不拿我的錢是何道理？我不得不從頭回憶整個和她纏綿的細節，我覺悟著她中途遽變的態度，她的黑眼珠不斷注視我進而發現我、辨識我，她的眼瞼似乎展佈一層鄙夷的憎惡，我已達到目的。我忽略這尾聲帶來的莫名不快，我任她去了，她是誰，我自認從來未曾見過這樣沉默的頗像漁戶人家的神秘女郎。我閱歷不多，這種在旅途中召妓的事真是少見多怪，她不拿錢，這表示我和她有著一種莊嚴的關係。我叫來那位拉線的女侍，問道她是誰，她還不知情地微笑說：

「一個好女郎不是嗎？」

「妳再請她來好嗎？但不說是我。」

「你還要她？」

我表示說：「是的，我要她。」

「這麼早，她可能還在睡覺休息。」

「你打電話催她快來。」

她去了之後轉回來告訴我說：

「奇怪，她昨夜回去之後就走了。」

「到那裡去？」我焦急地問。

「聽那邊的人說要回家鄉去。」

「她的家在那裡？」

「我不甚知道那地方，是北部一個名叫萬里的鄉下。」

「萬里？那麼她叫什麼名字？」

「她的名字喚做月琴。」

這不知好歹的女侍退後，我墮入沉思；我自言自語：「會是她，那個小女孩子？這簡直不可思議。」一個將近二十年前的小女孩的倩影復甦在我的腦幕。爲了證實，我快馬加鞭地趕車北上，可是一切都慢了一步。「她匆匆回來，又匆匆走了。」那年老的母親說。當我由學校畢業剛派到那偏僻的漁村任教時，這個性倔強但可愛的女孩曾屢次帶領我到她們的家。那老母親憶起我來，拿出小女孩和現時長大成人的照片在我的面前，我不禁感觸在我去職離開這小漁村後，宇宙瑪雅的幻力在外表欺騙了我們，使我們在突然的相遇互不相識。聽那母親說，自月琴的父親前年過世後，她即離家謀職按月寄錢回來。我沒有對那蒼老的母親道出一切的秘密，我告辭了。我沿著那段潔白的海岸走回來，那是年輕的我和學童們一起戲水和玩耍的老地方，我帶著羞慚和懷念的沉痛心情，希望她仍然還是個天眞的小女孩，不，事實已不可能了。

哭泣的墾丁門

我們離開時還下著雨，車子照例要打從那座城門似的牌樓經過；從山上蜿蜒而下，到達平地便成直道，駛向那與兩旁樹木相襯而單純入扣的門樓風景，車子排向它，透過雨淋的前窗，我迅速地按了照相機的快門。這張照片會如我所見的一樣，灰黑的調子，模糊地顯示像幽靈一般悲愁的墾丁門。就這樣過去了，離開了墾丁，我的身旁坐著何麗芳，她的臉色憔悴黯淡，眼神癡呆，感冒使著她整個削瘦的身體軟弱無力，她穿著前來時同一件白色有縐紋的衣衫和牛仔褲，可是卻像不同樣的一個人。我必須把她送回我們從那裡來的打狗港。我在那裡邂逅她，在一家觀光飯店的咖啡座，她原是離我頗遠的坐在兩相不銜接的牆壁的位子，但等候的卻是同一個人，那位我現在要詛咒他的歐維。我分不清到底是他慫恿何麗芳或她自己決定跟我來，這似乎並不重要和追究。我見到歐維從大門口進來，他是個人見人愛的瀟灑男子，二十多年前我和他在同一所高中畢業；他向咖啡室的方向走來時，我舉手招呼他，我怕他已經不認識我了，而他永遠是那個吊郎當的姿態；我站起來離開座位在走道上和他握手，然後又像當年一起打球時那樣狠力互拍手掌。

「歐維，眞是好久不見了啊！」我說。

「是啊，」他的童子音依然還在。「膽小鬼，什麼風把你吹來？」

「別說什麼風了，近況如何？嫂夫人好嗎？」

「都很好，我先給你介紹一個女朋友。」

我詫異地看著他，他把臉轉向另一個方向，對著最裡面單獨一個人坐著的女郎招了招手；我向後轉時，正見到那位同我的同窗好友一樣高瘦身材的年輕女子走了過來。

「她叫何麗芳。」歐維說。

「我叫周子瑞。」我自我介紹說。

我們都覺得高興，坐下來後重新叫了三杯咖啡，這是一天中的大清早，需要它來醒腦。歐維說晚上要請我在牛排館喝啤酒，還要找這裡的同道朋友摸四圈，他問我帶足了錢沒有？我說我根本不來那一套耗神費時的玩意，我有任務在身。

「我必須趕去墾丁為一家旅行社拍攝旅遊的風景。」我解釋道。

「那麼等你回來，我們一定要好好敘舊。」

「墾丁我不熟，我想要你陪我去一趟。」

「不，不，我那裡有閒去遊山玩水。」

「我一定非要個嚮導不可，我們兩個正可以一路瘋著去，瘋著回來。」

「我陪你去。」何麗芳突然插進來說。

當我頗感意外地望著何麗芳時，歐維表示說：

「這樣很好，她陪你去，她的旅費我負擔。」

我完全搞不清楚這到底是怎麼一回事。歐維是一家外貿公司的協理，他說他目前非常忙碌。他和何麗芳同時離座，要我在原地等她。約一個小時後，我重見何麗芳整裝出現時，我的意識像夢一樣覺得不是眞實。我現在也回憶不出這之前她是什麼樣子，我只能記住她和我在一起旅遊的眞實形象。我們一同出發了，她和我走在一起時，人們無不以閃亮的眼光注視我們，就像這個世紀的電影所標榜的中年男子和年輕女郎相攜的模樣。

前往目的地的旅程由她安排搭車，我預先交給她一些錢，一切費用由她來付和記帳，我想說服她全部費用由我出而她不肯接受時說：「我不是你的嚮導，我正想出去散散心。」她冷默而嚴肅的表情像是有意裝作要人對她另眼相待；我雖不是能看透人的心理學家，卻料想她有那種出身寒微而表現傲慢的態度。我和何麗芳同奔一個旅程，外表相伴和諧，但我在知覺中感到她提防和排斥我的心理。在擁擠的汽車裡，我們坐在一起，說話不多，而我的心中一直盤旋著何麗芳爲何貿然和一個以前都未曾見過面認識的男人去旅行的疑問。我看不出她到底喜歡或不喜歡我，我想她不能忽視我是個男人，正像我不能輕忽她在我的身邊是個相當引人遐思的女人。

漫長的汽車旅途裡，我對何麗芳講解攝影入門。她的模樣卻不能叫人相信她能完全了解最基本的攝影術。我的是一架跟隨我東奔西跑幾近二十年的輕巧的「片達克斯」。她胸前掛著的是一架重大的「坎隆」新型機，她說是老歐叫她帶的，但她連裝底片都不會。我並沒有多大耐心去教會對攝影的無知者，而何麗芳不論如何，她的外表總會裝作得很在行，這一切就叫我放心，我根本不會去理會她到底能不能拍好照。我心裡有段時間很納悶，要不是我親身經歷和何麗芳這樣年輕我二十歲的女子相伴出遊，我可能不會去想我爲何對新生代的一切這樣毫無知識。

到了恆春已過中午，天氣十分的炎熱，我們走在街道上尋找乾淨涼爽的餐館歇息吃飯。我們在一個有木板的樓上喝啤酒，一架電風扇朝著我們嗡嗡地響動著，何麗芳的精神顯得昂奮愉快，吃了不少她喜歡吃的蝦子沙拉。然後我們雇用一部計程車駛向我們的目的地墾丁。這一路上，多嘴的司機滔滔不絕地向我們談到一般旅客在墾丁地區投宿的種種情形，我爲了想了解和有所比較，車到墾丁時，我要他先開到教師會館；但那裡拒絕非教師的旅客。何麗芳十分心儀住在臨海的海濱別墅，可是客滿了。我們頗不滿意路旁林立的民家旅館的髒亂和低俗的陳設氣氛，最後才通過墾丁門向座落於山腰的宏偉的賓館駛去。司機說，它的環境雖然優美，可是離海灘頗遠，價錢也很昂貴，而且運氣好才能有客房留下來。說得也是，我和何麗芳被迫只能共用一間套房，而不能分開住兩個房間。我們的內心很尷尬而又不得不順從。何麗芳卻顯得一點也不在乎，甚至，迫不及待地催我上樓去看看那是怎樣的房間。室內的確整潔寬敞又高雅，有兩張床，雖然窗戶不能朝海，山景是一片綠意。何麗芳像回到家一般，放下旅行袋，把像機拿下擺在鏡臺桌面上。我站在窗邊望著賓館後院的花園，心情十分緊張，不知如何適應面臨的情況。何麗芳倒了兩杯茶，端來放在小茶几上，要我坐下來。「我喜歡無憂無慮的旅遊。」她說。她談到前不久去花蓮的事，她在那裡住兩個星期，幫她的表姐照顧化妝品的生意。她說的話的意思我不完全了解，不知道如何和她暢所欲言而能不分彼此。「我要乘這暑假儘量的玩，這就是我來的目的。」她說她和老歐在夜校認識，他是她的日語老師，之後老歐常交給她一些事情做，從十八歲開始，至今已有三年多了。我一面裝著傾聽她的話，一面內心恍恍惚惚思想著。屋外的午後，陽光依然很熾烈，我的眼光透過落地門窗的紗網，看到近山天空成簇的雲層，它們凝成怪獸的形象，緩緩變化著。

賓館的前院有一口大游泳池，因遇到盛夏的枯水期，沒有放水，曝曬在明麗的陽光下。四周的花園整修得很悅目，我和何麗芳在花叢的走道散步。我們走進看來較少人跡行過的角落，小徑的窄狹使我們的肩膀相靠貼近。突然我驚愕地駐足看著何麗芳從我身旁分開，毫無阻擋似地穿過屋簷和龍柏樹空間展佈的蛛網，一隻巨大而漆黑的蜘蛛棲守在架設的網線中央，何麗芳滿覆黑髮的頭顱與那黑物的形疊而吻合。轉瞬間，他們分開了，何麗芳轉身朝我走來，站在我的面前，像護衛一個失去魂魄的男孩吻著我的前額，使我再度從幻覺中回到眞實。

我們轉回來在後院的停車場遇到一群剛由海濱浴場搭車回來的人們，他們皮膚已曬成鮮紅的色澤，何麗芳無比雀躍，催促我奔回樓上的房間，她換了裙衫和便鞋之後，我們上了賓館的交通車也向海灘出發了。她喜愛海洋，似乎要把她的整個身心投在那個廣闊的空間，從她脫掉裙衫，露出棕色的膚體看來，她像一個酷愛自然的洋人樣有一個勻稱的身材。我坐在沙地上，忘懷了一切，只有默默目不轉睛地欣賞她立在沙灘，以輕捷的步伐走進水裡，讓那激動的水包繞她，彷彿一些透明的藍彩潑在她的肌膚上；當她游出去時，她的長髮柔順地披在頸背，可以看到那可愛的肩臂舉起和沉沒。她從水裡出來，正著面向我走來，她像知道我內心對她快樂的傾慕，我的眼睛不敢移開對她的注視，除了「美」我無法形容對她的喜悅。我的一生爲追求藝術而工作，而我只能相信惟有赤裸的女人才能看出美的本質的存在。她立在我面前，使我抬頭仰望她，她伸出修長的雙臂，要拉我站起來，而我握住她溼溼的手掌的手是顫抖的，我眞想抱住她，擁有迫在眼前的肉體。她說：「你不玩水嗎？」我梗塞沒有回答，她又說：「那麼我陪你在沙灘慢跑。」她不知道我是在西部海濱長大頗識水性，她也不知道我此生第一次墜入於迷幻的世界裡。我們並肩齊步慢跑了一會兒，她不明白我到底是快樂或是痛苦，而我不能對她說：「我們來比賽，誰輸了就是輸掉自己，誰贏了就是贏得一切。」不，我不能去欺騙一個還尙無知的女孩，她還不知道自己，也不知道這個世界，她依然處在純潔的生命裡，我無權去撥動干擾她。

我們置身在熱鬧擁擠的賓館餐廳中，我和何麗芳面對面注視著對方；我們的頭髮還是溼的，但已洗過澡換了乾淨的衣服，飢餓愉快地享受我們認爲最富美的晚餐。沒有人不對我們由內心裡顯露在外表的和諧投來羨慕的眼光。事實上我並不爲這虛榮感到驕傲，當我注視何麗芳時，我只感覺我和她的特殊存在，只聽到我自己的心跳和她的語音。我眼中和心靈存在的事物是具體而又神秘，是眞實而又遙遠虛無；從何麗芳那明耀的眼光和略近冷峻的臉龐，我看到短暫生命背後的恆久的本質，使我要湧出的熱情屢次回復它原初的沉靜。她已能對我表露出尊敬了，她能暢懷吃下面前桌上的食物，我們已無迷惑的憂慮。我們能夠用眼光交談，就無需多用嘴巴，她在整個晚餐過程中，不斷地碎碎啜著飲料，細細嚼著肉和蔬菜。

餐畢，我們走進康樂室玩了一個鐘頭的撞球，這是何麗芳建議的。她似乎對什麼都想一一嘗試，尤其在這賓館內的設備，她想盡情地玩耍。最後我們必須步上樓梯，走向我們今晚睡眠的房間。我用鑰匙開門時，她靜靜立在我的背後，我請她先進，在走道的幽暗光線中，她遲疑著沒有舉步，她那突然又恢復的嚴肅面目使我不得不對她追問道：

「何麗芳，妳心中並沒有我的存在，所以妳不能和我……」

她點點頭。

「那麼妳不必在乎我，我會……」

她還是站立不動，望著我，露出可憐和生氣的樣子。

「我向你保證，我是個安靜和沉默的人。」

她終於走了進去。在房間裡，何麗芳倚立在窗邊看著夜色，我從盥洗室出來時，她還站立在那裡。我在靠牆的一張床睡下，我累了，我用眼光瞥望何麗芳一眼，她沒有任何動顫地站著，她的身姿受壁燈的照射，有一半是亮，一半是暗，她像沒有生命吊掛在窗帷旁的蠟像。我沒法解釋這是什麼道理，我由內心裡湧出對何麗芳無生命意志的模樣的憐愛，我想到我們頹廢地褻瀆生命，受時間和空間的擺佈，成爲生活的傀儡，受制於繁雜的情感的約束而失去了清朗和眞正快樂。何麗芳似乎在那裡等待開啓和引導，可是我沒有比她好多少，我並沒有那種自作聰明的勇氣，我已習於冷淡地對待一切，這一天中我們的結伴只是讓我們記憶些閃動的幻影，無法讓我們眞正體會感情的流注。我幾乎快睡著了，何麗芳依然站在那裡。

我睡醒時窗外有些微白的光亮，她靜靜地躺在距離我一臂之遙的另一張床鋪上，長長的身子裹著白色被單，上面加蓋著黃褐色氈子。我盯視著這寂靜的臥室，回思我醒前的種種可能情形，卻想不出她在何種時候才離開窗邊，她更沒有把窗帷拉上。隨著晨曦的降臨，從屋外的山間進來一股寂冷的氣流，它最易使人裹緊被蓋屈身沉睡，卻最易令我甦醒而思想敏銳。但我感覺著這世界一點也沒有改變，它依然美好和安寧。我不想打擾何麗芳的睡眠，輕輕而悄悄地坐起來，把雙腳無聲地移到床下，赫然看到何麗芳像受驚的木乃伊猛地彈起她僵硬的上半身體。

「我們要那麼早出發嗎？」她露出蒼白疲乏的臉色問我。

「對妳來說不必，可是我……」

「我要跟隨你走。」她的雙手舉到頭上梳髮，做出要下床的準備。

「那麼我先到吃早餐的地方等你。」我說。

我們坐在這幢樓的另一邊的優雅陽臺喝咖啡和吃麵包和水潑煎蛋，可以俯覽著整個墾丁的海濱一帶的風景。我們討論早晨出發去遊覽和拍攝的細節問題，我拿出地圖先熟悉一下貓鼻頭或鵝鑾鼻這種古怪的地名。我們先坐早班的賓館交通車到山下，再雇一部計程車帶我們到想去的各個地點。何麗芳又顯得愉快活潑，她的姿態不亞於我這個老攝影手，她頭上戴著一頂在恆春買的寬邊草帽，十足像個觀光客人，有著年輕貌美的女人的瀟灑和萬般風情，而我像是陪侍她的跟班僕人。我們像一切陽光下的自然事物般充滿快樂和忙碌。到了中午，我們順利地完成任務而安然回到賓館吃午飯。我問何麗芳是否還要一同在午後去遊歷公園的熱帶樹林，她說她不去了。

我突然感到單獨行動的輕鬆和自由。當我漫遊於陰森的樹林時，我又突然想到我離開何麗芳，惡運可能會前來襲擊她，魔鬼最喜於揭露人間內心的虛僞，它會把我和何麗芳拆散爲眞正的陌生人。黃昏前我疲乏地回到賓館，就在樓梯和何麗芳相遇，她急忙地衝下來，她立定在我面前，出奇大方把手靠在我的肩膀上，用極快速的話說道：

「我遇到一群志同道合的年輕人，我要去加入他們狂歡的行列，他們住在海濱別墅，晚上你一個人吃飯，我也不回來睡。」

她說完吻著我的臉頰後就以飛奔的步伐下樓去了。我無法形容我當時的愕然情形，但事實就是如此，我根本來不及阻止她。

我癱瘓似地走進房間，望著她留在桌上的潦草筆跡的字條，我疲倦和絕望已極，毫無多餘的心力再去想像她離開後的一切，當她和我在一起時，固然顯得十分荒謬和不可思議，而她的離去留下我一個人，我的意識仍然是一片無意義的虛無。我為藝術奮鬥十幾年，卻一直衝不破孤獨和寂寞，我早已對人事失望而否定愛，可是我內心急迫需要的還是愛。這世界唯一存在的也只有愛。當晚間新聞報導南臺灣海上颱風警報的消息時，我內心掛記的是何麗芳。我當然不能前往去尋找她回來，那是我不能隨意闖入的新的年輕世界。

夜半風聲和雨勢把我打醒，我再也不能入眠，我只能祈望何麗芳回來。我起來站在窗邊望著黑漆的室外，像前夜何麗芳為什麼而凝定眺望的一樣。我不知道站了多久，也許整夜，直到我看見後院停車場的圍牆跳進一個人影，我看到他跌倒再爬起來，朝樓下大廳的門走來。我迅速行動著，奔到樓下，打開拴牢的玻璃門讓淋溼而全身冷顫的何麗芳進來。早晨我們的車子通過墾丁門之後，就一直在路上面臨著風雨吹打的景色，我無心去詢問何麗芳昨夜的遭遇，她也無力訴說。

木鴨、沙馬蟹和牛仔的故事

第一章 木鴨

「久違了，福爾摩沙！」木村先生下飛機時充滿激動的感情這樣說。他說這句話是有淵源的，當他稍識懂事的年紀，他是隨父母親和更年小的弟弟在戰敗的那年被遣送回本國去的，而他的祖父是最初登陸佔領這個割讓的島嶼的一名威武的陸軍軍官。「我曾在這裡度過金黃色的童年時光。」木村先生的語聲裡有濃厚和被窒悶的鼻音，在他近乎偽裝的和權威的神秘感的眼鏡的陰影下，歪斜著他的倒勾型鼻梁。許多人都還曾記得：在佔領期間，日本人和臺灣人的小孩是分別在同一個學校而不同的教室上課的，因此常有打架的情事發生，而在他們等待被遣走的那段時間也有遭人痛毆的事。木村先生不喜歡臺灣大城市像東京早期現代化的那種混亂無章的模樣，陪伴他的女郎和隨侍的嚮導人員辛苦地和他跋涉風景優美的鄉村和山地。有一天他們路經一處高嶺地的樟木樹林，木村先生習慣吐出有涵養的讚美，他說：「好美啊，森林！」陪伴的人靠近他解釋說：「這樣的樹木是專用來雕刻的木材，他們供佛像的雕刻是用也用不完的，在輪序砍伐和栽植之間永遠可以保持這門廣大土地的青綠，除非……」由於這一說明，似乎觸動木村先生富於創見力的靈機。這片優美樹林的印象讓他帶回日本依然猶未忘懷。未久，他派了他的商社的一名幹員攜了一隻木鴨的造型前來，他不諱言地表示這木鴨將由日本的商社大量地轉銷給世界前進國家，供遊樂人士打靶之用以代替禁獵的水鴨。

這消息樂了沉悶多時的長腳水添，他由中盤商那裡分配到的數量就令他興奮得不能睡覺。他把先前熟識的木刻工招集過來，包括那位平時騎著一部褪了色搖擺不穩的老舊三陽八十機車的破瞳松仔，他們那一群有時工作有時玩在一起的夥伴總是嘲笑他騎車時歪頭斜眼的模樣。的確他的樣子眞夠怪，他無事時獨坐在社區後面的山丘上曬太陽，他的臉的擺向和表情，到底在看著木麻黃樹林後面的海洋還是在俯覽不斷地蓋起呆板的大樓的數里外的市鎭，有一次人家問他是否在看著兩者中的一個，他回笑說：「我從來就沒有看到什麼，我看不到那麼遠。」「那麼你到底在望什麼？」「我什麼也沒看。」幾天後，削木頭的重型機械和電動磨光機都運到社區的一幢空房子裡來了，最後他們還搬來一組四聲道音響。然後放鞭炮，開動機械，播唱歌謠音樂，一面工作一面唱歌的日子開始了。他們最起碼把鄰居的老護士吵瘋了，不是嗎？從外表看到民情純樸的鄉土氣息的景象，那些罔顧現代道德而意識型態復古的知識份子，從城市專程下鄉來看到滿街滿鄉的工作歌聲一定十分感動，只要這樣的時代又來，他們一定心滿意足，不再爲政治爭吵。在這樣歌謠聲中，經由耳膜鑽入腦中讓人產生心慌和煩躁的機械的軋軋聲響，在風涼的夏季會持續到午夜。

隨之而來而順理成章的是：工作成果告一段落的同業聯合慶功宴。餐廳的走廊和路邊排滿了折舊再貼錢買來的新形式的機車。每個人在那個場合裡都懂得表現自己的優雅風度，笑臉、親切和飲酒的豪邁，並且稱兄道弟，而完全忘掉他們平時對待鄰居的粗魯和兇霸態度。人類的瘋狂和仇恨莫此為甚，整片森林在短暫的時間被砍伐盡淨，由擾人安寧的機械製成木鴨，在域外響起了槍彈的音響。這些不知可憐的工人也吃飽飲足地用力踩動機車的馬達，然後像野馬掉頭過來朝向大馬路呼號而去，那位動作最慢的破瞳松仔也頗像巨人勇士騎在新野狼身上，在這陣車蛇的尾巴殿後。在距離社區數里的郊外公路上，突然一聲巨響的衝撞，他們其中的一部機車陷坑彈高，那個拋向前面的軀體，先是像中國功夫的翻跳，但著地滾轉後，並沒有立即站起來，卻落在粗糙破邊的排水溝裡不能動彈。

第二章　沙馬蟹

老周非常痛恨戲水的遊客在沙灘上捉沙馬蟹，他們用塑膠袋裝食物來，吃完了東西後，在退潮的海灘上追逐沙馬蟹，再用那袋子把沙馬蟹帶回去。他們可能在路途中就覺悟麻煩把那裝沙馬蟹的袋子由車窗拋到路旁，或帶回到家後玩膩了，由小孩子把沙馬蟹處死。老周動起憐憫心時就勸告那些男女和小孩不要虐待和玩弄小動物，可是他們由不得老周來干預他們的樂趣，依然我行我素地沙面上翻土挖洞，把無地藏匿的沙馬蟹捉到帶走。老周只得離開人群，孤單地在綿長的海岸邊慢跑做運動。

有一個黃昏，遊客已漸漸離去，只剩下他一人，他稍有些疲憊地坐在防波堤下的石頭堆上，淡漠地注視著這日落前海洋和沙灘的光采和寧靜。他的目光不期然地落在面前幾步遠的地方，有點意外地發現兩隻相互夥伴的有初生嬰孩拳頭大小的沙馬蟹，正豎直牠們的一對細玻璃棒似的眼睛，像監守似地朝著老周注視。這對沙馬蟹頗像兄弟或親暱的朋友姿態十分相同，但可以明顯地辨識牠們一隻是淡肉色，另一隻是背部披著紫斑。老周放眼看去，這片此時頗爲靜穆的沙灘上，不知道什麼時候，由這最前最大的兩隻領頭似的伸展成扇形狀地站滿著離洞在外的大小不一的沙馬蟹群。

太陽光給每一朵雲塊的邊緣染上凝血的色澤；沙馬蟹群像是在守候等待著集體的報仇行動。老周稍事移動他那半赤裸的身體的坐姿，用著顫抖的嘴唇發出斥喝的聲音，卻不見牠們有什麼動態。他想：「我和你們是互不相干的，你們該認清楚我才是，我不像其他的人類，我對你們有敬畏有憐憫，我們是和平的。」一片刻之後，他所有揣測的思緒消失了，把他的眼光重新遠眺浮動的海洋和天邊如天堂神殿的光耀色彩，像一個臨終而又清醒的人感想著人生的一切，迅速地對自己的功過掃思一遍，並且毅然地放棄未來的理想和希望，像一切有生命的生物一樣渴望立即實現的結論。他曾希望有神，有明顯的指導者，可是他不曾親眼目睹，他懷疑和摒拒信仰，只維繫著情緒上的小善而孤獨地自樂。想到這，突然他自怨自艾地叫著：「讓我扮演一個顯明的角色罷！讓你們得償，讓有罪的逃脫，我就代替他們獻祭給你們這不休不息的卑賤的沙馬蟹！」

說完，他再度移動著身姿，等待太陽的落下，黑暗來臨。他的一隻手從大石堆中掏出一粒夾在隙縫間的鬆動的小石，拋向前面的那兩隻狀似堅決的沙馬蟹，這沒有瞄準的小石頭竟然意外地打在那隻淡肉色的身上，牠的前端的大腳折斷了，連帶身上的一角也破碎了。而就在老周非常驚訝和聳動的同時，那隻帶紫斑的沙馬蟹卻迅速地把那殘傷的一隻咬住。沙灘上那扇狀的形勢突然混亂了，都想趨前來搶奪，但那巨無霸把牠們嚇退了，獨自把牠等待而獲得的獵物拖進了牠的沙洞裡去了。

第三章　牛仔

寒流來了，屋外的風寒使人畏懼，我從一位小學生的家裡出來，騎著機車在山道上奔馳回家。我穿著塑膠雨衣抵擋刺骨的寒風；當中午我外出時，看來天氣稍微好轉，但到夜裡卻又轉壞。我在黑夜中驅車直奔，想著能趕快回家休息，然而這條山路頗爲長遠，因此未到家之前，我的思潮迭起。首先我感覺著我現在的生活實在沒有什麼不好，我告訴自己不要奢求太過，不要常掛慮著生命是有著什麼目的而倡發的，做爲生命的個體不要惦記著什麼非凡使命，最重要的是尋求舒適和安全。我永不忘懷十多年前漫長的失業景況，生活陷於困難和憂患的日子，情形就像我在童年時父親長期的失業，他最後憂怨而死，這一切歷歷在我的記憶中不可磨滅。那時我常和朋友相聚之後回家，路上獨自思想和祈願，如果有一天我能再覓得一個能溫飽的工作，我就會安在那裡，不會輕易離開；除這個工作本身養活我和家人外，我將循自己的意願去過活，我將離群索居，也要與家人分居，只做我想做的工作，去讀書、寫作或繪畫。我不會很熱心於這個世界所發生的事，我知道我沒有足夠的能力和力量去干預它們，我更沒有才華去救世。我會遠離朋友，只求自己的安度，因爲我不求助於別人，當我在流離徬徨的日子也沒有人關懷和幫助過我。這不是報復的心理，而是一種自然的本態，我必須眞確地認識它。

我一回到獨居的地方，就覺得非常舒意和滿足，只要我離開許多人的場合，又能單獨面對著自我時，我的感覺就是這樣。我進自己的門後，在椅子上坐下來，撥電話到鎭上。我的女兒的聲音傳過來，她抱怨我爲何不回家，我說我在這裡也是家。我囑咐她轉告另兩位兄弟，明天上學一定要添加毛衣禦寒。我又撥一個電話給一家鐵工廠，我計畫在空洞的屋內架設一處半樓，需要在相對的兩面牆壁安裝三角鐵條做跨架；那邊的人說阿朝被邀請到土城宴會去了，我想既然是去喝酒，什麼時候回來就不一定，我表示改天再與他連絡。然後我撥長途電話給遠方的一個朋友，有一度他的形象和聲音在我的心靈中激盪。他並不在家，我放下電話。之後，我換上睡衣，把門窗都關好，熄掉電燈準備睡眠。

但我只是側蜷在被窩裡享受著溫暖並沒有睡去，外面的強風撼動著我的屋宇和鄰近的事物，我自己的腦幕更是無休無止地出現各種無法有結論的形物。約有一小時光景，我確信不會安穩睡去之後，我起身穿衣服，打開電燈，到廚房煮茶。我極欲飲甜茶，但冰糖昨天已用完了。冰箱裡也沒有什麼甜食，只有一點點蜂蜜留在一個玻璃瓶裡。我靜靜坐下來慢慢品嚐杯子裡的熱蜜紅茶，味道甜淡適合。我把克羅齊的美學的書本拿出來準備朗讀，以度過這段夜晚的時辰。突然我在多年前看過的一部名叫《牛仔》的電影的某段情節浮現在我眼前，我暫時放下書本，疑惑地回憶著那些影像：

一群粗野的牛仔在原野上露營。夜色寂寥，語聲無味。其中的一位牛仔發現一條游近的響尾蛇，他提起一根木棒，將那蛇從肚腹間提起，舉到另一個人的面前，使他嚇一跳。隨之有許多人互相效法玩弄那蛇來驚人。不久，那蛇被撥到掛在一位坐在馬車旁背向衆人的男子的頸背上，蛇在他的頸項間咬了一口，令他哀叫跳起來。他摔掉蛇，在驚慌中瘋狂地奔跑。後來他被人追到按倒在地面上，主人湯姆爲他開刀，想使毒液隨血流出。他靜靜躺在那裡，衆人沉默；至午夜他死了。其中有位初幹牛仔的青年按捺不住心中的憤慨，欲想痛毆那位原先挑起惡作劇的人，但主人立刻阻止他，命他和幾位同伴去挖墳埋葬死者。當所有的人圍在墳邊爲死者舉行簡單的葬禮時，主人湯姆問起是否有人會說禱告辭，但無人應聲走向前來擔任這項職務，那位新手站在一旁猶在甚感不平地瞪視著主人。最後湯姆自己站在墳頭上說道：「像這種情形，一定有人會問起這是爲何？這是誰的錯？我們不知道，因爲到最後都是公平的；有人會被牛群踩死；有人會在水中溺死；騎在馬上，也許馬失前蹄摔死。就是這樣，這有什麼好說的呢？」是的，情形就是這樣，無需再火上加油，在那挑起的人的心中已實行了懲罰，這已經夠了。

李蘭州

我從臺灣起飛在週末黃昏抵達美國舊金山時阿維在機場出口等著我，他開車沿高速公路向帕羅阿透地區駛去，到達家門他的家人和朋友都出來門口歡迎我。等我洗完澡，晚飯已在餐桌擺好。除去旅途的勞頓，我開懷暢飲著加州出產的紅葡萄酒。正當我們一面吃飯一面敘談兩地生活情事之時，門口傳來聲響走進一位外表乾淨、約處在中年到老年之間模樣的瘦條男子，像是極熟的朋友般他走近餐桌即說道：「這時刻才吃飯哪？」我抬頭和他的眼光相交，他即改口說：「原來有客人。」阿維爲我和他介紹說他名叫李蘭州。我們要邀他共飲，他旋即說他吃過了飯改天再來即走了。他平凡而悠閒的外表，我滿以爲他是臺灣來的，沒覺得有什麼好奇，即只顧飲酒吃菜，但阿維的家人卻談論他這時刻突然出現的事，爲了讓我了解，阿維說：「他不是從臺灣來的，他是我們道地的大陸同胞。他沒事總跑到這裡來，看看是否我們有需要用他的地方，或是我們打個電話給他，他會馬上趕過來的。在美國，我們中國人總是像自己的家人一樣互相照顧探望，你不覺爲奇罷？」我搖搖頭說：「不會。」阿維又說：「他幾乎每天都來的，看沒事又走了，有時連招呼都不打，他就是這樣，從不囉嗦或故意逗留打擾我們。」我信口地問道：「他沒有自己的工作嗎?」阿維說:「他現在沒做事,以前是在我服務的圖書館做搬書的雜工。」「那麼他怎樣生活呢?」「現在他過得很舒服了,租了一間大房子,再分租給其他的人。」「原來如此。」我說,以為他大概是做二房東賺錢,就沒有再問下去,結束了滿覺愉快和溫暖的晚餐。

翌日晌午阿維陪我在史坦福校園區參觀,教堂和迴廊都十分古典雅致,他引我走到內庭羅丹雕塑的兩尊銅像面前,從那雕像的姿容看來,一尊可以名為「痛苦」,另一尊可以名為「無奈」,而我們坐在草地上略事休息談話時,我又不期然地望見李蘭州在圖書館前的樹林徑道上走道。「我們要不要呼叫他過來談談呢?」我說。「不,不去管他,他有他自己的排遣;他已經習慣了,在我上班的時候常見到他到館裡來看中文報紙,或在這附近徘徊,彷彿準備著我隨時對他的使喚,叫他做事;其實並不,他看來只是有點對我的一點感恩而已;沒有和他打招呼,他並不為意的,我太清楚他了。」「為什麼?」我問道。「當然是有原因的,我替他贏了一場官司;他初來美國,不會說英文,我必須告訴他怎樣去處理他的離婚控訴。」阿維這樣說,我心裡只會意到中國人的報恩性格,而絲毫無意識去探詢人家的私事。

第三天是星期一,我和阿維家的大小擠上他們僅有的一部汽車開往舊金山市區。阿維的兩個兒女趁暑假在市區的花店打工,我要去拍攝一些風景幻燈片,阿維請假做我的義務嚮導。在花店門前停車,他們兩個下去後,我和阿維便前進做市區的遊覽。這舊金山像圖畫的世界,到處是式樣奇特的房屋、花園和樹木。我們路過唐人街,在斜坡上阿維指給我看旁邊的一處小小的公園,他說是一些年老無事的中國人在那裡聚集消磨時光的地方。我從車窗望外,似乎瞥望到那李蘭州瘦削的背影，我問阿維，他說可能就是他，也可能不是他，但不敢確信，中國人從側背看樣子都是差不多的。「他也喜歡來下棋或賭個小錢。」阿維面露惆悵，說後馬上沉默了。我們往藝術宮駛去，在它殘留的宏偉部分繞了一圈，然後繼續上路，駛過金門大橋，停在對岸的一個風雅的小海灣市鎮吃午餐。

我們相對而坐，在那街邊的小餐館裡，阿維以深沉憂悶的眼神望著我，似乎想告訴我他內心藏埋的事。對他來說，我們交往已有二十年頭，他從臺灣為了工作移居美國後，還是時有信函的來往，我們早已相熟相知了，我實在不明白他還有什麼隱事要在這偏頗之地傾吐。

「不是我，」他說：「是李蘭州。」

「噢，是那傢伙，你對他感到麻煩？」

「不是這個意思。」阿維說：「他是無害的，像你和我，我們都只生活在無可奈何的境地。我們已不可能再做出超過我們能力範圍的事。」他意有所指的說，使我想起我們年輕時的狂熱表現。

「我們何不放輕鬆容易些呢？」

「我們仍然存在著一顆跳動的心，這顆心常抱傷感。」

「你說得正是，阿維。」我說。

「我不說出來是不行的，這是我們共有的時代，無論發生在那個人身上，情形就等於發生在自己的身上一樣。」

我默默點頭贊同他的說法。我一向對別人的事是沒有多大的興趣，有些事聽來只會加重自己的負擔。阿維表示他本來也不想說它，要說早在那天晚飯李蘭州來又走了之後便說出來了。我望著阿維多愁善感的臉龐，窗外的遮陽布擋住了陽光，使他輪廓分明的深沉表情顯得格外地痛苦。他的目光先是銳利地看著我，然後低垂轉變成一種尋思的模樣，李蘭州那外表平和的樣子映現在我的腦幕。阿維說：

「他是在將要邁入老年的歲數才從中國大陸來到美國；

「他在那故鄉裡有妻有子在一個中學教書過著安定生活；

「有一天，他連做夢都沒有想到，三十多年前在內戰中和他東西分散，曾和他訂過婚的女友回來了。

「這個女人已經是美國紐約商界成功有名的經紀人；

「在她兩次婚姻失敗後，透過傳播界和政界的努力，兩次徹底在中國大陸廣大的土地上，尋找她年輕時的愛人；

「終於在蘭州找到了李蘭州。

「李蘭州獲得他的妻子和兒女的諒解，有了離婚之後他才能完全離開中國大陸前來美國；

「那位懷念最初委身相許的情人的女人，終於如願地和李蘭州結婚了。」

「但是半年之後，她把他從家門趕出去了。」

「李蘭州從東岸的紐約流落到西岸的舊金山，我們正好要一位搬書的雜工，所以等於把他收留了。

「不料在一年之後，他收到法院的一張通知書；原來那位女士在把他趕走之後，即向法院訴請和他離婚，而由於有一年的分居，這離婚案成立了，要請當事人去談條件。」

「在他那種人生地疏的情形下，我只好挺身爲他爭取應有的權利；

「那位女士在答應償付二年每月八百美元的生活費後，這個事件就告完結了。

「現在李蘭州眞的落戶在舊金山了。

「我們會了解他爲何不願再回中國大陸去的理由，就像他爲何要犧牲前來美國一樣，這種憂傷只有他一個人去承擔了。」

我離開舊金山那天，阿維有事請來李蘭州開車送我到機場，我低頭默然不敢和他說話，他似乎也明瞭而沉默不語，只有分手的那頃間互道珍重再見。

眞眞和媽媽

眞眞用手中的那串鑰匙一隻一隻試了之後才打開那道前門，被邀請者跟隨她魚貫地走進，她又旋轉右旁的黃銅門把推開那扇門，打開燈光，使屋內的陳設和寬敞都顯現出來。進門就能看到對面牆黑漆的十分光潔的壁爐，以及鄰接的整面的落地窗，拉開厚重呈米黃色的窗帷，可以面向剛剛走過的前廊和外面錦簇的花樹。地毯是這間書房的最大特色，一大片淡淡鬆軟的黃色，被邀請者在門口脫掉鞋子，像走在菊花瓣鋪成的地面。在斜對的兩面牆各靠有可供坐臥的淺棕色沙發，這樣的分開使中間的部分顯得寬坦，而一架長桌型的坐地電視機和一組錄放影機的設備就靠在最裡的那面牆壁，牆上垂掛著幾幅中國名人的字畫。

她跪在那組機器旁邊，挺美的身體避免擋住螢光幕，伸出她的頭和手操作那些按鈕。被邀請者已在那地毯或沙發上坐定，等待影像放送出來。沒有片頭字幕，當影像出現時就是一個女舞者非常樸素打扮的舞蹈，那閃亮的螢光幕出現雜亂的黑色點子，不穩定地使影像時斷時續，無法順暢和明晰地觀賞那舞者的完整表演。這時從同樣受阻的悠揚音樂中有一響屋外關車門的聲音，眞眞回頭朝被邀請者說：「媽媽回來了。」那婦人一會兒倚在門框裡睹見電視機螢幕的破碎的影像，發出異常驚訝的高音衝破室內充滿疑問的納悶的氣氛，她說：「眞眞，這是帶子不好，還是我的電視機機器有毛病？」「媽媽，我帶回來的帶子原是好的，我不知道什麼原因會這樣，媽媽。」「那麼是電視機的機器不行，我要換掉它。」

那婦人坐下來開始述說這電視機的歷史。這事已經嚷了許多次，要物色一個可以相送的人；可是這部機器依然故我擺在那裡，十五年了，好像已經有它應存的尊嚴。螢幕上的舞蹈始終是同一個女舞者的表演各邊疆地區的民族舞，她熟練的舞藝一直是演一段停一段，可是從每一個零碎接起來仍然是美好的。

「媽媽，這是妳的電視機有問題，不是我的帶子不好。」

「我這次是眞的下了決心把它換掉。」

她解釋爲何把電視機喚做機器，她說機器這一類東西是不能有毛病的，尤其在美國，誰也不能容忍機器有問題，否則這個國度根本就不能動彈。這個家庭無論什麼東西都是她和達地每人一半一半，上星期達地進醫院手術耳後的發炎，要到下星期五才出院回家。她每天都到醫院去陪達地，安排要去看他的朋友和那怕寂寞的老詩人見面說笑。她自己的豪爽笑聲也是頂出名的。她問眞眞螢幕上那跳舞的女子現在大陸的情形怎樣？眞眞幾個月前才從那裡訪問回來，她說那女舞者胖了，老了，有病，但還是很認眞賣力地教導學生。「我要她答應我進醫院檢查。她變了，媽媽，我看見都哭了。三年前在這裡的表演那麼轟動，每一個人看她跳舞都感動。」螢幕上實在看不到任何一個具有完整美好的舞，黑點和斷掉部分佔去了大半，因此決定只看那女舞者所表演的最後的一個舞。

「媽媽，聲音也不行，是妳的電視機有問題。」

「我星期一就把這機器換掉，達地不在，這次我全權主意，我已經完完全全決定了。」

那位女兒改換另一個節目帶子，想再證明帶子或機器誰有問題。

「媽媽，帶子是好的。」

「我不是說過了嗎？我已經決定了。」

但是這個帶子不久也發生類同的問題，可是那婦人要被邀請者注意每個不同的女舞者本身的美麗、服裝的標致、色彩的柔美。她們的確個個都是美女。再改換另一個帶子時，影視的情形改善了，這證明帶子是好的，機器也沒有問題。這個個大型的舞劇，那婦人說這是由最貧窮的一省排演出來的，傳述在敦煌一個波斯商人與一對父女拆散又重逢的故事。

「這些女舞者多好，眞眞，妳得都把她們請出來。」

「媽媽，我告訴妳，現在舞蹈界很難。」

「妳得去做啊！把她們全都請出來做巡迴表演。」

「媽媽，妳完全不瞭解，妳以爲我在幹什麼的，我回來後一直都在忙，她們的名單早一年就提交出去了。我跟妳說，媽媽，舞蹈界就是很難。」

那年這婦人和學舞蹈的女兒到大陸訪問時，她們看到了她們想看的藝術。駱駝也上舞臺的。

她傾著身向面前的一位被邀請者低聲說：「我很反對的，我根本不喜歡那個政權，我不贊成，我們是文學藝術的工作者，我只愛那些民族的東西。那些藝人都曾受過牢獄之苦，現在他們年紀都大了，還保有那份犧牲精神想把技藝傳下去給新一代人接棒，這點精神就能使中國不完。」當螢幕在連續不斷的清晰放映一段時間使大家都能專注觀視時，突然出現了一片灰白，非常紛雜的被摩擦的痕跡，眞眞叫了起來：

「媽媽，妳看，這是妳的機器。」

「我說過了，我已經下決心了把它換掉。這種樣子給人看是羞恥的，那麼好的藝術。」

「媽媽，我去把教育電視臺的那份完整拷貝借出來。」

「眞眞，妳都拿來，把好的都拿給我。」

「媽媽，我看他們的舞蹈受蘇俄的芭蕾影響太深了，非得把這影響完全拋掉不可。」

當中國之夜在愛城演出時，幾乎集了所有在美國的中國藝人來獻藝。那位吹笛者曾投奔自由到香港，來到紐約後開計程車，業餘組成一個樂團，爲他用洋琴伴奏的是他的妻子。跳泰族舞的、朝鮮舞的、新疆舞的都是爲藝術犧牲沒有結婚的中國美女。那跳大鵬舞的割掉了乳癌，她的最後旅程是到西藏去，在她有生之年收集和保存民族的藝術。這個演出是眞眞一手籌畫的，包括她自己編的現代舞，達地最喜歡最後的接手的結尾。當所有當夜的藝人最後集合在舞臺上高唱〈滿江紅〉時，全體觀衆都起立鼓掌不停，映像上可以看到戴眼鏡坐在前排的文學院教授和音樂舞蹈系主任，在愛城的中國留學生和住民都在樓上座位激動的用手拍桌板。眞眞唱到中途就哭了，這是愛城從未有的盛況，所有的中國人都哭了。

克里辛娜

我感覺克里辛娜的晶亮目光已經注意我良久。當我走近去在圍繞的人群中觀看三個穿黃袍理光頭的洋和尚坐在草地上宣講吟唱，攤在地面的布巾擺著人獸合體、像貎半面人半面狐狸的照片：他們中的一位戴著墨綠的太陽鏡，削尖的鼻梁中央貼著箭形米色的小紙片。他們都是怪樣的傢伙，光頭後面還留著蛇卷的小辮子。右旁的一位手搖著風琴風箱，另一手按著琴鍵，口中微弱地吟著幽悠的歌詞：「HARE KRISENA HARE KRISENA HARE KRISENA MANA MANA……」；坐在中間粗壯的一位用他鋼筋般的手指打著甘藍鼓，在節奏上有時用手心尾關節的凸肉擦鼓皮，發出人皮與獸皮相撫擦的嗤嗤乾渴的聲音；左旁的一位五官皺縮露出細迷的眼光，敲打舉在胸前半空的銅鈴。他們說的是什麼，喝的是什麼，我不知道。這些在古代的東方可能十分平常的姿態和歌音卻引起現代人的好奇。有人走開有人又圍過來，在老市政廳大樓前的廣場草場上，我搭公車坐過了頭，正要從這裡抄路到河屋餐室去喝茶。我觀望了幾分鐘正要抽身抽開時，才瞥望到斜側面眾多的彩色眼睛中僅有的一對像鳥禽般眨閃的黑色眸子。

我眞的不能忘懷我和克里辛娜最初的交視互相疑問關懷對方也需受到了解的混合意涵。當我坐在河屋餐室再見到她時，她在兩根白色撐頂的方柱之間向我飄然走來，我看清楚她是那麼瘦小，卻有整齊標致和異外清朗的神色，她的長裙和外套就像完整的美好的身羽，無聲地搖動且輕盈地由遠而近的移來。

「你是劉先生嗎？你大概就是那位在國內毀譽參半的作家？」她的語言如此自然和馨純。

「妳怎麼會知道？」我皺著眉頭抬眼看她。

「我是會從你那孤傲的樣子看出來的啊；你在衆人中是極易辨識的，不是嗎？我早就聽人說你要來。」

我無可奈何地聳動我的肩膀，並且站起來請她坐下。但是她堅不道出自己的眞名，她的理由是：「生活在這裡，這裡的中國女孩都會有一個外國名字，這就夠了。」但我還是不敢確信這就是她在這裡的外國名字，因爲熟悉的剛才那洋和尙的悲惘吟聲還留在我的耳膜鳴響著，恐怕這也是她的靈感的來源。我和克里辛娜就這樣坐在河屋面對交談，似永不終止。有一個多月的時間，每天下午四點鐘當她做完了研究下課，總是像第一次那樣如雲飄來，我也感覺著每一次都像是最初的邂逅那樣喜悅愉快。我想像中克里辛娜是虛幻的影像，但她卻是毫無疑問的眞實可觸。「在這裡的中國留學生都很辛苦，每個人都要打一個或兩個工來維持生活。」克里辛娜說。

「每到秋天我都要爲更冷的冬天擔憂；我已經決定要走，我不能在此一年一年的受凍。」我注視她清麗的臉。她的薄唇細齒，秀巧的鼻子，明亮眨閃的眼睛，以及剪齊分邊的頭髮都令我想像她是一隻天堂中的鳥；她似乎飛落人間遭受折難。她表示已經數度回回返返飛渡重洋。「每次我和他相見，他總是說要我等他。」克里辛娜這樣說。

「劉先生，」她始終這樣稱呼我。「這要我等到何年何月呢？我們最後一次去北國，在那僅僅的一個星期裡，我感覺那就是我唯一的蜜月。可是分開後，他音信杳無。」

我們破例離開河屋餐室，在這對我而言完全陌生的愛城，我不知道克里辛娜要領我走向那裡。

「我不知你，劉先生，但我也完全知道你。」

每走一段路就會讓人舉頭驚訝地看到住宅前庭院的高大樹木中有那麼一棵在別的還只是由綠轉黃的時候就已經迫不及待地完全像焚燒一樣地赤紅了。克里辛娜幾乎熟知這裡的所有每一棵樹在四季中的情態；她指著前面路口轉彎在一幢白屋的窗前有一株是從不改變全年呈現葉黃。

「我要走是因爲我已經又有了韋伯，他像天使一樣純潔，我只能愛這種人，我看了過多花蝴蝶。」

我聽到這種話滿心沉重，她轉頭觀察我，臉上掛著調侃的笑容，她隨即說道：

「我們是朋友，幾天或永遠都可由你選擇。」

我們走過一幢一幢樣式都不同的住屋，可是又會感覺它們的趣味都是相同的。我第一次從遙遠的東方來西方，我一直還未有清楚的意識感覺我是身在一個眞實的國度。我無比驚奇感嘆這新世界的土地。尤其克里辛娜的話使我不能完全了解她的含意。

「我帶你來我的屋子是要你讀我寫的詩。」克里辛娜露出懇切的表情說：「我還會做幾樣小茶。你喜歡嗎？劉先生。」

我坐在燈光昏黃的溫暖客廳沙發裡，望著窗外秋天黃昏的寥寞荒涼。克里辛娜從臥室走來，遞給我一本精美的詩冊。我抬頭看她，她站在我身旁俯視我，我們融合在一種相知的愉悅之中。我伸臂圍摟她靠近，她讓我的頭貼在她胸腹的柔軟衣裳，我感覺她的手在我的頭髮上，再緩緩移動到我的赤裸的後頸，撫過耳朵，停留在我的面頰上。我剝解她的衣領，使她瘦盈光滑的肩骨裸袒在灰暗的空氣中時，我的心怦動驚懼，可以看出她那分外清醒的靈魂駐守在薄脆的骨肉裡，一如那被拔羽的鳥。我放學回家時走向那位蹲在大圳溝旁殺鴿篤信基督的老婦人，我立在她的背側，和她的孫子站在一起，注視她皺硬的大手快速有力地一根一根拔掉那鳥的翅羽。那鳥知命般地在那手掌中震顫且睜著圓亮的眼光注視我。那老婦幾乎一簇一簇地褪除那些腹部間柔綿的細毛，頃刻間那由頸部到全身赤裸的肌膚，在陰暗冷涼的空氣中發抖，由白轉紅，再轉青藍。那些美麗的尾羽拔出那鳥的尾椎後丟進溝裡任水流帶走。去掉身羽的鳥並沒有多少肉，但自然給它勻稱奇妙的形體。從那開始至成年當兵時，我拒絕吃肉。當學校的老師強迫我脫掉衣服量體重時，我就遲疑睜著眼看他，他不了解就罵我說：「你這瘦又孤僻的壞學生。」他們總給我的品行丙等，即使我學業成績好，亦得不到獎學金。那鳥，我童年的寂寞心靈，還有現在的克里辛娜，恆受這人間的苦劫。

我從河屋餐室出來沿河畔的路徑散步想回五月花公寓，我看寒流中的柳樹是如此淒涼，使我想念感冒的克里辛娜沒有出來和我一起喝茶。走到橋頭十字路口時有人從停止的汽車窗裡向我招手，示意要我進去，於是我無主見地坐上車到了他的家裡。那家庭裡已經聚集了許多人，豐美的餐食和酒與我內心惦念克里辛娜的情緒纏絆交混。一位高秀的女生唱了幾首中國歌；我憶起克里辛娜談到她有這樣的一個親密朋友；我不敢確信但我也壓抑不住心裡的衝動，直問那女生有關克里辛娜的事。那女生支吾難以作答，訝異不高興地瞪我一眼。翌日午後，我又見到克里辛娜，她怒然對我說：

「你怎麼可以這樣？在這個異國生活的中國人社交裡，是從不會有人像你一樣天眞無禮地問起別人的事，尤其在不相干不屬圈內的人之中。你的無知傷害到我的尊嚴，像你這樣容易飲醉誤事的人，是應該受到懲罰的。我知道你是不懂規矩，她向我說到你昨夜的浪態時，我還爲你祖護，原諒你的出錯。」我滿懷羞愧向克里辛娜道歉。我沉默良久，感覺一切已經緣盡。可是當她送我到屋門前要告別時，克里辛娜叮嚀我說：

「務必再來，直到有一天韋伯來帶我，或你必須離開這裡回國，我們是相屬在這裡的朋友。」我點頭稱諾。我沿著落滿枯葉的人行道走開，我心裡悔恨交加，事實上我已無顏再見克里辛娜，就像我後來再無膽量去觀看那老婦繼續逐日在大圳溝旁殺鴿。我內心愈愛克里辛娜，愈無勇氣去面對她那自然表露的內在的寬容精神；在她那楚楚的軀體卻保有自然賦予她的清麗美好。我的腳走開，無論如何不會重踏回那條自憐延展出來的路，在這自然的事物中，我注目憐憫，反受到悲憫，**HARE KRISENA**。

行過最後一個秋季

你豈知我非但要在今日的時空下與你爲友，我要今生今世，乃至於生生世世與你爲友。你我相識是緣分。

我感覺整個愛城，你我曾是相親的人，獨你了解我的任性與情緒的來由，這些日子，得你相伴，不知解我多少抑鬱和委屈，想自己終於有個親人，千里迢迢地來伴我，行過最後一個秋季。

第一部

一

我們在喬奇街下車步行到小鷹店買東西。在愛城，實在沒有什麼新奇事物，文化活動太少，不怎麼夠水準，冬天太冷，夏天太熱；今年更是怪，年初時又冷又雨，比往常延長，然後脫掉冬裝就是夏天，氣溫上升百度以上，到現在還這麼熱，我想今冬會很壞，因爲去年冬天特別暖和，今年說不定會來幾次大風雪。

我住得煩透了，時間也滿長的，十二月學期結束我就要前往西部去，艾迪在那裡。我打算離開。這幾袋東西足夠你吃十天到半個月。就在這車亭等車進城去，只有這樣，這裡不是臺北有隨時叫到的計程車，你總要習慣它。在這裡你是沒辦法的，我們坐在草地上等巴士，亭子裡太熱，袋子裡的東西有些食物容易壞掉。我初來時也不習慣，但生活環境不同，我現在已經習以爲常了。

這個進城的車要四角錢，你準備一個兩角半的，一個一角的，再一個五分錢的。這些美國硬幣看起來美麗，用起來頗麻煩。車來了，你肚子餓，我帶你去一家我常去的店吃午餐，那裡有湯有夾肉的麵包。我也喜歡店裡的冰淇淋。我們把東西暫時寄在店裡，我帶你到一家韓國人開的雜貨店，那裡有好米和中國人喜歡吃的麵條。我們抱這些東西過街去，在那個超級市場前的車站坐車回你住的公寓。這就是你開始的生活，亦是我初來時開始的生活樣式。

二

我並不怎麼太想臺灣，我在那裡的事都結束了，我只是想想那裡的朋友。八〇年我回去的時候住在臺中，我的一位朋友知道我一個人，要我住在她的隔壁，我每天都到他們家吃飯。有時朋友來，我也做菜給他們吃。當然是特別的菜。我並不隨便做菜請別人，除非他們懂得，否則隨便到攤子吃就好了，要是他們隨便吃就可以了。

我好想吃海鮮，我第一次回臺灣時在飛機上就在想，下飛機後馬上奔到圓環去吃炒鱔糊。第二次我回去時口味就清淡多了。後來我喜歡吃絲瓜。德州的朋友說，你到德州來住，帶絲瓜種子來，我爲你種絲瓜。前天他還打電話過來，我說今年吃不到絲瓜了。在愛城，根本吃不到新鮮的東西，想燒個滑水都不能。餐館的價錢又貴又難吃，隨便的一個菜最少要五六塊，而且不是道地的中國菜。我眞想趕快離開去西岸。

三

在愛城，我沒有很多朋友，但也有幾個。我是有北方人的性格。我不喜歡拐彎抹角，那太累，我沒有時間去猜測這猜測那，艾迪就是迷我這一點。在愛城的中國男孩子，我是看不起的，他們太小心眼，以爲我們女生處處在利用他們。我是眞的不想交這種不長眼的男孩子。你說你第一次看我的印象就是那樣？那你錯了。我不那樣，我是滿樂觀的，我需要生活的情趣。有時，我到城裡來參加他們週末的舞會，在這裡你可以看到頭髮很怪的人，兩旁理掉，只剩下中央的一條。也有染顏色的，譬如我的一位朋友，她把她的頭髮染成紫色。這就是龐克，是另一種新起的文化活動，與以前西岸的嬉皮相極端。我常去吃冰淇淋的那家店，那個留鬍鬚的年輕男子，是龐克的同性戀者，他在大學修過藝術，有詩人、音樂家的氣質，可惜個子矮了一點。

四

我今天去城裡，但回來得很早。明天我也得出去，但我不要中午出去。如果我中午出去，再回來黃昏又出去，如此兩趟是太累了。我在午後出去，我得去家教，給一個美國青年教中文。我知道你說的那個地方。它叫阿瑪娜，是一個德國人後裔的社區，在一百多年前形成時就是一個自給自足的小社會。但那種社會主義的理想現在都變質了，人類的那些原先想得好好的東西到後來都如此，沒什麼好惋惜的。

是的，今天的天氣變了，說變就變，我正在看的是《西遊記》，所以這句話一滑口就說出來。今天的街道上人們都穿上了毛線衣和外套，的確是涼了。我們家從小就說著北方話，我的祖母是北平人，我們說的是規規矩矩的國語，不是耍嘴皮那樣聽不清楚。

你說的那個外國人我在臺北見過他，一定就是他，他的詩寫得眞不好，還有點勢利眼。去年我帶一對詩人夫婦去旅行，到俄勒岡去看阿虹，宋開車，到了那裡，阿虹夫婦非常喜悅我們去，做了許多好菜請我們吃。今年也可以再去，但不知道宋能不能再爲我們開車，到時候再看罷。我的那位女教授非常Moody，她一直認爲中國人不能幹翻譯，但是她的中文也不是很好，在上課時常常出錯，我們幾個學生就商量，在回答問題上也故意寫錯幾個字，不是不知道正確的答案，實在不願意讓她知道我們的中文比她強，讓她有點自尊心。她離過婚，又和男朋友鬧意見，所以就更情緒化。可是我想來想去，還是要請她做我的論文的指導教授，沒有請她更傷害她的自尊。

五

每年美國詩的朗誦會是節目的開場戲，都是那四個人，二流詩人；不過在美國要當二流詩人也不容易。其中的一位，個子較矮留著鬍子的是這裡的教授，我和他有點熟，每次遇見我，他就叫我「飛行的羽毛」。他是有點風趣，學期開始，要是看到班上有很多漂亮的女生，他就特別的來勁。我認爲這是男人的最大弱點。他會追求女生，滿好色的，但也不要以爲會怎麼樣，見怪不怪。他的詩寫得很抒情，他總會回到他的妻子那邊去低鳴的。我一直認爲男女之間是可以有友誼的，友誼可以保持長遠，而且比愛情高潔和雋永。

六

你說在辛辛那堤聽的那戲——亞瑟王的故事，我以爲是圓桌武士的那一段。關於他被囚禁在塔裡的那一段是後面的部分。他的妻子愛上了他手下的一名武士，他們私奔，但被捉到了，要處刑。亞瑟和那位武士原是很好的朋友。我在紐約看的是李察波頓演的，據說他已經在加拿大演了有一整年，他疲倦了，又老了，臺辭都忘記了。現在我寧可看李察哈理斯唱不看李察波頓。

我帶你去吃午飯，城裡有一個店做得很家常，好吃又便宜。另外還有一家，也不錯，但不比那家好。我知道他們什麼時候開門，什麼時候不開門。我們從傑佛遜街過去。對街也有一家店，有一天我打從那裡經過，看到一個熟面孔，原來是我的一位朋友在裡面工作，從窗戶看進去，他正在切麵，我進去，就在裡面吃了一盤麵。在愛城，學生在暑假都是這樣打工賺錢來讀書的。

七

昨夜我感冒發燒了。謝謝你，不用了，房東已經拿藥給我服下了。喉嚨是有點沙啞，因爲它痛。眞的嗎？噢是的，我寫的少。我今天還要去上課，一個星期只有這堂課，不能不去。不用急了，過幾天再說。

我今年已經三十多歲了，艾迪才二十七歲，他很好，自己到加州去闖天下。我本來以爲夏天可以畢業，可是論文沒寫好，現在又發現要再修幾門課，要延到秋天後才畢業。我以前的那個丈夫就不是這個樣，我什麼事都替他弄得好好的。我們離婚後，我一直不讓爸媽知道，我媽知道沒關係，但不能給爸爸知道；起初他們反對我的這個婚姻，我帶他回去，他們反而喜歡他。我寫信給我的嫂嫂，要她只告訴媽，但我哥哥和嫂嫂瞞住了，他們說不能刺激老人家。我媽最疼我，假如兩老有一天要去的話，我希望爸爸先走，然後接媽過來和我一起住。我們家教是相當嚴的，在臺灣讀書時，爸說男的不許交女朋友，女的不能交男朋友。我運氣最壞了，學校在臺中，家也在臺中，要和爸媽一起住，晚上我要出去都要藉最正當的理由才能外出，十點以前必定回家。我是我們家最有叛逆性的孩子，媽知道這一點，一直護我。我爸媽在重慶結婚時年紀都相當大了，爸以前就有一位太太，只生了一個女兒，現在在大陸，他是以無後爲由再娶的。我媽以前也跟一個表哥訂過婚，但他是共產黨，我媽堅持不跟他結婚。將來我還要帶艾迪回去給他們兩老看，我就是希望趕快結束學業去加州。我是有點煩了，這裡實在不很好，城太小，沒有情趣，我要到加州去和艾迪一起重闖我們的天下。

八

下了雨，路太遠，我不去了。我的感冒還未好，喉嚨還在痛。昨天我去聽課了，老師也去。他們問我關於你論文翻譯的事，我向老師說我以爲今年會請外人，像去年一樣，所以我原先就沒有答應，現在決定不請外人，我就答應下來。他們說那麼就把你交給我了。是的，會很有趣，一個人做一樣菜，但是我眞的不能。不行的，宋又不是你使喚的，他是聽老師使喚，未必會開車接我。什麼?他們夫婦，我和他們夫婦是沒話說的，你也看出來了，你還滿銳眼的。他們夫婦常常請愛城的中國人吃飯，從來也沒有請過我。他們是很不厚道的人，左得厲害。心眼小，不厚道，還算是人嗎?我的狗下來了，牠聽到我說話就從樓上下來。那個外國人嗎?我不是說過他勢利眼得要命?因爲在愛城沒有其他人，所以找你喝酒。當年他來臺灣留學，和一些人在一起，後來拿到博士學位，就看不起他們了。他以爲自己教大學，我在臺灣也教大學，有什麼好神氣的;詩寫不好，我都比他寫得好;做人也不厚道，一個大俗人，又好酒又好色，俗不可耐。雨紛紛的飛，外面也涼，我怕又著涼，今天不出去了。

九

我已經起床了。不要，眞的不需要。路很遠，你來我還要招呼你，很麻煩。我今天也不進城。我不喜歡吃藥，今天好像好一些;眞的，我不需要。我是那天晚上去看電影，涼了氣管，感冒是後二天得的。我不要你跑來，你也不很能走路，告訴你地址，你也不會找到，如果我死了，你就回臺灣給我報個信。

十

你現在才知道我難請啊！我病得這個樣子，你還要我出去。那藥也不眞的好，大陸那邊的都是赤腳醫生。我本來今天想出去買藥，但那家藥房星期天不開門。我眞的不要出門去，我應該在家休養，每次病總要拖它一個月，以前小時在家的時候，就是這個樣子。你去看電影，我在家看電視。那個人沒有來找你喝酒呀？你明白出去好麻煩，還要換衣服，昨天你已經看到了，咳嗽得那麼厲害，你還要我出去。穿衣服多麻煩啊，這樣一趟出去，回來不知又要病得怎麼樣。我答應你，明天我會想要出去。

十一

我今天去辦了些事，事情眞的好多。你的論文的最末那一段我覺得不能要，或修改它；我告訴你，它會使老師產生敏感，她很重視這個。雖然她是我的老師，但是我告訴你這一點，她會很不愉快的。以前老師對我滿好的，我把她當媽媽看待，她每次遇到我，總是說我越來越漂亮。其實漂亮有什麼用，她稱讚我的作品幾句我倒覺得更安慰，可是她不會，她沒有時間去深入看，她自己寫的都是那些有關政治的事情，無法從純文藝的立場去看。你說把它去掉，不要再加了嗎？

我還要考慮翻譯的問題。我還有些事，我恐怕還要再修些學分；上次我申請要他們承認那七個學分，我再修六個學分；現在還要再修三個學分，不過我可以論文抵掉這三個學分。這個學期我是要寫論文的，結束了學業趕快走。以前阿虹在這裡，還有個朋友，現在她走了，我寂寞多了，我得趕快離開愛城。你知道，我是運氣不好才會這樣。我當然把你視爲朋友。

十二

我聽說了，你在那裡也唱也跳的。玲玲和我是沒有緣的，我和她談不進入，她不會喜歡我。阿虹在的時候她說過，那邊像個馬戲團，老師是班主，她喜歡熱鬧，還有她的笑聲。她不深的，她只是那麼一點寫實。跟她交談總不能談深。去年我在那裡，我知道，阿官他不在乎，老師叫他唱，他就唱，他也無所謂；但阿京就不一樣，她人直，她有時寧可待在家裡，稱病不去應酬，我可以和她在家裡談。

我的學業是個麻煩，還要加修三個學分。她雖是我的老師，但到時候那個很情緒的女教授又會和她鬧情緒，倒楣的可是我。我是滿煩的，也沒有辦法，要看他們肯不肯給我註冊，我還要跟他們去談這件事。談起老師，他也是滿可憐的，我想我大概大陸那邊也吃不開，當初他是跟隨美國政治的方向要去靠攏，現在他在那裡恐怕也有一些困難，所以現在又想回臺灣。這是這個時代在美國的中國知識份子的大通病，吃回頭草。你說這個不可厚非嗎？他要康給臺灣寫信，但康是個聰明人，這次他特別邀請康過來，恐怕是爲了這個事。張也告訴過我，要他表態。一個作家總是需要讀者，像他邀范來愛城，這是很明顯的，因爲范在香港出版他的書。那本書完全是他對臺灣的記恨，據說他要楊寫序，楊沒答應，所以和楊的關係搞得很壞。白似乎寫過一篇介紹，也很勉強。楊還是有慧眼的，他當然很傲。劉算什麼學者，他寫的東西淅里垮拉，不像個東西。黃也是，過去我的印象是他很憂鬱，大概與愛情有關；他離婚，以前的太太是法國人；他一直工作都不安定，現在可能好多了。對的，明天我要去上工，我下午給你電話，去看德國電影《錫鼓》回家是有問題，走一段路才有計程車。

十三

我今天沒有出去，早上我看天氣有點陰，像下雨的樣子，我怕感冒又壞了。我在吃維他命C，是高單位的，不是醫生開的，是一般感冒的時候吃的。要是感冒了就趕快吃高單位的維他命C，很有效的。是，下午天氣又好了，現在是三點鐘，我不想出去了，我想留在家裡做點正經事。要是我現在出去，整個晚上就報銷了，只能看點輕鬆的東西。我現要翻那論文，大概兩個鐘頭，然後再看點書。那個德國電影不錯的，我也許已經在以前看過了，我記不得，學校常有好看的片子。眞的，我實在不要出去，走路太遠。是，你當然去看，我還是留在家裡的好。

十四

要不是宋在銀行碰到我，我那裡有這個神通知道你在學院大樓。你得陪我先到醫院去，我沒想到這個感冒會拖那麼久，怕找醫生最後還是要找醫生。你看這麼多人，都是感冒的。你在這裡等我。醫生聽我的肺部，他說我的肺部很清朗沒什麼，開了藥方，在這兩種藥中選擇一種，如果沒有好，一個星期之後再去，他要替我照肺部的X光，怕轉爲肺炎。我比較喜歡中醫，在愛城有個女中醫，她會針灸，但我這個病不能用針灸。

不行的，現在吃藥會愛睏的，還要辦事，回家去再吃。我要熱紅茶，沒有蘋果派，有一種特別的糕是用紅蘿蔔做的。這個命運該怎麼翻呢？是living或future？如帶有前景的意思就用future好了。昨天註了冊，那個文學院長實在不是個好人，在愛城，壞人太多了，我必須趕快修完趕快走。你看那位女侍是個美女，樣子像北歐的女孩，身材姿態都是不一樣，不像這裡的大部份女生，都來自農家，打了扮還是覺得粗俗氣；她們的穿著都很隨便，平常穿條褲子，配上一件好一點的襯衫，那就是盛妝了。

當我還在華岡上學的時候，加入了詩社，有個詩人年紀滿大的了，常邀我一起去喝茶談時，後來我才感覺他對我有那麼個意思，但我那時並沒覺得奇怪，只把他當長輩看，而且我也有一個男朋友，他知道我有男朋友時，就表示很遺憾。有一次，我去參加文藝營，有人就對我說他最近在買家具，好像準備結婚，問我知道不知道。實在好無聊，眞要把人送作堆的樣子，想到這眞沒道理，年齡相差這麼大。當時莫也和我很好，他的詩寫得好，我的詩風和他比較接近，我來美國後還有信來往，有一次來信就說聽說我離婚了，責備我怎麼連他這個朋友也不通告一聲呢？信上還希望我再找到新的愛情，祝我未來前途幸福。另一位過氣的詩人相當好色，他是什麼女人都要，這是沒水準的，這已經全是慾了。你想一個女孩子遇到這種的男人，該對自己怎麼想呢？這不是沒有分別了嗎？這種男人說實在就是髒，是不能接近的，說不定他在和你見面之前已經染了一身污穢了。

我現在比較喜歡外國男人，我說過在愛城，中國男人是大不大，小不小，不成熟，目光如豆，既小氣又不能談深。我現在不能肯定會去西岸參加你在史坦福大學的座談會，我去的話算什麼人呢？我當然喜歡認識那裡的人，艾迪要回來，再把家搬過去，事情很多，到了西岸的話，實在也需要有些朋友。你說凡是你的朋友就是羅的朋友，我想他對你了解很深，我一定要認識他。六時四十五分的車坐不到就得等七時四十五分的，車子是走了，我們去吃個晚飯還來得及。在愛城，有一家羊肉餅店，羊肉是特別處理的，但等車的那個地方，也有家烤洋芋店，聽說不錯，我沒去過。我們去烤洋芋店，我也覺得吃羊肉恐怕對我的感冒不好。好，滿好的，很對胃口，做得很溫和可口，這湯也不錯。時間來得及的，但車子似乎要來了。

十五

一點半我和那位情緒的女教授有約，你可以去河屋吃飯等我。我當然要，我自己來，你不用管我；自從感冒，我一直喝這種茶。藥有點效，吃一個禮拜看。現在在流行德國麻疹，印地安那那邊有人感染，愛城也宣佈要預防，明年春季班註冊時就要繳預防證明才能入學，但那時我已經走了，不關我的事，不過我看我也去打預防針。

我給你看看這些壞詩，〈空〉譯成英文empty，就等於什麼也沒有了。老師說這有佛教的哲理。你知道，只要她在，她是老師，我就不去爭辯。老師問他：你說說張生和鶯鶯的故事，他居然連這個都不知道。於是，老師就要我去說。胡詩嗎？我不喜歡他的詩，因為太傷感流於濫情。我覺得一個好的詩人應有某種自覺，而不應一再耽溺於某種感傷情緒之中。如果那種詩只是早期作品，中期、後期有不同的層次與深度，那種感傷是可以原宥的。可是他這三十年來，一無進步，令人懷疑他心智的成長。你說我的散文還比詩寫得好？我近來在反省自己對胡詩的看法。我將他和狄金遜相比，狄在近代美國詩壇上地位很高，我想等我時間空了一點，要重讀狄詩再與胡相比較。狄用很多抽象的名詞處理抽象的意象（死亡、愛情之類），我本人不贊成用空泛的抽象名詞寫詩。我不知道是我的主觀，還是狄詩太好，我卻無法看見他的好。我在想自己的詩觀是否準確抓住了詩的主流？我也在想或許多少年後，狄氏不會那麼重要。我自知主觀很強，但在讀詩上，我強迫自己客觀且寬容，不是寬容壞詩，而是寬容各門各派。

十六

你明天下午有沒有空？我有些問題要問你，我現在還在搞你那個東西，宋在催我，但有些地方我不太明白它的意思是不能翻的，翻成英文必須是明確的。

今天啊！今天是什麼日子？星期天，我那能出去呢？我四點鐘就在河屋等你。四點鐘的時候，我先和凱茜我的同學談一個問題，談完了，你來時我們就進行這個。我給你介紹，這是我的翻譯同伴凱茜，她會中文，我們合作翻譯中國古詩詞。

十七

你今天怎麼這麼早來？我要去書店買書。你的皮包很好看，我喜歡這個樣式的。學校的這家書店都是教授開的書單訂購的。你的皮包要寄留在櫃台，不准帶進去，有沒有錢在皮包裡？我每次都找不到我要的書。這本書不錯，唐宋四詩人，李白、杜甫、蘇軾、李賀。大概是這一本，改由別一家出版，這封面很清，我喜歡這樣。另一本找不到。我到訂購的地方去問問看。他說要四個星期書才到，到那時我的論文已經寫完了。我想可以請人在別處買，或到圖書館借。價錢我可以查出來的。是啊，感冒還沒完全好呢，明天得再去醫院。我現在那有時間住院，醫生要宣佈我是肺炎的話，也沒有時間啊？不，在愛城住院不會很長的，我的房東做開心接管手術，一個星期就回家了。我約會的人從來就不會遲到的，怎麼今天遲到了。

嗨，愛洛遜，你們見過面，不是她，另一位。再見。愛洛遜是個不錯的女人，二十九歲了，但她的運氣眞不好。我告訴你，這位愛洛遜剛提出離婚控訴，她的先生是伊朗人，在加拿大的一家石油公司做事，年薪兩萬，非常不錯的待遇。但愛洛遜在那邊找不到工作，回到愛城來修地質的學分；可是她來了以後，她的先生就不肯寄錢給她；她剛開始還向我借錢，我們同住了兩個星期，成了很好的朋友。我最怕的是遇到中東地區的男人，像愛洛遜的丈夫實在有點心狠手辣。

十八

這個「近代」翻成few year好嗎？好，直翻resently generation。這個「想法」呢？idea如何？什麼？一種思考的途徑，跟心沒有關係。就像我們常這樣說：「你想到那裡去了？」不是「思想」這種嚴重的東西，是膚淺的不很負責任的那個意思。斯賓格勒是德國人的名字；我不知道，我沒看過那本書。什麼「沒落」，是「殞落」。好，我去看，算我忽略了。我知道你的意思。

傑美，你今天怎麼那麼空閒？你的論文怎麼樣了？我也想到圖書館去用電腦打。我沒有時間了，用電腦比較快，我知道怎麼用。請人用打字機打要花一筆錢，自己打當然更好，但需要一部好打字機。我的時間不夠，只好把資料都輸入電腦，再由它整理出來，要拷貝幾份都可以。傑美，你知道嗎？菲菲到柏克萊去了。

今天早上我看到許多部警車，昨夜城裡發生了命案。我還不知道是怎麼一回事。你學過哲學，應該知道齊克果，這個名字怎麼拼？KIERKEG WARED。這句話搞不好恐怕已經二次翻三次翻了。荷蘭有自己的語言，翻成法文再翻成英文，再翻成中文。哲學上的用字怎麼可用「好處」這兩個字；「朋友」的意涵也不止是指周圍的幾個人。天氣變了，我會著涼。現在幾點了？我的車跑掉了，還要等一個鐘頭。叫一部計程車去，城裡只有四家中國餐館，去那一家？司機也不知道城裡命案是到底怎麼回事。前面那一家就是「燕京飯店」。這裡的規矩是他們帶你進去。吃海鮮好。那裡是「大蝦牛肉片」、「雙菇蟹肉」？素菜在那裡？這裡是「紅燒豆腐」，「三鮮湯」好了。沒有銀絲捲。我不能喝酒，你自己叫。先喝湯就吃不下菜了。我自己還能做幾樣菜。每次我回家，嫂嫂就很高興，都由我下廚。我告訴她這個怎麼做，那個怎麼做；我的意思當然是我出國了，以後家裡的團聚，就由她下廚做去。我有一次做菜請克廉，我做了麻油雞。是嗎？搞不好他們也有一手。輝有氣質。我最不喜歡大謙。有一次，我和一些人要去吃飯，大謙突然跑出來，他要跟我們去，我不高興，克廉說他如搗蛋，他來擋。你說我有氣質？你知道嗎？媽媽生我的時候，她在夢中見到有黃緞纏著她的身體，醒來時就生下我。我好像是天上的什麼被貶下來受劫難的。是的，我不知道。會的，我能，我能捉住男人。我告訴你，我喜歡艾迪的純，我和他兩個人像是不食人間煙火的。我和艾迪相遇是在這愛城的戲院。我和菲菲在一起，戲院人很多，我們的前面只剩下一個空位；艾迪進來，到處找位置，他看到我，我們的眼光相遇像電光閃擊了一下。菲菲和他打招呼，他們一起同修過音樂課，她介紹說這是艾迪，是電子音樂和繪畫的學生。他不斷地回頭來看我，轉頭去又看看菲菲。艾迪的頭髮長到腰齊，留了十四年他說。我們認識的第三天，我就帶他把頭髮剪短了；他說沒有人認識他了。

十九

嗨，對，我剛在打電話，我要打電話給愛洛遜，她不在，我想問她情形怎樣了。噢，你原來在河屋遇到她。愛洛遜是肯塔基人，南方的口音很重。她很不錯。她說什麼？稱讚我？是的，是那個意思。什麼？你也滿多情的嘛。這還得了，遇到誰就喜歡誰，像她這樣遭遇的女子多得是。

她的年紀比較大，比較懂事。她不止做兩件工作，恐怕三份工作都有呢。你同情喜歡她，她不會接受的。我知道你的意思。我在調侃你，像那個大鬍子詩人，他遇到我就說wonderful lady，他想追我，我告訴你這種多情是男人的弱點。那天我就是在點你。我知道你知道啊。你也喜歡我，愛我，但我告訴過你，做朋友較能長遠。不可能的，不必假定，我想我們不會。克廉喝酒的時候也說他愛我，喜歡我；事後他說他是喝醉酒。你也喝酒？我坦白說，我心中只有一個，當我說我的朋友時就是指他。不是現在的艾迪，也不是我的前夫。我和他邂逅時，他已經結婚了，他要我等他。他告訴我假如他把我帶回家，他的母親是不會接受我這個女子的，她看到我一定說我的兒子的半條命在你這個女子身上。他是單一的兒子，上面有四位姐姐，所以這個媽媽的佔有慾是很強的。他當然孝順，但他是我心中最愛的人，我就是要氣他才和我的前夫結婚。那時他每天到我家來，說他非常愛我，他說我等我的男友要等到什麼時候呢？他說你試試我好了。最後他就坐在門口階級上賴著不走，除非我答應和他結婚。可是我後來漸漸知道，他這個人非常不成熟，心地又窄小又多疑。我那時年紀輕，很任性的，早上我是不吃早餐，他告訴我他們家他的媽媽每天早晨起來做早餐給爸爸吃。我說，我從小在家，吃早飯是個人理自己的，所以我住到外面來後，我根本不吃早飯，我那裡能起來爲他做早餐呢。最初的日子，他就起來做早餐，還端到臥室來請我在床上吃。但八〇年我需回臺灣一趟，我是帶職來美國進修，我把他也帶回去，並爲他在H校找了個教英文的工作，他就給我出紕漏，和學校的一位女學生有關係，弄得那個學生被退學，他的工作也丟了。我在原來的學校的面子也罩不住，所以我非走不可。我們回到美國來吵架和離婚，我告訴我那位心愛的朋友，他還是那一句話，要我等他。我和他的事其實也給他的家很大的麻煩，他的太太知道是我，要和他攤牌。我告訴你，我能和他的話，就是沒有名分也沒有關係。他是我這一生一世所認識最好最有英雄味道的男子，我就是喜歡這樣的男人，因爲我愛好虛榮，我愛高大英俊的男孩子。有一次，他出國來看我，我又和他在一起，覺得無比的幸福。但他回去之後，我卻覺得奇怪，他沒有再給我寫信了。有時，我午夜醒來，覺得屋外有輕叩門的聲音，我總以爲他又回來了。後來，我才認識現在的未婚夫艾迪，我告訴艾迪，如果我的他來美國的話，我要邀請他住在我們家，艾迪說這很偉大。他贊成。我也告訴艾迪，我現在認識你，他表示很喜歡認識你，希望你到加州也能住在我們的家。

二十

我昨天很快樂的，我好久沒見到漢娜，她聽到我說艾迪的事很爲我高興，要不是這樣，你想我會接受你一起去吃晚餐嗎？而且昨天黃昏那麼涼，我只穿了襯衫和背心，沒有外套，我原打算黃昏前回到家的，所以沒帶外套出來，我冒這個險是我高興的緣故。明天我有家教，我的課在五點二十分完，你在圖書館等我好了，我還要去買蔬菜，是農夫直接由農場運來的。

二十一

你穿的這樣單薄呀！太陽雖大，要看氣溫呢。昨天你走回去的時候，是不是有人在車內對你招手，你就上車去了？菲菲昨夜打電話給我，要我給你點一點。什麼事你都忘了？你上車後是不是問菲菲說你要回臺灣了？然後你說我是她的好朋友是不是？你又問她說知道我不回臺灣了嗎？你再對她說知道不知道我有一個男朋友叫艾迪的現在在加州？菲菲轉頭瞪了你一眼，你竟然都一點不知道。我告訴你，在愛城的所有女孩子中只有菲菲的嘴皮最緊，你想套她說出什麼話是不可能的。而且車上還有另一個外人在，你知道許家是跟我不來往的。菲菲要我點你，你以後可不能再這樣冒失。我聽到她告訴我這些話後，我還替你辯護說，你不善於交際，也許你一上車不知要說什麼好，就脫口說出你知道的事。你知道菲菲雖跟我很要好，她卻不是你的什麼朋友，何況許家在那裡，你問菲菲的那些話，她也不知要如何作答。你要記住這點，不是自己圈內的朋友，就不能把朋友的事說出來。像老師對我也很好，就像我自己的媽媽，遇到我總問我現在怎樣，她聽我說我又有一個男朋友，她就替我高興，但她絕不會告訴別的人關於我的事。你以後總得處處小心。我告訴你我的事，是因爲我們是這一輩子的朋友，可是你想菲菲不會是你的朋友，還有許家第三者在那裡。

二十二

我帶你到羊頭酒店，「酒店」是我給它加上去的，它根本不賣酒。我帶你去看他們在窗玻璃和牆上掛的畫。我想喝咖啡，用咖啡來沖沖頭痛。這種沒有小費的地方就是要自己來。再叫個蛋糕。

我給你看看這首詩，我把它翻成了英文。就在這裡看，字太小看不清楚嗎？這裡有燈，不夠亮嗎？哎唷，你也老了，眼睛不行了？我可是我近年來的力作。你看怎樣？還有這一首也算是我的力作。這首詩我整整寫了一年，但在那個星期裡，我一共寫了八首。

你不必爲昨天的事難過，以後小心點就是，什麼羞恥？我說過就算了的。你有戴錶嗎？我的家教時間到了，你在這裡等我。那麼你去散步，一個小時後回來，或者在我的學生家客廳看書等我？我教完課我們可以談談。決定去散步？一個小時後回到這裡來，不要迷失了。

二十三

嗨，是你，沒關係，你去那裡去了？你還在難過嗎？怎麼懲罰自己？那麼就生一場病好了。你以前沒有過這樣的事嗎？這只是你沒有這個經驗，過去就好了，道個歉，反省反省。好，我們不要再說了。

我在跟我的房東的家人看電視連續劇。那個房東最小的女兒說她要看另一個，我們想看的她並不要看，在那裡爭，後來我們就在樓上的另一架電視機看。現在已經看完了。有時候，我覺得一天出去，回家來輕鬆一下，不要花腦筋。但看完了這個，我就得回房做我的嚴肅的工作到深夜。早晨我總是較晚起床，沒事，我就帶狗出去散步。

二十四

你看這愛城，這小地方，一點什麼事就會鬧成這個樣子。今天球隊回來，又是多年來第一次打贏，所以有遊行。我們得趕快到中文系去，我去把東西交給秘書。不能再回河屋了，要往城裡走，我們再去羊頭酒店。你看這首詩，是藍寫的，由這首詩我看出她的才氣，我把它翻譯成英文。藍當初來愛城，看別人的詩的時候，總是說這一首不必了，那一首也不必了，非常驕傲，我現在才知道她傲得有理由。是的，我想出詩集。幾年前高答應給我出版，到現在沒消息。我的全部詩稿存在丁處。輝給我寫了序，但寫得不怎麼好，我帶出來時不知在什麼時候什麼地方弄丟了，再也找不到。E也答應給我寫序，可是一直沒寫；你知道他的爲人是很小心的，怕寫了會讓人疑問他。當年他爲我寫了序，但寫得不怎麼好，我帶出來時不知在什麼時候什麼地方弄丟了，再也找不到。E也答應給我寫序，可是一直沒寫；你知道他的爲人是很小心的，怕寫了會讓人疑問他。當年他爲我寫了美神詩，這是多麼瘋啊。沒有人寫，我就自己寫。寫了十幾年詩應該有個總結成集。我們走，我還要去家教。我是有點興奮，我想請個假，我的學生上個星期也給我告了幾次假。我想可以，然後我們去吃晚飯。你看人好多，我帶你到城裡的一家西餐廳，但恐怕穿不過，看看他們的花車行列，走來走去，還是在這一帶地區裡繞。再回去羊頭酒店嗎？不好，前面的一家也可以，你吃不下，喝杯茶，我喝碗湯。這裡不能抽煙，你看到了，開冷氣的關係。我們可以走了，你到表演廳去，我回家。街上人還是這麼多，我們穿過去時要等隊伍通過後才跑過去。你不能自己跑過去，把我單獨留下。那一條街也圍起來了。這一次一起牽著手跑過去。

二十五

我三點多就下工。我們沒約好。我在摩兒逛了很久，到五點多才搭車回來。我今天滿高興的，我很想找一條燈芯絨褲子，沒有找到。但我看到了一雙鞋子，很滿意；我大約穿五號鞋子，他們沒有了，要我下星期二再來看看。我從臺灣帶來的衣服都是配場合穿的，在愛城實在穿不上。在愛城大都隨便穿，打工的時候不能穿太正式的，我也不能適合穿牛仔褲，我不是美國女孩能穿牛仔褲，所以要找一條燈芯絨褲，它穿起來會滿舒服的。我今天心情好，自己動手做點東西吃，不然我就不想吃。

我想想，是強生的生日，去年我參加了，在米洛塔家，墨西哥人。他家很遠，派對都開得很晚，要想早離開的話，沒有車子。今年我還沒接到帖子。本來就沒有什麼，是這裡的中國學生會辦的。我沒有找到愛洛遜。她現在和兩位學生同在，房間滿大的，但住在一起實在很難。我看她有點不高興，她告訴我，其中的一位晚上看書都到兩點鐘，亮著燈刺激她的眼睛，她曾經告訴過她，那位就表示她有權利使用這房間，所以恐怕處不好。她現在很忙，大概在圖書館弄電腦。我實在不能與人同住，除非跟自己的老公，或者男朋友；要和同性的人住一起，假如她亂的話，就很麻煩。以前我和妹妹同住，她都不整理，我們常吵架。昨天的演奏會如何？我喜歡歌劇或現代舞，我不喜歡演奏會，而且我不喜歡一個人去聽，我需要人家陪我。

二十六

我今天十一點半來，那個老太婆給我十四個房間整理，後來她又叫了一位來幫忙我；我告訴她我四點鐘有事，而且今天這麼累，明天就不來了。我好高興明天不必上工，我也不知道明天要睡到幾點才起床。你要長袖內衣到摩兒買，那裡也有一家雜貨店有機器可以影印。我問問看比自己找還要快。影印要換零錢，然後自己動手做。一張是一角錢。我帶你到街上的一家專門影印的店去，或許半角錢一張，他們還爲你服務。你看，慢了一步，關門了。還是回到摩兒去。這一張到底怎麼搞的？太白了，不清楚；太黑了，又覺得太髒；這是部老式的影印機，用的是印像紙。還是新式的普通紙印起來好看。我們到一家海鮮沙拉店去。沒開。我們去那家羊肉店。我們叫兩份羊肉餅，你要湯，我要蔬菜沙拉，你還要一杯啤酒。那個人眞奇怪，這麼多座位偏選在那裡，我知道他是個越南人，當然不會說中文。先吃幾塊羊肉，再包起來。很好吃呢。你覺得羊肉鹹啊？我不覺得呢。我今天天黑前要回家，你要陪我走路？也可以。你到我家來我泡日本茶給你喝。洗手間在樓下。我們可以走了。我看到傑美。喂，你怎麼也來了，我們正要走，你應該省點錢啊。有飛飛的消息嗎？好，再見。我告訴你怎麼走，我們走Colege，平常天氣好我騎腳踏車來上工都是走這一條路，車子比較少。去年我由臺灣來時，先到洛杉磯，我有一個好朋友在那裡；飛機還沒到達，我的婆婆就打電話過去，我的朋友說她正要去機場接我，她吩咐說我到了馬上打Collect電話給她。我在洛杉磯住了五天。我買好機票飛來，我的公公婆婆兩個人就開車到機場接我。我的行李好多，他們那部小車勉強可以載。我們到了家，我一直認為這是我在美國眞正的家，我打電話問學校才知道開學已經一個禮拜了。於是我的公婆就建議我先到城裡來和朋友住，等找到房子後，他們再把行李運過來。這個事情就這樣解決了。他們待我總是滿好的。但不久我的公公就發現有癌症。暑假的時候，我去和他們住一個多月，我也原打算感恩節回去，可是我受託陪人去休士頓，我打電話回去說聖誕節再回去，等我聖誕節回去，我的公公已經在醫院坐在輪椅了，於是我陪婆婆住在家裡過年照顧他，我婆婆說不必，但他們兩老年紀都很大了，我還是留下來，這樣她對我是滿感激的。在我公公去世前一個月，我那個離婚的丈夫又娶了新太太才回來。我現在住的家就在前面有紅綠燈的十字路口左轉再三個block就到了。

在臺灣喝的是凍頂烏龍，在這裡卻喝日本茶，喝久了，也就習慣了。來，進房間來，你就坐這唯一的沙發，我坐椅子，這房子還好，地下室嘛，冬暖夏涼。我的打字機不是頂好，只能打普通的東西，眞要打什麼愼重的東西就得到圖書館去，好在我這房間選了幾張好畫掛，我滿喜歡克里的，還有梵谷和高更。你看這金黃色向日葵多令人興奮。這是鞋子，皮製的，是從臺灣帶來的。我給你看我的衣服。這一件是我自己設計，我在臺灣的那位裁縫師很知道我，所以做得特別漂亮。這一件旗袍是我結婚穿的，這一件是我參加妹妹的婚禮時穿的。還有這一件桃綠的中國裝。這一件，你看，我媽媽說現在的麵粉袋布也能做衣服呀。還有這一套，我遇到艾迪時穿的。這一套是我在夏天常穿的。你看這一件怎樣？我特別做了雙襟鈕。我也有印度裝，這一件是金黃，這一件是銀灰白比較配我。還有這一件，不是很漂亮嗎？我還要給你看看我的照片，這在臺東，這在蘭嶼，這在花蓮，這是海，美不美？還有艾迪的，你看，他沒有剪去頭髮之前，他的氣質好，這是我在臺灣的他；當然嘛，他清秀漂亮；這是我們一起去加拿大的。我沒有前夫的照片。

二十七

今天我們約會取消了，剛才老闆打電話過來，要我去上工；我昨天已經告訴他我要放一天假，但一早他就打來電話催我有工作做。我只好答應下午一二點的時候去。昨夜我到凌晨三點才睡，大概是咖啡和茶都喝多了，早上也爬不起來，我只好打電話給那個很情緒的女教授請假，說我病了。你看，今天又轉涼了，就是這樣。

二十八

你能不能改一改，說這個故事是假的。我看不出來，感覺它都是眞的，而且要是發表，有人會認出我來。這實在太不妥當了，或者能不能不發表，因爲人家讀東西總是在那裡邊認像的，這豈不一下子把我認出來了。將來我當然還要回臺灣去，回去的時候就去看你。你明明又是喝醉酒了，我不跟你說了。今天我和菲菲在一起，很快樂。這不能怪我呀！你是去和你的那些酒肉朋友去鬧去瘋。好，明天九點半如果出太陽，你就打電話給我，然後陪我去看醫生，如果是陰天就不必了。

二十九

是啊，你把人吵醒，今天陰陰的，昨夜還下過雨。這樣的天，我是不出去的。身體還好，我還要去睡。

三十

下雨了，先到圖書館裡面避一避。不能抽煙。你去買傘，我在這裡看稿等你。你去那麼久，剛才我那位搞同性戀的朋友凱茜在這裡坐了很久，你沒有回來，她就走了。你的事都辦完了嗎？你看看這是什麼字，這些簡體字我都看不懂。對，是「受寵若驚」；還有這個字，原來是「龍」。我不知道爲什麼要翻這個劇本，眞搞不懂。很好玩，有一個被捉到了，要帶圖書館的書出去就會像那樣被捉到，現在的圖書館幾乎都有這種電子設備。我們可以走了。還在下雨，不然人不會站在門口。我討厭拿傘，我要拿的傘是臺灣潮州的油紙傘。我們去那家喝咖啡？這餅是鹹的，你喜歡吃什麼麵食？燒餅或麵條？我告訴你，剛才我們在學院大樓，老師看到不知要做什麼想法。她看你在那裡影印，然後看到我也來了。我是來拿她要我翻譯的劇本。但我們兩人碰在一起，我就不知道她要做怎樣想。我看她最近憔悴得很厲害。你在這裡等我或是到我家教的學生家去？你就在客廳坐著看電視。我的學生說他要給你茶喝你不要。他很好，很用功，我給他一篇散文唸，他都把生字撿出來做成卡片，我隨便抽一張卡片問他，他會了。我們去年去羊頭酒店，就從前面右轉。你要熱茶，我要一杯咖啡。我先上樓去找位置，他們做好，你就端上來。我喜歡坐這裡，可以有靠。我寫的詩怎樣？百分之八十是佳作，這不容易了。十六、七年前我住在臺中，不知道波西米亞咖啡屋。後來我認識了他們。阿平是怪才，但不是主流。我喜歡輝，他的詩意像精確無比，但他只能寫短的，他沒有長詩的魄力；E有，他的詩寫起來像山水，雖然沒有輝的詩深，卻有很大的氣度。輝心眼小。魏的詩我也滿喜歡，早期是情緒的，可是後來寫的就不行。他的詩自然天成，只那麼幾首，但他一直以爲自己是大詩人，霸氣的很。眞正那圈子裡的好詩人是輝。魏與他似乎有仇。祥的詩只有幾句是好，其他就非常鬆散，但他的散文寫得眞好，E的散文也好，磅礴浩大，才氣高。所以E、輝、祥各有他們的春秋領域。我們是朋友。我第一眼看到你時就可以斷定的，是那種即使在十年或二十年再遇到時，也不會相愛的那種朋友。

第二部

三十一

天氣很冷咧！太陽那麼大，那是騙人的。我聽到了那消息眞難過，好可憐唷，他是教我的三個教授中的一位，是個男教授，他要進醫院了，那天討論會沒來，我就覺得奇怪，平時他都會到的。那天老師說不知要請誰來代替他。他先是牙痛，到醫院檢查，發現是癌症。要是把牙齦和下巴割掉，你想這有多可怕啊！我倒沒有想到我畢業不畢業的問題，而是他那種切除後的樣子。要是我，我寧可去自殺。我是那麼愛虛榮的人，我不能忍受那種樣子的存在。我寄了一張卡片去，等他進醫院手術後，我再去看他。我雖沒和他很接近，但我知道他對我很關心的，他關心我的論文，還有畢業的問題。他是英國人，他在英國原有妻子和兩個孩子，他來美國後，他和妻子離婚，孩子留在英國，他每年夏天都回英國去看孩子，可是今年他沒有。他一直都是很不快樂。他才四十來歲。在愛城，他有一個女朋友，和他同居在一起。不論如何，我想到他要進醫院切割癌就很痛苦。我爲他可惜、難過，我聽到這正確消息整天都吃不下飯。

三十一

你回來了，什麼事？宋克斯，什麼事？車禍！幾乎……我告訴你，他這個人之固執，不能聽人勸。我領教過了。去年他們來，他開車我們一起到藍家去，藍和她先生等我們等到晚上十點鐘，菜都冷了；我們到達了，藍和她先生的臉才從慘白轉爲笑容。他們以爲我們在路上發生了車禍。後來我們轉到芝加哥，人家送我十盆花，正在開，很漂亮。我們要到紐約去，宋克斯一個人開車回來，我對他說，宋克斯，請你把我的花帶回愛城罷。那是十一月底，感恩節剛過。我回來時，要到他那兒取花，車後門一開，哇，天啊，全變黑了。我說，花凍死了。他說，不，是悶死了。那麼美麗的花，我只是可惜，但我也沒有再說什麼。我知道他的自大和固執。他要不是長得高大，有那麼點福氣樣，今天你們大概都得要掛彩回來。自那次以後，我都不敢再請他做什麼事了。對，你今天能回來，是該慶幸的。你的叫聲叫他驚醒了，也把命喚了回來。

三十三

我去跟我的那位生病的教授打招呼，他後天就要進醫院，我想他晚上一個人時一定很悲哀。那位是麗莎，他是不是喜歡她，我要打聽一下。他喜歡胖胖的女人。麗莎沒有結婚，她很年輕。你來的時候遇到愛洛遜那位肯塔基女人嗎？她最近精神好多了，上週末她的先生，那位伊朗人從加拿大來看她。他很愛她，他不肯簽字。她向他要錢，他說沒有錢。這有什麼用？她也沒把離婚控訴撤掉，這是她的一張王牌。我對她說，你有這一張王牌就得好好打這張牌。她在愛城不會那麼快有男朋友，如果有，那離婚就是個藉口，認爲她的丈夫不給她生活費。在這段期間她不能給人找到把柄，這裡有許多伊朗人，是她先生的朋友，這些伊朗人在這裡是一群小小的團體。她要提離婚的前一天晚上跑來找我，我看她那個樣子好憔悴，現在是恢復過來了，看起來就很美麗。你想的是什麼？就是嘛，你應該懂得女人，女人是要人來愛的，要有滋潤，那麼女人就是美好漂亮。

菲菲星期四要走了，我們明天晚上請她吃晚飯。五點半你在圖書館等我，我們到街上的那家西餐廳去。不能去羊城小館，她以前在那裡打工，她辭掉工作時老闆留她，她只得向他說要回國去，所以她要避去羊城吃。她會來的，她是我的好朋友，你不能想像她說話聲音單單的，唱起歌來卻不一樣。她有一種西洋人沒有，屬於中國女性特有的音韻。她初來時，愛城有一位聲樂教授用他的方法要她唱花腔，她是屬於抒情的女高音，她也不能唱西洋歌劇，她適合唱中國歌、藝術歌曲。結果半年下來，她的喉嚨生了一個瘤子，不能唱了，正好有一位歐洲來的音樂教授到愛城，他聽了菲菲的錄音，非常喜歡她的聲音，要她到歐洲去，她到歐洲下專機時，那位教授馬上把她帶去看最好的醫生，兩個星期後，她恢復了。她從歐洲訓練營回來後就專唱藝術歌曲，除中國歌外，她專攻德布西的藝術歌曲。她回國後是要開音樂會的，她要唱中國歌和德布西，這是國內所沒有的。

我去打電話給我的學生梅爾，叫他來河屋上課。有時他也打電話給我，說他忙，要我到某個地方去，他就在那裡等我，我就在那邊教他說中文。今天不上了，梅爾說，他受了驚今天還不能恢復過來。我問他是不是殺狗？他說是。他在醫學院做事，他們常常要解剖屍體，有時殺貓，有時殺狗。他說昨天他們殺狗時，機械沒有弄好，把狗弄得很悽慘，他完全受驚了。他說明天大概也還不能完全恢復，所以明天也不必上課了。我起先並不知道他是做這個工作，有人遇到他時總是說：梅爾，殺的好嗎？或向他道別時說：祝你殺的好。梅爾說，不是我喜歡殺，那是我的工作，沒辦法。他們花七塊錢買一隻貓，有時狗太小，殺了效果不好，找不到血管。我不喜歡河屋的菜，我們去羊城小館，今天我要吃素春捲。我們步行去，很近。我們抄近路，然後過橋。

三十四

我今天去上課，是那位生病的教授的俄文課。他的樣子好可憐，變得憔悴衰老，看來毫無希望。他跟我們談到一些瑣事，卻句句扣人心弦，他的聲音好微弱，我聽呀聽，幾乎要哭出來。他說他已經決定要進醫院了，這事在他心中已經盤繞多時，這是唯一能接受的命運安排。

今天有兩樣特別餐，是魚，不同的魚，但不知是那種魚，翻譯不出來。菲菲是要遲到的，這是她的習慣。第一次我和她相約，我等了她有半個鐘頭，她來時我就直說，我說菲菲，我是虎落平陽被犬欺，在臺灣約會，是人家等我，在愛城我卻是等你。男孩子和女孩子約會，讓男孩子等一會兒是應當的，可是我們都是女孩子，幹什麼搞這一套，沒有必要啊。自從我這樣跟她說過後，她改了不少。菲菲來愛城，是少有的有特質的中國女孩子。她時常改變主意，是屬於善變的女人。可是她不是那種沒有主見的女人，她聰明，有堅忍力。看她嬌滴滴的樣子，其實骨子裡並不，她有一次在歐洲時沒有錢住旅館，只好坐那種買了票來回坐的火車，由這個城市到那個城市，晚上就在火車廂內睡，這樣地度過了一個星期，換別的女孩子恐怕就要倒垮了。她從臺灣出來三年半，沒有回過家，這次她眞的是要回家了。她來了，還是遲到十分鐘。菲菲不喝酒，我們都吃今天的特別餐，兩種魚都叫試試看。吃完了和她一起去聽音樂會，是音樂系裡的教授彈鍵琴，還有一位邀請來的女高音唱歌。菲菲要到後臺和她的那位教授道謝告別。那位教她的教授很喜歡菲菲，和他的太太離婚，可是菲菲不喜歡他。和一個有才氣的男人在一起，女人就得一切爲他，犧牲給他。如果學的不一樣，隔行看山高，還能互相欣賞體諒。像我不太懂音樂，艾迪彈鋼琴，我不顧忌他，他也不太顧忌我。過去在愛城，有一對年輕夫婦，兩個人都是同行有才氣的男女，在一起，又逢到男的是那種要人崇拜的傢伙，而在女的眼中他並沒什麼，所以就打起來，打得很厲害，有一次兩個人都去做客，就在那裡打起來，男的把女的打倒在地板上，還把她拖出去再打，她就躺在地上呼叫，要人來救她。我和菲菲還有一個約會，是這裡的中國同學要向菲菲道別，我和菲菲走了，你就可以沿河岸走回家。

三十五

我給梅爾上課，你給凱茜講解吳藻的詞。來，凱茜，我們把這首翻完。「藥壺茗椀」的茗椀就是飲茶的碗，「溫存慣」就是習於為常的需要；「鐙爐不禁挑，玉釵不忍敲」，這兩句是說明生命有盡時，女人的身體不能再折磨了。下星期見，凱茜。再見，梅爾。我帶你到個地方去吃東西。我還要給那生病的教授買張卡片，是班上同學一起的；我們也到郵局買些郵票。到那家炸雞店去，如果有位置的話，我要吃些點心和喝茶。菲菲終於走了，她會拖到現在，實在是為了那個波蘭劇作家。那傢伙的外表看起來很粗獷，但這是男性氣質，菲菲就是喜歡這種男人。去年他來，遇到菲菲，她認為他滿能了解她。他去年來後，因為波蘭工聯的事，他是華勒沙的支持者，所以回不去波蘭，後來住在紐約，菲菲到紐約去卻沒見到他，她只好等他再來，結果他卻把他在波蘭的女友接過來，那女的有一個小女孩，是他的，他是屬於那種有良心的男人，非常愛那小女孩，但卻並不怎麼愛那個女人，他們沒有結婚。菲菲之迷他，實在也沒辦法，這就是女人，要是愛上一個男人，那是不由分說的，總是愛他。我過去的情形就是這樣，但跳出來了。我喜歡菲菲是她很像當年的傑美，她有那麼點慧根，肯學習，我算是花了點心思調教她。我想她回臺灣是算已經看得清楚了。菲菲在法國時也和一個法國男子很要好，他們在巴黎的街道上走路都是手牽著手。當然，女孩也像男孩一樣多情，可是只要不是結婚，就沒關係。那波蘭人還不止是迷了菲菲一人而已，他還迷了許多有夫之婦的女人。可是畢竟那波蘭人並不是有意要勾引她們，這種事就自然地完了了。初先的時候，菲菲也頗愛我的艾迪，他們一起修音樂課，艾迪喜歡菲菲但並不是那麼迷，所以艾迪和我好的時候，菲菲也就沒怎麼樣。你知道凱茜爲什麼喜歡吳藻的詞嗎？她認爲吳藻有同性戀的味道。吳藻似乎跟他的丈夫感情並不怎麼好，她的丈夫可能是當時中國舊社會裡的富家子，也必定風花雪月的，對吳藻不是專一，後來怎樣我不甚清楚，是早死或是什麼的，後來吳藻出家爲尼去了。

三十六

我把你吵醒了嗎？我想如果你還沒起床，我這個電話就是叫你起來。我治頭痛的方法，就是去洗頭，讓水從頭頂上淋下來，按按頭皮。我不知阿雄現在住那裡，我也不知道他在臺灣是那裡的人。但他說他說的話是正宗的臺語。他去年才來愛城，我看他是滿好的男孩子。很直很純，從他走路的姿態就能看出來。我又不是三八，他才幾歲，我比他大多了，我把他看成弟弟，我要找男人起碼也要找比他高竿的，他還太嫩呢。不過我是喜歡他，我常教他選這選那，他不懂，我告訴他一些捷徑，我們現在只在星期三下午上課時碰頭，不然有事找他只能去圖書館。他很儉省，連電話都不裝，以前是和幾個同學住，後來關於他的閒話多了，他就搬出去。他原來在臺灣就有一個女朋友，阿雄來愛城，她去布城，但阿雄來這裡後，又有了一個女朋友，依我看是這個女孩子纏著他，但有人說是阿雄去纏她，到底誰纏誰，只有他們知道。我看過那個女孩子，我感覺她是滿有心計的，他未來的前途如何我就不知道了。阿雄在觀念上還是很窄，他是屬於那種在政治寧可臺灣獨立也不願落入中共手中的臺灣青年，在文學上從他強調鄉土文學這一點看來他就不寬。用臺語寫是鄉土文學，用四川語寫的也是鄉土文學，用山東話寫的也是鄉土文學，但是這些都是中國文學的旁支，樹枝畢竟是從樹幹分出來的啊。阿雄在這一點上看不出他有根器，他目前雖然對名利看得很淡薄，但未來誰知道會變得怎麼樣？他說他對英文有興趣，但就他的英文程度來說，還是不行，有些字的意思，他不能完全了解，要去聽聽他們外國人對字的辯論，每個人說出他的感覺，才能體會那個字的意思，這些細小的部分才是學問精到之處，否則只算個粗略大體的明白而已。你不知道阿雄打字之慢，一個字一個字慢慢敲之可愛。現在有電腦了，不要那一行，滴滴就從螢幕上消失，要加兩行，滴滴就出現在螢幕，這事我將來都要叫阿雄給我幫忙，我常叫他去給我做那做這的。

三十七

看回來了，芭蕾舞怎樣？我的學生梅爾說技巧很好，編劇方面較弱，他們昨天去看了，他們之中有舞蹈系的學生。我得告訴你，這裡的舞蹈系並不強，最強的是音樂系。去年演《浮士德》，他們有一個非常好的男高音，和女高音，其實每一個角色都好。你說的是英國馬羅的浮士德，電影是李察波頓演的。馬羅的浮士德是下地獄的，哥德的浮士德卻得救了。魔鬼梅菲斯特把古今的美女都招來，克拉佩特拉、海倫，但浮士德全不理會，只愛一個鄉下姑娘。她出場的時候，在海邊的一個地方紡紗。我曾勸菲菲去應徵這個純樸的角色，她的音色正好配合。我希望下一世人時能唱歌，演瑪格麗特。你想演戲？但我想你演不了浮士德，如果是，也只不過像那個馬羅的浮士德下地獄。

三十八

四點鐘你來，跟我一起在這裡打工的女同學的男朋友要開車帶我們一起去大鷹店買東西。你來時先想想要吃什麼東西。你看這大鷹店的東西，每樣水果我都要買一些，家裡蘋果還有，這次買葡萄，還買柚子。你看這是無花果，這是乾的無花果，我最愛吃的。你說在戀愛中的女人有吃無花果的事？我喜歡樫果。買顆白菜，買些小黃瓜和豆芽。如果你喜歡你可以去選一個鳳梨。買塊豆腐，買兩盒碎肉和一盒裡脊肉。買盒雞蛋。這是兔肉，但我不知道它好吃不好吃。這是特製的蟹肉，用開水燙過後就可以沾醬油吃。要雞腿還是雞翅膀？還是選雞翅膀好。買條麵包，現在有一種加上維他命的牛奶。要買一個罐頭湯，這一種的，只要加一倍水煮開就行了。你要蛋糕嗎？這些都是，你來選。我找不到我喜歡的那種餅乾，在這裡，這一種的就比像那一種的貴很多，但你看這種包裝多好看啊。還買什麼？我們到家了。剛才我和他打招呼的是我房東太太的弟弟，我向他說恭喜，他快要和那個女的結婚了。他們都各自離婚了一次，這在美國是算不了什麼的。我跟他們有點熟，所以知道他們的事。你坐一下，要不要我泡茶？你想吃無花果就先吃一個罷，味道如何？我也試吃一個看。先把雞翅膀和金針放在鍋裡燉湯。喂，你看這麵會不會過軟，不會嗎？你用手指按一下，我在家的時候，我的爸爸也是這樣只用手指按那麼一下。我們家只有我爸爸吃盒子，這麼大一個，我們小孩子只能吃烙餅。你會不會煎蛋皮，沒關係，還要切細，好加上冬粉。暑假的時候，我和女同學們做韭菜盒子。在愛城，買不到韭菜，我們到種韭菜的中國人家裡去摘一些回來做。加上豆腐會比較好吃，半塊如何？你幫我把餡子攪一攪均勻。我去樓上拿擀麵棍。我的房東跟我說這棍子是用來對付你的嗎？我把桌子清理一下，我來教你怎樣包盒子，我擀麵，你就包。艾迪走得早，沒有吃過我做的盒子。我認識菲菲後，她和我做過幾次，她走時我也想做盒子給她吃，可是沒有時間。美國家庭租房子給單身女孩，都有一個規定，不許女孩子帶她的男朋友留宿在家裡，我房東的女兒要和男朋友在一起，也都到外面去。艾迪回來，我會跟房東講，可以讓艾迪睡客廳。怎麼樣？你包累了？我來看湯好了沒有？把做好的盒子排好，我就來開始煎。現在就殺鳳梨嗎？等一下罷，先煎盒子，好，先殺鳳梨，等一下就可以一貫的吃下去。刀子是不怎麼快，我應該要磨刀了。你要回臺灣賣鳳梨？臺灣的鳳梨好，我的前夫就喜歡吃臺灣的鳳梨。這裡的鳳梨大都由夏威夷運來的。你看，一次只能煎四個，不全煎，只煎兩次八個。再把桌子清理一下，擺一擺盤子。先喝湯，一次只吃一隻雞翅膀，這湯好，我們今晚是吃全餐。要不要醬油？啊，這盒子好成功，加上豆腐好吃，不乾，很鬆軟可口，吃兩個不夠，再吃一個，再喝一碗湯，喝湯端著碗喝好喝，然後吃塊蛋糕，再吃鳳梨。

三十九

我的學生梅爾後天去紐約度假，今晚我給他上課，他會帶我出去，他有錢就會這樣做。他領到薪水，他有四百元要到紐約去花。我問他殺狗好嗎？他說那隻狗太大了不好殺。他告訴我上次他回家去，是他的父母親結婚二十五週年的紀念日。他的媽媽買了六朵玫瑰，兩朵紅色，四朵白色，都是含苞待開的玫瑰。第二天，玫瑰開了，來賓都看到了，但所有知情的親友看到了都非常的驚異，只有其中的一朵白玫瑰枯萎了。梅爾說，四朵白玫瑰代表他們四個兄弟，但他的一位兄弟早年就死了。那天晚上他的父母和他們兄弟注視那些玫瑰時做了祈禱。

我帶你去一家墨西哥餐廳吃，就在那家炸雞店的隔壁，餐廳前段不許抽煙，後段可以抽煙。這是炸菜花，這是炸毛菇，這是炸青瓜，這種餅吃時要小心，很可能一面吃一面掉。

我的父親懂一點易經的卦，有一次爲他一個最好的朋友算，算來算去那卦算不通了，他覺得非常奇怪，他的那位朋友正是壯年有爲的時候，我的父親心裡很疑惑，就叫他的朋友的太太也來算算看，結果還是一樣。不久，我們聽到那個人突然死了，我的父親非常難過，都有些害怕，以後就不敢隨便算卦了。

四十

嗨，你好嗎？我要暫時停下來休息一下，我的那位小心眼很情緒的女教授教我遇到困難時就要停止，轉開去做些別的事。她非常有經驗，她對寫論文是非常在行的，她是西雅圖的比較文學博士，她的資料很多，她現在對我很好，都指點我怎樣做。當初丹尼不贊同我能翻譯，丹尼就是那生病進醫院的男教授，他的法文非常好，俄文也不錯，他還不敢隨便把英文翻成法文，所以他認爲我不能把中文翻成英文。可是我說懂中文的外國人那樣少，同時中文和英文都好的人也不多，而中國的文學作品那樣多，如果中國人自己不做翻譯，仰賴外國人就更不可能了，如果一個中國人要翻譯，另外有一位外國人來幫他修改，這事是可以做得比較好的。我那小心眼很情緒的女教授贊同我的看法，最後老師也站在我這邊，說服了丹尼。我做了個夢，夢見我的媽媽拿錢給我，數也數不完，非常多，結果今天老師遞給我一張支票，是我爲她工作的報酬，我知道她會給我多些，她出手很慷慨的，她就像我的媽媽一樣。像這樣有哲理的夢，我的父親也是常做。三十八年時我們在上海，沒有跟上撤退，我的父親被捕了，我的母親就不肯走，要留在上海等我父親出來，結果那條四川輪沉沒了，死了很多人。後來我父親沒事放出來，我們到了澳門，情勢很不好，不能馬上去臺灣，我的母親說不能去臺灣就得去美國了。這時我的父親就做了個夢，他夢見我的奶奶送冬衣棉襖給他，說冬天到了，要出門就需要這些衣服。他醒來告訴我們說，去臺灣不會有問題了。眞的到了那年冬天，我們就上船要來臺灣，我的父親一手抱著我，另一手抱著我的妹妹，我的哥哥就緊緊拉住我媽媽的大衣。我們全家慶幸沒有拆散。菲菲也會做某些寓言的夢，她去歐洲旅遊前就做了一個這樣的夢：她在一個劇院練習唱歌，唱完後她回到後臺放東西的地方去，那裡有許多櫃子是給人放樂器樂譜或某些衣物，她打開一個櫃子的門，裡面有兩個人站著，一個白人，一個黑人，兩個人都是瞎子，但那個白人自己走了，那個黑人就不能走。她帶著他走出來，在下階梯時那個黑人不敢走了，她就脫下她的鞋子往下丟，讓他聽到鞋子落地的聲音來判定有多高。菲菲到了羅馬時就遇到一個大色狼，她在參觀梵蒂岡時邂逅他，他長得很帥又有禮貌，他就帶她到他自己的住屋去，要她晚上住在那裡，他就到他的姐姐家去住。那晚。菲菲好奇開他的抽屜，竟然發現好多由世界各地寫信給他的女人的信。第二天大清早，那人還未來時，菲菲就溜走了，他原告訴她今天要帶她去更好的地方去參觀。好，現在你告訴我，你曾做了什麼夢？

四十一

今天去上課，來了一位替代丹尼的新教授，他是個十分有條理的人。我交了論文的第一部份。現在有個初步的默契，那位很情緒的女教授看我的序文，老師看我的翻譯部份，這樣的話，她們兩位不會意見衝突，但是這位新教授恐怕兩個部份都要看，如果他們都要我改的話，我就不知道要順從那一位了。我今天也替一個美國人翻譯一封來自大陸的女孩子寫給他的中文信，「**我很高興我們能在峨嵋山邂逅**」像這樣的句子，我的天啊。我也給梅爾上課，不，他週末才去紐約，這個星期的課還是要上。我告訴你，梅爾是個很好的美國青年，他很聰明，他現在學中文，其實他的法國話也說得很好。美國這樣地大物博就是能夠養一批像他這樣不務實際的人，他們本身都很有才能。譬如在美國要在文學創作成名很難，可是就有那麼一些人對詩或小說不斷地追求創造的境界。梅爾會催眠術。我不敢讓他催眠，我怕我不知會說出什麼話。他在大學醫學院殺狗是一件長期的工作，每月固定的薪水，我和菲菲在一起打工的時候，菲菲總是希望做完一天工就算一天的錢，每天都有錢可以去吃餐館，不過這樣的話就不能有存錢。

昨天晚上艾迪打電話給我，他說他買一部電腦機器，急著帶回家試，卻是壞的，他又帶回來去換，那家公司只剩下那一部，整個帕羅阿脫地區找不到第二部，結果開車到百哩外的工廠去換，來回就花了四個小時，回來再試時，發現停電，他覺得很滑稽，就在想這是否他不該買這個東西，後來電來了，一切都很好。整個事情就像個鬧劇，艾迪就是這樣有趣。他原先學藝術，結果發現繪畫不能賺錢謀生，改學音樂，他對電子音樂有興趣。他有一個理想，就是進華德狄斯奈的研究室工作，但他又怕他的資格不夠，他只有兩個學士的學位。他所以要到西部去，是希望能再進史坦福大學的人工電腦知識人研究所，這是一個待發展的研究部門。他要做的是電腦作曲，現在的電子音樂，世界只有德國是最好的先驅者，但是電腦王國是日本，美國就是怕在這方面給日本領先，因此在史坦福開辦一個研究所，我們的艾迪就是這麼有理想的人。他平時很嚴肅，但有時也會很幽默，每次我和他說話，他都分不清楚是說眞的還是開玩笑，因此他會問我，這是開玩笑的嗎？我就說是。他總是爲我著想，不像我的前夫。我的前夫是個十分自私的人，是我所見只爲自己不管別人的男人，譬如他喜歡做菜，他在家做菜吃，卻是爲自己喜歡吃的去做，不問我喜歡不喜歡吃。我們常常吵架，都是爲一些小事情，假如兩個能坐下來談談或許就不會吵起來，但他總是說我惹他生氣。我是十分任性的人，我不能讓他把我洗腦順他的意思去做，他也怕我壓在他頭上，不肯讓我，在結婚前就爲吃早飯的事爭執。我是不該和他結婚，但算命的說我三十會結，我還不是因爲臺灣的男友負我，我初來美國在密蘇里那樣的小城，我和他同班上課，我的妹妹和妹夫也反對我等臺灣的男友，促我在美國結婚，他整天黏著我，賴在我家不走，終於和他結婚。這三年十個月的婚姻就是我命中的劫數，這段期間我總是覺得樣樣都不對勁，我和他兩次分居，每次都是他求我不要離婚，我們同住的時間很短，而且是分房睡覺，但碰頭就爭吵。雖然如此，我現在有時還想到他的某些優點。他是個孤兒，生下來七個月就爲養父母抱來；他長大時，他們告訴他這個事實，他們認爲這樣做比較好。他的養父和前妻有個女兒，他就十分妒嫉這個姐姐，怕養父母對這個姐姐比對他好。我那時還聽他的話以爲他的姐姐是個很壞的女人，其實不然，她很好，她對他很照顧，而他就是不信任別人。有一次，我們住在公婆家裡，他們兩老甚至花錢買機票要這個姐姐回家來看我，他知道了就不高興要帶我走。每次要照像，他就說我恨照像，他的養父就作罷說好不照不照。他要帶我走時，他的養父也對他說，你別把電視機帶去，有時間多陪我，可是他還是不肯聽話，把電視機帶來，整天看電視不理我。我現在遇到艾迪，比較起來才知道艾迪有多好，你說這是不是一種補償？

四十二

昨天我和房東太太聊天說到你在半夜接到的奇怪電話，她才說你不知道這愛城裡有多髒，他們搞馬殺雞，那麼我想打電話給你的男人就是這些壞人。每年秋天他們大概就是做這些事大賺一票。如果你早知道，你就可以和那些外國來的人去給他們殺一陣。這樣的話，你們拿到的錢如何夠花用呢？我原以爲這個小城不會有這類色情勾當，但還是有。我告訴你我討厭的那個外國人，就是有一年來臺灣去臺中，就要阿陸請客，還要去找女人要他付錢。那一次他來臺中是輝陪他去的，付錢的事大概是輝和阿陸對分。我認爲他要找女人是他自己的事，不要臉的是連這等事也要人家付帳，而且還是明說的。據說有一些人上次去到他的國家，他也是這樣的招待，所以他來臺灣，也就同樣有這等的要求。我最討厭的就是這種骯髒男人。當然阿陸也是頂會風花雪月的男人，他的太太還很會妒嫉的，他的事業已經有好幾次是大起大落，他每次賺到錢就全部把它花掉，然後再來。

四十三

我想要吃個什麼呢？我不知道。我想吃油飯。我今天出來，和凱茜有約，我和她是星期一和星期四見面。今天陰陰的，我沒有聽收音機，也沒看電視，如果我要知道天氣都是問房東的兒子。昨天深夜，德州的朋友打電話來，一談就是一個多小時。他好久沒打來，他打來是看我還在這裡不，所以談了滿多事情。我想將來我要練練書法，我脾氣不好，學書法可以養性。不過做這件事要有一個原則，起碼要有一二張大桌，用具都擺在那兒，進去就可以方便地寫，寫完也放在那兒。我不能做那些收拾或擺放的工作，這些工作都會把我的心情磨掉。有些人可以那樣做，我不能。我想做一件事要專心，我記得以前我們兄弟姐妹在家讀書，晚上媽媽都陪我們在那裡，有什麼不會的，就問她，我爸爸常從房裡出來巡視一下，看我們沒有坐好，就叫我們坐端正。他就有那樣嚴格，要我們讀書時要有讀書的姿態，他一出來，我們就坐好，有時他未出來前先咳嗽一下，他就是要有人怕他，有人怕他，他就高興。現在我就養成了這個專心的態度，做一件事只能專心地做那件事，不能再分心去做別的事，不像有些人可以一面讀書一面可以把電視機開得很大，在電視機前做功課。等一下，是我的室友，她說她的頭髮吹乾機壞了，我說可以用我的，她說沒有時間了，她就那樣頭髮溼溼地出去了。她昨天也沒回來睡，今天才回來，她已經好幾天沒回來了。要是下雨，我下午出去就要帶傘了。

四十四

我剛跟艾迪通過電話。你會有話要跟我說嗎？假如你能晚一些時候離開，我通過了論文口試後，就可以和你一起去旅行。是的，我知道你不能等，時間實在是太短的。艾迪十二月中後才從西岸回來，不，他不直接來愛城，他先回家，再來帶我，我們要一起在他父母的家過聖誕節。我沒有看過他的父母，是第一次去，所以我心裡是滿緊張的。你不知道，艾迪跟我說過，我和艾迪回家一切都要默契好。這是有原因的。艾迪的父母住在同一幢房子但卻分房生活，他們爲了孩子的關係還是沒有離婚。事情是這樣的：十多年前，艾迪十四歲的時候，不知道什麼原因，他的父親沒有求得他的母親的諒解就突然的放棄了他的職業工作，他們當然吵起來，他的母親是個十分堅強的女人，責問他爲何不先找到新工作後再把舊工作辭掉，爲這一點她不能寬恕他，因爲家庭中的孩子除艾迪外，下面還有四個妹妹。他的父親受到他的母親的嚴厲責迫，精神就有點失常，從此漸漸萎縮了他的工作能力，成了一個自閉症的病人。父母的吵架使艾迪感覺可怖，就從家庭出走，他到西岸流浪了三個月，睡在街頭或工廠，等學校開學時他才又回來。後來艾迪高中畢業，他的媽媽就明白地告訴他們兄妹，她不能供給他們繼續讀大學。可是艾迪又是這麼喜歡讀書，所以到愛城來一面工作一面唸書。他們家裡並不貧窮，他的媽媽一直有工作，而且早先就有些地產。他在離家出走時，心裡懷恨他的媽媽對他的父親的責難和逼迫，所以有很長一陣子，他和他的媽媽的關係很壞。我心裡緊張就是爲了這個，而且他們家十分保守，父親是捷克的移民，媽媽是瑞士人的後裔，第一件事就是不能告訴他們我曾結婚又離婚，艾迪已經同意這樣做，而且在年齡方面我也要稍微隱瞞，不能吐實，要說得接近一點。我和艾迪回去不一定住在他父母的家裡，可以住在附近他妹妹和妹夫家裡，還有也可以住在他媽媽出租的公寓的一間套房，他媽媽說在聖誕節期間正好有一間房空出來。另外，我也不能讓我婆婆知道我和艾迪沒有訂婚就住在一起。不，這個婆婆是我前夫的養母，我和他們關係十分好，她一直認爲我雖然和墨林離婚，我還是她的唯一的媳婦，我公公去年耶誕節病重住院時，我去和我婆婆住了一個月，我也一直把她看爲我的婆婆。她住在那個小城裡，朋友們都知道我，我爲了給她面子，所以我不能告訴她我和艾迪還未訂婚就住在一起，我要說我和艾迪要在聖誕節在他家訂婚，這樣她才不會讓城裡的人說閒話。你不明瞭，他們十分保守的，面子對他們太重要了。我也要寫信給我臺灣的媽媽，告訴她艾迪是怎樣的可愛純潔。我和墨林離婚時，我媽媽就說對，那種男人這樣壞不能要，離了婚再找一個。可是這些一大堆表面現實的事，卻跟我內在的眞實感覺有段距離，我和艾迪事實上不能那麼快訂婚或結婚，我不知道和他是否能夠眞正生活在一起，我們必須先生活在一起才知道能不能。我的妹妹也說先在一起再說。況且艾迪還沒找到眞正的工作，我將來到西岸也要找事做。我害怕夢想不能成眞。有一點你也許不贊同我的作法，我要菲菲回臺灣後去探問我那個男友。我們一直沒有再聯繫，我卻很關懷他近況如何。不，我的意思是：即使他和他的妻子分手，要娶我，我也不能嫁給他，回到他的身邊去。這些時間以來，我已經建立了我自己的生活樣式，我愛自由，我嫁給他的話，自由會少一點。可是我還是會牽掛他的，他的事業成敗如何，健康如何，這些事是不能讓我完全忘懷的。對，我是滿多情的，我曾經負過一個男人，這是另外的一位，他從十七歲起就愛我，眞正的愛我，可是我逃掉了。捉男人是要有技巧的，男人心中有你的話，你就能完全地逮住他。當初我和菲菲就說，把艾迪這個男人勾過來，我寫信告訴我媽媽說，我沒有看過有那個男人像艾迪那樣對我失魂落魄。他對我就是這樣，他心中有我，我的一舉一動對他都是魅力。如果不是，你怎樣都不行。女人心中要有自信，有了自信才能發光吸引人。菲菲還不能有那麼好的自信，我花了一些心思調教她，好在她有慧根，她可以接受，她會變成一個很有吸引力的女人，你看好了，過幾年我們就會看到她脫胎換骨，對她刮目相看了。

四十五

我要告訴你，今天我的妹妹打了兩次電話給我；第一次打的時候，中途有人來找她，她把電話掛斷，然後隔一會兒再打過來。她說她最近參加了一個成人鋼琴班，後來又有一個裁縫班，她也參加了。我說你會裁縫應該替我做一條裙子。她說我們距離那麼遠，怎麼替你做裙子？我說我只要把我的尺寸告訴你。她說好，我說我現在馬上就可以在電話中報給你。她驚住了，她住得離愛城甚遠，在亞特蘭大。我和她沒有連絡很久了，你不知道我和她的關係過去實在是壞透了。我對姐妹之情很淡薄，不若我對朋友般熱愛。這當然是有原因的，我的表現都在家庭外的世界裡。我們小時候，我父親偏愛著我這個僅差一歲的妹妹，由於這個原因，我還曾問我媽媽我是不是他們親生的？我媽媽說是親生的。但我父親疼愛我妹妹是有緣故在的，我不是說過嗎？撤退的時候，我爸爸被捕，下落不明，我們一家都在上海等消息，我媽媽堅不肯走，我奶奶去求卦，那時我只有一歲，我媽媽已經懷孕，後來生了一個女嬰，我奶奶就說生了女的，我爸爸就是還活著，如果生男的有後的話，我爸爸就沒希望了。後來我爸爸眞出來了，他非常迷信，以爲這是我妹妹救了他一命。但是我這個妹妹在我們都是做孩子時，卻非常的嫉妒我。她長得有點胖，而我長得比較漂亮引人注意，在學校我做班長，功課又比她好，有一次我奶奶要給我吃藥，我身體很弱，找不到藥包，平常給小孩吃的藥都是放在一個地方，就是偏找不著，第二天，我妹妹就指著地板上蓆子旁邊的藥包說，在這裡啊。還有她的不講理是跟我爸爸一模一樣的，其實還有過之，因爲她是女的，就非常的生番。我和她就是常爲些小芝麻事吵起來，因此感情日惡。有一次她就指著我和我男友的事罵我，說我敗壞門風，說這句話還沒怎麼樣，還算文雅，她竟說了由女人的嘴說出來非常不堪入耳的話。我爸爸罵我們也常用典，常常用論語的話指罵我們。從那一次我受了我妹妹的侮辱，令我恨入了心。當她要嫁的時候，我和我哥哥就在說，誰娶了我們家的小胖實在夠倒楣，偏偏就有吃她那一套的男人。我妹妹還在電話中說，她和我妹夫吵嘴，他氣得從家裡走出去，她告訴他們的小女兒說：爸爸壞，爸爸回來，媽媽打爸爸，寶寶也打爸爸。那小女兒就說好，寶寶要打爸爸。後來我妹夫回來，那小女兒沒有打爸爸，我妹妹就問她說，寶寶爲什麼沒有打爸爸，那小女兒就說，寶寶打爸爸，爸爸會打寶寶。我們家四個兄弟姐妹，我哥哥比較老實，我弟弟那張嘴厲害，我奶奶過世前就對我父母說：家裡這四個孩子，將來只有兩個大的可靠。

四十六

你覺得凱茜怎樣？她是我的好夥伴，我們將來還會繼續合作，做翻譯的事。但是她最近很怠惰，她的愛人在肯塔基，她是個不能和男人相愛的人，她很溫柔，所以在同性戀中扮的是女性的角色，有一次她帶我到她家去，她就很殷勤地爲我做東西吃。又有一次，她們要舉行派對，我問艾迪我可以不可以去，艾迪說可以去看看，我問凱茜會怎麼樣？她說，也許會有點野，也許不會。結果我還是不敢去，還是不去的好。我相反的，我不可能對同性在那方面產生興趣。凱茜最近很懶得做翻譯，進度不快，是因爲工作太累，她一天在圖書館工作八小時，回到家又有其他的事做。她想念她的愛人，她說放寒假時要到肯塔基找她的愛人，她又怕她的愛人已經有另一個伴，所以她的情緒很亂，做不好事情。像這樣的情形，我就得提高她一點興趣，不要讓她荒廢了工作。她表示她對吳藻的詞已經疲累了，開始從內心產生厭煩，我說已經做了一半的工作，把它放棄，如果再做別家，也同樣會發生同樣厭倦的事。她問我要如何再提高興趣，我說就只好練習再練習，工作再工作，別無他法，或許會在那個時候又有所獲得，再提高另一層的境界，要是突不破這一個滯留的狀態，那麼就可能半途而廢了。你說我和凱茜不會再合作，也有可能，當我和艾迪去加州後，我們只能靠通信的方式，這樣會失掉當面磋商的那一層了解，我也不能當面給她鼓勵，那麼她可能因爲生活關係，興趣就低落了，最後也就不得不放棄。不過，目前我們互相都做得還算滿意，我想我不要有更多的要求，像凱茜這樣的女人，更不能去強求。

四十七

你終於要走了。你豈知我非但要在今日的時空下與你爲友，我要今生今世，乃至於生生世世與你爲友。你我相識是緣分。

我感覺整個愛城，你我曾是相親的人，獨你了解我的任性與情緒的來由，這些日子，得你相伴，不知解我多少抑鬱和委屈，想自己終於有個親人，千里迢迢地來伴我，行過最後一個秋季。

四十八

我剛和艾迪通電話，我問他昨天爲何不在，他說他打電話過來，我不在，明明說好我要等他，他有點不高興，所以出去散步。我還告訴你，我打破了茶壺蓋，破成三片，我只好等艾迪回來時再要他把它們黏好。現在即使我臺灣的男友要我，我也不能答應他和他在一起了，雖然我至今唯一愛的是他，可是我和他畢竟距離太遠了。在早些年時，我會，我也等過他，但現在我已經由自己的一番經歷走出一條自己的道路，這是一條自由之路，我將來尋求的是幸福，要過坦誠和光明的生活，沒有那種心理的牽掛，單純的愛情，這是我和艾迪才可能有的，而不是過去的那種任性和浪漫。在過往的那段時光裡，我在臺灣幾乎是每半年要換一個男朋友，我不知道爲何要那樣，只是覺得我和他們相處了一段時光之後，就感到厭煩了，那些男人無論才情和品貌都不能滿足我，直到我遇到我那唯一的愛人，他是這世界上最好最合我心意的英雄，我就是喜愛他的男子漢的氣概。我就是這樣陷入於這情愛的泥沼，是我願意的，只要我和他在一起，就覺得我是眞正的和男人相愛，也在愛男人。這個經歷深印在我的身體內裡，也使我在今天體悟了我應走的一條路。我現在要的是健康的愛情，我要去愛的是純潔的男人。當我想要這樣做時，我毫不憐惜地把我在臺灣的一切成就都放棄了，我知道我在那裡是不能新生的，我只能到另一個國度重新開創一條新路，重做學生，學習獨立和自由的生活，覺悟我過去的一切罪咎。我要告訴你，在那些男人中，我眞正負於他的是小李，他是那麼愛我，除了我外他不會再愛別的女子。我不應該挑他的感情，可是我的任性和虛榮使我做了。後來我發現我不能愛他，我就後悔我做了這樣的事。當小李去當兵時，我和小杜好，有一次在聖誕節的時候，我和小杜來到臺北，我要小杜陪我去宜蘭找小李，我和他的錢合起來只能買到兩張火車票和一個便當，我們合吃了那盒便當在火車廂裡。到了宜蘭，我打電話給小李，他在山上，他說我來幹什麼，我說我和小杜來，要找他談談。他來了，我和他在火車站候車室的一角談判，小杜站到外面去等，他常常探頭進來看看我們的情形怎樣。

後來談判沒有結果，小李帶我們去吃飯，然後給我們買車票離開宜蘭回臺北。到了臺北，小杜問我們去那裡?我又不能回家，回家就出不來了。小杜說陪他去嘉義找阿南，我說累了，他說我欠他一次情，也要還那次情，我只好答應，他去籌錢，我們又乘火車南下。就是這樣好玩，在那時，我不知道我爲什麼會這樣瘋。你知道嗎?我就是這樣好玩，坐在火車裡是那樣快樂，這也是我在夢中也不能再喚回的過去歲月。我在這異國中夜驚心醒來，常以爲我還身在臺灣，以爲他又來了，以爲我心愛的英雄來叩門。我那唯一的男友，我後來甚至甘願做他的妾，只要他能要我，要我等，我幾乎等他一輩子了。而現在我再也不能那樣做了，你明白我已不似往昔，我經歷了那許多劫難，我尋獲了我認清的路，生命和愛是不能有那種不止息的牽掛，一有牽掛，就沒有自由，沒有自由就不能掌握現在的愛。我現在是太愛自由了，有了自由，才能有自己眞正的生命和愛。

一九八三、十二月

連體

——向某藝術家禮讚的寓言——

據說他隨著一隻船到來，從廣大的海洋的那一邊的一個小島出發，在抵達東岸港口時，他從高高的甲板上走下來，踏著了這片巨大的陸地。一個小小的個子，但是他年輕、細小的眼睛裡閃爍著光芒，內心裡預藏著一個希望。隨著他失蹤了，讓他在原地登船而且一路把他視為弟兄想把他栽培成船員的人找不到他，以為他迷失在城裡，派人到遊樂的地區去尋找，想他一定會在錢花完疲倦的時候回到船上來。他們延緩開航只因為愛他認為他在這異地孤單，不過決定他回來時要嚴懲他一番，這往往就是教育新手的辦法，對適假者的體罰已經是承傳很久的歷史。當他們意會到他不是他們想到的那些原因，等候他等不到，在忍痛報告了當地的官員後，把船開走了。

他躲藏了幾日，像個古代的原始人，在這個最文明的城市裡，他找到了樹林和洞穴，白晝他出來覓食，黑夜隱密地潛回無人知曉的巢居。他還不想去尋找同鄉早先落居此地的朋友，那些在童年曾和他生活在那島上玩耍和繪畫而經由合法登岸現在已經立足創業的人們，因爲他明白當地被告知的官員一定是日夜在那些人家守候，準備在他出現時就逮捕他，依照他們的慣例會將他關起來，然後再有船來時將他遣送回來；這樣的話等於白費了他的心血，對他來說是滑稽和不名譽，所以他必須忍耐、機警和保持健康。他不能生病，病痛會使他的意志轉弱，最後是投降和失敗的命運；他有最壞的打算，生病時也不出現，準備孤獨地死亡。

當他有一天在街頭的牆壁上看到一張貼著的通緝他的畫像著，他知道尋捕他的官員已經不耐煩了，依照他們作業的程序，他們放棄了到那些人家去守候，認爲他會有侵犯別人的危險而述諸公衆的警覺，而這個時候正是他可以去造訪他的友人的時候。他想千里迢迢從小島來謀生的人總是在這異地幫助自己的同鄉人。大白天他混在人潮裡在畫廊進進出出，黑夜裡他在餐館做工，餐館的主人在打烊後把他鎖在屋子裡，讓他做完工作就在裡面睡覺。在經過很長的時間後，他坦率地寫信給當初積極要捕捉他的官員，將他抵達後的藏匿生活一一告訴他們，表示他並無惡念，而這個時候，應該是他們實施對他寬容的階段。他的報告等於是對他們的挑戰，是他對他在此的生存權的申訴，他要他們到他指明留下遺跡的躲避地點去，在每一個地區可以考證到他的艱苦和意志，他用他的本能，而不是用他們的辦法，他表示任何一種方式都能證明這廣大的空間的自由精神。

他把他們弄得啼笑皆非，那些處理的官員中有人盛怒了，有人卻感嘆地點表示欽服。這時是個雙方尷尬的階段，他當然不能大意。意志的驕傲之後就是謙卑的呈現。他告訴了他們他每天的行止，而且他說他準備要發表他的作品，像那些生存在這被人類建造起來的物質文明的城市裡的藝術家一樣，唯一區別的是他以自己的身體爲材料，演出他身體的語言。他是爲人類的精神爭取自由的鬥士的行列中的一個，同樣他是爲人類的形式孕思的，而不是貪圖在這豐饒的陸地上耗費食糧的人，如果他們只是爲他個人的不合法要捉他，他將放棄對這神聖的土地獻出他的工作；他將不貪婪，如果他們蓄意要侮蔑他們豎立的精神碑石——他們曾制定了法律收留和保護藝術家，使其爲創造而成長。但是在經過了猜疑、鬥智和長時間的疲乏之後，他們並沒有放棄緝捕他，而他終於在他們和所有人們的面前揭露了他的身分，毫無隱諱地顯現在這被哲學家形容爲無重量感的海市蜃樓的奇蹟城市。

是的，不必假手那些官員，他把自己關起來，不必他們費事，他自動的囚禁自己於牢籠內。不必耗費他們一錢一分，也不必佔用他們的地方，監獄裡已經擁擠太多的人，他用他辛苦工作賺來的錢訂製一個模樣相同的鐵柵欄獸監，擺放在他租來的一間被廢棄的倉庫，公證人打開牢門，讓他走進，然後封印和拍照。他像一隻已經被剝奪了自由生存權的禽獸囚禁在無法脫逃的鐵籠裡任人去參觀和揄揶。他和圍觀的人互相注視，可是還沒有人能透過這形式的表演了解他，因爲他的地位像獸，他讓自稱非獸的人類去親眼看看他們一樣形象的人的他就是獸。

一樣單獨地關閉在方形的籠子裡，人們從四面八方都能赤裸裸看見他彷彿敗喪而躺著的模樣。人們不明瞭他爲何如此，覺得他既可憐又可鄙。時間久了，觀看的人比他自己更忍受不了，而他自己反而更能逐漸地解脫。有人定時拿來食物和水給他，吃過和飲過這些東西後，他會為消化在有限的空間繞著圈子走。起先他不好意思大小便，只有乘人都走開時解開褲子，但是他正當在進行時，人們又圍攏過來。有人甚至好奇他夜晚會做些什麼事，輪流來觀察他，尤其人類學家來考量他的意志力，還有社會學家和心理學家想來從他身上製造一點新論題，所以新聞記者也天天跑來，看看是否有任何的變化，有一位牧師想和他進行一次交談，但被他拒絕了。他就是這樣：不看書報消息、不說話、不聽音樂、不寫字，不痛苦不快樂，完全無為地存在著。人們所見與他所表達的意涵有著相當的距離；這是現世的人們前所未見的景象，除非人們能從歷史去追憶聖·西蒙。

他自四一年到終了時，正是他離船踏上這塊陸地算起滿五年，那些關懷他的官員走過來不再是為了逮捕他，而是前來向他握手恭賀；為了職責，他們先前是要捕捉他，現在是為了要留住他。

「歡迎你到西方來，東方先生。」

東方先生是整個新聞和藝術界給他的稱呼；新聞界是為了新聞事實，藝術界是為了肯定表達藝術的自由。

那些官員在他離開鐵籠子時又說：「如果你願意，你到我們的辦公室來，填上表格，成為亞美利加的公民。如果你找不到工作，我們也會發給你生活補助金。」

「謝謝你們的好意。」他說。

但是他並沒有去他們的屋子；他想：這些事物對他來說都是不重要的。重要的是：他要把一架打卡機安裝在自己住屋進門的牆壁間。他買了一把鋸子，買了一些木板，親自做了一個架子來放置打卡機。這部機器他去訂購時，要那家公司的技師調整每一小時只能打卡一次，時間未到或時間過了都不能使用，把卡紙放進去，它能自動打出年月日和第幾小時。所以他現在顯得極端的匆忙，他選擇在附近打零工賺錢，每小時都要及時趕回來一趟；他的臥室和打卡機僅間隔一面木板牆，有鈴聲每點鐘催醒他起床過來打卡。他這樣做，看不出他爲了什麼目的，人們覺得他好笑，指認他滑稽，一個小東方人故意模仿西方社會做這愚蠢的表演。漸漸地，那被打滿日期和時間的卡紙累積了起來，人們看到他時也笑不起來了，覺得這事不是因爲心智不足而弄著好玩的，這時他更嚴寒自己定下的紀律，更無需去解釋他做這樣的事是什麼意思，但是人們意會到了，嗅到的嘲弄味道愈來愈濃，簡直要淹蓋整座外表莊嚴內部華麗的城市。情形相反了，他對自己的職責愈來愈駕輕就熟感覺輕鬆，而看到的人們卻變得逐日地緊張和不愉快。

固然，他這樣地折磨自己，愚弄自己，使他自己在白晝從不能順利地做完一件工作，使他不能完整地在夜晚的睡眠中織好一次夢。而且，有遠從大海洋那邊他出生的島上傳遞過來的訊息，要他結束表演整裝回去；他的親人的信上指罵他羞辱他們，因爲他的祖宗的觀念非常重視外在表現的名譽，在西方不能丟東方的臉。城市的住民也不完全欣賞他的作爲，傳統派的人士內心裡非常深惡痛覺，指證這是異教的作法，比印地安人更卑鄙和骯髒，令人無可奈何和頭痛。在這個城市的同鄉朋友也覺得他這麼做不是滋味，他們想：這樣做對他自己有什麼好處，更不必說對他們有什麼好處；他有本事的話，何不去跟隨那些超寫實的畫家用筆畫畫賣錢，卻像一個傻漢一樣打零工，然後做這無意義的演出。他變得孤獨了，雖然他被疏遠，但他安靜了，這增加他的思考，而他體嚐了更高的境界。他的信念是要做好這個表演工作，且準備在做完這個工作後，繼續演出另一個作品主題。

他打算一旦離開自己的家門，就不再走進自己的，也不會走進別人的門戶，他準備流放在戶外一個年頭，像他已經完成的對自囚和打卡兩件作品的堅持。這座大城到處都是高大如山的建築物，它們是爲人類建造的，是人類的驕傲，但是他拒絕它們那種整潔和美好、溫暖和安全的誘惑，他認爲這世界仍然到處都是缺失，是虛飾和野心所建立起來的，沒有自我充滿的精神和安全，反而隨處都是依賴的危險，其中的一條電流斷了，一根螺絲釘腐朽了，都會造成全盤的癱瘓和崩潰。但是他的表演還不是完全爲這理論的理由存在，這種理論不是他萌創的意念來源，這是平凡對立的論調，不足構成他存在的支柱。他有自我訓練和受苦的想法，有私自需要的理由，有完成自我的絕對精神，有不去和現代總體文明混淆的生活態度。他出發了，背著簡單的行囊到處遊盪，但他不是乞丐。白天的時間，他尋找在外頭的零碎工作賺錢謀生，晚上睡在公園的石凳上。他被人從這一區趕走，走向另外的一區，再從那一區被趕，再到另一區，因爲人們嫌他的骯髒，覺得他的模樣醜惡，怕他身上有傳染病。夏天他在港口和海岸走過，冬天在靠山區的雜草堆中睡覺，厚厚的積雪在一夜之間就把他埋沒，但他並不因此生病死亡。有一次有些人聯合報了警，警察過來捕詢他。

「你在做什麼？」

「我在演出。」

「演出什麼？」

「表演我的藝術。」

「你的藝術是什麼？」

「就是演出藝術。」

「沒有別的說明？」

「沒有說明。」

「爲什麼不進屋子去表演？」

「因爲它必須在戶外表演。」

警察決定要接受人們的控告他騷擾居民，他被帶走，遞解到法院，但是當初那些想逮捕他的官員出面了，爲他解釋他是藝術家，受到法律的保護，才把他再釋放了。他幾乎受盡了排斥和驅逐，侮辱和謾罵，但他漫遊了全城的大街小巷，走過所有的橋樑所有的路，一年之後，他回到他一年前踏出的門，走進自己的住屋。

這一次他休息了很長很長的時間，他在昏沉的睡眠中夢著自己回到了那個島嶼，他赤腳在泥土路走著，感覺有一股暖流自腳心上升，通達到他的腦頂。他看見山丘上長著相思樹和芒草花，他的妹妹身上穿著紅花衣裳在他的面前跳躍；他聽到屋簷的麻雀叫聲，以及籬笆外的犬鳴。他覺得自己睡在農村的家裡，看見了父親有皺紋的臉孔，他的母親端著碗走到他的床前，一張蚊帳隔著他，使他只能看到她灰暗的表情。他病倒了，那些湧向他的懷念思緒把他堅忍的意志推倒了。

他從蜷縮的身姿翻仰過來，伸直手和腳，挺起脊背想起來，但他覺得昏暈和旋轉，重跌回床墊上，只得繼續躺著，沉重地喘著氣，從內心裡感覺對一切現實事物的厭倦。他清醒而憎惡地想著，他會在意志的河流中虛弱地死去。他又睡著了，這一次他夢見一個女人，金色的長頭髮披在肩上，一對碧綠的眼睛投出神奇的光芒注視著他；她原在一處山嶺的廟宇盤腿靜坐，她站起來走出廟門，背對著灰藍的群山，然後她行走，在離地的空中安穩地移動，越過高山和湖泊，從許多村莊和農場的上空經過；她從遙遠向他走近來，站立在他的面前和他對視。

他醒來時已經起身坐著，環視著自己租居的所有一切，他一一思量家具的用處，估量屋子內空間的大小。這是一間大樓房中的一層樓的寬大房間，他的意識已恢復清醒，在這同一層樓的另外兩個部分居住著一位男性畫家，和一對跳舞的夫婦，他們之間從來不互相造訪，只有電話的聯絡。他翻閱床邊的記事簿，打電話過去。

「哈囉，德賽斯先生嗎？」

「正是，你是誰？」

「我是你的隔壁鄰居。」

「你好嗎？」

「我沒有死。」

「恭喜你。」

「假如我找來一個女人同居，你不會不方便嗎？」

「廚房是會有點擠，不過沒關係。」

「那就謝謝你。」

「你是想結婚嗎？」

「不是，是爲下一個演出。」

「什麼?!你眞的瘋了？」

「這一次才是眞幹的。」

「難道你還做得不夠嗎？」

「德賽斯先生，你是個畫家，我問你，你一生只畫了三張畫就滿意了嗎？」

「不，我不滿意，我要一生畫下去。」

「我也是。」他說。

他大步踏出屋外，到報社刊登了一個訊息廣告徵求一位同時表演的女性。琳達，來自這大陸地西岸的滄桑女子，早已經心儀這小東方人而蒞臨這東部的大城來打聽他的形蹤。他和她見面了，他意會到她的神秘學養，也注意到她的美麗，他們訂下了下面的演出約定：

我們，琳達和阿慶，計劃去做一年的演出；

我們將在一起絕不單獨分離；

當我們在室內，我們將在同時間中在同空間裡；

我們將用八尺的繩在腰部綁牢在一起；

我們將絕不觸犯對方在這一年間。

從那年的夏季開始，在這個擁擠各色人種的大城裡，當這位白膚女人在大學的學堂授課時，她的旁邊有一條堅韌的繩子連牽著一位黃膚男子站立著，他沉默而凝思聽講；而當這位男子混在一群建屋工人裡忙碌地做木工時，同樣那女人站在身旁看著他精巧而勤奮地工作。他們一起出門，一起回到屋子；初先他們非常引人注意，看到他們的連體模樣會引發些遐思和想像；日子久了，他們的形體會逐漸隱沒消失在這浮幻的歷史大城的角隅，但他們的事蹟會傳述下去，永遠留在人類的記憶中。

一九八四、二月

中國文學討論會講辭

我的一位朋友曾提醒我說：你只寫了幾個短篇小說而已，並不算是什麼作家。他又說：你知道中國近代以來，因爲種種內在因素，以及西洋知識的湧進，一切情形顯得相當的複雜，不易辨清一條應循的道路，在文學方面並沒有出現眞正偉大的作家；即使可圈可點的作家也有幾個，但在這個世界上，因爲受到語言的隔膜，因此也沒有怎樣地在世界文壇上受到重視。我聽到他的話時，感到戰抖、羞慚和憤怒。那麼今天的中國作家眞的如他所指的那麼軟弱嗎？我想所有聽到這樣的警告的話的中國作家雖然相信這是個事實，但心裡一定的十分不服氣。他又說：不管你聽到後覺得舒服或不舒服，你如果自認爲是個現代的中國作家，你就得拿出東西來證實你是個作家。

我有時考量所謂作家的意義，常感覺十分的徬徨。所有知識範圍的工作都可以稱爲作家；作家的意義像民主自由的思想是已經廣泛而普遍了。而文學創作者僅僅只是文藝的作家，它的涵義已由一個完全的整體轉變成爲一個整體的部分，今天的作家誰也沒有那份權能來左右普遍人類的命運。

謙卑對文學作家而言並非是一件壞事，今天我們都能共同認識到個別生命體的重要，因此我們都非常重視個體生命的存在，不僅只是人類對待自己的同類而已，甚至要珍重自然界所有有生命的個體的存活權利，文學作家作品中的象徵意義的應用可以看出這個精神來；今天的作家所寫的作品的一點一滴不論事物的巨細大小都具有這等的象徵作用。因此今天的作家的職能，他在藝術的創造過程顯得非常的重要而不可缺少，這個創造過程的藝術部分幾可以決定他是否盡到了作家的職責。

近代的中國人普遍存在著兩種思想（西方知識和舊有的本土情感）難以諧調的矛盾。這兩種想法間的辯論，私底下都不免有些生活情趣上的尷尬，但是相互的指責都想把國家民族的存亡責任推在對方的身上，喜歡強調除了自己本身是「愛國的」外，別人都是「不愛國的」。有些人曾嘗以西方作家的言論（譬如斯賓格勒的「西方的沒落」）來爲自己的國家慶幸。其實，中國社會的振作復興並不需要端賴別人的衰萎而取得平衡或超過。今天的中國人經歷了種種歷史的劫難之後，最需要的莫過於像西方知識份子那種反省的道德勇氣。

我在二十多年前眞正的學習興趣還是在繪畫和音樂兩方面，這兩件東西我是從小就能表現的才能。至今我還不能明瞭爲什麼我會在二十三歲那年突然寫了一篇短小說發表在聯合報副刊上，從此走上寫作這條路。在半年之間總共發表了十多篇，還有一些散文。我在當兵的期間投稿給《現代文學》雜誌，時間維持的相當長，作品也很多。然後我認識了想辦《文學季刊》的人。在《文季》初期，一年左右，我辭掉教書的工作，寄居在二姐夫家裡，跟他們住的很近，我便和他們一同編輯、設計版面、校稿、跑印刷廠。後來我在咖啡館工作，我個人很憂悶和不快樂，想離開城市。我去住在高山族的地區有一年的時間，然後回到我出生的地方，我的兄弟姐妹都分散了，那裡還留有一間過去父親母親和我們小孩子生活的破舊房子，我把妻子和小孩安頓在那裡，我又開始在小鎮的鄉下學校教書，而且寫了許多作品。到今天爲止，我總共寫了一百多篇長短的作品。另外有一些詩，分別集成十四本書出版。我並不確切明白這些作品對讀者有什麼用處；有的人似乎很喜歡我寫的作品，但有更多的人根本不喜歡，所以出現許多探討和批評。有人把那許多批評的文字出版成一本書，書名叫《火獄的自焚》張恆豪編、遠景出版社出版。後來海外的學者漸漸發表對我的作品肯定的文字，甚至有來自法國和美國的學生研究我的生活和寫作寫成碩士論文。事實上，這些作品也許對我比對別人更有意義。齊克果說過一句話：「免於朋友的忠告，卻是一種絕對的好處。」無論如何，即使我生活在中國的社會本身是中國人，我永遠不會去接受人家要我寫這寫那，如果我不去寫我自己想寫的，我就不寫。今天如果不是我能想說什麼，我就不說。我喜歡用我自己的方式處理問題，我的這種態度等於讓別人來孤立我，我也有意地要過孤獨安靜的生活。在初寫作那幾年，我曾廣泛地與文學藝術界的人來往，可是後來因爲生活和個性的關係就沒了。我開始閱讀一系列歷史和哲學的書籍，近二三十年來，台灣的文學有很多的辯論會，也有很多的事件，可是這些事我都無權去參與，因爲我住在偏僻的鄉下，上城十分遙遠不方便，有時我想去看個究竟，一路走一路想著這些事的現象和因果，常常來到半途就覺得累了，興趣也打消了，就折返回家。

五月花公寓

我一步一步踏進那草場
走入那高大而青綠的樹林
我曾移近那河
看見河面緩緩漂流的事物
河水在昏黃中似不清碧
我沿一支流而上在聽到鴨鳴之後
密葉的隙間讓我揣探對岸的深幽
然後我去躺在他們許久前設置的一張固定的木凳朝上觀望

太陽已下去了
在天空留下琥珀的色光
襯著那漸趨變黃的樺樹繁葉

從周遭傳來頻頻的車聲
但蟬鳴更噪擾我回憶起早晨開門睹見的
一對鳥禽驚憂的眼睛
那瘦弱的身軀似已被剝失了層皮
彷彿古代至今猶存的人類凌遲的女體

我離開時樹林已一片灰暗無光
那邊陲之河的鴨群順流而去
遠處城鎮的燈紅點染水色
我抬頭看看那巨廈整排如牆
那是五月花公寓——寂寞之所
是衆人在夜晚中的夢床

九月一日

秋之樹林

秋之樹林
爆發的火柱
晌午的光色
不會乾的草地
捲縮翻滾的落葉

秋之樹林
薄白的殘月
匿跡的松鼠
屏息凝冷的空氣
吸剩的半截菸

昨晨的飛鳥
橫躍公路的花鹿
以及我曾經歷的春夏
都在南方的領域

秋之樹林
垂思的眼光
被抑住的呼喚
乾渴向天的椏枝
無聲歌唱的柳樹

一九八三年寫於愛荷華

離去二十行

每個清晨都自雙層的玻璃窗攝取對樹林的綠意當我來時
我更貪婪於愛河的晨容像曾留注過的仰臥的美人的平滑膚波
有一條路在彼岸蜿蜒在高坡引人遐思嚮往可是不知山後是何種模樣
每一次散步都隨興走得太遠終致深感往回頭走得艱難

我赴宴回來在汽車裡驚覺街道所遇到的秋殘
我只能垂首默思當有人用嘆息來傳訴心事的內涵
我已習於愛看校園徑上來來往往的青春體態和面龐
到底何時來何時要走忘掉我是短暫逗留的孑單

一度喜悅於色彩的變換幾次寒雨悵茫當繁葉萎落堆積道旁
現在憑窗凝視的是光禿無奈的枝椏綠地也被黃葉掩埋

據說今冬會有厚雪卻想到松鼠將避何處水上的游鴨又將如何？
蟬鳴絕盡騷叫已去四季輪序何患憂天想到種種家園

啊愛荷華你這歷盡滄桑的婦人我是你挑選的情夫像過往年年
我逐日之食都源自你憂國的情操寬厚的愛崇純的精神你這樣堪勞
河岸羅列的燈盞高懸的月光還有燦紅的落日皆徵你明麗景象
我只是這時光的形影來時不夠從容去時是那麼倉皇匆匆

別了愛荷華長天灰灰遮去高廣的幽藍在這士之月末
別了邂逅的朋胞聚夜漫蓋家常溫情難報酒殤爛愁腸
別了這淘脫的一層頑硬軀殼新嫩的輕身要往南往西飛翔
循來時舊路橫渡因緣那廣水中的島嶼有妻有子是我的故鄉

一九八三年十一月于愛荷華

給安若尼・典可的三封信

七等生

安若尼・典可：

我很高興你有興趣讀我的作品，你是我所知第二位想研究我的寫作的外國人，第一次是一對留華的法國青年夫婦Amtouie Fiilet er Armelle，他們是經在台灣工作的外國神父介紹來的，而你是我所敬仰的詩人楊牧的弟子。首先我希望你能了解我的寫作是由於我個人生活的苦悶，以及對周遭環境的觀察。我並不覺得做個作家就特別感到榮耀，作家和一般人都是相同的是人，我盼望和期待超越現在的粗陋而強硬的理性層次到達感知和纖細的人生境界。我知道這必定要透過生活的痛苦經驗，尤其在東方的世界，許多人都必須經由這種考驗和劫難。我對現實並沒有做直接的辯論，可是現實依然有形、無形存在於我作品的文字之中，它們不是我直接要描述的對象，而是一種提引，是一條要進入路，經過它的鋪陳，去到另一個地域。我所以要這樣的告訴你，是希望你能避開某些讀我作品的批評家所做出的斷章取義的結論。當然我無法說出作品那些是眞正的要旨所在，它們需要去感覺，而且有必要去選擇，從中感受或捨棄。

我對西方作家和他們的文學並沒有像學者們一樣有獨到的研究，我最先學習的是繪畫，而最早感動我的是音樂。據說我的父親是鎭上的一名鼓手，那是在日據時代，他死得很早，那時我不太懂事，只留有仰望他站在窗邊吹笛的印象。但我知道我的大哥是個精通各種西洋樂器的能手，他死時只有三十二歲，是很可惜的。他們痛苦悲傷的生涯，我想非常影響我的人生觀。我二十三歲寫第一篇小說時，根本沒有讀過多少所謂西方作家的作品，可是小說作品在我求學的年紀中偶而涉獵到的幾本作品已深印在我的心田裡。德國史東的茵夢湖和美國的海明威的老人與海是我最先讀到的兩本書，我反覆地朗讀，直到像喝醉一樣。然後是英國的D．H勞倫斯的查泰萊夫人的情人，我最喜歡那本書前面勞倫斯親寫的序文。但讓我在某一段時間沉迷於他們的文體的是三位法國作家：蒙田、莫泊桑和莫瑞亞訶；這三個人正好代表著：思想、理性和情感。我當兵回來，離開小學教師的工作後，我的閱讀才眞正的展開，所有在那時出版的西洋近代文豪的作品都看；假如我一一寫出來，你必定會笑。但我想最早讀到的是最重要的，像少年時的體能和技巧的訓練一樣，是後來一切能力發揮的基礎。但我不能不說有三位我佩服卻不能隨意模仿的俄國作家是托爾斯泰、杜斯朵也夫斯基和巴斯托納克。而讓我想到哲學問題的是柏拉圖、齊克果和卡夫卡。有四、五年的時間，我轉到歷史，看完剛逝世不久的美作家杜蘭的三十七冊文明史和湯恩比的歷史的研究。這些西方世界的思考方式是我用來觀察和記錄我個人和身邊環境的事物的一種方法。我想中國文字不應只是一湖死水而已，應該讓許多河流進來，使它活潑新鮮。而心靈的運作是唯一對它有用的根據。今日中國的世界心靈的自由活用。將來中國的文學要像世界各國一樣成爲具有世界性和普遍的人類精神，端看心靈是否甦醒復甦了。

如果你不急於想馬上完成你的論文，我們或可在未來繼續討論一些更細微的問題。雖然我不能保證你有問我必答，以及是否我能回答。還有，我在此出版的十四本書，你都能在圖書館看到嗎?你想要，我願意贈送給你；你不要，我就不寄。那些書裡，有我寫的序文和年表，可提供你明瞭一些我的生活和寫作的概要，這是在信上無法詳細去說的。

另外，我希望你能請教王教授，向他學習中國的書法，他也是很好的書法家呢。每天花一個鐘頭寫毛筆字，這對你來說會增加你對中國字的注意力和樂趣。最後希望你能代我向王教授致意問好，並祝你學業進步心身愉快

七等生

一九八二年十一月二日晚上

安若尼·典可：

我對筆名的陳述或許會使您覺得平凡，但我並不要爲使您有驚奇感而另外編造一個。見過這個筆名的人都想問我爲何要用這個筆名。我很不願意回答這個問題；迫不得已時我總是擇取整個事情的其中一段去回答，而不說出全部；我希望他們能有他們另外的對這樣的一個筆名所產生的不同想法，而不必依循當初我取用這個筆名時的幼稚心靈，雖然直到現在，無論從那一方面來說，它是能經得起任何考驗，因爲它不是什麼了不起的學問，而是從生活中得來的。它不是最好，也不是最壞，也不在中間。它什麼都不是，但它是。我童年時的孤獨和無助，是因爲家庭生活貧窮的緣故，幾乎沒有辦法在小學畢業後進入中學讀書；雖然我在繪畫和作文被稱爲天才，可是老師看我家窮也不願幫助我，我去城市投考時沒有鞋子穿，赤著腳，而別的孩子們都穿最好的衣服和皮鞋，還帶許多吃的東西，因此我在火車上和旅館裡自卑得躲在角落暗暗流淚。我進入中學後，幾乎沒有朋友，我每個星期日在家用四開紙編寫一張週報，取名爲《太平週刊》。有一天我路過一家私人醫院，看到牆上一張畫簽著「**七等兵**」的名，於是我回到家在自己的週報上署上「**七等生**」的名。這些刊物一共延續了有一年，我後來離家時把它們存放在櫃子裡，但六年後的一次大水災，房屋倒了，它們也流失了。當我再到台北讀師範藝術科時，我不知爲什麼原因，那裡的教官和教師對於有自己的意思而不按他們的意思去做的人非常不高興，這也許與他們爭取成績有關係。那時我的繪畫作品就簽上這個筆名，我要開畫展，他們命令我把畫從牆上拿下來。我在這個學校受盡了永生難以忘懷的欺辱和痛苦。後來我發表第一篇小說，我想用這個筆名是爲對我的童年和學生生涯的一種紀念。當每一次有人問及我的筆名時，我便會對這個筆名無由的去做無盡的思考。後來我所過的暗淡和飄泊落魄的日子，也使我一次又一次地去追認這個筆名的存在和意義。只要我從閱讀和生活多增加一些知識而深覺自己的渺小時，我就愈覺得這個不很好聽的筆名對我的合適，而現在我的思想、行爲，一切的一切無不都是這個筆名了。

我早年熱中於繪畫和音樂，因此我並不熟知外國語言，只略識一點點英文，如果有一天我要到國外去遊歷，就只好學一點英語會話了。我所讀的書全都是翻譯來的。我甚至更喜歡翻譯的文章，我非常感謝那些翻譯法國作家史當達爾的《紅與黑》和莫瑞亞柯的《荒漠的愛》以及雷翁那圖、達文西的傳記《諸神復活》和蒙田的散文集的作者，他們完全採取直譯的手法以及保留原文眞髓的精神，給我對文字的莫大啓示。除了中國古文外，我不喜歡當代中國文學創作家及文字，他們有的雖很簡潔，卻沒有多大表現。文學藝術是要靠表現的，有表現才合乎「美」。因此我要寄一份一位遠在倫敦的中國教授的論文給您，您會從這篇論文發表的討論我的作品的論文〈幻與眞〉，附錄在《銀波翅膀》這本書的後面。以下我補述您要的年表：

民國六十七年（一九七八）四十歲　小林阿達、回鄉印象、迷失的蝶、散步去黑橋、夜湖、寓言、白日噩夢、歸途、雲雀升起

長篇：耶穌的藝術

散文：書簡　我年輕的時候

詩：戲謔楊牧

出版：散步去黑橋（遠景出版社出版）

民國六十八年（一九七九）四十一歲　途經妙法寺、銀波翅膀、夏日故事、河水不回流

詩：隱形人、無題

聊聊藝術——席幕蓉詩畫集品賞與隨想

出版：耶穌的藝術（洪範出版社）

民國六十九年（一九八〇）四十二歲　決定暫時封筆

銀波翅膀（遠景出版社）、楊牧的論文〈幻與眞〉

民國七十年（一九八一）四十三歲　個人離家搬到坪頂山畔居住　寫生活札記（研習攝影和暗房工作）

民國七十一年（一九八二）四十四歲　十二月一日把鎮上的家春搬來坪頂　老婦人、幻象、憧憬船、我的小天使、哭泣的墾丁門

馬森的論文、隱藏在本土的一塊美玉

劉武雄

一九八三年二月二日

安若尼．典可：

我的第一篇作品〈失業……〉發表於聯副即受到注意，之後連續發表十多篇，並且投稿給現代文學。我眞正的失業不久，他們（尉天驄等）就邀我於鐵路餐廳談創辦文學季刊的事。在最初的一——五期，我都有實際參加編輯和選稿；我和老尉在他的政大宿舍一起工作，他去服役受訓時，我完全做那些瑣碎工作（跑印刷廠、校對、設計版面）。有一次大家去訪問兩位美國青年，一位是留學生，一位是地理雜誌的攝影和撰稿記者。那時是越戰和美國國內的學園反戰的時代。這兩位美國人向我們大談嬉皮和大麻煙的境界，以及放披頭四的歌並分析它們。由於陳永善設計的這次訪問的居心是想藉美國人來反對美國（他的作品可以看見這點，那次的訪問記錄亦可證明），因此我在這次的訪問之後，內心即有所決定，不再和他們在一起。當然不只爲了這樣的訪問，還有很多他們的言行，讓我看出他們內心的跋扈，當我發表〈精神病患〉、〈放生鼠〉時，他們都表稱讚；我隨著發表〈我愛黑眼珠〉、〈灰色鳥〉等作品，他們就搖頭，以爲我走的路線不對，以爲我沒有理想和使命感，而且不寫實。包括很多文藝界的人，都認爲我是個人主義和虛無主義者，認爲我病態。從此以後，我就不再和其他的作家有熱切的交往，只寫我的作品，過我自己的生活，從城市回到鄉下。

除了投稿給報紙有稿費外，我的大部份作品都沒有稿費。生活雖然窮困，但我還是寫，寫出我心裡想寫的東西，來安慰我自己。我從來沒有感覺到我的文學高峰在那裡，別人的觀感如何我不知道，我只是想要一次比一次有更高的境界來滿足我自己而已。有一天張恆豪突然來找我，表示他要編一本有關我的作品的評論集，我才知道那些論文有的對我有很深的誤解，有的很同情我，但卻不知怎樣去說。然後國外的學者才漸漸關切我，說了一些比較客觀和公平的話。在國內的批評界，他們就沒有這種智見和雅量。

參加文學季刊使我對寫作界有較廣的認識，也懂一點中國文人的某些可鄙的野心。我在離開文季後寫的作品更多更順手，更能表現我個人的風格。我一點也沒有感覺，沒有參加什麼團體會影響到我的寫作，反而覺得參加什麼團體一定會喪失很多個人的創見。所以有人認爲我不是文季的人是完全正確的，那不是什麼光榮，反而是一個陷阱。我自由的寫自由的投稿不是很好嗎？我的稿被退的很多。有雜誌要創辦總是很熱切的邀我去，要我給他們稿子，可是後來總是把我的稿子退回來，像中外文學。又有些編輯因爲我的作品而爭吵和辭職，有的爲我的作品辯護，有的很膽怯，不敢用我的稿，像純文學。我投稿的辛酸很難盡訴，我並不想向別人訴說這有多大的不公平，但這一切不都是使我有所覺悟和選擇，以及迎接心境的和平嗎？順便一提，今年八月底我可能到美國愛荷華大學去住四個月。另外，我很高興我提供的東西有助於你的論文的進步，你不必感謝我，你應該感謝這個世界，如你們西方人所說的感謝上帝。

武雄

一九八三年三月二十三日

七等生小說的幻與真

楊牧

幻想與現實同時存在於七等生的小說世界。若是現實已經勾劃清晰，則幻想擴張之，深刻之；若是現實僅見梗概——在一般情形下，七等生的現實相當隱瞞——則幻想揭而顯之。幻想對七等生而言，只是手段而已，他通過幻想之運作開發探討他親身體驗思維的現實問題。七等生是臺灣三十年來最具哲學深思的小說家之一，而他的創作更是小說中最富於抒情詩意的創作。他和同儕如黃春明、王禎和等人不同，他所提示的問題多是相當特殊的問題——七等生是一位非常自我的藝術家。特殊的現實問題之所以能夠呈現普遍的意義，則歸功於幻想因素之充分運作，建立各種比喻的形態，終而構成寓言託意的藝術系統——七等生小說中的幻想比現實易於理解，易於接受。但幻想只是他小說中的手段，不是目的；他從未刻意把幻想當做文學的主要課題來研究、下定義，因爲他眞正的目的始終還是爲了揭露沉重的現實問題；他所感受體驗於一個變化多端的社會中的現實問題才是他小說的中心關注。

以上簡單的觀察與文章批評的關係似乎不大，其實關係也很大，因爲根據一般文學理論的二分法，我們認爲幻想隱瞞，難以捉摸，而現實應該是清楚明白的。然而，在七等生的藝術中，幻想是直接的，現實反而隱瞞，不可思議。七等生藉助幻想（亦即故事中不著邊際，逸出主題的因素）來確實他現實部份的主題面貌。我們在這位小說家的藝術中發現原來詩最接近我們的經驗。詩本是通過幻想之合理和有效運作而產生，如今我們發現當詩和他通過現實世界之體驗而創造的故事結合的時候，竟能逼開他獨特神秘的世界，透露出普遍可以接受的音響和色彩（註一）。

七等生在十年之內（一九六九——一九七九）出版了十三本書，其中最近的一部題爲《耶穌的藝術》，乃是文類錯綜帶著神學意趣的大著作。而他的早期作品中又有一部詩與散文及評論的合集，稱《情與思》。其中所收的詩置之三十年來臺灣最好的現代詩當中，也並不遜色。他的詩題材豐富，感慨頗深，對人生社會的批判十分尖銳，並且語言也現代而純熟。下面這首短作可以和三十年代以來最優秀的象徵主義或超現實主義作品分庭抗禮。詩題〈倒影〉：

黑木舟的
掌槳者撒網者的
火爐和鍋
蠟燭和杯盤
睡蓆和岸上
他們的女人
構成一群

逃闖的魚（註二）

此詩之抽象趣味接近歐洲現代主義的風格。女人意象構成一組隱喻，化爲水中倒影的一部份——，其實也是詩人心中的反射。「女人」之所以爲「一群逃闖的魚」，無非幻想使然，可是意象出現之際，彷彿又與整體無關。然而，我們進一步體會，當知此詩主題之顯現端賴兩組意象之對照，即「構成一群逃闖的魚」的女人和前半部的爐鍋睡蓆等物之對照。按爐鍋睡蓆提示家居情調和家庭生活，但這層意義在詩的前半部並不明顯，直到「女人」意象進入詩中，全詩的感覺遂大大加強。主角追求自由的生命情調，此義含蘊於傳統漁父詩中，殆無可疑；自由的代價是家庭生活之消滅，女人如逃闖的魚。詩中幻想所創造的意象是我們詮釋現實惟一的憑藉；而且，即使當種種具體物事都已經明白顯現的時候，此詩之抽象趣味仍不見稍減，原因是「女人」意象始終虛幻縹緲，暗涵於一組隱喻之中。短詩如〈倒影〉可以說是一個具體而微的宇宙，通過此詩的解析欣賞，我們應能進一步探索七等生的小說技巧。

其實，〈倒影〉一詩並不是特例，我們還可以在別的地方看出七等生使用幻想與現實交錯進行的技巧。在《五年集》的序言（一九七二年作）裡，他也表現出幻想與現實交錯影射的技巧，通過這種技巧（用他自己的話說，正是「情」與「思」的消長）以追求生命的意義。在序文裡，他半篇幅在敘述自己如何奮發冀成爲一個作家，努力尋找理想的藝術，磨練他的技巧，記載一九六五至一九七〇年間他在臺北所度過的波希米亞式生活。七等生的記載雖然零落散漫，但對於同樣經歷過那種生活的人而言，那記載正是一個年輕藝術家的自畫像，感人至深。他的文體始終飄蕩浮泛，片斷殘缺，記敘著他昔日的文學活動，愛情，痛苦，和狂喜的點滴：忽然間，他插入下面一段文字把讀者拉近他的世界：

隨冬日後寫下春天沒有一首，是思維的連繫。那年新生戲院焚燒，情景觸人；和尚王海龍犯姦殺伏法；娛樂界初展姿眉；越南戰況慘淡；臺灣試種蘋果成功，皆是不可拭掉的現實世界。

那些大小事故對他和他的朋友鄰居說來固然是現實，然而「現實」如此，只對他們親身經歷的人才有意義。就文學技巧言之，這一系列的事故仍屬於比喻一類，因爲七等生之迅速交代這些，本來並不是爲了這些事故本身的價值，而目的在利用這些來強化其他更切身的悲歡離合，渲染他個人追求藝術的艱苦歷程。就實際生活的記載而言，那些故事可以說是現實，但對此序文的終極旨意而言，則落在幻想之範疇內，因爲此序文的眞正目的，仍不外乎個人感情生活的追憶，他那份少年藝術家所體會的痛苦和狂喜因有了這一系列事故爲背景而更形重要；而這一系列看似現實卻更像是「超現實」的事故，也惟有經過他個人那一年的經驗之印證，才落實有了意義，在七等生融合幻想和現實的小說風格中，彷彿有一種類似「蒙太奇」（Montage）的電影效果。

〈我愛黑眼珠〉裏的幻想和現實交融在這種蒙太奇之中。這篇小說最初發表於一九六七年，是十多年來臺灣最惹議論的文學作品之一。李龍第在雨中離家，進城接他妻子晴子，打算去看場電影。城可能是臺北，但七等生未明白指出。李龍第買了兩塊麵包和一朵香花，想見面時送給晴子，因爲他相信晴子會喜歡這份結合了現實（麵包）和幻想（香花）的禮物。他到達晴子工作的特產店時，晴子竟已經離開了。李龍第帶著晴子的綠雨衣在城裡走，覺得煩憂。此時雨水更大，不久整個城似乎都氾濫了，於是他的煩憂也變成爲對死亡的恐懼和對四處逃難人群的憎惡。洪水逼他上屋，而就在這一刻，他發現背後水裡有一個女子在掙扎，乃回身將那女子負上屋頂。這女子原來是有病的，李龍第於是決定把她抱在懷裡，保護她度過漫漫的黑夜。第二天清晨拂曉，他覺得他居然對懷中的陌生女子產生了一種感情，而這時他更通過曉光看到晴子就在對面的屋頂上向他招手，兩人之間隔著一片洪水：

他內心這樣自語著：我但願妳已經死了：被水沖走或被人踐踏死去，不要在這個時候像這樣出現，晴子。現在，妳出現在彼岸，我在這裡，中間橫著一條不能跨越的鴻溝。我承認或緘默我們所持的境遇依然不變，反而我呼應妳，我勢必拋開我現在的責任……我就喪失了我的存在。

李龍第抱著懷中生病的女子，讓他自己的妻子在洪水對岸大聲嘶喊叫罵，但他繼續「愛護」著他認爲應該愛護的懷中人。他把晴子的綠色雨衣攤開來遮蔽那陌生的女子，並且在晴子的注視下，把那本爲她買的麵包給哪陌生的女子吃。他含著眼淚不認晴子。「無論如何」，他默默地說道；「這一條鴻溝使我不再是妳具體的丈夫。」當那懷中的女子問他叫甚麼名字的時候，他說：「亞茲別」。女子困惑地說：

「那個女人說你是李龍第。」

「李龍第是她丈夫的名字，可是我叫亞茲別，不是她丈夫。」

「假如你是她的丈夫你將怎麼樣？」

「我會放下妳，冒死泅過去。」

不久以後那女子對李龍第說明她是個妓女，對城市厭倦沮喪，正打算返鄉；她又忽然對他說：「我愛你，亞茲別」，並且抬頭吻他。晴子目睹此情，下水想泅過來阻止他們，但迅即被洪水捲走。李龍第含淚把最後一塊麵包餵給那妓女吃。他們又在屋頂上度過一晚，李龍第暗暗希望晴子還活著。天明水退，李龍第帶著身穿綠雨衣的妓女到火車站，讓她穿著晴子的雨衣上車，又把那朵香花插在她的頭上。火車開走了，他走出車站，「想念著他的妻晴子，關心她的下落。」他希望能好好休息一下，然後便出發去尋她。

很多學者去批評分析過這篇小說，有些還試圖評薦其價值；其中較重要的文章都經張恒豪搜集在《火獄的自焚》中，此書專論七等生的小說成就和各種連帶的藝術問題，據我所知，頗爲七等生所重視。〈我愛黑眼珠〉裡是包涵了象徵的意義，無可置疑，貫穿通篇的組織和意象結構。例如洪水，即彷彿是艾德加．愛倫．波（Edgar Allan Poe）所撰小說《瓶中稿》Manuscripts Found in A Bottle）中自天而降的大黑暗，籠罩了整個海面，又如阿爾佛烈．西區考克（Alfred帕Hitchcook）《迷魂記》（Psycho）開場不久的滂沱大雨。七等生的洪水改變了全世界，摧毀人與人的關係，沖開李龍第的自覺，使他體會到他原來是虛幻人間一條寂寞的遊魂。洪水洗滌他，使他發現自己，尋到他自己的眞意識，洪水甚至改變了他的名字──雖然名字是虛幻人生中最最虛幻不實的小因素。這篇小說非常獨特，因爲它的重心始於一場天地的大災難，在這災難的威勢下，七等生探討愛情、責任、惻隱之心，人性尊嚴等問題。人是具有惰性的，他的意識更時常是凝滯沉迷的。大自然遽爾將他催醒，他乃能確實體驗生命，拯救自己於精神的將死將滅之間。

〈我愛黑眼珠〉中幻想與現實的交錯進行是七等生小說藝術的典型技巧。晴子是李龍第的妻子，愛情和關心的眞正歸宿，所以李龍第爲她預備了一朵花和兩塊麵包。對他說來，晴子是現實的一切，一切的現實——直到洪水興起。洪水越漲越高，晴子越漂越渺茫，而終於被一個她丈夫不期而遇的陌生有病的妓女所取代。在水勢包圍的屋頂上，那妓女是李龍第一切的現實，現實的一切，因爲她提供機會讓他能夠使用他的關心和愛情，並嘗因施予而獲取的快慰，提升他的精神生命，維護人性的尊嚴。這時，被鴻溝所隔絕的晴子只不過是李龍第幻想中的一個意念而已，再也無法和她丈夫懷中的妓女相競爭了。晴子只是一個意念，偶爾使李龍第想到丈夫對妻子應盡的責任。在這種情形下，當人間一切都決諸黑暗的洪水的時候，七等生暗示，所謂丈夫對妻子應盡的責任義務云云，可說是荒唐無稽，不切實際的了。

然而李龍第顯然也不太可能確定，到底他懷中的女子是現實，還只不過是他的幻想所創造出來的僞相。當他不得不否認晴子的時候，他流淚；當他目睹她落水逝去的時候，他流淚。他自以爲是在提升他的精神，其實他在折磨他的感情。張恒豪認爲七等生是在火獄中自焚的藝術家，但從這個例子看來，我發覺是有人先被豪雨鞭打，繼則被屋宇下的洪水獰惡地嘲弄著。這情形更像希臘神話的一景；有人茫然度過生死交界的阿克朗（Achron），神智昏迷坐在地上，向兩岸張望尋覓，無法追究他自己的存在，終於失去了生死的認同。我不覺得〈我愛黑眼珠〉裡眞具有但丁（Dante）通過火獄時所感受的淨化經驗，因爲火獄之後必須是天堂。李龍第之不認妻子，也不完全是自動自發的行動。他是被天災所迫，不得不留在鴻溝的這一邊。他靠著幻想堅持，自以爲他正面對著生命的現實。其實他是被天災所迫，不得不放棄他所習慣的「現實」，摒棄他的妻子。靠著幻想的力量，他把晴子送進了他所幻想的幻想世界。

洪水漸退，晴子乃漸漸在李龍第的現實世界中浮升抬頭。他把那妓女帶到火車站，把妻子的綠雨衣送給她——此舉正足以證明李龍第已經出賣了他妻子，然而這時晴子已經清晰地回到了他的理智。爲了將那妓女從他的現實生命中驅逐出去，他在她髮上簪插一朵香花。他們在屋頂上擁抱經夜，李龍第從未想到以香花贈給那陌生的女子。現在他在她髮上簪插一朵香花，表示那妓女只是他幻想世界裡短暫的現實，不能持久；於是李龍第回歸到他自己所習慣的意識世界。他告別幻想，即刻須面對正常情況下一個丈夫爲他妻子應負的責任義務，甚至愛情。他打算出發去從事一次浪漫的搜索追求。

在文學批評這門學問裡，「道德」與否最無關宏旨，雖然如此，任何從事批評的人，最後總會考慮到道德的問題。遇到像〈我愛黑眼珠〉這樣的小說，論者更難免不遭遇這個問題；有些人甚至完全專注於道德問題的論詰，「道德」與否是文學批評最重要的一環。其實不然。然而，有人譴責李龍第（其實是攻擊七等生），認爲他所提倡的是不道德的人際關係，違反社會倫理，而其原因無非是他對人倫抱持著頹廢的態度。有些人又爲七等生辯護道，這篇小說探討的是人的存在問題，和道德無關——他們說這篇小說應屬於所謂「非道德」的範圍（註三）。前文我已提到，李龍第只是一個不設防的脆弱的凡人，在幻想與現實交替進行的世界裡，他一時浮向晴子，一時浮向妓女，然而他是無辜的；何況，在那種非常的時刻裡，晴子還能在他思維裡再三折返，如此，則李龍第應該是一個很「道德」的人，而他那痛苦的經驗、無窮的磨難，適足以說明〈我愛黑眼珠〉乃是一篇具有深刻的道德警戒意識的小說。

這篇小說明白顯示，李龍第對於道德原則的維護是有條件的，他期望人間世界先允許理性和秩序來統治，他希望天地先以慈悲對待我們；在這種情形下，李龍第可以說是一個講理的人，一個敏感的「道德」人。這小說的題目〈我愛黑眼珠〉（晴子的黑眼珠）雖然近乎蛇足，卻正足以證明七等生是一位具有道德意識的小說家（註四）。堅忍固然是美德，但堅忍並不是我們的小說家所樂於宣揚的課題；七等生和我們一樣，只是平凡的現代人。他認識堅忍的意義，正如我們在正常的時光裡，也認爲堅忍是美德，而且他顯然還能欣賞堅忍之志，相信它是維持世界秩序的重要因素。世界的秩序崩潰時，人性的堅忍勢必隨之解體，因爲一切價值判斷的系統已經蕩然無存。一個普通人雖能勇於面對災禍，奮鬥以度過難關，但他無法和耶穌基督一樣，直到信心消逝殆盡了，還強自鎮靜抗爭到最後一秒鐘（註五）。李龍第拯救疾病的妓女於洪水之中，他救人到底的勇氣來自幻想所生的力量，而非來自他的道德規劃——他既然已經開始了，便不能中途放棄，因爲救人必須救到底。他不是耶穌，沒有能力同時拯救兩個人。他決定保護那疾病中的妓女，失去自己的妻子也在所不惜，因爲只有這樣做他才能確實表現他的道德力。在那滾滾洪水的黑暗世界裡，我們看到大自然是這一場紛亂交響樂的指揮，李龍第只是一個隱晦可憐憫的小音節，晴子亦然，妓女亦然。

相對於無情的自然法則和社會制度，當一個人勇於關懷旁人的時候，總是值得大書特書的，甚至當他爲了實現那份關懷而叛離自然法則和社會制度時，也還是值得敬佩同情的。一個凡人的堅忍勢必隨自然界的大災變而崩潰，而在自然災變的威勢下，他若想維護他的自尊而求生，他勢非超越倫常的法則不可。七等生在〈我愛黑眼珠〉裡所闡釋的主題之一，大略如此。同樣的主題也見於〈回鄉印象〉；這篇小說發表於一九七八年，距〈我愛黑眼珠〉之出版已經十一年了（註六），〈回鄉印象〉的敘事者是一個青年醫生，他返回故鄉去協助他的母親督工建造祖父、父親、叔父和大哥的墳墓。在這之前，青年醫生有一次返鄉，曾經在鄰鎮被一個年紀比他大的妓女所誘惑，當他和那妓女上床的時候，他發現妓女耳邊簪了一朵乳白色的香花，竟在眩迷中「愛」上了她。第二天他曾經回到鄰鎮去尋訪那妓女，但她爽約不再露面。故事重心移回青年醫生和他母親爲築墳和其他問題所產生的心理衝突，波譎晦澀，頗見陰鬱的氣氛。有一天青年醫生不期然遇見那檢骨造墳人的妻子，赫然竟是他從前在鄰鎮邂逅的妓女，原來從前當那造墳人窮困生病的時候，他妻子曾經做過妓女，鎮上的人大多知道這件事。如今青年醫生再次看到她灰黑的髮上結著一朵白色的香花，一時彷彿勾起迷離的往事，但一切都已過去，現在甚麼事都不可能發生了；那造墳人的妻子只羞赧地說：「夭壽密，佳都和（這麼巧）。」小說結束時，青年醫生看到她和她的丈夫在廟前施捨圓子湯給路人，感謝神明賞賜他們一個孫子。那嬰兒穿著新衣，在那婦人的兒子懷中，又有幾個鄉村婦女在旁邊讚美著。

〈回鄉印象〉裡的婦人所簪之花是一朵「白色香花」，這花和〈我愛黑眼珠〉裡李龍第插在那陌生妓女髮上的完全相同，大概不外乎我們所謂的「含笑花」。這香花點明那婦人和李龍第所見的陌生妓女同屬於七等生小說裡的幻想世界。在現實世界裡，她是一個盡責奮勉的母親（而且故事結束時，她更是個祖母），這小說中惟一能和她比較的，只有敘事者青年醫生的堅毅、善感、易怒的母親。青年醫生的母親平時總是非常果敢，對兒子要求很嚴格，但小說中沒有顯露出她在兒子眞感情中的確實地位。易言之，在青年醫生的家庭生命裡，在他的現實環境裡，母親栩栩如生動、個性分明，但在他的精神和想像世界裡，她是一片空白。由於七等生的世界必須通過幻想和現實的結合才算完成，更由於他的小說人物，都必須經過幻想和現實特徵的點明才算完成，這母親的性格刻畫可以說是欠缺的。也許，她的空白部份必須由某種暗示來塡補：則敘事者對造墳人的妻子的觀察，對她另一層性格和作爲的勾劃渲染，正好塡補了他對母親空白人格的暗示。這是我讀〈回鄉印象〉所做的大膽臆測，然而七等生始終並沒有明白交代。這母親使人想起卡繆（Albert Camus）《異鄉人》中隱晦難解的母親。我們看不出她任何必然的缺陷，不能斷定她是欺妄的婦人，也不是什麼可悲憫的婦人；她和歐陽子〈魔女〉中所描寫的母親完全不同（註七）。歐陽子把她小說中的母親描寫成爲令人震顫同情的淫婦，但七等生僅僅通過暗示的手法，讓那青年醫生的母親在幻想和現實之間擺盪。七等生的標題也具有深意：這只是一個〈回鄉印象〉，青年醫生在家鄉所獲取的只是些「印象」，尙有待他在寧靜的時刻裡咀嚼、回味、整理。

幻想和現實的交替運作，在〈回鄉印象〉裡比在〈我愛黑眼珠〉裡更形重要。這兩篇小說類似之處不少，不但見於技巧的雷同，更見於主題。李龍第對他的妻子深具愛情和關心，對那陌生的妓女（插著一朵白色的香花離開了城市）也深具同情；青年醫生對他不可理解的母親保有一份猶豫的情感和關懷，此亦見於她對造墳人妻子的複雜心緒，後者在床上簪著一朵白色的香花，在家鄉路上也簪著同樣的一朵花。七等生不願判斷那婦人在鄉鎮所操的副業是對是錯，他更對他母親的神秘氣質不贊一辭，不在是非價值上肯定著墨。其實，他好像是說，即使她們眞「錯」了，那也不僅僅是她們個人的責任。七等生所探討的是一個重要的哲學問題，所謂群體的意識；在一個特定的社會裡，任何人的光榮和羞辱；她的錯誤也是你的錯誤。七等生付諸那造墳人妻子的同情絕不下於周樹人在〈故鄉〉中所付諸閏土的同情；鄉土社會裡的小人物因貧窮鋌而走險，而蒙受羞辱，這份羞辱也是知識份子的羞辱。七等生藉幻想與現實之交替消長把生命的斷片結合在一起，試圖重組世界的眞面貌，使其儘可能接近完整的型態，使這世界不致過分出人意表。他的作品中這一類的例證尙多，而最近的則可以〈散步去黑橋〉爲代表。按〈散步去黑橋〉發表於一九七八年，允爲一篇不可多得的大作品（註八）。這是一篇典型的七等生小說，帶著濃重深沉的鄉愁——對於曩昔世界的懷想。童年之於七等生，一如童年之華茨華斯（William Wordsworth），象徵天眞無邪的心情和意志，接近著永恆。敘事者和他童年的靈魂在小說中討論過去和現在的歧異差別；七等生的文字穩重清澈，不若普魯弗洛克（Prufrock）之綺靡愁悒和自憐；他所能及的問題也都十分明確可解，勝過英詩傳統裡身體和靈魂不斷辯論的形上問題（註九）。敘事者和他童年的靈魂（名「邁叟」）的立場分明；後者因爲天眞、自由、浪漫，所以堅持通過幻想來觀察人間世界，前者是歷盡滄桑的成人，乃以他所目睹三十年臺灣的社會經濟問題相制衡。我們知道七等生一向避不寫作一般雜感的社會批評文章，但他卻在〈散步去黑橋〉中完成了一篇強烈動人的社會批評，同時更在這極富抒情趣味的小說中描繪出人的期望、追尋和幻滅的歷程。這篇小說進一步證明幻想和現實之交替消長，乃是七等生小說技巧的中心，其功能繁複，初不限於任何一端而已。

最後，我想指出一點，七等生二十年內不斷使用幻想與現實交錯互替的技巧，則他於此技巧之性質和功能應該是自覺而深具認識的。大凡優秀的藝術家對於他所掌握的基礎手法都深具自覺的信心，七等生應該不是例外。當然，幻想與現實交錯互替的技巧並不是七等生的專利，其實古已有之，中外皆然，尤其屢見於抒情詩。七等生只是比凡人更熱中於此，更對其繁複的功能具有信心和認識，始能通過其作用完成多樣的面貌和目的。我感覺七等生對此一技巧之爲物絕無懷疑，而且我相信他會繼續發展下去。我之所以敢如此斷言，乃是因爲我已經發現他深深了解這種技巧的文學價值，更因爲我覺得這其中包含了他的人生體會和哲理。本文簡單說明七等生的人生體會和哲理，在在皆通過幻想和現實之交錯互替以呈現。然而七等生自己對於此技巧的文學價值之檢討，更可見於他的新作品〈耶穌的藝術〉中，此書在七等生的文學生涯裡，地位十分特殊，仍有待我們進一步去探討。

註一、柯律治（S.L.T.Coleridge）認爲幻想（fancy）不能促成詩之發生，惟想像（imagination）爲之。但幻想與想像（主要想像及次要想像）之分別於柯氏理論十分曖昧不明。按柯氏爲「幻想」所下的定義如次：「實則幻想乃是從時間和空間的秩序中解放出來的一種記憶方式」（見Biogra. phia Literaria, XⅢ）。

註二、原型見於楚辭〈漁父〉及莊子雜篇〈漁父〉。

註三、見張恆豪編〈火獄的自焚〉，頁五九至一五一。臺北：遠行出版社。

註四、〈黑眼珠〉和〈亞茲別〉之名又見於七等生其他作品。見〈情與思〉，頁一二九至六七；又見〈來到小鎮的亞茲別〉（臺北：遠行出版社，一九七六），頁一九一至二三六。

註五、見七等生〈耶穌的藝術〉。

註六、收集在〈散步去黑橋〉（臺北：遠景出版社，一九七八），頁七七至一〇〇。

註七、發表於〈現代文學〉第三十三期（一九六七），頁二一八至二九。

註八、〈散步去黑橋〉，頁一六七至九八。

註九、前者見T.S. Eliot, The Love Song of J. Alfred Pru fro-ck, Collected Poems「New York: Harcourt, Brace and Co., 1936」頁一一至一七。後者例見中古英文詩，復見於馬爾服（Andrew Marvel）及葉慈（W. B. Yeats）。

七等生生活與創作年表

七等生 自撰
張恆豪 增補

一九三九年　出生於臺灣（日據時代）通霄。原名：劉武雄。父名：劉天賜，母名：詹阿金。在十位子女中排列第五。

一九四五年　臺灣光復。

一九四六年　進通霄國民小學就讀。父親失去在鎮公所的職位，家庭陷於貧困。

一九五二年　考入省立大甲中學。父親逝世，家庭更加窮困。

一九五五年　中學畢業，考入臺北師範藝術科。首次接觸海明威作品《老人與海》和史篤姆的《茵夢湖》。

一九五八年　因學校伙食不好，在學生餐廳用筷子敲碗，爲了好玩跳上餐桌而遭致勒令退學。兩星期後，由洪文彬教授作保復學。隨後因教材教法不及格重修一年。讀《諸神復活》（雷翁那圖、達文西傳記），惠特曼的《草葉集》，愛不釋手，在學校舉行個人畫展。

一九五九年 師範學校畢業。分派臺北縣瑞芳鎮九份國民小學當教師。
單車（腳踏車）環島旅行。
讀海明威作品：《戰地鐘聲》、《戰地春夢》、《旭日東昇》，以及D·H勞倫斯作品《查泰萊夫人的情人》。

一九六二年 改調萬里國民小學任教。
首次在聯合報副刊發表短篇小說，當時主編是林海音女士，在她的鼓勵下，半年間刊登〈失業·撲克·炸魷魚〉等十一篇短篇小說，以及散文〈黑眼珠與我〉、〈囂浮〉、〈狄克·平凡的女人·漁夫〉。
十月，在新竹入伍服兵役。十二月休假回通霄，長兄玉明因肺病去世。

一九六三年 在工兵輕裝備連服役，由岡山調嘉義。與東方白會晤於嘉義鐵路餐廳。

一九六四年 在頭份斗煥坪受平路機駕駛訓練。十月，在嘉義退伍，回萬里國民小學任教。
在《現代文學》雜誌發表短篇小說：〈隱遁的小角色〉、〈讚賞〉、〈綢絲綠巾〉。

一九六五年 與許玉燕小姐結婚。
十二月，辭去教職。
繼續在《現代文學》和《臺灣文藝》雜誌發表小說作品，計有〈獵槍〉等六篇。

一九六六年　在臺中東海花園楊逵家暫住數週。與尉天驄、陳映真、施叔青相識於臺北鐵路餐廳，創辦《文學季刊》，發表〈灰色鳥〉等七篇小說。

獲第一屆「臺灣文學獎」。

一九六七年　長子懷拙出生。

發表〈我愛黑眼珠〉、〈精神病患〉等六篇小說。

獲第二屆「臺灣文學獎」。

一九六八年　認識龍思良和羅珞珈夫婦。

發表〈結婚〉等十五篇小說及詩作。

一九六九年　女兒小書出生；九月，離開臺北獨往霧社，在萬大發電廠分校任教。

發表〈木塊〉等三篇小說。

出版短篇小說集《僵局》（林白出版社，絕版。後由遠景出版事業公司出版）。

一九七〇年　攜眷回出生地通霄定居；九月，在國民小學復職任教。

發表〈巨蟹〉等七篇小說。

出版小說集《精神病患》（大林出版社，絕版。後由遠景出版事業公司出版）。

一九七一年　發表〈絲瓜布〉等七篇小說以及散文和詩。

一九七二年　發表小說〈期待白馬而顯現唐倩〉。

出版小說集《巨蟹集》（新風出版社，絕版）。

自費出版詩集《五年集》（絕版）。

一九七三年　次子保羅出生。

發表小說〈聖·月芬〉、〈無葉之樹集〉等五篇。

出版小說《離城記》（晨鐘出版社，絕版）。

一九七四年　發表〈蘇君夢鳳〉等三篇小說。

撰寫長篇小說《削瘦的靈魂》，和詩〈有什麼能強過黑色〉等五首。

一九七五年　撰寫〈沙河悲歌〉、〈余索式怪誕〉等小說。

出版小說集《來到小鎮的亞茲別》（遠行出版社，絕版。後由遠景出版事業公司出版）。

一九七六年　撰寫《隱遁者》中篇小說。

出版〈大榕樹〉、〈德次郎〉、〈貓〉等小說。

出版《我愛黑眼珠》、《僵局》、《沙河悲歌》、《隱遁者》、《削瘦的靈魂》等五部小說集（遠景出版事業公司出版）。

一九七七年　接受《臺灣文藝》雜誌安排，與學者梁景峰對談——〈沙河的夢境和眞實〉。

撰寫長篇小說《城之迷》。

發表〈諾言〉等八篇小說。

出版七等生小說全集十冊（遠行出版社，絕版。後由遠景出版事業公司延續出版）。

一九七八年　撰寫《耶穌的藝術》。
發表〈散步去黑橋〉等九篇小說。
出版《散步去黑橋》小說集（遠景出版事業公司）。

一九七九年　發表〈銀波翅膀〉等三篇小說。
出版《耶穌的藝術》（洪範書店）。

一九八〇年　決定暫時停筆撰寫小說。
出版《銀波翅膀》小說集（遠景出版事業公司）。

一九八一年　研習攝影和暗房工作。
撰寫生活札記。

一九八二年　與美國華盛頓大學研究生安東尼·詹姆斯（Anthony James Demko）通信。
發表〈老婦人〉等五篇小說。

一九八三年　接到Anthony James Demko的碩士論文：〈七等生的內心世界——一個臺灣現代作家〉（The Internal world of Chi-teng Sheng, A Modern Taiwanese Writer）。
八月接受美國愛荷華大學國際作家工作坊之邀赴美，十二月底回國。
發表〈垃圾〉等小說。

一九八四年　出版《老婦人》小說集（洪範書店）。

一九八五年　澳洲學者凱文·巴略特（Kevin Bartlett）來訪，並接受他的論文：〈七等生早期短篇小說中的哲學、神學與文學理論〉（Literary Theory, Philosophy and Theology in Chi-teng Sheng's Early Short Stories）。

發表《重回沙河》生活札記（聯合文學），長篇小說《譚郎的書信》（中國時報），出版《譚郎的書信》（圓神出版社）。

小說〈結婚〉拍成電影。

獲中國時報文學推薦獎。

獲吳三連先生文藝獎。

一九八六年　出版《重回沙河》（遠景出版事業公司）。

重回沙河札記攝影展（臺北環亞畫廊）。

一九八七年　發表小說〈目孔赤〉。

一九八八年　發表《我愛黑眼珠續記》小說集（漢藝色研文化事業有限公司）。

一九八九年　自小學教師的工作退休，重握畫筆，設工作室於通霄。

接受法國巴黎大學研究生白麗詩Catherime BLAVET女士碩士論文〈QI DENG-SHENG七等生ECRIVAINCONTEMPORAIN TAIWAN AISPRESENTATION ET IRAOUCTIONS〉。

一九九〇年　六月，成功大學歷史語言研究所研究生廖淑芳的碩士論文〈七等生文體研究〉獲得通過，爲國內學院裡第一篇研究七等生的碩士論文。

一九九一年　出版《兩種文體——阿平之死》（圓神出版社）。

臺北東之畫廊之鄉居隨筆粉彩畫個展。

一九九二年　接受《新新聞》記者謝金蓉女士採訪，談其近來心境，即〈我不想讓人覺得我有做大事的使命感〉一文。

與美國漢學家墨子刻Thomas A, metzger（HOOVER INSTITUTION, STANFORD）相會於通霄，此後，成爲莫逆之交，互相通信和造訪。

臺北欣賞家藝術中心邀請之「油畫與一張鉛筆素描」個展。

一九九三年　移居花蓮，設繪畫工作室。

法國出版〈沙河悲歌〉法文本，Catherime BLAVET翻譯。

一九九四年　移居臺北市，在阿波羅大廈畫廊區設畫鋪子。

義國威尼斯大學Elena Roggi女士的碩士論文及長篇小說〈跳出學園的圍牆〉（原名：削瘦的靈魂）義文翻譯。

一九九五年　結束畫鋪子，退居木柵溝子口。與傑出小說家阮慶岳相識。

一九九六年　發表中篇小說《思慕微微》（聯合文學）。

一九九七年　發表中篇小說〈一紙相思〉（拾穗）。

出版《思慕微微》合集（商務印書館）。
學習彈唱南管。

一九九九年 國家文化資料館（臺南市）展出七等生文稿及出版資料。

二〇〇〇年 國立成功大學研究生葉昊謹碩士論文《七等生書信體小說研究》。
〈沙河悲歌〉改編拍攝成電影（原名）（中影公司）。

二〇〇三年 七等生全集出版（遠景出版事業公司）。

編者按：一九三九年到一九八五年，爲作者自撰；一九八八年到一九九二年，爲編者增補。
一九九三年到二〇〇三年再由作者補述。

遠景出版事業公司圖書目錄(八)

7忠黨報港	林行止著	240元
8痼疾初發	林行止著	240元
9如何是好	林行止著	240元
10英倫采風(四)	林行止著	160元
11終成畫餅	林行止著	240元
12本末倒置	林行止著	240元
13通縮初現	林行止著	240元
14藥石亂投	林行止著	240元
15有法無天	林行止著	240元
16墮入錢網	林行止著	240元
17內部腐爛	林行止著	240元
18千年祝願	林行止著	240元
19極度亢奮	林行止著	240元
20王牌在握	林行止著	240元
21破網急墮	林行止著	240元
22主席發火	林行止著	240元
23閒在心上	林行止著	240元
24迫你花錢	林行止著	240元
25少睡多金	林行止著	240元
26中國製造	林行止著	240元
27風雷魍魎	林行止著	240元
28拈來趣味	林行止著	240元
29通縮凝重	林行止著	240元
30五年浩劫	林行止著	240元
31如是我云	林行止著	240元
32重藍輕白	林行止著	240元
33閒讀偶拾	林行止著	240元

W傳記文庫

1魯賓斯坦自傳（二冊）	楊月蓀譯	900元
2阿嘉莎·克莉絲蒂自傳	陳紹鵬譯	480元
3亨利·魯斯傳	程之行譯	180元
4夏卡爾自傳	黃翰荻譯	240元
5雷諾瓦傳	黃翰荻譯	320元
6拿破崙傳	高語和譯	300元
7甘地傳	許章眞譯	400元
8英格麗·褒曼傳	王禎和譯	240元
9鄧肯自傳	詹宏志譯	240元
10華盛頓傳	薛絢譯	240元
11希爾頓自傳	程之行譯	180元
12回首話滄桑—聶魯達回憶錄	林光譯	390元
13回歸本源—賈西亞·馬奎斯傳	卞雙成·胡眞才譯	390元
14韋伯傳（二冊）	李永熾譯	400元
15羅素自傳（三卷）	張國禎譯	840元
16羅琳傳—哈利波特背後的天才	黃燦然譯	250元
17蘇青傳	王一心著	240元
18高斯評傳	易憲容著	240元
19王度廬評傳	徐斯年著	280元
20尼耳斯·玻爾傳	戈革譯	900元

X林語堂作品集

1生活的藝術	林語堂著	160元
2吾國與吾民	林語堂著	160元
3遠景	林語堂著	140元
4賴柏英	林語堂著	120元
5紅牡丹	林語堂著	180元
6朱門	林語堂著	180元
7風聲鶴唳	林語堂著	180元
8武則天傳	林語堂著	120元
9唐人街	林語堂著	120元
10啼笑皆非	林語堂著	120元
11京華煙雲	林語堂著	360元
12蘇東坡傳	林語堂著	180元
13逃向自由城	林語堂著	160元
14林語堂精摘	林語堂著	160元
15八十自敘	林語堂著	100元

Y倪匡科幻小說集

1老貓	倪匡著	130元
2藍血人	倪匡著	180元
3透明光	倪匡著	170元
4蜂雲	倪匡著	180元
5蠱惑	倪匡著	130元
6屍變	倪匡著	170元
7沉船	倪匡著	170元
8地圖	倪匡著	170元
9不死藥	倪匡著	170元
10支離人	倪匡著	180元
11天外金球	倪匡著	130元
12仙境	倪匡著	160元
13妖火	倪匡著	170元
14訪客	倪匡著	100元
15盡頭	倪匡著	130元
16原子空間	倪匡著	130元
17紅月亮	倪匡著	130元
18換頭記	倪匡著	100元
19環	倪匡著	130元
20鬼子	倪匡著	130元
21大廈	倪匡著	130元
22眼睛	倪匡著	120元
23迷藏	倪匡著	120元
24天書	倪匡著	130元
25玩具	倪匡著	130元
26影子	倪匡著	100元
27無名髮	倪匡著	130元
28黑靈魂	倪匡著	130元
29尋夢	倪匡著	130元
30鑽石花	倪匡著	130元
31連鎖	倪匡著	180元
32後備	倪匡著	120元
33紙猴	倪匡著	180元
34第二種人	倪匡著	130元
35盜墓	倪匡著	130元
36搜靈	倪匡著	130元
37茫點	倪匡著	130元
38神仙	倪匡著	130元
39追龍	倪匡著	130元
40洞天	倪匡著	130元
41活俑	倪匡著	130元
42犀照	倪匡著	130元
43命運	倪匡著	120元
44異寶	倪匡著	120元

Z張五常作品集

0流光幻影－張五常印象攝影集	張五常著	390元
1賣桔者言	張五常著	
2五常談教育	張五常著	
3五常談學術	張五常著	
4五常談藝術	張五常著	
5狂生傲語	張五常著	
6挑燈集	張五常著	
7憑闌集	張五常著	
8隨意集	張五常著	
9捲簾集	張五常著	
10學術上的老人與海	張五常著	
11佃農理論	張五常著	
12往日時光	張五常著	
13中國的前途	張五常著	
14再論中國	張五常著	
15三岸情懷	張五常著	
16存亡之秋	張五常著	
17離群之馬	張五常著	
18科學說需求——經濟解釋(一)	張五常著	
19供應的行爲——經濟解釋(二)	張五常著	
20制度的選擇——經濟解釋(三)	張五常著	
21偉大的黃昏	張五常著	

遠景出版事業公司圖書目錄(七)

6樂樂集1	孔在齊著	240元
7樂樂集2	孔在齊著	240元
8鄧肯自傳	詹宏志譯	280元
9魯賓斯坦自傳（二冊）	楊月蓀譯	900元
10我的兒子馬友友	馬盧雅文口述	240元
11水滸人物	黃永玉著	600元
12我的貓	丁雄泉著	600元
13笑吧！別忘了感恩	黎智英詩、丁雄泉畫	600元
14樂樂集3	孔在齊著	240元
15樂樂集4	孔在齊著	240元
16莫扎特之魂	趙鑫珊、周玉明著	450元
17貝多芬之魂	趙鑫珊著	550元
18攝影藝術散論	莊靈著	280元

T杜斯妥也夫斯基全集

1窮人	鍾文譯	160元
2死屋手記	耿濟之譯	200元
3被侮辱與被損害者	耿濟之譯	240元
4地下室手記	孟祥森譯	160元
5罪與罰	陳殿興譯	240元
6白痴	耿濟之譯	280元
7永恆的丈夫	孫慶餘譯	180元
8附魔者	孟祥森譯	480元
9少年	耿濟之譯	280元
10卡拉馬佐夫兄弟（二冊）	陳殿興譯	660元
11賭徒	孟祥森譯	180元
12淑女	鍾文譯	120元
13雙重人		
14作家日記		

U諾貝爾文學獎文庫

1緣起、普魯東詩選	普魯東著
米赫兒	米斯特拉爾著
2羅馬史	蒙森著
3超越人力之外	班生著
大帆船	葉卻加萊著
4你往何處去	顯克維支著
5撒旦頌、基姆	卡度齊、吉卜齡著
6人生的意義與價值	奧鏗著
青鳥	海特靈克著
7尼爾斯的奇遇	拉格洛芙著
驕傲的姑娘	海才著
8織工、沉鐘	霍普特曼著
祭壇佳里	泰戈爾著
9約翰克利斯朵夫（三冊）	羅曼羅蘭著
10查理士國王的人馬	海登斯坦著
奧林帕斯之春	史比德勒著
11樂土	龐陀彼丹著
明娜	傑洛拉普著
12土地的成長	哈姆生著
13天神們口渴了	法朗士著
利害牽制	貝納勉特著
14農夫們（二冊）	雷蒙特著
15聖女貞德、母親	蕭伯納、德蕾達著
16葉慈詩選	葉慈著
創造的進化	柏格森著
17克麗絲汀的一生（二冊）	溫茜特著
18布登勃魯克家族（二冊）	湯瑪斯·曼著
19白璧德	劉易士著
卡爾菲特詩選	卡爾菲特著
20密賽特世家（三冊）	高爾斯華綏著
21鄉村、舊金山一紳士	布寧著
六個尋找作者的角色	皮藍德婁著
長夜漫漫路迢迢	奧尼爾著
22尚·巴華的一生	杜嘉德著
23大地、兒子們、分家	賽珍珠著
24聖者的悲哀	西蘭帕著
荒原	艾略特著
25玻璃珠遊戲	赫塞著
26偽幣製造者、窄門	紀德著
27西瑪蘭短篇小說集	密絲特拉兒著
柏拉特羅與我	希蒙聶茲著
28聲音與憤怒、熊	福克納著
29西洋哲學史（二冊）	羅素著
30巴拉巴	拉格維斯特著
苔蕾絲、毒蛇之結	莫里亞克著
31第二次世界大戰回憶錄	邱吉爾著
32老人與海、戰地春夢	海明威著
33獨立之子	拉克斯內斯著
34墮落、異鄉人、瘟疫	卡繆著
35齊瓦哥醫生	巴斯特納克著
36人生非夢、遠征	瓜西莫多、佩斯著
37德里納河之橋	安德里奇著
38不滿的冬天、人鼠之間	史坦貝克著
39阿息涅的國王	謝斐利士著
嘔吐、牆	沙特著
40靜靜的頓河（四冊）	蕭洛霍夫著
41訂婚記	阿格農著
伊萊	沙克絲著
42總統先生	阿斯杜里亞斯著
等待果陀	貝克特著
43雪國、古都、千羽鶴	川端康成著
44第一層地獄（二冊）	索忍尼辛著
45一般之歌	聶魯達著
九點半的彈子戲	鮑爾著
46人之樹	懷特著
47詹生短篇小說選	詹生著
馬丁遜詩選	馬丁遜著
孟德雷詩選	孟德雷
48阿奇正傳	索爾·貝婁著
亞歷山卓詩選	亞歷山卓著
49莊園	以撒·辛格著
50伊利提斯詩選	伊利提斯著
米洛舒詩選	米洛舒著
被拯救的舌頭	卡內提著
51一百年的孤寂	賈西亞·馬奎斯著
52蒼蠅王、啓蒙之旅	威廉·高定著
53塞佛特詩選	魯斯拉夫·塞佛特著
54豪華大酒店	克勞德·西蒙著
55解釋者	沃爾·索因卡著
56布洛斯基詩選	約瑟夫·布洛斯基著
57梅達格胡同	納吉布·馬富茲著
58巴斯葛·杜亞特家族	卡米羅·荷西·塞拉著
59孤獨的迷宮	奧塔維奧·帕斯著
60貴客	娜汀·葛蒂瑪著
61奧梅羅斯	德里克·瓦爾科特著
62所羅門之歌	東尼·莫里森著
63萬延元年的足球隊	大江健三郎著
64希尼詩選	席慕·希尼著
65辛波絲卡詩選	維絲拉娃·辛波絲卡著
66不付賬	達里奧·福著
67失明症漫記	若澤·薩拉馬戈著
68狗年月	君特·格拉斯著
69	
70	

《諾貝爾文學獎文庫》平裝80鉅冊，定價28,800元

V林行止作品集

1英倫采風㈠	林行止著	160元
2原富精神	林行止著	240元
3閒讀閒筆	林行止著	240元
4英倫采風㈡	林行止著	160元
5英倫采風㈢	林行止著	160元
6破英立舊	林行止著	240元

遠景出版事業公司圖書目錄㈥

58巴斯葛·杜亞特家族	卡米羅·荷西·塞拉著	
59孤獨的迷宮	奧塔維奧·帕斯著	
60貴客	娜汀·葛蒂瑪著	
61奧梅羅斯	德里克·瓦爾科特著	
62所羅門之歌	東尼·莫里森著	
63萬延元年的足球隊	大江健三郎著	
64希尼詩選	席慕·希尼著	
65辛波絲卡詩選	維絲拉娃·辛波絲卡著	
66不付賬	達里奧·福著	
67失明症漫記	若澤·薩拉馬戈著	
68狗年月	君特·格拉斯著	
69		
70		

《諾貝爾文學獎全集》精裝80鉅冊，定價36,000元

O 上海風華

1上海老歌名典	陳鋼編著	1200元
2玫瑰玫瑰我愛你	陳鋼編著	390元
3三隻耳朵聽音樂	陳鋼著	240元
4我的媽媽周璇	周偉·常晶著	390元
5摩登上海	郭建英繪·陳子善編	280元
6雨輕輕地在城市上空落著	毛尖著	240元
7上海大風暴	蕭關鴻著	280元
8上海掌故（一）	薛理勇編著	280元
9上海掌故（二）	薛理勇編著	280元
10上海掌故（三）	薛理勇編著	280元
11海上剪影	鄭祖安著	280元
12滬瀆舊影	張偉著	280元
13歇浦伶影	張德亮著	280元
14淞南俗影	仲富蘭著	280元
15滬濱閒影	羅蘇文著	280元
16春申儷影	戴云云著	280元
17上海俗語圖說（上）	汪仲賢著	280元
18上海俗語圖說（下）	汪仲賢著	280元
19上海怪味街	童孟侯著	240元
20老上海	宗部策劃	2500元
21		
22		
23		
24		
25		
26		
27		
28		
29		
30		

P 柯賴二氏探案（賈德諾著）

1來勢洶洶	周辛南譯	180元
2招財進寶	周辛南譯	180元
3雙倍利市	周辛南譯	180元
4全神貫注	周辛南譯	180元
5財源滾滾	周辛南譯	180元
6失靈妙計	周辛南譯	180元
7面面俱到	周辛南譯	180元
8不是不報	周辛南譯	180元
9一髮千鈞	周辛南譯	180元
10因禍得福	周辛南譯	180元
11一目了然	周辛南譯	180元
12驚險萬狀	周辛南譯	180元
13一波三折	周辛南譯	180元
14馬失前蹄	周辛南譯	180元
15網開一面	周辛南譯	180元
16峰迴路轉	周辛南譯	180元
17詭計多端	周辛南譯	180元
18自求多福	周辛南譯	180元
19一誤再誤	周辛南譯	180元
20禍福無門	周辛南譯	180元

Q 阿嘉莎·克莉絲蒂探案（三毛主編）

1A.B.C謀殺案	宋碧雲譯	180元
2加勒比海島謀殺案	楊月蓀譯	180元
3東方快車謀殺案	楊月蓀譯	180元
4鏡子魔術	宋碧雲譯	180元
5魔手	張艾茜譯	180元
6第三個女郎	楊月蓀譯	180元
7諜海	陳紹鵬譯	180元
8此夜綿綿	黃文範譯	180元
9不祥的宴會	陳紹鵬譯	180元
10鐘	張伯權譯	180元
11謀殺啓事	張艾茜譯	180元
12死亡約會	李永熾譯	180元
13葬禮之後	張國禎譯	180元
14白馬酒店	張艾茜譯	180元
15褐衣男子	張國禎譯	180元
16萬靈節之死	張國禎譯	180元
17鴿群裡的貓	張國禎譯	180元
18高爾夫球場命案	宋碧雲譯	180元
19尼羅河謀殺案	林秋蘭譯	180元
20艷陽下的謀殺案	景翔譯	180元
21死灰復燃	張國禎譯	180元
22零時	張國禎譯	180元
23畸形屋	張國禎譯	180元
24四大魔頭	陳惠華譯	180元
25殺人不難	張艾茜譯	180元
26死亡終局	張國禎譯	180元
27破鏡謀殺案	鄭麗淑譯	180元
28啤酒謀殺案	張艾茜譯	180元
29七鐘面之謎	張國禎譯	180元
30年輕冒險家	邵均宜譯	180元
31底牌	宋碧雲譯	180元
32古屋疑雲	張國禎譯	180元
33復仇女神	邵均宜譯	180元
34拇指一豎	張艾茜譯	180元
35漲潮時節	張艾茜譯	180元
36空幻之屋	張國禎譯	180元
37黑麥奇案	宋碧雲譯	180元
38清潔婦命案	宋碧雲譯	180元
39柏翠門旅館之秘	張伯權譯	180元
40國際學舍謀殺案	張國禎譯	180元
41假戲成眞	張國禎譯	180元
42命運之門	李永熾譯	180元
43煙囪的秘密	陳紹鵬譯	180元
44命案目睹記	陳紹鵬譯	180元
45美索不達米亞謀殺案	陳紹鵬譯	180元
46天涯過客	孟華譯	180元
47無妄之災	張國禎譯	180元
48藍色列車	張國禎譯	180元
49沉默的證人	張國禎譯	180元
50羅傑·亞克洛伊命案	張國禎譯	180元

R 史威德作品集

1經濟門楣	史威德著	240元
2經濟家學	史威德著	240元
3投資族譜	史威德著	240元
4一脈相承	史威德著	240元
5投資漫談	史威德著	240元

S 遠景藝術叢書

1要藝術不要命	吳冠中著	240元
2梵谷傳	常濤譯	320元
3夏卡爾自傳	黃翰荻譯	240元
4雷諾瓦傳	黃翰荻譯	320元
5音樂大師與世界名曲	劉璞編著	450元

遠景出版事業公司圖書目錄(五)

7銀波翅膀	七等生著	240元
8重回沙河	七等生著	240元
9譚郎的書信	七等生著	240元
10一紙相思	七等生著	240元

L 金學研究叢書

0金庸傳	冷夏著	350元
1我看金庸小說	倪匡著	160元
2再看金庸小說	倪匡著	160元
3三看金庸小說	倪匡著	160元
4讀金庸偶得	舒國治著	160元
5四看金庸小說	倪匡著	160元
6通宵達旦讀金庸	薛興國著	160元
7漫談金庸筆下世界	楊興安著	160元
8諸子百家看金庸（第一輯）	三毛等著	160元
9談笑傲江湖	溫瑞安著	160元
10金庸的武俠世界	蘇墱基著	160元
11五看金庸小說	倪匡著	160元
12韋小寶神功	劉天賜著	160元
13情之探索與神鵰俠侶	陳沛然著	160元
14析雪山飛狐與鴛鴦刀	溫瑞安著	160元
15諸子百家看金庸（第二輯）	羅龍治等著	160元
16諸子百家看金庸（第三輯）	翁靈文等著	160元
17諸子百家看金庸（第四輯）	杜南發等著	160元
18天龍八部欣賞舉隅	溫瑞安著	160元
19話說金庸	潘國森著	160元
20續談金庸筆下世界	楊興安著	160元
21諸子百家看金庸（第五輯）	餘子等著	160元
22淺談金庸小說	丁華著	160元
23金庸小說評彈	董千里著	160元
24金庸傳說	楊莉歌著	240元
25破解金庸寓言	王海鴻 張曉燕 著	160元
26給金庸小說挑毛病（上）	閻大衛著	160元
27給金庸小說挑毛病（下）	閻大衛著	160元
28挑燈看劍話金庸	戈革著	240元
29解放金庸	餘子主編	240元
30金庸小說人物印譜	戈革著	800元

M 中國古典詩詞賞析

1青青子衿（詩經選）	林振輝選註	180元
2公無渡河（樂府詩選）	張春榮選註	180元
3世事波舟（古體詩選）	李正治選註	180元
4冰心玉壺（絕句選）	李瑞騰選註	180元
5飛鴻雪泥（律詩選）	簡錦松選註	180元
6重樓飛雪（宋詞選）	龔鵬程選註	180元
7杜鵑啼情（散曲選）	汪天成選註	180元
8相思千行（明清民歌選）	陳信元選註	180元
9秋雁邊聲（杜甫詩選）	張敬校訂	180元
10滄海曉夢（李商隱詩選）	朱梅生選註	180元
11寒月松風（五言絕句選）	鄭騫校訂	180元
12江帆千里（七言絕句選）	鄭騫校訂	180元

N 諾貝爾文學獎全集

1緣起、普魯東詩選	普魯東著	
米赫兒	米斯特拉爾著	
2羅馬史	蒙森著	
3超越人力之外	班生著	
大帆船	葉卻加萊著	
4你往何處去	顯克維支著	
5撒旦頌、基姆	卡度齊、吉卜齡著	
6人生的意義與價值	奧鏗著	
青鳥	海特靈克著	
7尼爾斯的奇遇	拉格洛芙著	
驕傲的姑娘	海才著	
8織工、沉鐘	霍普特曼著	
祭壇佳里	泰戈爾著	
9約翰克利斯朵夫（三冊）	羅曼羅蘭著	
10查理士國王的人馬	海登斯坦著	
奧林帕斯之春	史比德勒著	
11樂土	龐陀彼丹著	
明娜	傑洛拉普著	
12土地的成長	哈姆生著	
13天神們口渴了	法朗士著	
利害牽制	貝納勉特著	
14農夫們（二冊）	雷蒙特著	
15聖女貞德、母親	蕭伯納、德蕾達著	
16葉慈詩選	葉慈著	
創造的進化	柏格森著	
17克麗絲汀的一生（二冊）	溫茜特著	
18布登勃魯克家族（二冊）	湯瑪斯·曼著	
19白璧德	劉易士著	
卡爾菲特詩選	卡爾菲特著	
20密賽特世家（三冊）	高爾斯華綏著	
21鄉村、舊金山一紳士	布寧著	
六個尋找作者的角色	皮藍德婁著	
長夜漫漫路迢迢	奧尼爾著	
22尚·巴華的一生	杜嘉德著	
23大地、兒子們、分家	賽珍珠著	
24聖者的悲哀	西蘭帕著	
荒原	艾略特著	
25玻璃珠遊戲	赫塞著	
26僞幣製造者、窄門	紀德著	
27西瑪蘭短篇小說集	密絲特拉兒著	
柏拉特羅與我	希蒙聶茲著	
28聲音與憤怒、熊	福克納著	
29西洋哲學史（二冊）	羅素著	
30巴拉巴	拉格維斯特著	
苔蕾絲、毒蛇之結	莫里亞克著	
31第二次世界大戰回憶錄	邱吉爾著	
32老人與海、戰地春夢	海明威著	
33獨立之子	拉克斯內斯著	
34墮落、異鄉人、瘟疫	卡繆著	
35齊瓦哥醫生	巴斯特納克著	
36人生非夢、遠征	瓜西莫多、佩斯著	
37德里納河之橋	安德里奇著	
38不滿的冬天、人鼠之間	史坦貝克著	
39阿息涅的國王	謝斐利士著	
嘔吐、牆	沙特著	
40靜靜的頓河（四冊）	蕭洛霍夫著	
41訂婚記	阿格農著	
伊萊	沙克絲著	
42總統先生	阿斯杜里亞斯著	
等待果陀	貝克特著	
43雪國、古都、千羽鶴	川端康成著	
44第一層地獄（二冊）	索忍尼辛著	
45一般之歌	聶魯達著	
九點半的彈子戲	鮑爾著	
46人之樹	懷特著	
47詹生短篇小說選	詹生著	
馬丁遜詩選	馬丁遜著	
孟德雷詩選	孟德雷	
48阿奇正傳	索爾·貝婁著	
亞歷山卓詩選	亞歷山卓著	
49莊園	以撒·辛格著	
50伊利提斯詩選	伊利提斯著	
米洛舒詩選	米洛舒著	
被拯救的舌頭	卡內提著	
51一百年的孤寂	賈西亞·馬奎斯著	
52蒼蠅王、啓蒙之旅	威廉·高定著	
53塞佛特詩選	魯斯拉夫·塞佛特著	
54豪華大酒店	克勞德·西蒙著	
55解釋者	沃爾·索因卡著	
56布洛斯基詩選	約瑟夫·布洛斯基著	
57梅達格胡同	納吉布·馬富茲著	

遠景出版事業公司圖書目錄(四)

21夢遊者的外甥女	方能訓譯	180元
22口吃的主教	魏廷朝譯	180元
23危險的富孀		
24跛腳的金絲雀		
25面具事件		
26竊貨者的鞋		
27作僞證的鸚鵡		
28上餌的釣鉤		
29受蠱的丈夫		
30空罐事件		
31溺死的鴨		
32冒失的小貓		
33掩埋的鐘		
34蚊惑	詹錫奎譯	180元
35傾斜的燭火		
36黑髮女郎	李淑華譯	180元
37黑金魚	張國禎譯	180元
38半睡半醒的妻子		
39第五個褐髮女人		
40脫衣舞孃的馬		
41懶惰的愛人		
42寂寞的女繼承人		
43猶疑的新郎		
44粗心的美女		
45變亮的手指		
46憤怒的哀悼者		
47嘲笑的大猩猩		
48猶豫的女主人		
49綠眼女人		
50消失的護士		
51逃亡的屍體	魏廷朝譯	180元
52日光浴者的日記		
53膽小的共犯		
54最後的法庭	詹錫奎譯	180元
55金百合事件		
56好運的輸家	呂惠雁譯	180元
57尖叫的女人		
58任性的人		
59日曆女郎	葉石濤譯	180元
60可怕的玩具		
61死亡圍巾		
62歌唱的裙子		
63半路埋伏的狼		
64複製的女兒		
65坐輪椅的女人	黃恆正譯	180元
66重婚的丈夫		
67頑抗的模特兒		
68淺色的礦脈		
69冰冷的手		
70織女的祕密		
71戀愛中的伯母		
72莽撞的離婚婦人		
73虛幻的幸運		
74不安的遺產繼承人		
75困擾的受託人		
76漂亮的乞丐		
77憂心的女侍		
78選美大會的女王	詹錫奎譯	180元
79粗心的愛神		
80了不起的騙子	張艾茜譯	180元
81被圍困的女人		
82擱置的謀殺案		

H台灣文學叢書

1亞細亞的孤兒	吳濁流著	180元
2寒夜三部曲—寒夜	李喬著	320元
3寒夜三部曲—荒村	李喬著	320元
4寒夜三部曲—孤燈	李喬著	320元
5邊秋一雁聲	吳念眞著	180元
6台灣人三部曲	鍾肇政著	900元
7遠方	許達然著	160元
8濁流三部曲	鍾肇政著	900元
9魯冰花	鍾肇政著	160元
10含淚的微笑	許達然著	160元
11藍彩霞的春天	李喬著	180元
12波茨坦科長	吳濁流著	180元
13一桿秤仔	賴和等著	240元
14一群失業的人	楊守愚等著	240元
15豚	張深切等著	240元
16薄命	楊華等著	240元
17牛車	呂赫若等著	240元
18送報伕	楊逵等著	240元
19植有木瓜樹的小鎮	龍瑛宗等著	240元
20閹雞	張文環等著	240元
21亂都之戀	楊雲萍等著	240元
22廣闊的海	水蔭萍等著	240元
23森林的彼方	董祐峰等著	240元
24望鄉	張冬芳等著	240元
25市井傳奇	洪醒夫著	160元
26大地之母	李喬著	390元
27殺生	何光明著	200元
28紅塵	龍瑛宗著	240元
29泥土	吳晟著	180元
30沒有土地·那有文學	葉石濤著	240元
31文學回憶錄	葉石濤著	240元
32土	許達然著	160元

I 遠景大人物叢書

1生根·深耕	王永慶著	220元
2金庸傳	冷夏著	350元
3王永慶觀點	王永慶著	180元
4黎智英傳說	呂家明著	180元
5李嘉誠語錄	許澤惠編著	99元
6倪匡傳奇	沈西城著	180元
7辜鴻銘印象	宋炳輝編	240元
8辜鴻銘（第一卷）	鍾兆雲著	450元
9辜鴻銘（第二卷）	鍾兆雲著	450元
10辜鴻銘（第三卷）	鍾兆雲著	450元

J 歷史與思想叢書

1西洋哲學史（二冊）	羅素著	600元
2羅馬史	蒙森著	480元
3王船山哲學	曾昭旭著	380元
4奴役與自由	貝德葉夫著	280元
5群眾之反叛	奧德嘉著	180元
6生命的悲劇意識	烏納穆諾著	240元
7奧義書	林建國譯	180元
8吉拉斯談話錄	袁東等譯	180元
9中國反貪史（二冊）	王春瑜主編	900元
10現代俄國文學史	湯新楣譯	320元
11歷史的覺音	李永熾著	180元
12鄉土文學討論集	尉天驄編	550元
13末代皇帝	愛新覺羅·溥儀著	320元
14當代大陸作家風貌	潘耀明著	480元
15第二次世界大戰回憶錄	邱吉爾著	360元

K 七等生全集

1初見曙光	七等生著	240元
2我愛黑眼珠	七等生著	240元
3僵局	七等生著	240元
4離城記	七等生著	240元
5沙河悲歌	七等生著	240元
6城之迷	七等生著	240元

遠景出版事業公司圖書目錄㈢

27諸世紀（第二卷）	諾斯特拉達姆士著	180元
28諸世紀（第三卷）	諾斯特拉達姆士著	180元
29諸世紀（第四卷）	諾斯特拉達姆士著	180元
30諸世紀（第五卷）	諾斯特拉達姆士著	180元
31鑿空行─張騫傳	齊　桓著	280元
32宰相劉羅鍋	胡學亮編著	280元
33都是夏娃惹的禍	陳紹鵬譯	180元
34都是亞當惹的禍	陳紹鵬譯	180元
35都是裸體惹的禍	陳紹鵬譯	180元
36文學的視野	胡菊人著	180元
37小說技巧	胡菊人著	180元
38紅樓水滸與小說藝術	胡菊人著	180元
39諾貝爾文學獎秘史	王鴻仁譯	240元
40張愛玲的書	陳子善編著	240元
41把水留給我	盧　嵐著	180元
42多少英倫新事㈠	魯　鳴著	240元
43多少英倫新事㈡	魯　鳴著	240元
44中國經濟史㈠	葉龍編著	240元
45中國經濟史㈡	葉龍編著	240元
46歷代人物經濟故事㈠	葉　龍著	240元
47歷代人物經濟故事㈡	葉　龍著	240元
48歷代人物經濟故事㈢	葉　龍著	240元
49太平廣記豪俠小說	楊興安著	240元
50行止．行止	駱友梅等著	240元
51天怒	陳　放著	280元
52淚與屈辱	九　皐著	240元
53十年浩劫	九　皐著	240元
54逝者如斯夫	丁中江著	390元
55林行止作品集目錄	沈登恩編	240元
56亂世文談	胡蘭成著	240元
57石破天驚逗秋雨	金文明著	280元
58香港情懷	文灼非著	320元
59事實與偏見	黎智英著	240元
60我退休失敗了	黎智英著	240元
61我的理想是隻糯米雞	黎智英著	240元
62水清有魚	練乙錚著	240元
63說Ho－Ho的權利	練乙錚著	240元
64斷訊官司	尤英夫著	240元
65饞遊四海㈠	張建雄著	160元
66饞遊四海㈡	張建雄著	160元
67另類家書	張建雄著	160元
68說不盡的張愛玲	陳子善著	240元
69張愛玲短篇小說論集	陳炳良著	180元
70箱子裡的男人	安部公房著	120元
71饞遊四海㈢	張建雄著	160元
72六四前後（上）	丁　望著	240元
73六四前後（下）	丁　望著	240元
74初夜權	丁　望著	240元
75蘇東波	丁望編著	240元
76前九七紀事一：矮人看戲	戴　天著	240元
77前九七紀事二：人鳥哲學	戴　天著	240元
78前九七紀事三：群鬼跳牆	戴　天著	240元
79前九七紀事四：囉哩哩囉	戴　天著	240元
80中西文學的徊想	李歐梵著	240元
81方術紀異（上）	王亨之著	280元
82方術紀異（下）	王亨之著	280元
83風眼中的經濟學	雷鼎鳴著	240元
84用經濟學做眼睛	雷鼎鳴著	240元
85紀德日記	詹宏志譯	180元
86愛與文學	宋碧雲譯	240元
87酒逢知己	楊本禮著	240元
88皇極神數奇談	阿　樂著	160元
89蜀山劍俠評傳	葉洪生著	240元
90佛心流泉	孟祥森譯著	180元
91朱鎔基跨世紀挑戰	任慧文著	320元
92戰難和亦不易	胡蘭成著	280元
93藤夢花落	京　梅著	280元
94大宅門（上）	郭寶昌著	280元
95大宅門（下）	郭寶昌著	280元
96如夢如煙恭王府	京　梅著	280元
97餘力集	戈　革著	280元
98張愛玲與胡蘭成	王一心著	240元
99一滴淚	巫寧坤著	280元
100飲水詞箋校	納蘭性德撰	280元

F 王度廬作品集

1鶴驚崑崙（上）	王度廬著	180元
2鶴驚崑崙（中）	王度廬著	180元
3鶴驚崑崙（下）	王度廬著	180元
4寶劍金釵（上）	王度廬著	180元
5寶劍金釵（中）	王度廬著	180元
6寶劍金釵（下）	王度廬著	180元
7劍氣珠光（上）	王度廬著	180元
8劍氣珠光（下）	王度廬著	180元
9臥虎藏龍（上）	王度廬著	180元
10臥虎藏龍（中）	王度廬著	180元
11臥虎藏龍（下）	王度廬著	180元
12鐵騎銀瓶（一）	王度廬著	180元
13鐵騎銀瓶（二）	王度廬著	180元
14鐵騎銀瓶（三）	王度廬著	180元
15鐵騎銀瓶（四）	王度廬著	180元
16鐵騎銀瓶（五）	王度廬著	180元
17風雨雙龍劍	王度廬著	
18龍虎鐵連環	王度廬著	
19靈魂之鎖	王度廬著	
20古城新月（上）	王度廬著	
21古城新月（中）	王度廬著	
22古城新月（下）	王度廬著	
23粉墨嬋娟	王度廬著	
24春秋戟	王度廬著	
25洛陽豪客	王度廬著	
26綉帶銀鏢	王度廬著	
27雍正與年羹堯	王度廬著	
28寶刀飛	王度廬著	
29風塵四傑	王度廬著	
30燕市俠伶	王度廬著	
31紫電青霜	王度廬著	
32金剛王寶劍	王度廬著	
33紫鳳鏢	王度廬著	
34香山俠女	王度廬著	
35落絮飄香（上）	王度廬著	
36落絮飄香（下）	王度廬著	

G 梅森探案（賈德諾著）

1大膽的誘餌	張國禎譯	180元
2倩影	鄭麗淑譯	180元
3管理員的貓	張國禎譯	180元
4滾動的骰子	張慧倩譯	180元
5暴躁的女孩	張國禎譯	180元
6長腿模特兒	張艾茜譯	180元
7蟲蛀的貂皮大衣	張國禎譯	180元
8艷鬼	施寄青譯	180元
9沉默的股東	宋碧雲譯	180元
10拘謹的被告	施寄青譯	180元
11淘氣的娃娃	張艾茜譯	180元
12放浪的少女		
13不服貼的紅髮		
14獨眼證人	張國禎譯	180元
15謹慎的風塵女子	鄭麗淑譯	180元
16蛇蠍美人案	葉石濤譯	180元
17幸運腿		
18狂吠之犬		
19怪新娘		
20義眼殺人事件		

遠景出版事業公司圖書目錄㈡

15黛絲姑娘	哈代著	180元
16山之音	川端康成著	160元
17齊瓦哥醫生	巴斯特納克著	360元
18飄（二冊）	宓西爾著	360元
19約翰·克利斯朵夫（二冊）	羅曼·羅蘭著	750元
20傲慢與偏見	珍·奧斯汀著	160元
21包法利夫人	福婁拜著	240元
22簡愛	夏綠蒂·白朗特著	180元
23雪國	川端康成著	160元
24古都	川端康成著	160元
25千羽鶴	川端康成著	160元
26華爾騰——湖濱散記	梭羅著	160元
27神曲	但丁著	240元
28紅字	霍桑著	160元
29海狼	傑克倫敦著	180元
30人性枷鎖	毛姆著	390元
31茶花女	小仲馬著	160元
32父與子	屠格涅夫著	160元
33唐吉訶德傳	塞萬提斯著	180元
34理性與感性	珍·奧斯汀著	180元
35紅與黑	斯湯達爾著	280元
36咆哮山莊	愛彌兒·白朗特著	180元
37瘟疫	卡繆著	180元
38預知死亡紀事	賈西亞·馬奎斯著	180元
39基姆	吉卜齡著	240元
40二十年後（四冊）	大仲馬著	800元
41塊肉餘生錄（二冊）	狄更斯著	400元
42附魔者	杜斯妥也夫斯基著	480元
43窄門	紀德著	160元
44大地	賽珍珠著	160元
45兒子們	賽珍珠著	160元
46復活	托爾斯泰著	180元
47分家	賽珍珠著	160元
48玻璃珠遊戲	赫塞著	240元
49天方夜譚（二冊）	佚名等著	500元
50鹿苑長春	勞玲絲著	180元
51一見鍾情	愛倫·坡著	180元
52獵人日記	屠格涅夫著	180元
53憨第德	伏爾泰著	160元
54你往何處去	顯克維支著	390元
55農夫們（二冊）	雷蒙特著	500元
56獨立之子	拉克斯內斯著	420元
57異鄉人	卡繆著	160元
58一九八四	歐威爾著	160元
59第一層地獄（二冊）	索忍尼辛著	500元
60還魂記	愛倫·坡著	180元
61娜娜	左拉著	180元
62黑貓	愛倫·坡著	180元
63鐵面人（八冊）	大仲馬著	2000元
64羅生門	芥川龍之介著	240元
65細雪	谷崎潤一郎著	360元
66浮華世界	薩克萊著	360元
67靜靜的頓河（四冊）	蕭洛霍夫著	1000元
68僞幣製造者	紀德著	180元
69鐘樓怪人	雨果著	280元
70嘔吐	沙特著	180元
71希臘左巴	卡山札基著	180元
72浮士德	歌德著	280元
73死靈魂	果戈里著	240元
74湯姆·瓊斯（二冊）	菲爾汀著	400元
75聶魯達詩集	聶魯達著	120元
76基度山恩仇記（二冊）	大仲馬著	400元
77奧德賽	荷馬著	320元
78少年維特的煩惱	歌德著	120元
79白璧德	辛克萊·劉易士著	280元
80坎特伯雷故事集	喬叟著	200元
81兒子與情人	D.H·勞倫斯著	200元

82謝利	夏綠蒂·白朗特著	480元
83明娜	傑洛拉普著	240元
84十日談（二冊）	薄伽丘著	360元
85我是貓	夏目漱石著	240元
86罪與罰	杜斯妥也夫斯基著	280元
87小婦人	阿爾柯特著	160元
88尙·巴華的一生	杜嘉德著	280元
89明暗	夏目漱石著	280元
90悲慘世界（五冊）	雨果著	900元
91酒店	左拉著	240元
92憤怒的葡萄	史坦貝克著	360元
93凱旋門	雷馬克著	240元
94雙城記	狄更斯著	240元
95白癡	杜斯妥也夫斯基著	280元
96高老頭	巴爾扎克著	160元
97人世間	阿南達·杜爾著	360元
98萬國之子	阿南達·杜爾著	360元
99足跡	阿南達·杜爾著	360元
100玻璃屋	阿南達·杜爾著	360元
101伊甸園東	史坦貝克著	280元
102迷惘	卡內提著	280元
103冰壁	井上靖著	180元
104白鯨記	梅爾維爾著	280元
105國王的人馬	羅伯特·潘·華倫著	360元
106克麗絲汀的一生（二冊）	溫茜特著	560元
107草葉集	惠特曼著	240元
108人之樹	懷特著	480元
109莊園	以撒·辛格著	280元
110里斯本之夜	雷馬克著	180元
111被拯救的舌頭	卡內提著	240元
112戰地春夢	海明威著	240元
113阿奇正傳	索爾·貝婁著	480元
114土地的成長	哈姆生著	240元
115九點半的彈子戲	鮑爾著	240元
116熊	福克納著	100元
117一位年輕藝術家的畫像	喬埃斯著	180元
118聲音與憤怒	福克納著	180元
119戰地鐘聲	海明威著	180元
120洛麗塔	納布可夫著	180元

E 遠景叢書

1預言者之歌	劉志俠譯著	300元
2兩性物語	何光明著	160元
3桃花源	陳慶隆著	180元
4溪邊往事	陳慶隆著	180元
5水鬼傳奇	陳慶隆著	180元
6結婚的條件	陳慶隆著	180元
7閒遊記饞	張建雄著	160元
8錢眼見聞	張建雄著	160元
9商海興亡	張建雄著	160元
10饞話連篇	張建雄著	160元
11一元五角車票官司	尤英夫著	160元
12請問芳名㈠	周平譯	200元
13請問芳名㈡	陳生保譯	200元
14請問芳名㈢	譚晶華譯	200元
15請問芳名㈣	莫邦富譯	200元
16縱筆	張文達著	160元
17洋相	蕭芳芳著	160元
18饞遊偶拾	張建雄著	160元
19陸鏗看兩岸	陸鏗著	280元
20點與線	松本清張著	180元
21霧之旗	松本清張著	180元
22由莎士比亞談到碧姬芭杜	陳紹鵬等譯	180元
23濟慈和芳妮的心聲	陳紹鵬等譯	180元
24現代俄國短篇小說選	高爾基等著	180元
25天仇	鄭文輝著	240元
26諸世紀（第一卷）	諾斯特拉達姆士著	180元

遠景出版事業公司圖書目錄(一)

遠景出版事業公司

A遠景文學叢書

1今生今世	胡蘭成著	280元
2山河歲月	胡蘭成著	180元
3遠見	陳若曦著	180元
4懺情書	鹿橋著	160元
5地之子	臺靜農著	180元
6人子	鹿橋著	160元
7酒徒	劉以鬯著	180元
8一九九七	劉以鬯著	180元
9建塔者	臺靜農著	180元
10小亞細亞孤燈下	高信譚著	180元
11花落蓮成	姜貴著	180元
12尹縣長	陳若曦著	180元
13邊城散記	楊文璞著	160元
14再見・黃磚路	詹錫奎著	180元
15早安・朋友	張賢亮著	180元
16李順大造屋	高曉聲著	180元
17小販世家	陸文夫著	180元
18心有靈犀的男孩	祖慰著	180元
19藍旗	陳村著	240元
20男人的一半是女人	張賢亮著	240元
21男人的風格	張賢亮著	240元
22萬蟬集	孟東籬著	180元
23電影神話	羅維明著	180元
24不寄的信	倪匡著	160元
25心中的信	倪匡著	160元
26羅曼蒂克死啦	高信譚著	180元
27大拇指小說選	也斯編	180元
28生命之愛	傑克・倫敦著	180元
29成吉思汗	董千里著	280元
30馬可波羅	董千里著	180元
31董小宛	董千里著	180元
32柔福帝姬	董千里著	180元
33唐太宗與武則天	董千里著	180元
34楊貴妃傳	井上靖著	180元
35續愛眉小札	徐志摩著	180元
36郁達夫情書	郁達夫著	180元
37郁達夫卷	王潤華編	180元
38我看衛斯理科幻	沈西城著	160元

B高陽作品集

1緹縈	高陽著	260元
2王昭君	高陽著	180元
3大將曹彬	高陽著	160元
4花魁	高陽著	140元
5正德外記	高陽著	160元
6草莽英雄（二冊）	高陽著	360元
7劉三秀	高陽著	160元
8清官冊	高陽著	140元
9清朝的皇帝（三冊）	高陽著	600元
10恩怨江湖	高陽著	140元
11李鴻章	高陽著	180元
12狀元娘子	高陽著	240元
13假官眞做	高陽著	140元
14翁同龢傳	高陽著	280元
15徐老虎與白寡婦	高陽著	280元
16石破天驚	高陽著	210元
17小鳳仙	高陽著	280元
18八大胡同	高陽著	160元
19粉墨春秋（三冊）	高陽著	420元
20桐花鳳	高陽著	160元
21避情港	高陽著	120元
22紅塵	高陽著	140元
23再生香	高陽著	160元
24醉蓬萊	高陽著	160元
25玉壘浮雲	高陽著	150元
26高陽雜文	高陽著	150元
27大故事	高陽著	150元

C林行止政經短評

1身外物語	林行止著	240元
2六月飛傷	林行止著	240元
3怕死貪心	林行止著	240元
4樓台煙火	林行止著	240元
5利字當頭	林行止著	240元
6東歐變天	林行止著	240元
7求財若渴	林行止著	240元
8難定去從	林行止著	240元
9戰海蜉蝣	林行止著	240元
10理曲氣壯	林行止著	240元
11蘇聯何解	林行止著	240元
12民選好醜	林行止著	240元
13前程未卜	林行止著	240元
14賦歸風雨	林行止著	240元
15情迷失位	林行止著	240元
16沉寂待變	林行止著	240元
17到處風騷	林行止著	240元
18撩是鬥非	林行止著	240元
19排外誤港	林行止著	240元
20旺市蓄勢	林行止著	240元
21調控神州	林行止著	240元
22熱錢興風	林行止著	240元
23依樣葫蘆	林行止著	240元
24人多勢寡	林行止著	240元
25局部膨脹	林行止著	240元
26鬧酒政治	林行止著	240元
27治港牌章	林行止著	240元
28無定向風	林行止著	240元
29念在斯人	林行止著	240元
30根莖同生	林行止著	240元
31股海翻波	林行止著	240元
32劫後抖擻	林行止著	240元
33從此多事	林行止著	240元
34幹線翻新	林行止著	240元
35金殼蝸牛	林行止著	240元
36政改去馬	林行止著	240元
37衍生危機	林行止著	240元
38死撐到底	林行止著	240元
39核影幢幢	林行止著	240元
40玩法弄法	林行止著	240元
41永不回頭	林行止著	240元
42誰敢不從	林行止著	240元
43變數在前	林行止著	240元
44釣台血海	林行止著	240元
45粉墨登場	林行止著	240元

D世界文學全集

1魯拜集	奧瑪・開儼著	180元
2人間的條件（三冊）	五味川純平著	720元
3源氏物語（三冊）	紫式部著	720元
4蒼蠅王	威廉・高定著	180元
5查泰萊夫人的情人	D・H・勞倫斯著	180元
6安娜・卡列尼娜（二冊）	托爾斯泰著	400元
7戰爭與和平（四冊）	托爾斯泰著	800元
8卡拉馬佐夫兄弟（二冊）	杜斯妥也夫斯基著	660元
9三劍客（三冊）	大仲馬著	600元
10一百年的孤寂	賈西亞・馬奎斯著	180元
11美麗新世界	赫胥黎著	160元
12麥田捕手	沙林傑著	160元
13大亨小傳	費滋傑羅著	160元
14夜未央	費滋傑羅著	180元

重回沙河

七等生全集　K⑧

作者	七等生	
主編	張恆豪	
發行人	沈登恩	
出版者	遠景出版事業有限公司	
	郵撥：0765255—8	
	電話：（02）8226—9900	
	傳眞：（02）8226—9907	
	網址：http://www.vistagroup.com.tw	
	台北郵局7—501號信箱	
香港發行所	遠景（香港）出版集團	
	九龍旺角西洋菜街62號2樓	
總代理	藍圖出版事業有限公司	
	台北縣板橋市中正路13號	
印刷	加斌有限公司	
	台北市復興南路二段210巷30號	
定價	新台幣240元・港幣80元	
初版	2003年10月	

行政院新聞局登記證局版台業字第0105號

ISBN 957-39-0636-8